말라볼리아가의 사람들

이 도서의 국립중앙도서관 출판시도서목록(CIP)은 서지정보유통지원시스템 홈페이지(http://seoji.nl.go.kr)와
국가자료공동목록시스템(http://www.nl.go.kr/kolisnet)에서 이용하실 수 있습니다.
(CIP제어번호: CIP2013024362)

세계문학전집
112

Giovanni Verga : I Malavoglia

말라볼리아가의 사람들

조반니 베르가 장편소설

김운찬 옮김

문학동네

일러두기

1. 주석은 모두 옮긴이주이다.
2. 본문 중 고딕체는 원서에서 겹꺾쇠로 인용한 격언과 속담이다.

머리말

이 소설은 가장 비천한 상태에서 행복을 위한 최초의 불안정이 어떻게 발생하고 전개되는지, 그리고 현재는 행복하지 않지만 앞으로 보다 잘살 수 있으리라고 믿는 막연한 갈망이, 그때까지만 해도 비교적 행복하게 살아온 가정에 어떤 혼란을 일으키는지에 대한 냉철하고 진지한 연구다.

이 책에서는 진보의 물살을 일으키는 인간 활동의 동인動因을 그 근원에서, 보다 소박하고 물질적인 수준에서 다룰 것이다. 그런 낮은 영역에서 진보의 물살에 열정들이 작용하는 원리가 더 단순하고, 그렇기 때문에 더 정확하게 관찰할 수 있다. 그림의 순수하고 평온한 색조와 단순한 구도를 그림에다 그대로 놔두는 것으로 충분하다. 사람들을 괴롭히는, 더 나은 것에 대한 추구는 점차 커지고 확장된다. 또한 위로 올라가려는 경향이 있어서 사회계층에 따라 상승하는 움직임을 따르게 된다.[1] 『말라볼리아가家의 사람들』에서 그것은 아직 물질적인 필요를 충족시키기 위한 싸움에 지나지 않는다. 물질적인 필요가 충족되면, 더 나은 것에 대한 추구는 부를 향한 탐욕으로 바뀌는데, 그 모습은 『마스트로 돈 제수알도』의 부르주아 유형을 통해 구체화될 것이다. 이 그림의 배경은 여전히 조그마한 시골 마을로 제한되지만, 색조는 더욱 생생해지고, 구도는 더욱 확대되어 다양한 대상을 담게 될 것이다. 그런 다음 『레이라 공작부인』은 귀족의 허영을, 『쉬피오니 의원』에서는 야망을 추구할 것이며, 마지막으로 『호사스러운 사람』은 모든 열망, 허영, 야망을 한데 합쳐 그 모든 것을 추구하고, 그로 인해 고통을 겪으며, 그것이 핏속에 흐르는 것을 느끼고, 그 때문에 쇠약해질 것이다. 인간 행위의 영역이 확장됨에 따라 열정들의 장치는 더욱 복잡해진다. 인물 유형들은 분명히 덜 독창적이지만 더욱 흥미로워진다. 교육이 인물에게 미치는 섬세한 영향과, 문명에서 나타날 수 있는 모든 인위적인 것들 때문이다. 생각과 감정의 획일성을 감추기 위해 유행하는 형식을 취하는 것이 좋은 취향의 기준으로 강요되는 시대에는 심지어 언어도 개인화하고, 막연한 감정들의 막연한 색조들, 관념을 부각시키기 위해 쓰이는 낱말의 모든 인위적 요소들로 풍부해지는 경향이 있다. 그런 구도들을 예술적으로 정확히 재현하기 위해서는 분석의 규

---

1) 이어서 베르가는 1878년부터 구상하고 있던 '패배자들' 총서의 작품들에 대해 개략적으로 설명한다. 이 총서는 모두 다섯 편의 소설로 구성될 예정이었으나, 『마스트로 돈 제수알도』를 완성한 다음 『레이라 공작부인』은 제1장과 일부 단편적인 부분들만 집필하다가 중단했고, 나머지 두 작품은 아예 시작조차 못 했다.

범들을 엄격하게 따를 필요가 있고, 진실을 증명하기 위해서는 진지할 필요가 있다. 형식이 주제에 매우 적합하기 때문에, 주제 자체의 모든 부분은 전체적인 논의를 설명하는 데 필수적이다.

진보를 이루기 위해 인류가 따르는 노정은 숙명적이고 끝이 없으며 때로는 힘겹고 부산스럽지만 결과적으로, 멀리서 전체를 바라보면 장엄하기까지 하다. 그 노정을 비추는 영광의 빛 속에서는 불안감, 탐욕, 이기주의, 모든 열정이 사라져버리고, 모든 악덕이 미덕으로 바뀌고, 모든 약점이 엄청난 과업을 도와주고, 모든 충돌하는 모순에서 진실의 빛이 드러난다. 이러한 결과를 인간의 입장에서 보면, 그 결과를 창출한 사소한 이해관계는 모두 감춰지고 그것들이 마치 모두의 이익을 위해 무의식적으로 협력하는 개인의 활동을 자극하는 데 필요한 수단인 것처럼 정당화된다. 이러한 보편적 활동을 향한 모든 충동은 물질적 행복에 대한 추구에서 더 높은 야망에 이르기까지, 그것이 그 끊임없이 되풀이되는 과정의 목표에 도달하기 위한 것이라는 단순한 사실만으로 정당화된다. 그리고 사람들은 인간 활동의 거대한 흐름이 어디로 가는지 알고 나면, 어떻게 그곳으로 가는지에 대해서는 절대 질문을 던지지 않는다. 단지 관찰자만이, 그 역시 물살에 떠밀려 가고 있기 때문에 주위를 둘러보면서, 길가에 남아 있는 약한 자들, 파도에 휩쓸려 더욱 빨리 끝을 보게 되는 힘없는 자들, 승자들의 야만적인 발밑에서 고개를 숙이고 절망적으로 두 팔을 쳐드는 패배자들에게 관심을 기울일 수 있다. 뒤에서 엄습한 그 승자들 또한 똑같이 서둘러 달리고 똑같이 빨리 도착하려고 안달하며, 내일이면 마찬가지로 파도에 휩쓸려 가겠지만.

『말라볼리아가의 사람들』『마스트로 돈 제수알도』『레이라 공작부인』『쉬피오니 의원』『호사스러운 사람』은 모두 파도에 휩쓸려 물에 빠져 죽은 뒤 물가에 떠밀려온 패배자들로, 이들에게는 모두 미덕이 되었어야 할 죄의 낙인이 찍혀 있다. 가장 비천한 자에서 가장 높은 자에 이르기까지, 저마다 자신의 존재와 행복, 야망을 위한 싸움에서 자신의 역할을 했다. 그들은 각각 비천한 어부에서 시작하여 신흥 부자, 상류층에 끼어든 여인, 강력한 의지와 재능을 갖춘 인물(사생아로 태어난 그는 사회적 편견으로 인해 자신에게 주어지지 않는 중요한 공무를 떠맡고, 다른 사람들을 지배할 힘이 있다고, 법을 벗어나서 태어난 자신이 법을 세울 힘이 있다고 여긴다), 또다른 형태의 야망을 좇으면서 자신은 이상을 추구한다고 착각하는 예술가에까지 이른다.[2] 이들의 모습을 관찰하는 사람에게는 상황을 판단할 권리가 없다. 잠시 싸움의 현장에서 벗어나 그 싸움을 냉철하게 연구하고, 실제로 그랬던 것처럼 혹은 당연히 그랬어야 하는 것처럼 현실을 재현하도록, 적합한 색깔들로 그 장면을 뚜렷하게 보여주는 데 성공하기만 해도 충분하다.

1881년 1월 19일, 밀라노에서

2) '패배자들' 총서의 각 소설에서 주인공이 갖게 될 특성을 개괄적으로 설명하고 있다.

제1장

한때 말라볼리아 집안 사람들은 트레차의 오래된 거리에 흩어져 있는 돌멩이들만큼 많았다. 심지어 오니나와 아치 카스텔로[3]에도 있었는데, '말라볼리아'라는 별명이 뜻하는 것[4]과는 반대로 모두 착하고 훌륭한 바닷가 사람들이었다. 본당 명부에는 토스카노라는 이름으로 적혀 있었지만, 그것은 아무런 의미도 없었다. 이 세상이 시작된 이래 오니나, 트레차, 아치 카스텔로에서 그들은 언제나 변함없이 말라볼리아로, 대대로 바다 위 작은 배와 태양 아래 소박한 집을 가진 말라볼리

---

3) 트레차(또는 아치 트레차)는 시칠리아 동부 카타니아에 속하는 작은 마을로 이 소설의 주요 무대다. 오니나 또한 카타니아의 한 마을이며, 아치 카스텔로는 아치 트레차에서 가까운 곳으로, 실질적으로는 아치 트레차를 포함하는 지역이다.
4) 말라볼리아는 '나쁜 의지'를 뜻한다.

아로 알려져 있었기 때문이다. 하지만 지금 트레차에는 파드론[5] 느토니의 가족밖에 남아 있지 않았다. 그들은 서양모과나무가 있는 집과 프로비덴차호號를 갖고 있었는데, 배는 빨래터 아래 자갈밭에, 콜라의 콘체타호와 포르투나토[6] 치폴라의 어선 옆에 정박되어 있었다.

다른 말라볼리아 사람들을 이곳저곳으로 흩어버린 폭풍우도 서양모과나무 집과 빨래터 아래에 정박된 배에는 커다란 피해를 주지 않고 지나갔다. 파드론 느토니는 이러한 기적을 설명하기 위해 호두처럼 단단한 주먹을 꽉 움켜쥐어 보이면서 이렇게 말하곤 했다. "노를 저으려면 다섯 손가락이 서로서로 도와야 하는 법이야."

또 이렇게 말하기도 했다. "사람들은 손가락처럼 만들어졌어. 엄지손가락은 엄지손가락 일을 하고, 새끼손가락은 새끼손가락 일을 해야 하지."

파드론 느토니의 가족은 정말로 손가락처럼 구성되어 있었다. 먼저 엄지손가락 파드론 느토니는 집안의 큰일을 지휘했다. 바로 다음은 아들 바스티아노였다. 그는 카타니아에 있는 어시장의 아치 아래 그려진 크리스토포로스 성인[7]만큼 덩치가 크고 건장했기 때문에 '바스티아나 초'[8]라 불렸고, 체구만큼이나 성격도 우직했다. 아버지가 "코를 풀어

<hr />

5) 파드론은 '주인'을 뜻하는 말로, 집안의 가장을 가리킨다. 원문에서는 일부 다른 등장인물들에게도 이 칭호를 붙이고 있으나 생략했고, 파드론 느토니의 경우 작품의 주인공이라는 중요성 외에도 손자의 이름과 구별하기 위해 그대로 두었다.
6) '행운을 가진 자'라는 뜻으로 포도밭과 올리브 농장, 어선들을 소유한 부자 치폴라의 별명이다.
7) 기원전 250년경에 순교한 기독교인으로, '그리스도를 업은 사람'이라는 뜻이다. 그 이름이 말하듯 어린이의 모습을 한 예수를 업고 강을 건넌 일화로 유명하다.

라" 하고 말해주지 않으면 코를 풀지 않을 정도였다. 그래서 사람들이 "그 여자를 택해" 하고 말했을 때 그는 두말하지 않고 '롱가'[9]를 아내로 맞이했다. 바스티아노 다음은 롱가였는데, 땅딸막한 그녀는 훌륭한 주부답게 베를 짜고, 멸치를 소금에 절이고, 자식들을 낳는 데 전념했다. 마지막으로 손자들이 있었다. 큰손자 느토니는 스무 살 먹은 게으름뱅이로 아직도 할아버지에게 뺨을 맞았다. 그러다 너무 세게 맞았을 때는 균형을 되찾도록 발로 몇 대 차이기도 했다. 둘째 루카는 할아버지로부터 "큰놈보다 더 현명하다"는 말을 듣곤 했다. 셋째 메나(필로메나)는 언제나 베틀에 앉아 있었기 때문에 '아가타 성녀'[10]라는 별명으로 불렸다. 사람들은 "베틀에 앉은 여자, 닭장 속의 암탉, 정월에 잡은 숭어가 최고"라고들 했다. 넷째 알레시(알레시오)는 코흘리개 아이인데도 할아버지를 쏙 빼닮았다! 막내 리아(로살리아)는 아직 사람인지 물고기인지 분간하기 어려운 아기였다. 일요일에 그들이 줄지어 성당에 들어갈 때면 마치 무슨 행렬을 보는 것 같았다.

파드론 느토니는 옛사람들에게 들은 몇 가지 격언과 속담도 알고 있었다. 옛말은 절대 거짓말을 하지 않는다. 또는 키잡이가 없으면 배는 가지 않는 법. 교황이 되려면 먼저 성당지기로 일해봐야 한다. 아버지가 네게 해준 것에 만족해라, 최소한 불량배는 되지 않을 테니까. 네가 아는 일을 해라, 부자가 되

---

8) 바스티아노에 '거대하다'는 의미의 접미사를 붙인 별명.

9) '키가 큰 여자' 또는 '키다리'라는 뜻으로, 사실 그녀는 키가 작기 때문에 일종의 반어적인 별명이다.

10) 아가타 성녀는 카타니아에서 태어나 순교한 성녀로 특히 베 짜는 사람들의 수호성인이다.

지 않더라도 먹고살 수는 있을 테니까 등등. 이외에도 현명한 말을 많이 알았다.

덕분에 서양모과나무 집은 번창했고 파드론 느토니는 현명한 사람으로 통했다. 만약 교활한 면서기 돈 실베스트로가 그를 모함하지 않았다면 트레차의 면사무소[11] 평의원이 되고도 남았을 정도였다. 돈 실베스트로는 그가 보르보네 왕가[12]를 옹호하는 반동분자 중 하나이자 썩은 보수파이며, 자기 집에서처럼 마을을 마음대로 주무르기 위해 프란체스켈로의 복귀 음모를 꾸몄다는 말을 퍼뜨렸다.

하지만 프란체스켈로의 얼굴도 몰랐던 파드론 느토니는 자기 일에만 몰두하면서 이렇게 말할 뿐이었다. "집안을 책임진 사람은 자고 싶을 때 잘 수도 없어. 명령하는 사람은 대가를 치러야 할 일이 생기는 법이니까."

1863년 12월 큰손자 느토니가 해군에 징집되었다. 파드론 느토니는 도움을 줄 만한 마을의 거물들에게 달려갔다. 그러나 본당 신부 돈 잠마리아는 자업자득이라며 이 모든 것은 종탑 위에 내건 삼색 깃발[13]이 만들어놓은 어리석은 혁명의 결과물이라고 했다. 반면 약방 주인 돈 프랑코는 무성한 수염 사이로 웃더니 손바닥을 비비면서 장담했다. 만약 공화국을 세우는 데 성공하면 징집이나 세금을 집행하는 사람들은

---

11) 이탈리아의 지방자치제도에서 '코무네'는 자치단체의 최소 단위로 그 규모는 다양하여 시, 읍, 면 등으로 옮길 수 있는데 이 작품의 배경이 되는 아치 트레차는 매우 작은 규모이기 때문에 '면'으로 옮겼다.

12) 보르보네 왕가는 프랑스 부르봉 왕가의 한 계열로 18세기 중엽부터 나폴리와 시칠리아를 지배했다. 뒤이어 언급되는 프란체스켈로는 1859년에서 1861년까지 통치했던 프란체스코 2세를 조롱하는 별명이다.

13) 초록색, 흰색, 빨간색으로 구성된 이탈리아 국기를 말한다.

모두 엉덩이를 걷어차여 내쫓길 것이며, 따라서 군인은 따로 없고, 필요하다면 모두가 전쟁터에 나갈 것이라고 했다. 그러자 파드론 느토니는 마치 돈 프랑코가 그 공화국이라는 것을 주머니 안에 갖고 있기라도 한 것처럼, 손자 느토니가 군대에 가기 전에 제발 하느님의 은혜를 베풀어 가능한 한 빨리 공화국을 만들어달라고 부탁하고 또 부탁했다. 결국 약방 주인이 화를 낼 정도였다. 그 대화를 듣고 있던 면서기 돈 실베스트로는 턱이 빠지도록 웃어대고, 마침내 자기가 알고 있는 이러저러한 사람의 주머니에 어느 정도의 금액을 슬쩍 찔러주면 손자의 징집이 면제될 만한 결함을 찾아낼 수 있으리라고 일러주었다. 하지만 불행히도 손자는 튼튼하게 태어났다. 지금도 트레차의 아이들이 그렇듯이. 징집 담당 의사는 그 건장한 청년이 앞에 서 있는 것을 보고 부채선인장의 넓찍한 잎 같은 커다란 발로 기둥처럼 우뚝 서 있는 것이 결함이라고 말했다. 그러나 부채선인장의 잎과 같은 발은 어려운 시기에 전함의 함교 위에서 군화를 신고 있는 게 더 잘 어울린다고 하면서 "미안하지만"이라는 말도 없이 느토니를 징집했다. 롱가는 징집자들이 카타니아의 소집 장소로 갈 때, 아들의 넓은 보폭에 맞추느라 숨을 헐떡이며 총총걸음으로 따라갔다. 그녀는 아들에게 언제나 성모마리아의 견장[14]을 가슴에 잘 달고 있으라고 당부하고, 아는 사람이 도시에서 마을로 돌아갈 때마다 소식을 전하라고 하면서 편지지 살 돈을 보내주겠다고 했다.

파드론 느토니는 남자답게 아무 말도 하지 않았지만 목안에 무엇인

---

14) 해군 견장 중 하나.

가가 걸린 것 같은 느낌을 지울 수 없었고, 마치 며느리와 싸우기라도 한 것처럼 그녀의 얼굴을 쳐다볼 수 없었다. 그들은 잠자코 고개를 숙인 채 트레차로 돌아왔다. 바스티아나초는 서둘러 프로비덴차에서 선구들을 내려놓은 다음 마을 어귀로 나가서 아버지와 아내를 기다렸는데, 그들이 신발을 손에 들고[15] 조용히 돌아오는 것을 보고 차마 입을 열 용기가 나지 않아 그렇게 함께 집으로 돌아왔다. 롱가는 낡은 그릇들과 마저 해결해야 할 일이라도 있는 것처럼 곧바로 부엌으로 달려갔다. 파드론 느토니는 아들에게 말했다.

"가서 무슨 말이라도 해줘라. 불쌍한 것. 견딜 수 없을 거야."

다음날 모두들 아치 카스텔로 역으로 갔다. 징집자들을 메시나[16]로 싣고 가는 열차가 지나가는 것을 보기 위해서였다. 그들은 방책 뒤의 빽빽한 군중에 짓눌린 채 한 시간 이상이나 기다렸다. 마침내 기차가 왔고, 시장으로 끌려가는 황소들처럼 차창 밖으로 고개를 내밀고 손을 흔드는 청년들이 보였다. 노래와 웃음소리, 시끄러운 소리들이 흡사 트레카스타니[17]의 축제 같았다. 가족들은 군중과 소음 속에서 가슴이 아프던 것도 삼시 잊어버렸다.

"안녕, 느토니!"

"안녕, 엄마!"

"잘 다녀와! 엄마가 한 말 기억해! 꼭 기억해!"

기차역 옆 길가의 제방 위에서 투다의 딸 사라가 송아지에게 먹일

---

15) 당시 시칠리아의 농부나 어부들은 도시에 갈 때나 신발을 신었다.
16) 아치 트레차 북쪽의 큰 도시로 시칠리아 섬에서 이탈리아 반도로 건너가는 길목이다.
17) 아치 트레차 북서쪽의 소읍.

풀을 베고 있었다. 하지만 추피다 베네라[18]는 코웃음을 치며 사라가 징집되어 가는 느토니에게 인사를 하기 위해 온 것이라고 말했다. 베네라는 두 사람이 채소밭 담장을 사이에 두고 이야기하는 것을 자기 두 눈으로 똑똑히 보았다고 했다. 물론 느토니는 사라를 향해 손을 흔들었으며, 사라는 손에 낫을 든 채 기차가 움직일 때까지 바라보았다. 롱가는 자신이 받아야 할 아들의 인사를 사라가 빼앗아 갔다고 느꼈다. 그래서 그후 오랫동안 빨래터나 광장에서 투다의 딸과 마주칠 때면 고개를 돌려버렸다.

마침내 기차는 노래와 작별 인사가 들리지 않을 정도로 시끄럽게 기적을 울리면서 떠났다. 호기심에 모인 사람들이 흩어진 뒤에도 몇몇 여인들과 일부 불쌍한 남자들이 남았고, 그들은 왜 그러는지 이유도 모른 채 여전히 방책의 말뚝을 붙잡고 있었다. 그러다가 조금씩 그들도 흩어지기 시작했고, 파드론 느토니는 며느리의 입맛이 쓸 것이라고 짐작하여 2첸테시모[19]를 주고 레몬 물을 샀다.

추피다 베네라는 롱가를 위로하기 위해 그녀에게 말했다. "이제 마음을 편히 가져요. 오 년 동안은 당신 아들이 죽었다 생각하고 떠올리지도 말아야 해요."

하지만 서양모과나무 집에서는 언제나 느토니를 생각했다. 롱가는 식탁을 차릴 때마다 무심결에 집는 주인 없는 그릇 하나 때문에 아들을 떠올렸다. 때로는 느토니가 다른 누구보다도 잘 만들었던 돛줄의

18) 뱃밥 수리공 투리의 아내. 투리에게는 절름발이라는 뜻의 '추피도'라는 별명이 있고 그 별명의 어미를 여성형으로 바꾸어 아내의 별명으로 붙였다.
19) 화폐 단위로, 100첸테시모는 1리라에 해당한다.

매듭 때문에, 때로는 바이올린 현처럼 팽팽하게 밧줄을 당겨야 할 때, 때로는 권양기捲揚機가 필요할 정도로 닻줄을 잡아당겨야 할 때 그를 생각했다. 할아버지는 "오이! 오오이!" 하고 숨을 헐떡이며, "이런 데는 느토니가 필요해!" 또는 "내가 그 녀석처럼 팔심이 있을 것 같아?" 하고 말했다. 롱가는 베틀의 바디로 씨를 치면서 "하나! 둘! 셋!" 하고 세는 동안 아들을 데려가버린 기차 엔진의 붕붕거리는 소음을 생각했다. 그 소리는 커다란 당혹감으로 그녀의 가슴속에 남아 아직도 그녀의 가슴을 "하나! 둘! 셋!" 하고 두드렸다.

그러다가 할아버지는 자기 자신과 다른 사람들을 위안하기 위해 특이한 주장을 펼치기도 했다. "그런데 이거 알아? 군대 생활은 그 녀석에게도 도움이 될 거야. 그 녀석은 튼튼한 두 팔을 밥벌이에 쓰기보다 일요일에 산책이나 하는 데 쓰는 걸 더 좋아했으니까. 밖에서 짠 빵을 먹어보면 다시는 집에서 먹는 음식에 불평하지 않을 테지."

마침내 나폴리에서 느토니의 첫번째 편지가 왔고, 그것은 마을 사람들을 완전히 들쑤셔놓았다. 느토니는 나폴리에서는 여자들이 비단치마를 입고 길거리를 빗자루처럼 쓸고 다니고, 방파제 위에 풀치넬라[20] 극장이 있고, 2첸테시모에 영주들이나 먹는 피자를 판다고 했다. 또 돈이 없으면 그곳에서 살 수 없으며, 산투차[21]의 선술집에 가는 것 말고는 돈을 어떻게 써야 할지 모르는 트레차와는 다르다고 했다. "그 식탐

---

20) 이탈리아 고유의 즉흥 가면극에 등장하는 가면 중 하나로 새의 부리처럼 긴 코가 특징이고, 주로 비열하고 사악하고 교활한 역할을 한다.
21) 성녀를 뜻하는 '산타'에 부정적인 뉘앙스가 담긴 접미사를 붙인 별명. 산투차는 마을에서 선술집을 운영하는 처녀다.

많은 녀석에게 피자 사먹을 돈을 좀 보내줘야겠구나." 파드론 느토니는 투덜거렸다. "그 녀석 잘못이 아니야. 원래부터 그렇게 생겨먹었으니까. 녹슨 못이라도 한입에 집어삼킬 대구처럼 생겨먹었잖아. 내가 세례식 때 안고 있지 않았다면 돈 잠마리아 신부님이 그 녀석 입에다 소금 대신 설탕을 넣어주었다고 했을 거야."[22]

투다의 딸 사라도 함께 있던 빨래터에서, 만자카루베[23]의 딸이 말했다. "틀림없어! 비단치마를 입은 여자들은 느토니를 훔쳐가려고 일부러 기다리고 있었던 거야. 거기서는 그런 얼간이를 전혀 본 적이 없었을 테니까."

다른 여자들은 배꼽을 잡고 웃었으며, 그후 짓궂은 처녀들은 그를 '얼간이'라고 불렀다.

느토니는 자기 사진도 보냈는데, 빨래터의 모든 아가씨들이 그 사진을 보았다. 투다의 딸 사라가 앞치마 밑으로 이 손에서 저 손으로 돌렸기 때문이다. 만자카루베의 딸은 질투심 때문에 죽을 지경이었다. 느토니는 대천사 성 미카엘의 화신처럼 보였다. 카펫을 디딘 발, 오니나의 성모마리아처럼 머리에 드리운 휘장. 느토니는 낳아준 엄마도 알아볼 수 없을 정도로 너무나 멋지고 깨끗하고 산뜻해 보였다. 불쌍한 롱가는 카펫과 휘장, 자기 아들이 멋진 소파의 등받이를 쓰다듬으면서 뻣뻣하게 기대어 있는 기둥을 아무리 봐도 전혀 싫증나지 않았다. 그녀는 아들이 그 멋진 것들 한가운데 있게 해주신 하느님과 성인들에게 감사드렸다. 추피다가 사방에 떠들어대는 말에 의하면, 롱가는 아들의

---

22) 신생아에게 세례를 줄 때 사제는 아이의 입안에 약간의 소금을 넣어주었다.
23) 시칠리아에서 많이 나는 콩인 '카루바(carruba)'를 먹는 사람이라는 뜻이다.

사진을 선한 목자[24]와 함께 유리 상자에 넣어 서랍장 위에 올려놓고, 거기에다 성모송을 올리며 마치 그것이 서랍장 위에 놓아둔 보물인 것처럼 여긴다고 했다. 산투차 마리안젤라 수녀[25]에게도 그런 보물이 있었는데, 바로 친기알렌타[26] 마리아노가 선물한 것으로, 누구나 볼 수 있도록 술집 탁자 위쪽, 잔들 뒤에 꽂아놓았다고 했다.

하지만 얼마 뒤에 느토니는 글자를 아는 동료를 알게 되었고, 힘든 선상 생활과 훈련, 상관들, 형편없는 음식, 너무 작은 군화에 대해 불평하기 시작했다. "우푯값 20첸테시모 값어치도 없는 편지로군!" 파드론 느토니는 투덜거렸다. 롱가는 개복치 낚시에 쓰는 바늘처럼 개발새발인 글씨에 전혀 좋은 것이 없는 내용들 때문에 걱정이 되었다. 바스티아나초는 고개를 저으면서 이건 사실이 아니라고 몸짓했다. 자기가 아들이라면, 편지에다 언제나 즐거운 것만 적어 다른 사람들의 마음을 기쁘게 해줄 거라고 했다. 그리고 노걸이의 조절 막대기[27]처럼 커다란 손가락으로 편지를 가리켰다. 오로지 롱가를 위로하기 위해서였다. 하지만 불쌍한 그녀는 평온을 찾지 못했다. 마치 새끼를 잃은 어미 고양이 같았다. 파드론 느토니는 몰래 약방 주인에게 편지를 읽어보라고 한 다음 돈 잠마리아 신부에게로 갔다. 정반대 입장에 있는 두 사람의 의견을 듣기 위해서였다. 손자의 불평이 실제로 그렇다는 것을 확인한 그는 바스티아나초와 며느리에게 말했다.

---

24) 예수그리스도.
25) 물론 술집을 운영하는 산투차는 수녀가 아니다. 냉소적인 표현으로 그렇게 부른다.
26) '느슨한 혁대', 말하자면 게으름뱅이라는 뜻의 별명이다.
27) 뱃전에서 노를 받치는 데 사용하는 고리와 노의 높이를 조절하는 장치.

"내가 말했잖아. 그 녀석은 부자로 태어났어야 한다고. 치폴라의 아들처럼 아무것도 하지 않고 배나 긁고 있게 말이야."

한편 그해는 흉작이었고, 물고기는 죽은 자들의 영혼에게나 줘야 할 상황이었다. 게다가 이제 기독교인들이 터키 사람들처럼 금요일에도 고기를 먹고 있었다. 집에 남은 가족만으로는 배를 운영하기 힘들어진 말라볼리아가 사람들은 때로 품삯을 주고 로카의 아들 메니코나 다른 사람을 구해야 했다. 국왕이 그렇게 만든 것이었다. 젊은이들이 밥벌이하기에 적당한 나이가 되면 징집해서 데리고 가버렸다. 하지만 아들들이 집안에 부담이 되는 동안에는, 즉 군대에 갈 나이가 되기 전까지는 그들을 책임져야 했다. 이제 메나가 열일곱 살이 되었고, 미사에 갈 때 젊은이들이 돌아보기 시작했다는 점도 고려해야 했다. 남자는 불, 여자는 짚, 악마가 와서 부채질을 한다. 따라서 서양모과나무 집은 배를 계속 운영하기 위해서 손발이 서로 협력해야 했다.

그리하여 파드론 느토니는 배를 운영하기 위해 '나무 종鐘' 크로치피소[28]와 잠두 거래를 하기로 했다. 외상으로 잠두를 구입한 후 리포스토[29]에 가서 파는 것이다. 친기알렌타에 의하면 트리에스테[30]에서 온 화물선이 그곳에서 잠두를 가득 싣고 간다고 했다. 사실 크로치피소의 잠두는 질이 좋지 않았지만 그것 외에는 트레차에 잠두가 없었다. 그

---

28) '나무 종'은 나무를 쳐도 종소리가 나지 않는 데 착안한 별명으로 고집이 세고 우둔하다는 뜻이다. 이름인 크로치피소는 '십자가에 못박힌 사람' 또는 '십자고상(十字苦像)'을 뜻한다.

29) 아치 트레차에서 20킬로미터 이상 떨어진 해안가 도시.

30) 이탈리아 북동부 아드리아 해 끝, 슬로베니아와의 접경 지역에 있는 도시.

리고 교활한 나무 종은 프로비덴차가 빨래터 아래 정박된 채 쓸데없이 햇빛과 바닷물만 축내며 아무 일도 하지 않고 지낸다는 것을 알고 있었다. 그래서 계속 잘 모르는 척했다. "어때요? 좋은 거래 아니오? 그럼 가져가요! 하지만 나는 양심을 걸고, 1첸테시모도 깎아줄 수 없어요! 빈말이라면 하느님께 내 영혼을 바치겠소!" 그리고 정말로 빈 종처럼 보이는 머리를 흔들었다. 그런 이야기를 오니나의 성당 문 앞에서 나누었다. 마침 그날은 성모마리아 축일인 9월의 첫 일요일로 인근 마을에서 엄청나게 많은 사람들이 몰려왔다. 거기에는 '오리 다리' 티노도 있었는데, 그는 우스갯소리를 곁들여가며 다달이 갚는 조건으로 살마[31]당 2온차[32] 1리라에 그들이 합의를 보도록 했다. 크로치피소는 언제나 그렇듯 페피니노[33]처럼 고개를 숙이고만 있었다. 그에게는 거절할 줄 모른다는 치명적인 결점이 있었기 때문이다. "아! 당신은 거절해야 할 때 싫다고 할 줄 모르는군!" 오리 다리가 낄낄거렸다. "당신 얼굴은……" 하고 그는 크로치피소의 외모를 조롱하기까지 했다.

저녁식사가 끝난 뒤 식탁보에 팔꿈치를 대고 잡담을 하던 롱가는 잠두 거래에 대한 이야기를 듣고 입을 다물지 못했다. 마치 40온차라는 엄청난 금액이 목에 걸린 것 같았다. 여자들은 통이 작은 법이지, 하고 생각하며 파드론 느토니는 설명했다. 거래가 잘 이루어지면 겨우내 먹을 빵이 생길 것이고, 메나에게 줄 귀걸이도 살 수 있는데다가 바스티

---

31) 시칠리아의 용량 단위로 대략 275리터에 해당한다.

32) 12.75리라에 해당했던 화폐 단위.

33) 이탈리아 고유의 가면극에 등장하는 가면 가운데 하나로 주로 멍청한 하인 역할을 한다.

아나초가 로카의 아들 메니코와 함께 리포스토에 다녀오는 데에는 일주일도 안 걸릴 거라고 했다. 그동안 바스티아나초는 묵묵히 초의 심지를 잘라낼 뿐이었다. 그렇게 잠두 거래는 성사되었고, 아울러 마을에서 가장 낡은 배들 가운데 하나였지만 가장 좋은 이름을 가진 프로비덴차[34]의 항해도 결정되었다. 마루차[35]의 마음은 여전히 어두웠으나 그녀가 관여할 문제가 아니었기 때문에 입을 열지 않았다. 그녀는 말없이 배를 정돈하는 데 몰두했고, 항해에 필요한 모든 것—신선한 빵, 올리브기름 단지, 양파, 가죽으로 덧댄 외투—을 배의 발판 밑이나 저장실에 넣어두었다.

남자들은 고리대금업자 크로치피소와 하루종일 해야 할 일이 엄청나게 많았다. 그는 물건을 보지 않고 팔았다고 주장했고, 잠두는 질이 좋지 않았다. 나무 종 크로치피소는 하느님께 맹세하건대, 아무것도 몰랐다고 말했다. 합의된 것은 속임수가 아닌 법. 내 영혼을 절대 돼지에게 줄 수 없다! 오리 다리는 그들을 합의시키기 위해 미친 사람처럼 입에 거품을 물고 욕을 해댔으며, 살아생전에 누굴 속인 적은 한 번도 없었다고 맹세하고 또 맹세했다. 그는 잠두 더미에 두 손을 찔러넣더니 하느님과 성모마리아께서 증인이 되어주실 거라면서 잠두를 보여주었다. 그러고는 흥분해서 정신이 나간 채 최후의 제안을 했다. 그는 여전히 잘 모르는 척하는 크로치피소와 손에 자루를 들고 있는 말라볼리아가 사람들에게 말했다. "자! 다음달 치는 미뤘다가 크리스마스 때 같이

---

34) 프로비덴차의 뜻은 '섭리'다.
35) 롱가의 본명.

지불해요! 그러면 살마당 1타리³⁶⁾씩 절약하게 돼요! 빌어먹을! 그럼 이제 끝났죠?" 그리고 잠두를 다시 자루에 담기 시작했다. "하느님의 이름으로, 하나!"

프로비덴차는 토요일 저녁에 출발했다. 저녁 기도를 할 무렵이었지만 종소리가 들려오지 않았다. 성당지기 치리노가 면서기 돈 실베스트로에게 장화 한 켤레를 갖다바치려고 자리를 비웠기 때문이다. 그 시간에 아가씨들은 샘물가에 참새떼처럼 모여 있었고, 저녁 별은 마치 프로비덴차 돛대에 매달린 등불처럼 아름답게 빛났다. 마루차가 아기를 안고 아무 말 없이 바닷가에 서 있는 동안 그녀의 남편은 돛을 풀었고 프로비덴차는 뾰족한 암초 주위로 부서지는 파도 위에서 새끼 오리처럼 흔들거렸다. "남쪽이 맑고 북쪽이 흐리면, 두려워 말고 바다로 나가라." 바닷가에서 파드론 느토니는 구름에 완전히 가려져 어두워진 산³⁷⁾ 쪽을 바라보면서 말했다.

바스티아나초와 함께 프로비덴차를 타고 있던 로카의 아들 메니코가 뭐라고 외쳤지만 바다가 그 소리를 먹어버렸다.

"돈을 자기 어머니 로카에게 갖다주래요! 동생은 일자리가 없으니까요." 바스티아나초가 덧붙여 소리쳤다. 그것이 그에게서 들려온 마지막 말이었다.

---

36) 양시칠리아왕국에서 사용되던 동전으로 대략 0.425리라에 해당했다.
37) 에트나 화산을 가리키는 것으로 아치 트레차에서 보면 북쪽에 가까이 있다.

제2장

마을에서는 온통 잠두 거래에 대한 이야기뿐이었다. 롱가가 리아를 안고 집으로 돌아올 때, 여자들은 문 앞에 나와서 그녀가 지나가는 것을 쳐다보았다.

"황금 같은 거래야!" 오리 다리가 뒤틀린 다리를 절룩이며 파드론 느토니의 뒤를 따라가면서 큰 소리로 말했다. 파드론 느토니는 성당 계단에서 시원한 바람을 쐬고 있는 포르투나토 치폴라와 로카의 아들 메니코의 동생 옆에 앉았다. 크로치피소는 마치 털이 뽑히는 새처럼 소리를 질렀지만 걱정할 필요는 없었다. 그는 나이에 비해 아직도 머리털이 많았기 때문이다. "그래! 잘됐지! 당신도 그렇게 말할 거요, 파드론 느토니!" 하지만 파드론 느토니는 하느님께 맹세코 바다의 암초에서 뛰어내리고 싶은 심정이었다. 크로치피소는 그런 그에게 관심을 보였다. 파드론 느토니는 일 년에 200온차가 넘는 돈이 부글부글 끓어오르는 커다란 냄비의 국자였으니까! 오리 다리가 없었다면 크로치피소는 자기 코도 풀지 못했을 것이다.

로카의 아들은 크로치피소의 재산에 대한 이야기를 들을 때면 가슴이 커다란 자부심으로 부풀어오르는 느낌이었다. 크로치피소는 로카의 남동생이자 그의 외삼촌이었기 때문이다. 그는 이렇게 말하곤 했다. "우린 친척이에요. 내가 그분에게 품을 팔러 가면 포도주 한 잔 주지 않으면서 품삯도 절반만 줘요. 우리는 친척이니까요."

오리 다리는 낄낄거렸다. "너를 위해서 그러는 거야. 네가 술주정뱅이가 될까봐 그러는 거고, 혹시나 자기가 죽고 나서 네가 더 부자가 될까봐 그러는 거지."

오리 다리는 기회가 있을 때마다 이 사람 저 사람 헐뜯는 것을 즐겼다. 하지만 너무나 아무렇지 않게, 악의 없이 그랬기 때문에 그를 나무라는 사람은 없었다. 그가 하는 말은 이런 것이었다. "농장 주인 필리포는 두 번이나 술집 앞을 기웃거리지 뭡니까. 산투차가 마구간으로 만나러 가겠다고 신호하기를 기다리고 있는 거죠. 함께 신성한 묵주기도를 올리려고 말이에요."

로카의 아들에게 이렇게 말하기도 했다. "크로치피소는 네 사촌 베스파[38]의 밭뙈기를 훔치려고 해. 그애와 결혼할 것처럼 하면서 실제 가격의 절반만 지불하고 땅을 사려 하지. 하지만 베스파가 자기한테서 크로치피소가 다른 무엇을 훔쳐가게 하는 데 성공하면, 너는 유산에

---

38) '말벌'이라는 뜻으로, 크로치피소의 질녀를 가리키는 별명이다.

대한 희망을 깨끗이 버려야 할 거야. 너한테 주지 않은 품삯과 포도주도 함께 말이야."

그러자 논쟁이 시작되었다. 파드론 느토니가 크로치피소도 어쨌든 기독교인이며, 자기 형의 딸과 결혼하려 할 정도로 판단력을 개들에게 주어버린 것은 아니라고 주장했기 때문이다.

"기독교인이든 터키인이든 그게 무슨 상관이오?" 오리 다리가 반박했다. "미쳤다고 말하고 싶은 거군요. 그 사람은 돼지처럼 부자이지만 베스파는 콧수건만한 밭뙈기밖에 가진 것이 없어요."

"나한테 하는 말 같군. 그 밭은 내 포도밭 옆에 있으니까." 치폴라가 화난 칠면조처럼 잔뜩 부어서 말했다.

"그 부채선인장 서너 개를 포도밭이라고 부르는 거요?" 오리 다리가 말했다.

"부채선인장 사이에 포도나무가 있지. 프란체스코 성인께서 멋진 비를 내려주신다면, 나중에 거기서 어떤 포도주가 나오는지 보게 될 거요. 오늘 해가 질 때 구름이 꼈으니까, 비가 오거나 바람이 불겠지."

"해가 질 때 구름이 끼면 서풍이 분다." 파드론 느토니가 덧붙였다.

오리 다리는 치폴라가 그렇게 아는 척하는 것을 참지 못했다. 치폴라는 자기가 부자이기 때문에 모든 것을 다 알고, 돈 없는 사람에게 자기의 그 멍청한 의견을 강요할 수 있다고 생각하는 것 같았다.

"익은 것을 원하는 사람도 있고, 날것을 원하는 사람도 있는 법이지요. 치폴라는 포도밭에 비가 오기를 기다리고, 당신은 프로비덴차의 고물에 서풍이 불기를 기다리는군요. 잔잔한 바다에 시원한 바람이라는 속담을 알죠? 오늘 저녁에는 별이 빛나지만 한밤중에 바람이 바뀔 겁니다. 그 바람을 느낄 수 있을지는 모르겠소만."

거리에서 마차들이 천천히 지나가는 소리가 들려왔다.

"낮이건 밤이건 사람들은 언제나 세상을 돌아다니는군." 치폴라가 말했다.

이제 바다도 들판도 보이지 않아서 이 세상에 오직 트레차만 있는 것 같았다. 모두는 지금 시간에 마차들이 어디로 가는 걸까 생각했다.

"자정이 되기 전에 프로비덴차는 물리니 곳을 돌아서 지나갈 거야." 파드론 느토니가 말했다. "그러면 시원한 바람도 별로 방해가 되지 않 겠지."

파드론 느토니는 프로비덴차만 생각했다. 그는 자기 일에 대해서가 아니면 전혀 말이 없었고, 빗자루처럼 옆에서 사람들의 대화를 들을 뿐이었다.

그러자 오리 다리가 말했다. "당신은 국왕과 교황에 대해 토론하는 약방 사람들과 어울려야 해요. 거기서는 당신도 멋진 모습을 보여줄 텐데! 저기 논쟁하는 소리 들리죠?"

"돈 잠마리아 신부가 약방 주인하고 싸우는 소리예요." 로카의 아들 이 말했다.

약방 주인은 가게 입구에서 시원한 바람을 쐬면서 신부와 다른 몇 사람과 함께 이야기를 나누고 있었다. 그는 글을 알았기에 신문을 읽 었고, 다른 사람들에게도 읽어주었다. 또한 『프랑스혁명사』도 갖고 있 었는데, 언제나 손이 닿는 수정 약절구 아래 두고 보았다. 그래서 평소 에 하루종일 본당 신부 돈 잠마리아와 논쟁을 하면서 시간을 보냈다. 그 때문에 두 사람은 화병에 걸리고 말았지만 하루도 서로 만나지 않는 날이 없었다. 신문이 도착하는 토요일이면 돈 프랑코는 아내에게 바가지 긁힐 위험을 무릅쓰고 촛불을 반 시간이나, 심지어 한 시간 동안 켜놓기도 했는데, 자신의 사상을 공개적으로 밝히고 치폴라나 말라볼리아처럼 야만적인 상태로 잠자리에 들지 않기 위해서였다. 다행히 여름에는 촛불이 필요 없었다. 치리노가 가로등을 켜놓을 때는 그 아래 문가에 있을 수 있었기 때문이다. 때로는 세관의 하급 관리 돈 미켈레도 왔고, 면서기 돈 실베스트로도 포도밭에서 돌아오다가 잠시 걸음을 멈추곤 했다.

그러면 약방 주인 돈 프랑코는 손을 비비면서 조그마한 의회議會를 준비했다. 계산대 뒤로 가서 자리를 잡고, 손가락으로 수염을 쓰다듬으며 누구를 다음 먹이로 삼을까 궁리하는 듯한 음흉한 미소를 지었다. 때로는 그 짧은 다리로 똑바로 서서 사람들에게 낮은 목소리로 몇 마디 암시적인 말을 흘리곤 했다. 이런 행동들로 그는 다른 사람들보다 훨씬 많이 아는 것처럼 보였고, 돈 잠마리아 신부는 그것을 견딜 수 없었다. 화가 나서 견딜 수 없을 때는 그의 얼굴에다 라틴어 몇 마디를 내뱉곤 했다. 돈 실베스트로는 신부와 약방 주인이 쓸데없는 일로 서로 헐뜯고 싸우는 것을 즐겁게 구경했다. 마을 사람들은 돈 실베스트로가 트레차에서 가장 멋진 밭을 소유하고 있는 것은 그가 최소한 그들처럼 화를 내지는 않기 때문이라고들 했다. 오리 다리가 덧붙인 바에 의하면, 신발도 신지 않고 이 마을에 왔던 돈 실베스트로가 말이다. 그는 마을 사람들이 서로 싸우도록 부채질하고는 하! 하! 하! 하며 배를 잡고 웃음을 터뜨렸는데, 그 모습이 마치 암탉 같았다.

"아, 돈 실베스트로가 알을 낳네요." 로카의 아들이 말했다.

"돈 실베스트로는 황금알을 낳지. 저 아래 면사무소에서." 오리 다리가 말했다.

"음! 별 볼 일 없는 것들이지!" 포르투나토가 말했다. "추피다가 자기 딸을 주지 않으려는 걸 보면."

"투리 추피도는 자기 암탉들의 알을 더 좋아한다는 뜻이군." 파드론 느토니가 말했다.

치폴라는 그렇다는 표시로 고개를 끄덕였다.

"모두 자신과 비슷한 짝이 있는 법." 파드론 느토니가 덧붙여 말했다.

그러자 오리 다리가 대꾸했다. 만약 돈 실베스트로가 자기와 비슷한 사람들과 함께 사는 데 만족했다면, 지금쯤 아마 손에 펜 대신 괭이를 들고 있을 것이라고.

"당신이라면, 손녀 메나를 그에게 주겠소?" 마침내 치폴라가 파드론 느토니에게 몸을 돌리며 물었다.

"인간은 각자 자기 기술에 몰두하고, 늑대는 양에 몰두하는 법."

치폴라는 계속해서 수긍한다는 표시로 고개를 끄덕였다. 그와 파드론 느토니는 메나와 그의 아들 브라시의 혼담을 주고받은 적이 있었다. 만약 잠두 거래가 잘 이루어진다면 메나는 지참금을 현찰로 준비할 수 있을 테고, 일은 빠르게 성사될 것이다.

"처녀는 가르치는 데 달렸고, 삼베는 실잣기에 달린 법." 마침내 파드론 느토니가 말했다. 치폴라는 또 한번 동의하며 롱가가 딸을 잘 가르쳐왔다는 건 마을 사람들 모두가 알고 있다고 말했다. 실제로 그 시간에 서양모과나무 집 앞의 좁은 길을 지나가는 사람들은 아가타 성녀의 베틀 소리를 들으면서 마루차가 등불의 기름값을 허투루 낭비하지 않는다고 입을 모아 말하곤 했다.

집으로 돌아온 롱가는 등잔을 켜고 일주일 동안 베를 짜는 데 필요한 실패들을 가득 채우기 위해 물레를 들고 테라스로 갔다.

"보이지 않지만 소리를 들어보면 알아. 메나가 아가타 성녀처럼 밤낮으로 베틀에 앉아 있다는 걸." 이웃 여인들은 말했다.

"처녀들은 창가에 서 있는 것 말고 저런 습관이 들어야 해요. 창가의 여자는 피해야 하는 법이죠." 롱가는 대답했다.

"하지만 어떤 여자는 창가에 있다가 지나가는 남자들 중에서 남편감을 낚기도 해요." 맞은편 입구에서 안나가 말했다.

안나에게는 그렇게 말할 만한 이유가 있었다. 그녀의 멍청한 아들로코가 뻔뻔스러운 얼굴로 창가에 서 있는 여자들 중 하나였던 만자카루베의 딸의 치마 속으로 끌려들어갔기 때문이다.

오리 다리의 아내 그라치아가 길거리에서 사람들이 이야기하는 소리를 듣고, 깍지 깔 콩을 앞치마에 가득 담아 나왔다. 그리고 자루에 온통 구멍을 뚫어 체처럼 만들어놓은 생쥐에 대해 불평하면서 생쥐들이 마치 사람의 판단력을 갖고 일부러 그런 것 같다고 말했다. 그리하여 이야기는 일반적인 화제로 넘어갔다. 마루차도 쥐 때문에 많은 피해를 입었기 때문이다. 빌어먹을 쥐새끼들! 고양이가 죽어버린 안나의 집도 생쥐들로 가득했다. 그녀가 황금처럼 귀하게 여기던 고양이는 티노의 발길질에 죽어버렸다. "회색 고양이가 쥐를 잡는 데는 최고예요. 바늘구멍에서도 쥐를 잡아낼 수 있다니까."

"밤에는 절대로 고양이에게 문을 열어주지 말아야 해요. 아치 산탄토니오[39]에서 어떤 노파가 그렇게 했다가 죽었다지 뭐예요. 도둑놈들이 사흘 전에 노파의 고양이를 훔쳐다가 거의 굶어 죽을 지경이 된 고양이를 다시 노파네 문밖에다 갖다 두고서, 불쌍한 노파가 고양이를 그냥 내버려두자니 안쓰러워서 문을 연 틈을 타 집안으로 들어갔다는 거예요. 요즘 도둑들은 도둑질하려고 온갖 계략을 다 짜낸다니까. 트레차에도 낚시를 하러 왔다며 바닷가 바위에 서 있는 낯선 사람들이 보이곤 했는데, 글쎄 그놈들이 말리려고 널어둔 이불보를 눈에 보이는 대로 훔쳐가버렸대요. 눈치아타의 새 이불보도 도둑맞았죠. 불쌍한 눈치아타! 아버지가 돈 벌러 이집트 알렉산드리아로 떠나면서 눈치아타의 어깨에 동생들을 맡겨놓았죠. 그런데 힘들게 일하는 그녀의 이불보를 훔쳐가다니!" 눈치아타는 예전의 안나하고 똑같았다. 안나의 남편도 자식들을 한 무더기 남겨놓고 죽었다. 큰아들 로코가 아직 안나의 무릎에도 닿지 않을 때였다. 그런데 안나가 그 게으름뱅이 아들을 힘겹게 키워놓으니까 만자카루베의 딸이 훔쳐가버렸다.

그런 잡담이 한창일 때, 뱃밥 수리공 투리의 아내 추피다가 좁은 길 끝에서 튀어나왔다. 그녀는 언제나 갑자기 나타나서 참견을 했는데, 마치 연도煉禱중에 악마가 끼어드는 것처럼 도대체 어디에서 나오는지 아무도 알 수 없었다.

그녀는 사람들이 모인 곳으로 오더니 투덜거렸다. "그런데 당신 아들 로코는 당신을 전혀 도와주지 않네요. 한푼이라도 벌면 곧바로 술집에 갖다바치니."

추피다는 마을에서 일어나는 모든 일을 알고 있었다. 그래서 사람들

---

39) 아치 트레차 북쪽에 있는 작은 마을.

은 그녀가 자기 물렛가락을 핑계로 하루종일 맨발로 돌아다니면서 염탐한다고 수군거렸다. 그녀는 물렛가락을 돌멩이 위에서 돌지 않게 하려는 듯이 언제나 허공에 쳐들고 다녔다. 추피다는 거룩한 복음서처럼 언제나 진실을 말했고, 그것이 그녀의 결점이었다. 그녀가 자신에 대해 말하는 것을 꺼리는 사람들은, 그녀가 침을 질질 흘리는 지옥의 혓바닥을 갖고 있다고 비난했다. 쓴 입은 쓸개즙을 뱉는 법이다. 그녀는 결혼하지 못한 딸 바르바라 때문에 정말로 입안이 썼다. 바르바라는 오만하고 버릇없는 처녀였지만 그래도 추피다는 딸을 비토리오 에마누엘레[40]의 아들에게 시집보내고 싶어했다.

"만자카루베의 딸은 정말 대단해." 추피다는 이어서 말했다. "온 마을 남자들이 자기 집 창문 아래로 지나가게 만든 뻔뻔한 여자라니." 창가의 여자에게는 인사도 하지 마라. 추피다는 반니 피추토가 농장 주인 필리포에게서 훔친 부채선인장 열매를 만자카루베의 딸에게 선물로 주고, 포도밭의 아몬드나무 아래서 함께 먹었다고 했다. 직접 보았다는 말도 잊지 않았다.

그리고 푸줏간 주인 페피 나소는 마차꾼 친기알렌타 마리아노 때문에 질투심이 치솟아 자기가 도살한 짐승의 뿔들을 모두 그녀의 집 문밖에다 버렸다. 친기알렌타가 만자카루베의 딸의 창문 아래로 머리를 빗으러 간다는 소문을 들은 뒤의 일이었다.

하지만 사람 좋은 안나는 평온하게 말했다. "돈 잠마리아 신부님이 말했어요. 이웃 사람을 욕하는 것은 큰 죄라고요."

---

40) 비토리오 에마누엘레 2세를 가리킨다. 사르데냐왕국의 왕이었으며, 나중에 통일된 이탈리아왕국의 왕이 되었다.

"돈 잠마리아는 설교를 하려거든 자기 누이 로솔리나에게나 하라지." 추피다가 말했다. "지나가는 돈 실베스트로나 세관 관리 돈 미켈레에게 어린애 같은 짓 좀 하지 말라고. 불쌍한 그 여자는 나이도 많은데 퉁퉁한 몸으로 남편감을 찾으려고 안달이 났어요."

"다 하느님의 뜻대로 되겠죠!" 안나가 결론을 내렸다. "남편이 죽었을 때 로코는 이 물렛가락보다도 작았고, 딸들은 그보다 더 어렸어요. 그렇다고 내가 절망했을 것 같아요? 고난에는 익숙해지는 법이고, 고난이 부지런히 일을 하도록 도와주기도 해요. 내 딸들도 내가 했던 것처럼 할 것이고, 빨래터에 빨랫돌이 있는 한 우리에게는 먹고살 방법이 있을 거예요. 눈치아타를 봐요. 이제 그 아이는 나이든 할머니보다 판단력이 뛰어나고, 어린 동생들을 자기가 낳기라도 한 것처럼 잘 키우고 있잖아요."

"그런데 눈치아타는 어디 있지? 계속 안 보이네." 롱가는 누더기 차림의 아이들에게 물었다. 아이들은 바로 맞은편 오두막집 문가에서 훌쩍이고 있다가 누나에 대해 말하는 소리를 듣자 합창하듯이 울음을 터뜨렸다.

"땔나무를 하러 화산암 지대[41]로 가는 걸 봤어요. 아주머니 아들 알레시도 함께 가던데요." 안나가 대답했다.

아이들은 그 말을 듣더니 동시에 다시 울기 시작했다. 잠시 후 커다란 돌 위에 웅크리고 앉아 있던 가장 큰 아이가 말했다.

"저는 어디 있는지 몰라요."

---

41) 에트나 화산에서 흘러내린 용암이 굳은 검은 바위들이 있는 곳을 가리킨다. 이 화산암 때문에 아치 트레차의 바닷가는 온통 검은색이다.

이웃집 여자들은 비 오는 날의 달팽이들 같았다. 마을에는 좁은 길을 따라 이집 저집에서 끊임없이 이어지는 잡담 소리밖에 들리지 않았다. 당나귀 마차를 끄는 알피오 모스카의 집에서도 열린 창문으로 땔나무의 매캐한 연기가 새어나왔다. 메나도 베틀에서 일어나 테라스로 나왔다.

"오! 아가타 성녀!" 이웃집 여자들은 소리 높여 그녀를 반겼다.

"메나는 언제쯤 결혼시킬 생각이에요?" 추피다가 롱가에게 낮은 목소리로 물었다. "부활절이면 열여덟 살이 될 텐데. 내 딸 바르바라처럼 지진이 있던 해에 태어났잖아요. 바르바라를 데려갈 남자는 먼저 내 마음에 들었으면 좋겠는데."

그 순간 길에서 나뭇가지들이 바스락거리는 소리가 들리더니 알레시와 눈치아타가 나타났다. 그들은 땔나무 더미에 가려 잘 보이지 않았다.

"오! 눈치아타!" 이웃집 여자들이 외쳤다. "지금 이 시간에 화산암 지대에 가다니 무섭지도 않아?"

"제가 함께 갔어요." 알레시가 대답했다.

"빨래터에서 안나 아주머니와 늦게까지 있다 보니 화덕에 땔나무가 없지 뭐예요."

눈치아타는 등불을 켜고 재빨리 저녁식사를 준비하기 시작했다. 그동안 어린 동생들은 비좁은 방 안에서 그녀의 뒤를 따라다녔다. 그녀는 마치 병아리들을 데리고 다니는 암탉 같았다. 알레시는 자기 나뭇단을 내려놓은 후 주머니에 손을 넣은 채 문가에서 심각한 표정으로 눈치아타를 바라보았다.

"오, 눈치아타!" 메나가 테라스에서 불렀다. "냄비를 불 위에 올려놓고 잠시 이리로 와봐."

눈치아타는 알레시에게 화덕을 살펴보라고 맡기고는, 테라스로 달려가 아가타 성녀 옆에 웅크리고 앉았다. 두 사람은 서로의 손을 잡고 잠깐의 휴식을 즐겼다.

"알피오 모스카가 콩을 삶고 있네요." 잠시 후 눈치아타가 말했다.

"저 사람도 너와 같구나. 불쌍해! 저녁에 피곤한 몸으로 집에 돌아와도 수프 한 그릇 만들어놓을 사람이 없으니까."

"네, 맞아요. 그래도 혼자 바느질도 할 줄 알고, 빨래도 하고, 옷을 꿰매기도 하죠." 눈치아타는 이웃 알피오가 하는 일을 모두 알고 있었고, 그의 집을 마치 제 손바닥 들여다보듯 훤히 알고 있었다. "이제 땔나무를 가지러 가네요. 이제 당나귀를 돌보러 가네요." 눈치아타의 말대로 움직이는 듯 등불이 마당이나 마구간으로 옮겨가는 것이 보였다. 아가타 성녀는 웃었고, 눈치아타는 알피오가 치마만 입으면 천생 여자일 거라고 말했다.

"그래. 만약 결혼하면 아내는 당나귀 마차를 끌고 돌아다니고, 알피오는 집에서 아이들을 기를 것 같아." 메나가 말했다.

길에 모여앉은 여인들도 알피오 모스카에 대해 이야기했다. 베스파가 그를 남편으로 맞이하느니 아예 결혼을 하지 않겠다고 했다고 추피다는 말했다. 베스파는 그 멋진 밭뙈기를 갖고 있기 때문에, 만약 결혼을 한다 해도 당나귀 마차 외에는 아무것도 없는 사람을 남편으로 맞이하지는 않을 거라고 했다. 마차는 관棺이다라는 속담도 있으니. 그녀는 자기 삼촌인 나무 종 크로치피소에게 눈독을 들이고 있었다. 교활한 베스파!

메나와 눈치아타는 못된 베스파에 반발하여 알피오를 편들었다. 단지 가난하고 세상에 핏줄 하나 없다는 이유만으로 사람들이 알피오를 경멸하는 것을 눈치아타는 가슴 아프게 생각했다. 그러다 불쑥 메나에게 말했다. "내가 어른이 돼서 나에게 권한다면 나는 알피오를 남편으로 맞이할 거야."

메나도 뭔가 말하려고 하다가 곧바로 화제를 바꾸었다.

"위령의 날[42] 축제 때 너도 시내에 갈 거야?"

"아니, 안 갈 거예요. 집을 비울 수 없으니까요."

"우린 갈 거야. 잠두 거래가 잘되면 말이야. 할아버지께서 그렇게 말씀하셨어."

그리고 한참 생각하더니 이렇게 덧붙였다.

"언제나 그랬듯이, 알피오도 가겠지. 호두를 팔러 갈 거야."

두 처녀는 함께 입을 다물었고, 알피오가 호두를 팔러 갈 위령의 날 축제를 생각했다.

"크로치피소 아저씨는 그 페피니노 같은 태도로 베스파를 자기 주머니 안에 넣을 거예요!" 안나가 말했다.

"그게 바로 베스파가 원하는 거야!" 추피다가 불쑥 끼어들었다. "자신을 주머니 안에 넣어주기만을 바라는 거예요! 그 여자는 고양이처럼 언제나 크로치피소의 집에 가 있죠. 먹을 것을 갖다준다는 핑계로 말이야. 그래도 그 노인네는 아무 말 하지 않아요. 손해볼 것이 없으니

---

42) 로마가톨릭교회의 축일 가운데 하나로 죽은 사람들을 위해 기도하는 날이며, 11월 2일이다.

까. 베스파는 삼촌을 돼지처럼 살찌워서 잔치를 벌이려고 하죠. 분명히 말하지만, 베스파는 그의 주머니 안에 들어가기를 바라고 있는 거예요!"

모든 여인이 크로치피소에 대해 한마디씩 했다. 그는 언제나 자기가 도둑놈들 사이에 있는 예수그리스도인 것처럼 불평했는데, 그러면서도 가래로 긁어모아야 할 정도로 돈이 많았다. 추피다는 어느 날 그 노인이 아프다고 해서 찾아갔는데 침대 아래서 엄청 커다란 궤짝을 보았다고 했다.

롱가는 잠두 빛 40온차가 목구멍에 걸려 있는 느낌이 들어서 화제를 바꾸었다. 귀는 어둠 속에서도 들을 수 있었기 때문이다. 그때 크로치피소가 돈 잠마리아 신부와 함께 광장을 가로질러 오면서 이야기하는 소리가 들려왔다. 추피다는 그에게 퍼붓던 욕을 잠시 중단하고 인사를 했다.

돈 실베스트로는 그들을 향해 암탉처럼 웃었고, 그렇게 웃는 모습은 약방 주인을 화나게 만들었다. 더구나 약방 주인은 인내심이라곤 가져본 적이 없는 사람이었다. 그에게 인내심은 또다른 혁명을 원하지 않는 멍청이들이나 갖고 있는 것이었다.

"물론이지. 당신은 인내심을 가져본 적이 없지요. 그것을 어디에 두어야 하는지도 모를 테니까 말이오!" 돈 잠마리아 신부가 소리쳤다. 그러자 키가 자그마한 돈 프랑코는 격분했고, 어둠 속 광장의 한쪽 끝에서 다른 쪽 끝까지 들릴 정도로 신부에게 욕지거리를 퍼부었다. 돌멩이처럼 단단한 나무 종은 어깨를 으쓱하며 자신과는 상관없는 일이다, 자신은 자기 일에만 몰두한다고 되풀이해서 강조했다. 돈 잠마리아는 말했다. "당신들은 '좋은 죽음의 형제회'[43]가 당신들과 상관없는 일인 것처럼 한푼도 내지 않고 있어요! 자기 주머니에서 돈을 꺼내야 할 때는 약방 주인보다 더 나쁜 개신교도들의 무리가 된단 말이오! 당신들은 형제회의 금고 위에서 생쥐들이 춤추게 만들고 있소! 이처럼 더러운 짓거리가 어디 있단 말이오!"

약방 주인 돈 프랑코는 사람들을 화나게 만드는 돈 실베스트로의 웃음소리를 흉내내며 등뒤에 대고 그들을 큰 소리로 조롱했다. 그러나 약방 주인은 공화주의자였다. 그 사실을 아는 돈 잠마리아 신부는 광장에서 소리를 질렀다. "만약 학교나 가로등에 관한 일이었다면 어떻게든 돈을 찾아냈을 테지!"

약방 주인은 대꾸하지 않았다. 자기 아내가 창가에 나타났기 때문이다. 초등학교 선생의 월급 몇 푼까지 챙기는 면서기 돈 실베스트로가 들을까 걱정하지 않아도 될 정도로 멀리 떨어진 곳에 오자 크로치피소는 이렇게 말했다.

"나와는 상관없는 일이지. 어쨌든 옛날에는 가로등도 많지 않았고, 학교도 많지 않았고, 당나귀에게 억지로 물을 먹이지도 않았잖소. 그때가 지금보다 훨씬 나았어요."

"당신은 학교도 다니지 않았지만, 사업을 잘하고 있죠."

"그리고 난 교리문답도 아직 기억해요." 크로치피소는 칭찬에 보답하기 위해 말했다.

논쟁의 열기 때문에 돈 잠마리아는 방향감각을 잃었다. 평소라면 눈

---

43) 상(喪)을 당했을 때 장례 절차를 도와주는 일종의 상조회.

감고도 가로질러 갈 수 있는 광장인데, 하마터면 넘어져 목이 부러질 뻔했다. 하느님, 용서해주소서! 그리고 엄청난 욕지거리가 튀어나왔다.

"최소한 가로등이라도 켜야지!"

"요즘 같은 때에는 자기 일은 자기가 알아서 신경써야 해요." 크로치피소가 말했다.

돈 잠마리아는 어두운 광장 한가운데에서 크로치피소의 소매를 잡아끌더니, 이 사람 저 사람을 헐뜯기 시작했다. 가로등 켜는 사람은 기름을 훔치고, 돈 실베스트로는 그걸 눈감아주고, 주파[44] 면장은 코를 잡혀 끌려다니기만 한다고 헐뜯었다. 또 치리노는 면사무소 심부름꾼이 되고 나서 유다처럼 성당지기 일을 한다고 했다. 아무 할 일이 없을 때만 삼종기도 종소리를 울리고, 미사용 포도주는 예수께서 십자가에 달렸을 때 마셨던 것[45]과 같은 것을 구입하니, 이것이야말로 신성모독이라고 했다. 크로치피소는 서로의 얼굴도 보이지 않는 어둠 속에서 그렇다는 표시로 습관처럼 고개를 끄덕였다. 계속해서 돈 잠마리아는 한 사람 한 사람 열거하면서 말했다. "그는 도둑놈이오." "그놈은 악당이지." "또 그 녀석은 과격분자라오." "오리 다리가 파드론 느토니와 치폴라에게 말하는 것 들었어요? 그도 같은 무리 중 하나요! 비틀린 다리를 가진 선동꾼!" 신부는 마침 비틀거리며 광장을 지나가는 오리 다리를 보자 멀리 돌아서 가면서도 의혹에 찬 눈길로는 뒤를 좇으며 혹시 그 걸음걸이로 무슨 음모를 짜고 있는 건 아닌지 밝혀내려고 했

---

44) 시칠리아의 전설에 나오는 멍청이들 중 하나로 크로체 칼라 면장의 별명.
45) 예수가 십자가에 못박혀 숨지기 전에 한 사람이 해면에 신 포도주를 적셔 갈대에 꽂아 마시게 했다.

다. "저 사람 다리는 악마의 다리야!" 신부는 투덜거렸다. 크로치피소는 단지 어깨만 으쓱할 뿐, 다시 한번 자신은 신사이므로 그런 일과 상관없다고 반복해서 말했다. "치폴라 그 사람도 멍청이, 허풍선이요! 오리 다리한테 속고 있는 걸 보면…… 파드론 느토니도 속임수에 빠질 거요! 요즘 같은 때에는 어떤 일이든 일어날 수 있다오!"

"신사적인 사람은 자기 일에만 몰두하는 거예요." 크로치피소는 반복해서 말했다.

한편 성당 계단 위에 의장처럼 앉아 있던 오리 다리 티노가 말했다. "내 말 들어봐요! 혁명 전엔 정말 이러지 않았어요. 분명히, 지금은 물속의 물고기들조차 교활해졌어요!"

"아니, 멸치는 북동풍이 불어오기 스물네 시간 전에 미리 알아요." 파드론 느토니가 대답했다. "원래 그랬소. 멸치는 참치보다 더 현명한 물고기라오. 지금은 저 물리니 곶 너머에서 촘촘한 그물에 한꺼번에 쓸어담기고 있을 테지만."

"어떻게 된 건지 내가 설명해주지!" 포르투나토 치폴라가 말했다. "저 빌어먹을 놈의 증기선들이 왔다갔다하면서 수차 바퀴로 바닷물을 쳐대기 때문이오. 그러니 물고기들이 놀라서 멀리 가버리고, 한 마리도 보이지 않게 된 거라고. 틀림없이!"

로카의 아들은 입이 딱 벌어져서 듣고 있다가 머리를 긁적거리며 말했다. "그렇군요! 그럼 증기선이 지나가는 시라쿠사나 메시나에도 물고기가 없겠군요. 그런데 거기서는 철도로 엄청나게 많이 싣고 가요."

그러자 치폴라가 화가 나서 소리쳤다. "그 이유는 나도 모르지! 이제 손뗄래. 난 상관없거든! 나는 밭과 포도나무가 있어서 빵을 먹을 수 있으니까."

오리 다리는 로카의 아들의 뒤통수를 후려쳤다. 젊은 녀석을 가르치기 위해서였다. "이 짐승만도 못한 놈! 어른들이 말할 때는 조용히 있어야지!"

그러자 로카의 아들은 소리를 지르고 떠나면서 자기 머리를 주먹으로 때렸다. 모두들 그가 로카의 아들이기 때문에 멍청이라고 했다. 파드론 느토니는 코를 허공으로 쳐들면서 말했다. "만약 자정 이전에 북서풍이 불지만 않는다면, 프로비덴차가 물리니 곶을 돌아서 올 시간이 있을 게야."

높은 종탑에서 천천히 종소리가 내려왔다. "어두워지고 한 시간이 지났군!" 치폴라가 말했다.

파드론 느토니는 성호를 긋고 말했다.

"산 자에게는 평화를, 죽은 자에게는 안식을."

"돈 잠마리아 신부가 오늘 저녁에는 튀긴 스파게티를 먹겠군." 오리 다리가 사제관 창문을 향해 코를 벌름거리면서 말했다.

돈 잠마리아는 사세관으로 가기 위해 그들 옆을 지나가면서 오리 다리에게도 인사를 했다. 이런 시절에는 의심스러운 자들과도 친구가 될 필요가 있었기 때문이다. 아직도 입안에 침이 고여 있던 오리 다리는 그의 뒤에다 소리쳤다.

"와! 오늘 저녁은 튀긴 스파게티군요, 신부님!"

"이봐요! 이젠 내가 먹는 것까지!" 돈 잠마리아는 이를 악물고 으르렁거렸다. "하느님의 종을 염탐해서 무엇을 먹는지까지 알아내는군! 이게 다 교회를 우습게 봐서 그러는 거야." 그러다가 돈 미켈레와 코가 맞닿을 정도로 마주쳤다. 세관 관리 돈 미켈레는 배에 권총을 차고 장화 안으로 바지를 집어넣은 차림으로 밀수꾼들을 잡으러 돌아다녔다.

"나 같은 사람들은 다른 사람이 무엇을 먹는지 신경쓰지 않아요."

"나는 저런 사람들이 좋아요! 신사들의 물건을 지켜주니까요." 크로치피소가 말했다.

"저자도 조금만 자극하면 똑같은 무리가 되겠지!" 돈 잠마리아는 사제관의 문을 두드리면서 혼잣말을 했다. "도둑놈들!" 문을 두드리면서 그는 계속 중얼거렸고, 어둠 속에서 술집을 향해 사라져가는 세관 관리의 발걸음을 의혹에 찬 눈길로 뒤좇았다. 그리고 신사들의 이익을 지켜주는 세관 관리가 무엇 때문에 술집이 있는 곳에 가는 것일까 곰곰이 생각했다.

하지만 오리 다리 티노는 무엇 때문에 돈 미켈레가 술집 쪽으로 가는지 알고 있었다. 그 이유를 알아내기 위해 며칠 밤을 술집 옆에 있는 느릅나무 뒤에 숨어서 지켜보았기 때문이다. 그는 말했다.

"산투차의 아버지 산토로와 몰래 이야기를 나누기 위해 가는 거예요. 국왕의 빵을 먹는 사람들은 모두 밀정 노릇을 하면서 트레차나 온 사방의 모든 사람에 대해 알아야 하지요. 산토로는 비록 장님이고 햇살 앞의 박쥐처럼 술집 문 앞에 앉아 있지만, 마을에서 일어나는 모든 일을 알고 있어요. 지나가는 발소리만 듣고도 누구인지 알고 이름을 부를 정도예요. 단지 농장 주인 필리포가 산투차와 함께 묵주기도를 낭송하러 갈 때만 듣지 못해요. 눈을 손수건으로 가린 사람보다 더 훌륭하게 잘 지키고 있지요."

마루차는 해가 진 후 한 시간이 지났다는 종소리를 듣고 재빨리 집안으로 들어가 식탁에 식탁보를 폈다. 여인들은 조금씩 흩어지기 시작했다. 마치 마을 전체가 잠든 것처럼 길 저쪽 끝에서 바다가 코를 고는 소리가 들려왔다. 바다는 이따금 침대에서 뒤척이는 사람처럼 커다란 숨을 내쉬기도 했다. 그저 조그마한 빨간 등불이 깜박이는 저 아래 술집에서만 시끄러운 소리가 계속되었고, 매일 잔치를 벌이는 로코 스파투의 커다란 목소리가 들려왔다.

"로코는 언제나 즐거운 모양이군." 한참 후에 알피오 모스카가 창가에서 말했다. 더이상 아무도 없는 듯했다.

"오, 아직 거기 있었군요, 알피오." 할아버지를 기다리며 테라스에 나와 있던 메나가 말했다.

"그래요. 나 여기 있어요, 메나. 여기서 수프를 먹고 있죠. 당신 가족이 등불을 켜고 모두 식탁에 앉아 있는 걸 보면 나도 혼자가 아닌 것 같아요. 혼자 있으면 입맛도 사라지거든요."

"당신은 행복하지 않아요?"

"하! 행복한 마음을 가지려면 많은 것이 필요하지요!"

메나는 아무 대답도 하지 않았다. 잠시 침묵이 흐른 뒤 알피오가 덧붙였다.

"내일 소금을 실으러 카타니아에 가요."

"위령의 날에도 가나요?" 메나가 물었다.

"모르겠어요. 원래도 얼마 안 되는 호두가 올해는 모두 썩었어요."

"아마 알피오는 신붓감을 찾으러 카타니아에 갈 거예요." 눈치아타가 맞은편 문 앞에서 말했다.

"그게 사실이에요?" 메나가 물었다.

"메나, 만약 그런 일이라면, 내가 원하는 처녀들은 멀리서 찾을 것 없이 우리 마을에도 있어요."

"보세요, 얼마나 많은 별이 저 위에서 반짝이는지!" 잠시 후에 메나가 말을 이었다. "연옥의 혼령들이 천국으로 올라가는 거래요."

"이봐요." 알피오도 잠시 별들을 바라보다가 그녀에게 말했다. "당신은 아가타 성녀니까, 혹시 꿈에서 행운의 숫자를 보면 나한테 말해 줘요. 로토 게임을 해보려고요. 당첨되면 아내를 얻을 여유가 생길 거예요……"

"잘 자요!" 메나는 말했다.

별들은 마치 불이 붙은 듯 더욱 강하게 반짝거렸다. 세 왕자리[46]는 성 안드레아[47]의 십자가 모양으로 암초 위에서 반짝거렸다. 좁은 길 끝에서 바다는 천천히 코를 골았으며, 이따금 어둠 속을 지나가는 마차 소리가 들려왔다. 마차는 돌멩이에 걸려 덜컹거리면서 세상 어딘가를 향해 갔다. 세상은 밤낮으로 쉬지 않고 걷고 또 걸을 수 있는 사람이 걸어가도 절대 끝에 닿을 수 없을 정도로 넓고, 그 시간에도 세상 어딘가로 가는 사람들이 있으며, 그들은 알피오에 대해 아무것도 모르고, 바다 위에 떠 있는 프로비덴차에 대해서도, 위령의 날에 대해서도 아무것도 모른다. 테라스에서 할아버지를 기다리면서 메나는 그렇게 생각했다.

파드론 느토니는 문을 잠그기 전에 서너 번 테라스로 나와 평소보다 더 반짝이는 별들을 바라보며 중얼거렸다. "쓰디쓴 바다!"

---

46) 오리온자리의 허리띠에 해당하는 세 별.
47) 예수그리스도의 열두 제자 중 한 사람으로, X자형 십자가가 그의 상징물이다.

로코 스파투는 술집 문가의 깜박이는 등불 앞에서 목이 쉬도록 노래를 불렀다.

　"행복한 자는 언제나 노래하는 법." 파드론 느토니가 말했다.

제3장

　자정이 넘자 마치 마을의 모든 고양이들이 지붕 위에 올라가 덧문을 흔드는 것처럼 미친듯이 바람이 몰아치기 시작했다. 파도가 암초 주위에서 울부짖는 소리가 산탈피오 시장의 황소들이 모두 바다에 모여든 것처럼 들렸다. 유다의 영혼보다 더 어둡게 새벽이 왔다. 부채선인장 사이에서 소총을 쏘아대듯 갑작스럽게 폭풍우가 휘몰아치는 불길한 9월의 흉측한 일요일이었다. 마을 사람들은 배들을 해안으로 끌어올려 빨래터 아래의 커다란 바위에 잘 묶어두었다. 멀리서 찢어진 돛단배가 바람과 안개 속에서 마치 고물에 악마가 탄 듯 흔들리며 지나가는 것을 보면 장난꾸러기들은 휘파람을 불고 고함을 질렀다. 하지만 여자들은 그 안에 타고 있는 불쌍한 사람들이 눈에 선한 듯 성호를 그었다.

　롱가 마루차는 평소처럼 아무 말도 하지 않았지만 잠시도 가만있지 못하고 계속해서 집안으로, 마당으로, 이리저리 왔다갔다했다. 마치 알을 낳으려는 암탉 같았다. 남자들은 술집이나 피추토의 이발소, 아니면 푸줏간의 지붕 아래 모여 코를 허공으로 쳐들고 비가 오는 것을 바라보았다. 바닷가에 나가 있는 사람은 파드론 느토니와 로카의 아들뿐이었다. 파드론 느토니는 프로비덴차에 아들 바스티아나초와 함께 실린 잠두 때문에 걱정이 되었다. 로카의 아들은 전혀 잃을 것이 없었다. 잠두가 실린 배를 타고 바다에 나간 형 메니코 외에는 아무것도 잃을 게 없었다. 포르투나토 치폴라는 반니 피추토의 이발소에서 면도를 하면서, 자기는 잠두를 실은 프로비덴차와 바스티아나초, 로카의 아들 메니코에게 한푼도 투자하지 않을 거라고 했다.

그는 어깨를 으쓱하면서 말했다. "지금은 모든 사람들이 부자가 되려고 장사에 뛰어들지! 그런데 꼭 노새를 잃은 뒤에야 고삐 줄을 찾으러 다닌단 말이야!"

산투차 마리안젤라 수녀의 술집에는 한 무리가 모여 있었다. 열 사람의 성량으로 고함을 지르고 침을 뱉는 술꾼 로코 스파투, 오리 다리티노, 투리 추피도, 만자카루베, 친기알렌타 마리아노, 그리고 그렇게 사나운 날씨에도 밀수꾼들을 잡으러 다니는 듯 장화 안에다 바지를 집어넣고 배에 권총을 찬 세관 관리 돈 미켈레도 있었다. 코끼리 같은 투리 추피도는 아직도 손에 뱃밥 망치를 들고 있는 것처럼, 황소라도 때려잡을 듯한 주먹을 친구들에게 장난삼아 날리곤 했다. 그러면 친기알렌타는 성질 급한 마차꾼임을 보여주려는 듯 고함을 지르고 욕지거리를 했다.

산토로는 출입문 앞의 좁은 처마 아래 웅크리고 앉아 손을 펼치고 지나가는 사람에게 구걸을 했다.

"술집에 사람들이 바글거리는 오늘 같은 날에는 아버지와 딸, 두 사람이 상당히 많은 돈을 벌 테지." 투리 추피도가 말했다.

"지금 이 순간에는 바스티아나초 말라볼리아가 제일 비참하지." 오리 다리가 말했다. "치리노는 멋지게 미사 종소리를 울리겠군. 하지만 말라볼리아 집안 사람들은 분명 오늘 성당에 가지 않을걸. 바다에 떠 있는 잠두 때문에 하느님께 화가 나 있거든."

바람은 마른 나뭇잎과 치마를 날렸다. 그래서 피추토는 면도하는 사람의 코를 붙잡은 채 면도칼을 허공에 들고 몸을 돌려 지나가는 사람들을 쳐다보았다. 주먹 쥔 손을 옆구리에 얹은 그의 곱슬머리가 비단처럼 빛났다. 약방 주인은 약방 문 앞에서 우산처럼 보이는 커다란 모자를 쓴 채 아내가 억지로 성당에 보내지 않도록 돈 실베스트로와 중요한 논쟁을 하는 척했고, 스스로도 자신의 계략이 만족스러워 무성한 수염 사이로 몰래 웃으면서 흙탕물 위를 총총거리며 걸어가는 처녀들에게 눈을 찡긋거렸다.

"오늘 파드론 느토니는 약방 주인 돈 프랑코처럼 개신교도가 되고 싶은 모양이야." 오리 다리가 말했다.

"네가 만약 저 뻔뻔스러운 돈 실베스트로를 돌아본다면 이 자리에서 뺨을 후려갈길 거야! 나는 저 사람이 싫어." 추피다가 딸과 함께 광장을 가로질러 가면서 중얼거렸다.

산투차가 마지막 종소리에 술집을 아버지에게 맡기고 성당으로 가자, 술꾼들도 모두 뒤따라갔다. 눈먼 산토로만 가게에 남았는데, 불쌍한 그가 미사에 가지 않는다고 죄가 되지는 않을 것이다. 이런 식으로 술집은 버리는 시간 없이 굴러갔다. 산토로는 문 앞에서 혹시 누가 오는지 계산대에 시선을 고정하고 있었다. 보이지는 않았지만 단골들이 한잔 마시러 올 때마다 발소리만 듣고도 누구인지 모두 알아차렸다.

"산투차의 양말은 비가 오든 바람이 불든, 농장 주인 필리포 외에는 아무도 보지 못해요. 그건 사실이에요." 산투차가 조그마한 신발 끝으로 고양이처럼 걸어가는 것을 보고 오리 다리가 말했다.

"허공에 악마들이 있어요! 죄를 짓기에 좋은 날이에요!" 산투차는 성수로 성호를 그으면서 말했다.

그 옆에서 무릎을 꿇고 앉은 추피다는 성모송을 외우며 마치 마을 전체와 다툴 일이라도 있는 것처럼 이쪽저쪽으로 날카로운 눈빛을 쏘아댔다. 그러고는 아무나 들으라고 한마디 던졌다. "롱가는 오늘 성당에 오지 않는군요. 이런 험한 날씨에 남편이 바다에 있는데도 말이에요! 주님께서 형벌을 내리실 게 당연하겠네!" 심지어 메니코의 어머니 로카도 성당에 와 있었다. 비록 날아다니는 파리들을 바라보는 것 외에 아무것도 할 줄 몰랐지만.

"죄인들을 위해서도 기도해야 해요. 그러기 위해 착한 영혼들이 있는 거니까요." 산투차가 대꾸했다.

"그래요. 만자카루베의 딸이 숄로 코를 감싸고 기도하는 것처럼 말이에요. 하느님께서는 아시겠죠. 그애가 청년들로 하여금 얼마나 많은 죄를 짓게 하는지!"

산투차는 머리를 흔들고, 성당에서는 이웃을 헐뜯지 말아야 한다고 말했다. "주인은 모든 사람에게 좋은 얼굴을 보여야 하는 법." 추피다가 대답했다. 그러고는 베스파의 귀에 대고 속삭였다. "산투차는 물을 포도주라고 속여 판다는 말을 듣기 싫어해요. 하지만 농장 주인 필리포와 심각한 죄를 짓지 않도록 조심하는 편이 더 좋을 텐데. 그 사람은 아내와 자식들이 있으니까."

"저는 돈 잠마리아 신부에게 말했어요. '마리아의 딸'을 계속 산투차가 이끈다면 난 그만두겠다고 말이에요." 베스파가 대답했다.

"남편감을 찾았다는 뜻인가요?" 추피다가 물었다.

"그런 게 아니에요!" 베스파는 톡 쏘면서 벌떡 일어났다. "나는 성당 안까지 에나멜 구두를 신은 배가 불룩한 남자들을 이끌고 다니는 그런 여자가 아니에요!"

배가 불룩한 남자는 치폴라의 아들 브라시를 말하는 것이었는데, 그는 포도밭과 올리브밭을 소유하고 있었기 때문에 처녀들과 딸 가진 여인들에게 최고로 인기가 있었다.

"우리 배가 잘 정박되어 있는지 가보거라." 브라시의 아버지가 성호를 그으면서 말했다.

이 비바람은 치폴라 가족에게는 황금과도 같다고 모든 이들은 생각했다. 세상일이란 그런 것이었다. 어선을 잘 정박시켜놓은 치폴라 가족은 그저 손을 비비면서 폭풍우를 바라보았다. 그러나 말라볼리아 가족은 나무 종 크로치피소에게서 외상으로 산 잠두 때문에 모두 새하얗게 질려 머리카락을 쥐어뜯고 있었다.

"내 말 들어볼래요?" 베스파가 말했다. "진짜 불행한 사람은 외상으로 잠두를 준 크로치피소예요. 담보 없이 외상 주는 사람은 친구도 잃고, 돈도 잃고, 총기도 잃는 법이에요."

크로치피소는 고통의 성모 제단 발치에 무릎을 꿇고 손에 묵주를 든 채, 심지어 악마의 마음까지 감동시킬 만한 콧소리로 기도문을 읊었다. 성모송을 올리는 중간에 마을 사람들은 잠두 거래와 바다에 있는 프로비덴차, 다섯 아이와 함께 남은 롱가에 대해 이야기했다.

"요즈음에는 누구도 자기가 가진 것에 만족하지 못하고 손으로 하늘을 잡으려고 하지." 치폴라가 어깨를 으쓱하며 말했다.

"문제는 말라볼리아 사람들에게 흉측한 날이 될 거란 사실이야." 추피도가 말했다.

"나라면 바스티아나초의 입장이 되고 싶지는 않을 거야." 오리 다리가 덧붙였다.

저녁은 차갑고 슬프게 내려앉았다. 이따금 한바탕 북풍이 몰아쳤고, 가늘고 소리 없는 가랑비가 뿌렸다. 마른 모래밭에 배를 안전하게 정박시켜두었다면, 무릎 사이에 아이를 데리고 놀면서 앞에서는 김을 내며 끓는 냄비를 바라보고, 뒤에서는 집안을 돌아다니는 아내의 슬리퍼 소리를 듣기에 좋은 저녁이었다. 게으름뱅이들은 그런 일요일이 월요일까지 계속될 것 같은 술집에서 즐기는 쪽을 택했다. 화덕의 불꽃에 문설주도 즐거운 표정이었다. 턱을 무릎에 대고 손을 내민 채 밖에 있던 산토로도 등을 따뜻하게 하려고 조금 안쪽으로 들어왔다.

"지금 이 순간에는 바스티아나초보다 산토로 처지가 훨씬 낫지!" 로코 스파투가 입구에서 파이프에 불을 붙이며 말했다.

그러고는 아무 생각 없이 손을 주머니에 넣더니, 2첸테시모를 적선했다.

"너는 안전하니까 하느님께 감사하려고 적선을 하는구나. 하긴 네가 바스티아나초처럼 될 위험은 없지." 오리 다리가 말했다.

그의 농담에 모두들 웃었다. 그리고 입구에서 잠시 동안 화산암 지대처럼 시커먼 바다를 아무 말 없이 바라보았다.

"파드론 느토니는 타란툴라에 물린 것처럼 하루종일 이쪽저쪽 왔다 갔다하더군. 약방 주인이 건강 관리를 하느라 이런 날씨에 산책하러 다니느냐고 물으면서 이렇게 말했지. '멋진 섭리[48]군요! 파드론 느토니!' 하지만 모두 알고 있듯이 약방 주인은 신을 믿지 않지."

로카의 아들은 돈이 한푼도 없었기 때문에 주머니에 손을 넣은 채 밖에 나와 있었다. 그도 말했다.

"크로치피소 삼촌은 오리 다리와 함께 파드론 느토니를 찾으러 갔어요. 잠두를 외상으로 샀다는 걸 증인들 앞에서 고백하게 하려고요."

"그 사람도 프로비덴차가 위험하다고 생각한다는 뜻이지."

"프로비덴차에는 바스티아나초와 함께 우리 형 메니코도 있어요."

"멋지구나! 우리가 말했지. 만약 네 형 메니코가 돌아오지 않으면 네가 집에서 우두머리가 되는 거야."

"크로치피소 삼촌은 자기 배에 태울 때 반나절 품삯만 주지만, 말라볼리아 사람들은 하루 품삯을 온전히 주기 때문에 함께 간 거예요." 로카의 아들은 아무것도 모르는 듯 대답했다. 그러고는 다른 사람들이 낄낄거리자 그저 입을 헤벌리고 있었다.

저녁 어스름에 마루차는 아이들과 함께 바다가 잘 보이는 화산암 지대로 갔다. 그리고 바다가 포효하는 소리를 들으며 몸을 바들바들 떨고, 아무 말도 못하고 머리만 긁적거렸다. 아기는 울고, 그 시간에 화

---

48) 파드론 느토니의 배 이름이 프로비덴차, 즉 '섭리'인 것에 착안하여 비꼬는 말이다.

산암 지대에 있는 불쌍한 그들은 연옥의 혼령들 같았다. 아기가 울어
대자 불쌍한 그녀는 가슴이 아팠다. 그것은 마치 불행의 전조 같았다.
어떻게 아기를 달래야 할지 몰라서 그녀는 눈물에 젖어 떨리는 목소리
로 자장가를 불러주었다.

여인들은 올리브기름 병이나 포도주 병을 들고 술집에서 돌아오다
가 걸음을 멈추고 아무렇지 않은 듯 롱가와 몇 마디 주고받았다. 남편
바스티아나초의 몇몇 친구들, 예를 들어 치폴라, 만자카루베 같은 이
들은 화산암 지대에 들러 바다를 보고, 그 늙은 불평꾼 바다가 어떤 기
분으로 잠들었는지 살펴보았다. 그리고 롱가에게 친구의 소식을 묻고
한참 동안 그녀 옆에 있으면서 말없이 파이프를 피우거나 낮은 목소리
로 자기들끼리 이야기를 나누었다. 불쌍한 롱가는 그런 이례적인 관심
에 당황해서, 당혹스러운 표정으로 그들을 바라보고, 그들이 마치 아
기를 빼앗아 가기라도 할 것처럼 가슴에 꼭 껴안았다. 마침내 그들 중
가장 단호하고 동정심 많은 친구가 그녀의 한쪽 팔을 잡고 집으로 데
려갔다. 그녀는 순순히 따라가면서도 계속해서 중얼거렸다. "오! 동정
녀 마리아님! 오! 동정녀 마리아님!" 아이들도 마치 그들이 자기들에
게서 무엇인가를 빼앗아 가기라도 한다는 듯 엄마의 치마를 움켜잡고
뒤따라갔다. 그들이 술집 앞으로 지나갈 때는 모든 술꾼들이 자욱한
연기 한가운데에서 문으로 얼굴을 내밀었고, 무슨 신기한 것을 보듯
그들이 지나가는 모습을 말없이 바라보았다.

"영원한 안식을 주소서!" 산토로가 낮은 소리로 중얼거렸다. "불쌍
한 바스티아나초는 파드론 느토니가 주머니에 몇 푼 넣어주면 나에게
적선을 하곤 했지."

과부가 됐다는 것을 아직 깨닫지 못한 불쌍한 롱가는 더듬거리며 말했다. "오! 동정녀 마리아님! 오! 동정녀 마리아님!"

집의 테라스 앞에는 이웃 여인들이 모여서 낮은 목소리로 소곤거리고 있었다. 멀리서 롱가가 보이자 오리 다리의 아내와 안나가 배에 두 손을 모으고 아무 말 없이 그녀를 맞이했다. 그러자 롱가는 손가락으로 머리칼을 움켜잡으면서 절망적인 비명과 함께 집안으로 달려들어 갔다.

"정말 불쌍해!" 길에서 여인들이 말했다. "배에 짐도 가득 실려 있었는데! 40온차어치가 넘는 잠두였어!"

제4장

더욱 불행한 것은 잠두를 외상으로 산 것이었다. 크로치피소는 말만
좋고 썩은 사과에 넘어가지 않았고, 그래서 사람들은 그를 '나무 종'이라
고 불렀다. 돈을 빌린 사람들이 입에 발린 말로 때우려고 할 때 그의
귀는 듣지 않았으며, 항상 외상에는 신중해야 하는 법이라고 말하고 다녔
다. 그는 좋은 친구였고, 친구들에게 돈을 빌려주는 일로 먹고살며 다
른 일은 하지 않았다. 그렇기 때문에 하루종일 광장에서 주머니에 손
을 넣고 있거나 성당 벽에 등을 기대고 있었는데, 어디서 돈 한푼 나오
지 않는 것처럼 낡은 외투를 입은 모습이었다. 하지만 그는 상상할 수
없이 많은 돈을 갖고 있었다. 만약 누군가가 그에게 12타리를 요구하
면, 그는 곧바로 빌려주되 담보를 잡았다. 담보 없이 외상 주는 사람은 친
구도 잃고, 돈도 잃고, 총기도 잃는 법이기 때문이었다. 다만 일요일까지

현찰로 갚는다는 조건을 붙였고, 거기다 당연한 일이지만 1카를리노[49]를 덧붙여 받았다. 이자에는 우정이 없는 법이니까. 또한 그는 어획물을 몽땅 사들이기도 했는데, 당장 돈이 필요한 불쌍한 어부에게 값을 깎아서 샀다. 모든 것은 그의 저울로 무게를 달아야 했고, 그것은 유다처럼 거짓을 말하는 저울이었다. 절대 만족할 줄 모르는 사람들의 말에 의하면 그 저울은 프란체스코 성인처럼 한쪽 팔은 길고, 다른 한쪽 팔은 짧다고 했다.[50] 그리고 뱃사람들이 원하면 그들에게 필요한 경비를 빌려주기도 했는데, 뱃사람 한 명당 빵 두세 덩어리, 포도주 몇 잔 값의 이자만 붙였다. 왜냐하면 그는 이 세상에서 한 일을 나중에 하느님께 밝혀야 하는 기독교인이었기 때문이다. 간단히 말해 그는 가난한 자들의 섭리였다. 그는 이웃 사람들에게 봉사할 수 있는 백여 가지 방법을 고안해냈다. 뱃사람도 아니면서 배와 선구船具 등 모든 것을 보유하고 그것을 갖고 있지 않은 사람들에게 빌려주었다. 그는 어획량의 3분의 1만 받는 것으로 만족했다. 그러나 배의 몫으로 선원 한 명당 얼마씩 대여료를 계산했고, 선구까지 빌려줄 경우 선구 몫도 받았다. 그리하여 결국 배가 모든 이익을 먹게 되었고, 사람들은 그의 배를 악마의 배라고 불렀다. 사람들이 그에게, 다른 사람들처럼 목숨을 걸고 바다에 나가는 위험을 감수하지 않고 고기잡이의 알맹이만 빼앗아 먹는 게 아니냐고 물었을 때 그는 대답했다. "세상에! 만약 내가 바다에서 불행이라도 당한다면, 하느님 맙소사! 만약 내 뼈가 바다에 묻힌다면 누가

---

49) 양시칠리아왕국에서 사용되던 화폐 단위로 0.5타리에 해당했다.
50) 프란체스코 하비에르 성인은 동양에 전도한 예수회 신부로, 너무 많은 축복을 내리느라 오른팔이 왼팔보다 더 길었다고 한다.

이 사업을 해줄 거야?" 그는 자기 일에만 몰두했고, 누군가 필요로 한 다면 입고 있던 셔츠라도 빌려주었다. 그러나 그에 대한 보상은 반드 시, 지체 없이 받아냈다. 또한 그에게 따지는 것은 아무 소용이 없었 다. 그는 귀머거리였기 때문이다. 게다가 멍청했다. 뭐라고 따져도 합 의된 것은 속임수가 아닌 법, 갚을 날이 되면 약속을 잘 지키는 사람이 누군지 안다고 말할 뿐이었다.

그런데 이제 적들이 코앞에서 웃고 있었다. 악마가 먹어버린 잠두 때문이었다. 그리고 그는 장례식에서 '좋은 죽음의 형제회'의 다른 회 원들과 함께 머리에 자루를 뒤집어쓰고[51] 바스티아나초의 영혼을 위 해 애도가를 낭송해야 했다.

조그마한 성당의 유리는 반짝거렸고, 바다는 잔잔하고 눈부셨다. 롱 가의 남편을 빼앗아 간 바다 같지 않았다. 형제회 회원들은 서둘렀다. 날씨가 다시 좋아졌으니 각자 자기 일을 하러 가야 했기 때문이다.

이제 말라볼리아 사람들은 관 앞에 쭈그리고 앉아 엄청난 양의 눈물 로 바닥을 씻어내고 있었다. 마치 죽은 사람이 정말로 그 관의 나무판 네 장 안에서 잠두를 목에 걸고 있는 것처럼 울었다. 크로치피소는 파 드론 느토니를 언제나 신사로 생각했기 때문에 잠두를 외상으로 주었 다. 그러나 만약 바스티아나초가 바다에 빠져 죽었다는 핑계로 크로치 피소에게서 그의 물건을 사기치려 한다면, 하느님께 맹세코, 예수그리 스도께 사기치는 것과 같았다. 왜냐하면 외상은 성체聖體처럼 신성하 고, 그 500리라는 십자가에 못박힌 예수의 발 아래 걸어둔 것과 마찬가

---

51) 좋은 죽음의 형제회 회원들은 얼굴까지 덮는 특별한 두건을 썼다고 한다.

지였기 때문이다. 그러나 세상에! 파드론 느토니는 감옥에 갈 수도 있었다. 트레차에도 법은 있으니까.

한편 돈 잠마리아 신부는 서둘러 관 위에 성수 뿌리개를 서너 번 흔들었고, 치리노는 주위를 돌아다니면서 소등기로 촛불을 끄기 시작했다. 형제회 회원들은 팔을 위로 쳐들어 두건을 벗으면서 의자들을 뛰어넘어 달려나갔다. 크로치피소는 파드론 느토니에게 기운을 내라고 파이프 담배를 한 모금 권했다. 어쨌든 신사는 좋은 이름을 남겨 천국에 가야 하기 때문이다. 크로치피소는 잠두 일을 묻는 사람들에게 이렇게 대답했다. "나는 말라볼리아 사람들 때문에 걱정하지 않아요. 좋은 사람들이고, 바스티아나초를 악마의 집에 남겨두려고 하지 않을 테니까요." 파드론 느토니는 죽은 사람을 위해 돈을 아끼지 않고 장례를 치른 것을 두 눈으로 확인했다. 미사 비용도 비쌌고 촛불과 장례식 비용도 만만치 않았다. 파드론 느토니는 면장갑을 낀 굵은 손가락으로 모든 비용을 계산했고, 아이들은 입을 벌린 채 아버지를 위해 준비된 관과 초, 종이로 만든 꽃, 그 모든 값비싼 것들을 바라보았다. 아기는 환한 불빛을 보고 오르간 소리를 듣자 즐겁게 놀기 시작했다.

서양모과나무 집은 사람들로 가득했다. 속담에 의하면, 남편 때문에 사람들이 방문하는 집은 슬프기 마련! 말라볼리아 집안의 아이들이 얼굴이 더러워져서는 손을 주머니에 넣고 문가에 서 있는 것을 보고 지나가는 사람들은 고개를 저으면서 말했다.

"불쌍한 마루차! 이제 집안에 불행이 시작됐어!"

친구들은 관례에 따라 무엇인가를 가져왔다. 파스타, 계란, 포도주, 그 밖에도 여러 가지가 있었는데, 모두 먹으려면 대단한 노력이 필요할 터였다. 심지어 알피오 모스카도 암탉을 한 마리 들고 왔다. "여기, 이것 받아요, 메나. 정말로 당신 아버지 대신 차라리 내가 죽었다면 좋았을 거예요. 진심이에요. 최소한 나는 누구에게도 피해를 주지 않았을 거고, 아무도 울지 않았을 테니까요."

메나는 부엌 문에 기대어 앞치마로 얼굴을 감싸고 있었다. 심장이 세게 쿵쾅거리면서 가슴 밖으로 튀어나올 것 같았다. 알피오가 손에 들고 있는 그 불쌍한 가축과도 같았다. 아가타 성녀의 지참금은 프로비덴차와 함께 사라졌다. 서양모과나무 집을 방문한 사람들은 크로치피소가 그 집에 발톱을 뻗으리라 생각했다.

몇 사람은 긴 의자에 웅크리고 앉아 있다가 정말 바보들처럼 말 한마디 없이 돌아갔다. 몇 마디 할 줄 아는 사람들은 이틀 전부터 샘물처럼 눈물을 쏟아내는 불쌍한 말라볼리아 가족을 위로할 겸 권태로움을 쫓을 겸 약간의 대화라도 나누려고 노력했다. 치폴라는 멸치 한 통에 2타리가 올랐다며 만약 아직 팔 멸치가 남아 있다면 파드론 느토니에게 도움이 될 거라고 말했다. 자기는 현명하게 백여 통이나 보관하고 있다고도 했다. 그리고 착한 바스티아나초에 대해서도 이야기했다. 그 건강하던 사람이 꽃다운 나이에 불쌍하게 그런 일을 당하리라곤 아무도 생각지 못했다고.

사람들이 '누에' 또는 '주파'라고 부르는 면장 크로체 칼라도 면서기 돈 실베스트로와 함께 왔다. 그의 코는 항상 허공을 향하고 있어서 사람들은 그가 어느 쪽으로 갈까 알아보기 위해 바람의 냄새를 맡는다고 했다. 그는 이 사람 저 사람이 말할 때마다 그쪽을 바라보았는데, 그 모습이 정말 뽕잎을 찾는 누에 같아서 마치 그들의 말을 먹으려는 것처럼 보였다. 그는 면서기가 웃으면 자기도 따라 웃었다.

돈 실베스트로는 사람들을 웃기기 위해 바스티아나초의 유산상속세를 화제로 끄집어냈고, 거기다 자기 변호사에게서 들은 우스갯소리를 더했다. 그는 그 우스갯소리를 처음 듣고 완전히 이해가 됐을 때 너무나 마음에 들어서 장례식에 문상을 하러 갈 때마다 잊지 않고 그 이야기를 했다.

"최소한 여러분은 비토리오 에마누엘레의 친척이라는 즐거움을 갖고 있죠. 그에게도 자기 몫을 주어야 하는 걸 보면요."[52]

모든 사람들이 배를 움켜잡고 웃었다. 웃음 없는 장례 없고, 눈물 없는 결혼 없다.

약방 주인의 아내는 시끄러운 소리에 코를 찡그렸고, 이런 상황에서 도시 사람들이 그러듯 장갑 낀 손을 배에 얹고 샐쭉한 얼굴을 하고 있었다. 사람들은 그런 그녀를 보기만 해도 마치 죽은 사람이 눈앞에 나타난 듯 입을 다물었고, 그녀를 시뇨라[53]라고 불렀다.

돈 실베스트로는 여자들 사이에서 수탉 노릇을 했다. 새로 온 손님들에게 의자를 내준다는 핑계로 쉴새없이 움직이면서 에나멜 구두로 끽끽거리는 소리를 냈다. "세금 걷는 사람들은 모두 불태워 죽여야 해!" 추피다가 레몬이라도 먹은 것처럼 노란 얼굴로 투덜거리며, 돈 실베스트로가 세금 걷는 사람이라도 되는 듯 바로 그의 얼굴에 대고 말했다. 그녀는 일부 엉터리 펜대 굴리는 인간들이 원하는 것을 잘 알았다. 에나멜 구두 안에 양말도 신지 않는 그들은 집안으로 밀고 들어가

---

52) 국왕에게 세금을 바쳐야 한다는 것을 빈정거리는 말이다.
53) 결혼한 여자에 대한 호칭.

서 지참금과 처녀들을 먹어치우려고 했다. "아름다운 아가씨, 나는 당신이 아니라 당신의 돈을 원해요." 그래서 그녀는 딸 바르바라를 집에 남겨두고 왔다. "나는 저런 얼굴들이 싫어!"

"바로 나를 두고 하는 말 같군! 나를 바르톨로메오 성인[54]처럼 산 채로 발라버리려고 해." 치폴라가 말했다.

"빌어먹을!" 투리 추피도가 고함을 지르며 뱃밥 망치 같은 커다란 주먹을 휘둘렀다. "저런 인간들 때문에 이탈리아는 망할 거야!"

"조용히 해요! 아무것도 모르면서!" 아내 추피다 베네라가 큰 소리로 말했다.

"당신이 그렇게 말했었잖아. 입고 있던 셔츠까지 벗겨 간다고!" 투리 추피도가 풀이 죽어 중얼거렸다.

오리 다리가 빨리 상황을 끝내기 위해 치폴라에게 나지막이 말했다. "당신이 바르바라를 데려가서 위안을 삼아야 할 거요. 그래야 엄마와 딸이 더이상 영혼을 더럽히지 않을 테니까."

"정말로 더러운 일이야!" 본당 신부의 누이 로솔리나가 칠면조처럼 빨개진 얼굴에 손수건으로 부채질을 하며 말했다. 그녀는 세금을 부과한 가리발디[55]를 비난하며 요즘에는 사는 게 너무 힘들어 아무도 결혼을 하려 하지 않는다고 했다. "그런데 지금 로솔리나에게 그런 게 왜 중요하지?" 오리 다리가 주변 사람들에게 속삭였다. 그사이 로솔리나

---

54) 예수의 열두 제자 중 하나로, 순교할 때 산 채로 온몸의 살가죽이 벗겨지는 형벌을 받았다.

55) 주세페 가리발디. 이탈리아를 통일한 주요 인물 중 하나로 프랑스계인 부르봉 왕가로부터 시칠리아를 해방시켰다. 실제로 세금을 부과한 것은 통일 후 새롭게 들어선 이탈리아왕국의 정부였다.

는 돈 실베스트로에게 자기가 하는 중요한 일들에 대해 이야기했다. 베틀에 날실을 열 개나 걸어야 하고, 겨울을 나기 위해 콩을 말려야 하고, 토마토를 보관용으로 만들어야 하는데, 자신은 겨우내 토마토를 싱싱하게 보관할 수 있는 자기만의 비법을 갖고 있다고 했다. 그녀는 또, 여자가 없는 집은 제대로 돌아갈 수 없는데, 자기 생각으로는 여자가 손을 움직이는 일에서 판단력이 있어야 하기 때문에 머리칼만 길고 생각은 짧아 오로지 몸치장만 생각하는 경박한 여자는 안 된다고 했다. 그럴 경우 불쌍한 남편은 착한 바스티아나초처럼 물속으로 가라앉게 된다고.

"그 사람은 행복해요!" 산투차가 한숨을 쉬었다. "그는 특별한 날에, 고통의 성모마리아 축일[56] 전날에 죽었고, 저 위에서 천사들과 성인들과 함께 우리 같은 죄인들을 위해 기도하고 있어요. 하느님께서는 사랑하는 사람에게 고통을 주시지요. 그는 자기 일에 전념했어요. 다른 많은 사람들처럼 주변 사람들을 욕하지도 않았고, 이웃에게 죄를 짓지도 않은 훌륭한 사람이었어요."

그러자 비벼 빤 행주처럼 창백하고 헝클어진 모습으로 침대 발치에 앉아 있던 마루차는 고통받은 성모마리아를 연상시키며 베개에 얼굴을 묻고 더 큰 소리로 울기 시작했다. 파드론 느토니는 백 살도 더 먹은 노인처럼 구부정하게 허리를 숙이고 고개를 절레절레 흔들면서 며느리를 바라보았다. 바스티아나초라는 커다란 가시가 가슴속에 걸려서 상어가 심장을 뜯어먹는 듯·아프고 무슨 말을 해야 할지 몰랐다.

---

56) 성모마리아가 생애중에 겪은 일곱 가지 슬픔 또는 고통을 기념하는 날로 9월 15일이다.

"산투차의 입안에는 꿀이 들어 있어요!" 오리 다리의 아내 그라치아가 말했다.

"술집을 하려면 그래야 해요. 기술이 없으면 가게를 닫아야 하고, 헤엄치지 못하는 사람은 빠져 죽는 법이에요." 추피다가 말했다.

추피다도 산투차의 그런 꿀 같은 말들을 주머니 가득 갖고 있었고, 그래서 시뇨라조차 몸을 돌려 그녀와 이야기를 나누었다. 시뇨라는 말할 때 입을 약간만 벌렸다. 다른 사람들에게 신경도 쓰지 않고 손이 더러워지는 게 두려운 듯 장갑을 끼고, 다른 여자들에게서 정어리보다 더한 악취가 나는 것처럼 코를 찡그리고 있었다. 하지만 정말로 냄새를 풍기는 사람은 산투차였다. 밝은 빛깔의 옷과 풍만한 가슴에 걸린 '마리아의 딸' 메달에도 불구하고 그녀에게는 포도주와 다른 온갖 지저분한 것들의 냄새가 났다. 하지만 똑같이 장사를 했기 때문에 시뇨라와 산투차는 서로를 이해했다. 그들은 똑같은 방식으로 이웃을 속이고, 더러운 물을 황금처럼 비싸게 팔고, 세금을 아무 쓸모 없는 것이라 생각하면서 돈을 벌었기 때문이다.

"이제 소금에도 세금을 부과할 거래요!" 만자카루베가 말했다. "신문에 그렇게 났다고 약방 주인이 말했어요. 그러면 이제 소금에 절인 멸치를 만들 수 없을 테고, 우리 배는 땔감으로나 써야 할 거예요."

뱃밥 수리공 투리는 주먹을 쳐들고 "빌어먹을!"이라고 말하려 했다. 하지만 자기 아내를 바라보더니 그 말을 잇새로 삼키고는 입을 다물었다.

"성녀 클라라 축일[57] 이후 비가 오지 않았으니까 올해는 틀림없이 흉작일 거야. 프로비덴차가 침몰한 지난 폭풍우는 진짜 하느님의 은총이었어. 만약 그 폭풍우가 없었다면, 올겨울에는 칼로 찌르는 듯한 굶주림을 겪어야 했을 거야!" 치폴라가 덧붙였다.

자리에 모인 사람들은 각자 자기가 처한 어려움에 대해 이야기했다. 그것은 말라볼리아 사람들을 위로하기 위해서이기도 했다. 그들만이 어려움에 부딪힌 것은 아니라고. 세상에는 어려움이 가득한 법이다. 누구에게는 적고 누구에게는 많을 뿐. 마당에 있는 사람들은 다시 한번 은총 같은 비가 내리지 않을까 기대하면서 하늘을 바라보았다. 치폴라는 왜 예전처럼 비가 내리지 않는지 그 이유를 알고 있다고 했다. "저 빌어먹을 전신주들을 세워놓았기 때문에 비가 오지 않는 거야. 저것들이 비를 다 끌어모았다가 전선에 실어 멀리 보내버린단 말이야." 그 얘기를 듣고 깜짝 놀란 만자카루베와 오리 다리 티노의 입이 쩍 벌어졌다. 실제로 트레차의 길거리에는 전신주가 늘어서 있었기 때문이다. 그때 돈 실베스트로가 생각 없는 암탉처럼 웃어대자 치폴라는 화가 나서 앉아 있던 낮은 담장에서 일어났다. 그리고 멍청이들은 당나귀처럼 귀가 기다랗다고 화를 내면서, 사람들은 전신기라는 것이 한 장소에서 다른 장소로 소식을 전하는 기계라는 것도 모른다고 말했다. 그렇게 소식을 전할 수 있는 원리는 포도나무 수액처럼 전선 안에 어떤 즙액이 들어 있기 때문인데, 같은 방식으로 전신주가 구름에서 비를 빨아들여 멀리 떨어져 있는, 더 가문 곳으로 가져간다는 것이었다. 치폴라는 약방 주인이 그렇게 말했으니까 가서 확인해보라고 덧붙이면서 그 때문에 전선을 끊는 사람은 감옥에 간다는 법도 만들어진 거라고 말했다. 치폴

---

57) 이탈리아 아시시 출신의 성녀 클라라의 축일로 8월 11일이다.

라가 그렇게까지 이야기하자 돈 실베스트로는 더이상 아무 말도 못하고 조용히 혓바닥을 집어넣었다.

"하느님 맙소사! 그럼 전신주를 모두 잘라서 불속에 던져버려야지!" 추피도가 이렇게 말했지만 아무도 그에게 관심을 기울이지 않았다. 그저 화제를 바꾸기 위해 채소밭을 바라볼 뿐이었다.

"아주 멋진 밭이네! 잘 가꾸면 일 년 내내 수프 걱정은 없겠어." 만자카루베는 말했다.

말라볼리아 일가의 집은 언제나 트레차에서 가장 중심이 되는 곳이었다. 그러나 바스티아나초의 죽음과 느토니의 징병, 결혼 지참금을 마련해야 하는 메나와 보살펴야 하는 어린 것들만 남은 지금은 사방에서 물이 새는 집일 뿐이었다.

그런데 그 집의 값어치는 얼마나 될까? 사람들은 말라볼리아네 집의 가치를 평가하기라도 하듯 채소밭 담장 위로 목을 길게 빼고 살펴보았다. 사실 돈 실베스트로는 누구보다도 정확하게 집의 가치를 알고 있었다. 그는 아치 카스텔로 면사무소의 서기였기 때문이다.

"반짝인다고 해서 모두 황금은 아니라는 데 12타리 걸 사람?" 돈 실베스트로가 물었다. 그리고 돌아다니면서 만나는 모든 사람에게 새로 나온 5리라 동전을 과시하듯 보여주었다.

돈 실베스트로는 말라볼리아 일가의 집에 일 년에 5타리의 세금이 부과된다는 것을 알고 있었다. 그의 말을 들은 사람들은 집과 채소밭 등을 모두 팔면 얼마나 되는지 손가락을 꼽아보며 계산하기 시작했다.

"집과 배는 팔지 못할 거예요. 그건 마루차의 지참금이었으니까." 누군가가 말했다. 그러자 주변에 모인 사람들까지 큰 소리로 떠들기 시작했다. 죽은 사람을 애도하고 있는 방안에서도 들릴 정도였다. "당연하지! 지참금 저당권이 있지." 마침내 돈 실베스트로가 폭탄을 터뜨렸다.

메나를 자기 아들 브라시와 결혼시키자고 파드론 느토니와 이야기해왔던 치폴라는 고개를 저으며 더이상 말을 하지 않았다.

"그렇다면 정말 불행한 사람은 크로치피소군. 잠두 빚을 받지 못할 테니까." 투리가 덧붙였다.

모두들 나무 종 크로치피소를 향해 몸을 돌렸다. 그는 속셈이 있어 그곳에 왔다가 조용히 한쪽 구석에서 사람들이 무슨 말을 하는지 듣고 있던 차였다. 입을 벌리고 코를 허공으로 쳐든 그는 마치 지붕에 기와가 몇 개 있는지, 대들보가 몇 개 있는지 세면서 집의 값어치를 평가하려는 것처럼 보였다. 호기심 많은 사람들은 문가에 서서 고개를 내밀어 그를 곁눈질하면서 낄낄거렸다. "꼭 집달리 같군그래."

파드론 느토니와 치폴라 사이에 오간 이야기를 알고 있는 여인들은 이제 메나의 결혼 이야기에 결론이 나고 롱가의 고통이 덜어질 거라고 말했다. 하지만 그 순간 불쌍한 롱가는 다른 생각에 잠겨 있었다.

치폴라는 아무 말 없이 차갑게 등을 돌렸다. 모두들 각자의 집으로 돌아가고 말라볼리아 사람들만 마당에 남았다. "이제 우리는 망했어. 차라리 아무것도 모르는 바스티아나초가 더 낫겠어." 파드론 느토니가 말했다.

그 말에 먼저 마루차가, 이어서 모두가 또다시 울음을 터뜨렸고, 어린아이들은 아버지가 이미 사흘 전에 죽었는데도 어른들이 우는 것을 보고 함께 울었다. 파드론 느토니는 무엇을 해야 할지 몰라 이리저리 왔다갔다했다. 마루차는 아무런 할 일이 없는 것처럼 침대 발치에서 꼼짝하지 않았다. 무슨 말인가를 할 때는 눈으로 허공을 응시한 채 머리에 다른 것이 생각나지 않는 사람처럼 똑같은 말을 여러 번 되풀이했다. "이제 아무것도 할 일이 없어!"

"아냐!" 파드론 느토니가 말했다. "아니야! 크로치피소의 빚을 갚아야지. 신사가 가난해지면 악당이 된다는 말이 나오지 않도록 해야 해."

그리고 잠두를 생각하자 바스티아나초라는 가시가 가슴속에 더 깊이 박혔다. 서양모과나무가 시든 나뭇잎들을 떨구었다. 나뭇잎은 바람에 휩쓸려 마당 이리저리 밀려다녔다.

"그 녀석은 내가 보내서 간 거야." 파드론 느토니는 되풀이해서 말했다. "바람이 저 나뭇잎들을 이리저리 몰고 다니는 것처럼 말이야. 만약 내가 목에 돌멩이를 매달고 절벽에서 몸을 던지라고 했어도 아무말 없이 따랐을 거야. 그래도 녀석은 최소한 집과 서양모과나무가 마지막 잎사귀 하나까지 우리 것이었을 때 죽었지. 그런데 늙어빠진 나는 아직도 여기 있네. 불쌍한 사람은 명도 길다더니."

마루차는 아무 말도 하지 않았다. 하지만 머릿속에서는 단 한 가지 생각이 그녀를 망치질하고 그녀의 심장을 갉아먹었다. 그날 밤, 언제나 눈앞에 선명한 그날 밤 무슨 일이 일어났는가 하는 생각이었다. 아직도 눈을 감으면 물리니 곶을 향해 가는 프로비덴차가 보이는 것 같았다. 잔잔하고 검푸른 바다 위에 여기저기 흩어져 있는 배들은 햇살 아래 날갯짓하는 많은 갈매기처럼 보이고, 하나하나 셀 수 있을 것만 같았다. 저것은 크로치피소의 배, 저것은 바라바의 배, 저것은 콜라의 콘체타, 그리고 저것은 치폴라의 어선. 그런 생각이 들 때마다 그녀의 가슴이 조여왔다. 황소의 폐를 가진 투리 추피도가 뱃밥 망치를 두드리면서 목이 터져라 노래하는 소리가 들려왔고, 바닷가 자갈밭에서는 타르 냄새가, 빨래터에서는 안나가 돌 위에서 두들기는 이불보 냄새가 올라왔다. 그리고 메나가 부엌에서 소리 죽여 우는 소리도 들려왔다.

"불쌍한 것! 너도 하늘이 무너졌겠구나! 치폴라는 한마디 말도 없이 차갑게 가버렸어." 파드론 느토니가 중얼거렸다.

그리고 한쪽 구석에 쌓아둔 선구들을 하나하나 만져보았다. 흔히 노인들이 그렇듯 손이 떨렸다. 앞에 있는 루카는 발꿈치까지 내려오는 바스티아나초의 외투를 입고 있었다. "네가 일을 할 때, 너를 따뜻하게 해줄 이 옷이 필요할 거야. 이제 잠두 빚을 갚기 위해 모두 도와야 하니까."

마루차는 문밖의 테라스에 웅크리고 앉아 있는 로카의 고함소리를 듣지 않으려고 손으로 귀를 틀어막았다. 로카는 갈라진 목소리로 미친 여자처럼 아침부터 고함을 지르고 있었다. 그녀는 사람들에게 자기 아들을 돌려달라고만 외칠 뿐, 어떤 말도 들으려 하지 않았다.

"배가 고파서 저러는 거야." 마침내 안나가 말했다. "크로치피소가 잠두 거래 때문에 모든 사람들에게 화가 나서 로카에게 아무것도 주려고 하지 않거든. 내가 뭐라도 갖다줘야겠어. 그러면 갈 거야."

안나는 두들기던 이불보와 딸들을 놔두고 마루차를 도와주러 갔다. 마루차는 병이 난 것 같았다. 그대로 놔두면 불을 붙일 생각도 하지 않고, 냄비를 올려놓지도 않아 모두 굶어 죽을 것이다. 이웃은 지붕의 기와들처럼 서로에게 물을 건네줘야 하는 법. 그동안 어린것들은 배고픔에 입술이 창백해졌다. 눈치아타도 와서 도와주었다. 우는 엄마를 보고 얼마나 따라 울었는지 얼굴이 온통 더러워진 알레시는, 눈치아타가 편하게 일할 수 있도록 한배에서 난 병아리 같은 동생들이 걸리적거리지 않게 돌봤다.

"너는 알아서 네 일을 할 줄 아는구나! 너는 나중에 반드시 네 지참금을 손안에 갖게 될 거야." 안나가 눈치아타에게 말했다.

제5장

　메나는 할아버지가 어머니의 고통을 덜어주기 위해 자신을 치폴라의 아들 브라시와 결혼시키려고 하는 줄 전혀 모르고 있었다. 그 이야기를 처음 들은 것은 얼마 후 알피오 모스카를 통해서였다. 그는 당나귀 마차를 타고 아치 카스텔로에서 돌아오다가 채소밭 사립문에서 그녀와 마주쳤다. 혼담을 전해들은 메나는 대답했다. "아니에요. 사실이 아니에요." 하지만 그녀는 혼란스러웠다. 알피오가 크로치피소의 집에 있는 베스파에게서 언제 어떻게 그런 말을 들었는지 설명하는 동안 그녀의 얼굴은 점점 새빨개졌다.

　알피오 역시 목에 검은 스카프를 두른 메나의 그런 모습을 보고 당황하여 하릴없이 조끼의 단추를 만지작거렸고, 왼다리와 오른다리를 번갈아 떨면서 어떤 대가를 치르더라도 당장 이 자리를 뜨고 싶다고 생각했다. "이봐요, 내 잘못이 아니에요. 크로치피소네 마당에서 그런 말을 들었을 뿐이에요. 혹시 기억해요? 지난 클라라 성녀 축일에 카루바 콩나무가 폭풍우에 쓰러졌잖아요. 나는 마당에서 그 나무를 쪼개고 있었어요. 이제 크로치피소가 나한테 집안일을 맡기거든요. 알다시피 로카의 아들 메니코가 잠두 일에 연관돼 있으니 그의 동생에 대한 말을 듣지 않으려고 말이에요." 메나는 손으로 사립문의 고리를 잡고 있었지만 문을 열지는 않았다. "그리고 사실이 아니라면 왜 그렇게 얼굴이 빨개지는 거죠?" 메나는 정말 모르는 일이어서 계속 문고리를 돌리기만 했다. 브라시의 얼굴만 알 뿐, 다른 것은 전혀 몰랐다. 알피오는 그녀에게 브라시의 재산 목록을 하나하나 읊어주었다. 브라시는 푸줏간 주인 페피 나소 다음으로 마을에서 대단한 거물로 통했고, 그래서 많은 처녀들이 눈독을 들이고 있었다. 깜짝 놀란 눈으로 듣고 있던 메나는 갑자기 인사를 하고서 채소밭으로 들어가버렸다. 알피오는 화가 치밀어 베스파에게 달려갔고, 그녀의 거짓말 때문에 사람들과 싸우게 되었다고 불평했다.

"크로치피소 삼촌이 나한테 그렇게 말했어요!" 베스파가 대답했다. "난 거짓말 안 해요!"

"거짓말! 거짓말!" 마침 이 말을 듣고 있던 크로치피소는 투덜거렸다. "나는 그 사람들 때문에 내 영혼이 저주받는 건 원치 않아! 내가 이 귀로 똑똑히 들었어. 프로비덴차가 지참금이라는 말도 들었고, 집에 부과되는 세금이 일 년에 5타리라는 말도 들었어."

"두고보면 알겠죠! 언젠가는. 삼촌이 거짓말을 하는지 안 하는지 말이에요." 베스파는 문설주에 기대어 뒷짐을 진 채 몸을 흔들면서 잡아먹을 것 같은 눈길로 그를 보았다. "당신들 남자들은 죄다 똑같아요. 전혀 믿을 수가 없어요."

크로치피소는 평소의 장기대로 못 들은 척했다. 미끼를 물지 않으려고 갑자기 화제를 바꾸어 말라볼리아 집안 사람들에 대해 말하기 시작했다. 그는 말라볼리아 사람들이 결혼에만 관심을 쏟고 40온차에 대해서는 신경도 쓰지 않는다고 불평했다.

"에잇!" 마침내 베스파는 인내심을 잃고 벌떡 일어났다. "만약 그 사람들이 삼촌에게 신경을 쓴다면, 애당초 결혼 얘기가 나오지도 않았을 거예요."

"결혼을 하든지 말든지 상관없어. 내 재산이 문제지. 다른 건 중요하지 않다고."

"삼촌에게 중요하지 않으면 도대체 누구에게 중요해요? 내 말 잘 들어요! 모두 삼촌처럼 생각하지 않아요. 삼촌처럼 언제나 늑장만 부리지 않는다고요!"

"그런데 너는 왜 그렇게 서둘러?"

"안타깝게도 내게는 삼촌처럼 시간이 많지 않으니까요. 결혼하려고 성 요셉처럼 늙을 때까지 기다리는 사람이 또 있을 것 같아요?"

"올해는 흉년이라서 그런 것을 생각할 때가 아니야." 크로치피소는 말했다.

그러자 베스파는 양손을 허리에 얹고 가시 같은 말을 쏟아댔다.

"그럼 들어보세요! 내가 삼촌에게 하고 싶은 말이 있어요! 어쨌든 나는 내 재산을 갖고 있으니 하느님 덕택에 남편을 구걸할 필요는 없어요. 알겠어요? 삼촌이 내 귀에다 사탕발림 같은 그따위 벼룩을 넣지만 않았다면, 남편을 백 명이라도 찾았을 거예요! 반니 피추토, 알피오 모스카, 그리고 콜라는 군대 가기 전에 내 치마에 꿰맨 것처럼 찰싹 붙어서 내가 신발끈 묶으려고 잠깐 떨어지는 것도 못 참을 정도였어요. 모두 조바심이 나서 안달이었죠. 삼촌처럼 부활절부터 크리스마스까지 그렇게 오랫동안 날 끌고 다니지 않았을 거예요!"

이제 크로치피소는 잘 들으려고 손을 귀 뒤에 갖다 댔다. 그리고 좋은 말로 그녀를 달래기 시작했다. "그래. 네가 현명한 여자라는 걸 잘 알아. 그래서 너를 좋아하는 거야. 나는 네 밭을 빼앗아 산투차의 술집에서 탕진하려고 네 뒤를 쫓아다니는 그런 사람이 아니야."

"나를 좋아한다는 것은 거짓말이에요." 베스파는 팔꿈치로 그를 밀치면서 말했다. "만약 사실이라면, 삼촌이 해야 할 일을 잘 알 거예요. 나는 그 외에 다른 덴 관심이 없다는 것도요."

화가 난 그녀는 등을 돌리다 무심결에 팔꿈치로 그를 쳤다. "삼촌에게 나는 중요하지 않은 사람인 거겠죠!" 크로치피소는 그 무례한 의심에 마음이 상했다. "나보고 죄를 지으라고 그런 말을 하는구나!" 그는 불평하기 시작했다. 어떻게 피를 나눈 가족이 중요하지 않을 수 있느냐고. 그녀는 결국 자기 핏줄이고, 그 밭뙈기도 마찬가지였다. 만약 착한 자기 형이 결혼해서 이 세상에 베스파를 낳을 생각을 하지 않았다면, 자기 가족이 소유했던 밭도 그대로 남았을 것이다. 그래서 언제나 그는 자기 눈의 눈동자처럼 베스파를 지켜보고 있으며, 언제나 그녀의 이익을 생각한다고 했다. 그는 베스파에게 말했다. "들어봐. 나는 말라볼리아 집안의 빚을 너에게 주고 네 밭과 교환하려고 했어. 40온차에 이자를 합하면 50온차가 될 것이고, 거기다 서양모과나무 집까지 합하면 너에겐 밭보다 훨씬 더 이익일 테니까."

"서양모과나무 집은 삼촌이나 가지세요!" 베스파는 벌떡 일어났다. "나는 내 밭을 가질 테니까요! 나도 어떻게 해야 할지 알아요!"

그러자 크로치피소도 화가 치밀었다. 그래서 무엇을 할 줄 아느냐고, 그 거지 같은 알피오 모스카에게 잡아먹히고 싶으냐고 말했다. 알피오가 넋을 놓고 그녀를 바라보는 이유는 그 밭뙈기를 사랑하기 때문이며, 이제 더이상 그가 자기 집과 마당에 발을 들이지 못하게 하겠다면서 자기도 피가 끓는 사람이라고 말했다.

"그러니까 꼭 나 때문에 질투하는 사람 같군요!" 베스파가 소리쳤다.

"당연하지! 짐승처럼 질투하고 있어!" 크로치피소는 외쳤다. 누군가가 알피오 모스카의 뼈를 부러뜨려준다면 5리라라도 지불할 태세였다.

하지만 그는 그렇게 하지 않았다. 하느님을 두려워하는 기독교인이었기 때문이다. 그 무렵에는 신사들이 늘 사기를 당했는데, 이제는 경건한 신앙이 목매달 밧줄을 파는 멍청이들의 거리에나 있기 때문이었다. 그 증거인 그는 말라볼리아네 집 앞을 지나가고 또 지나다녔다. 사람들은 웃으면서 그가 오니나의 성모마리아에게 서원誓願을 한 사람처럼 서양모과나무 집으로 순례 여행을 하는 것이라고 말했다. 말라볼리아 사람들은 끊임없이 모자를 벗는 것으로 응답했고, 아이들은 길모퉁이에서 그가 나타나는 것을 보면 마귀할멈을 본 것처럼 달아났다. 하지만 지금까지 그들 중 누구도 잠두 빚 얘기를 꺼내지 않았고, 파드론 느토니가 손녀를 결혼시키려고 하는 동안 위령의 날은 다가왔다.

크로치피소는 오리 다리에게 불평을 늘어놓았다. 그리고 오리 다리가 자신을 혼란에 빠뜨렸다고 다른 사람들에게 말하고 다녔다. 사람들은 그가 오리 다리에게 가는 이유가 서양모과나무 집과 로카를 지켜보기 위해서라고 수군댔다. 로카는 아들 메니코가 말라볼리아 사람들의 배를 타고 나갔다는 말을 듣고 서양모과나무 집 근처를 배회했다. 아직도 거기서 아들을 찾을 수 있을 것이라고 믿었기 때문이다. 그런데 동생 크로치피소를 보자마자 그녀는 불길한 전조를 알리는 까마귀처럼 비명을 질러대며 그에게 분노를 터뜨렸다. "여기서도 나를 죄인으로 만드는군!" '나무 종'은 투덜거렸다.

"위령의 날은 아직 오지 않았어요." 오리 다리가 팔을 회회 내저으며 말했다. "좀 기다려요. 파드론 느토니의 피를 빨아먹고 싶어요? 당신은 아무것도 잃지 않았어요. 잠두는 모두 썩은 것이었으니까. 당신이 더 잘 알잖아요!"

그는 아무것도 몰랐다. 다만 자신의 피가 하느님의 손안에 있다는 것만 알았다. 그리고 말라볼리아 집안의 아이들은 그가 오리 다리의 집 앞을 지나갈 땐 감히 테라스에서 놀 생각을 하지 않았다.

당나귀 마차를 끌고 가는 알피오 모스카를 만나면, 그가 모자를 벗고 인사를 하는데도 크로치피소는 그의 표정이 뻔뻔해 보였고 밭뙈기에 대한 질투심 때문에 피가 끓는 것을 느꼈다. "저놈은 내 밭을 빼앗아 가려고 내 조카딸을 유혹하고 있어!" 그는 오리 다리에게 투덜거렸다. "게으름뱅이! 당나귀 마차 끌고 싸돌아다니는 것밖에 할 줄 모르고, 마차 말곤 가진 것도 없어. 굶어 죽을 놈! 저 악당놈은 밭이 욕심나서 못생긴 마녀 같은 내 조카딸 앞에서 그 돼지 주둥이를 사랑하는 척하고 있어!"

할 일이 없을 때는 산투차의 술집 앞으로 가서 또다른 가여운 영혼으로 보이는 산토로 옆에 앉아 있었다. 포도주에 몇 푼 쓰려고 가는 것이 아니라, 산토로에게 불평을 늘어놓기 위해 찾아가는 것이었는데 그 모습은 마치 산토로처럼 구걸을 하는 것 같았다. 그는 말했다. "이봐요, 산토로. 만약 알피오 모스카가 당신 딸 산투차에게 포도주를 싣고 올 때 이 근처에서 베스파를 보면 둘 사이에 무슨 일이 있는지 잘 봐요." 그러자 두 눈이 꺼진 산토로는 손에 묵주를 든 채 알겠다고 했다. 자기가 여기 있는 이유가 바로 그것이니 걱정하지 말라고, 자기가 모르게 파리 한 마리도 지나가지 못한다고. 결국에는 그의 딸 마리안젤라가 말했다. "아버지가 왜 상관해요? 뭐하러 크로치피소의 일에 휘말려요? 그 사람은 우리 가게에서 한푼도 쓰지 않아요. 오히려 장사에 방해만 된다고요."

하지만 알피오 모스카는 베스파에게 관심도 없었다. 그의 머릿속에는 오직 파드론 느토니의 손녀 메나뿐이었다. 그녀가 마당이나 테라스에 있을 때나 닭장에서 닭들을 보살필 때, 매일 그녀를 보았다. 자기가 선물한 암탉 두 마리가 꼬꼬댁거리는 소리를 들을 때면 가슴속에서 무엇인가가 북받치고, 마치 자신이 서양모과나무 집 마당에 있는 것 같았다. 만약 자기가 당나귀 마차를 끄는 가난한 마차꾼이 아니었다면 아가타 성녀를 아내로 달라고 하고, 그녀를 당나귀 마차에 태워 데려갔을 것이다. 이런 생각이 들 때마다 그녀에게 하고 싶은 말이 정말 많았지만 정작 그녀를 보면 혀를 움직이지도 못했다. 그저 지나가는 시간만 바라보며, 산투차에게 싣고 가는 포도주에 대해, 노새보다 훨씬 나은, 400킬로그램이 넘는 짐을 끄는 불쌍한 당나귀에 대해 이야기할 뿐이었다.

메나는 불쌍한 당나귀를 손으로 쓰다듬었고, 그러면 알피오는 마치 자신을 쓰다듬는 것처럼 미소를 지었다. "아! 메나, 이 당나귀의 주인이 당신이었다면!" 메나는 고개를 저으며 말라볼리아 사람들이 차라리 마차꾼이었다면 얼마나 좋았을까 하고 생각했다. 그랬다면 아버지가 그렇게 죽지는 않았을 것이다.

"바다는 언제나 거칠고, 뱃사람은 바다에서 죽는 법이죠." 그녀는 되풀이해서 말했다.

알피오는 서둘러 산투차에게 가서 포도주를 내려놓아야 했다. 그런데도 움직일 생각은 않고 술집을 운영하면 아주 멋질 것이라는 등의 잡담을 늘어놓았다. 그러면 일정한 수입이 있을 테고, 포도줏값이 오를 때는 통 안에다 물만 더 부으면 될 거라고 했다. "산토로는 그렇게 부자가 돼서 이젠 그냥 시간 때우기로 구걸을 하고 있어요."

"그런데 포도주 배달을 하면 수입이 좋아요?" 메나가 물었다.

"여름에는 괜찮아요. 밤에도 다닐 수 있으니까. 그땐 하루 수입이 괜찮아요. 이 불쌍한 짐승이 밥을 먹여주지요. 돈을 더 모으면 노새를 살 생각이에요. 그러면 친기알렌타처럼 진짜 마차꾼이 될 수 있을 거예요."

메나가 그의 말을 주의깊게 듣고 있었고, 그사이 잿빛 올리브나무는 마치 비를 맞듯 서걱거리면서 말라비틀어진 잎사귀들을 길가에 뿌렸다. "겨울이 오는 모양이군요. 이제 다음 여름이 오기 전까지는 지금처럼 많은 일을 할 수 없을 거예요." 알피오가 말했다. 메나의 눈은 잿빛 올리브나무 잎사귀가 흩어지듯이 들판 위를 달리는 구름의 그림자를 좇았다. 머릿속에서는 구름의 그림자처럼 생각들이 달려갔다. 그녀가 말했다. "알피오. 치폴라의 아들 이야기는 전혀 사실이 아니에요. 왜냐하면 잠두 빚을 갚는 게 먼저니까요."

"그렇다면 나야 좋지요. 계속 당신과 이웃에서 살 수 있을 테니까요." 알피오가 대답했다.

"느토니 오빠가 군대에서 돌아오면 할아버지와 모두 함께 서로 도와서 빚을 갚을 거예요. 어머니는 시뇨라의 옷감을 짤 실을 맡았어요."

"약방 주인이라는 직업도 정말 좋을 거예요!" 알피오는 말했다.

그 순간 골목에서 추피다 베네라가 손에 물렛가락을 들고 나타났다. "어머나, 세상에! 사람들이 와요!" 메나가 소리치며 집안으로 달아났다.

알피오는 당나귀에게 채찍질을 가하며 떠날 채비를 했다.

"오, 알피오, 왜 그렇게 서둘러요?" 추피다가 말했다. "지금 산투차에게 신고 가는 포도주가 지난주의 포도주와 똑같은 숙성통에서 나온 것인지 물어보려고 했는데."

"모르겠어요. 통에 담아서 주니까요."

"샐러드 만드는 데나 쓰는 식초일 거예요! 진짜 독약이지. 그래서 산투차가 부자가 된 거예요. 세상을 속이려고 마리아의 딸 메달을 가슴에 단 채 말이에요. 그 메달은 참 아름다운 걸 감추는군! 요즘 같은 때 살아남으려면 그런 직업을 택해야 한다니까. 그러지 않으면 가재처럼 뒷걸음질이나 하게 돼. 말라볼리아 사람들처럼 말이에요. 참, 프로비덴차를 건졌대요. 알고 있었어요?"

"몰라요. 여기에 없었거든요. 그런데 메나도 아무것도 모르고 있던데요."

"방금 소식이 왔어요. 파드론 느토니는 곧장 로톨로[58]로 달려갔고.

배를 마을로 끌어오는 걸 보려요. 노인네한테 새 다리가 달린 것 같더라고. 이제 프로비덴차가 있으니 말라볼리아 사람들은 다시 살아갈 수있을 거예요. 메나도 다시 좋은 신붓감이 되겠죠."

알피오는 대답하지 않았다. 추피다가 노랗고 작은 눈으로 자신을 뚫어지게 바라보고 있었기 때문이다. 그저 산투차에게 포도주를 갖다주러 가야 해서 바쁘다고 말했다. "나한테는 아무 말도 안 해주려고 해!" 추피다는 투덜거렸다. "내 이 두 눈으로 직접 두 사람을 보았는데도 말이야. 그물로 햇빛을 가리려고 하는군."

프로비덴차는 완전히 망가진 채 해안으로 끌어올려졌다. 물리니 곶앞에서 암초들 사이에 코를 처박고 꼬리를 허공으로 들어올린 채 발견된 모습 그대로였다. 순식간에 남자건 여자건 마을 사람들이 모두 해안으로 달려갔고, 파드론 느토니도 군중들 사이에 섞여 호기심 많은 다른 사람들처럼 바라보았다. 몇 사람은 마치 프로비덴차가 주인 없는배인 것처럼 옆구리를 발로 차서 부서뜨렸고, 불쌍한 노인은 그들이자기 배에 발길질을 하는 것처럼 아팠다. "정말 멋진 섭리로군!" 약방주인 돈 프랑코가 말했다. 그는 셔츠 차림에 모자를 쓰고 파이프 담배를 피우면서 구경하러 왔다.

"이제 땔나무로나 써야겠군." 포르투나토 치폴라가 말했다. 그리고 직업상 배를 잘 아는 만자카루베는 배가 순식간에 물속에 잠겨서 배에 타고 있던 사람이 '주님 도와주세요!' 하고 외칠 시간도 없었을 거라고 했다. 바다가 돛과 돛대, 노 등 모든 것을 휩쓸어가버려서 나무못 하나

---

58) 트레차에서 멀리 떨어지지 않은 해안 마을.

단단하게 박혀 있지 않았을 거라는 설명이었다.

"여기가 아버지 자리였어요. 새 노 받침대가 있는 곳이요." 뱃전으로 기어올라간 루카가 말했다. "그리고 이 아래에 잠두가 있었어요."

하지만 잠두는 한 톨도 남아 있지 않았다. 바다가 모두 깨끗이 쓸어가버렸기 때문이다. 그래서 마루차는 나와보지도 않고, 두 눈에 흙이 들어가기 전에는 프로비덴차를 쳐다보지도 않으려 했다.

"뱃바닥은 아직 괜찮아요. 어떻게 해볼 수 있겠네요." 마침내 뱃밥 수리공 추피도가 입을 열었다. 그리고 그도 프로비덴차에 몇 번 발길질을 했다. "널빤지 서너 개만 있으면 내가 다시 바다에 띄울 수 있어요. 넓은 바다에서 높은 파도를 견딜 수 있는 배가 되진 못하겠지만. 날씨 좋을 때 바닷가에서 고기잡이하는 정도는 될 거예요." 치폴라와 만자카루베, 콜라는 아무 말 없이 듣고만 있었다.

"그래. 불속에 던지는 것보다야 낫겠지……" 마침내 치폴라가 엄숙한 말투로 말했다.

"기쁜 일이로군!" 역시 구경하러 와 있던 크로치피소가 뒷짐을 지고 말했다. "우리는 기독교인이니 다른 사람의 즐거움을 함께 즐거워해야 해요. 이웃이 잘되기를 바라면, 무엇인가를 얻을 수 있다는 속담도 있잖아요."

말라볼리아가의 아이들은 배 위에 기어올라가고 싶어하는 동네 장난꾸러기들과 함께 프로비덴차 옆에 서 있었다. 알레시가 말했다. "프로비덴차를 잘 수리하면 콜라 아저씨의 콘체타처럼 될 거야." 아이들은 어른들과 함께 숨을 헐떡이고 낑낑거리면서 배를 끌어당기고 밀어 뱃밥 수리공 추피도의 집 앞까지 갔다. 거기에는 배를 받치는 커다란 돌과 함께 타르를 끓이는 커다란 솥, 한 무더기의 늑재肋材, 벽에 세워놓은 판자들이 있었다.

알레시는 계속해서 배 위로 올라가려고 하는 아이들과 실랑이를 벌이며, 타르 솥에 부채질하는 것을 도왔다. 그러다 다른 아이들에게 맞고서는 훌쩍이며 이렇게 위협했다.

"이제 우리 형 느토니가 군대에서 올 거야!"

실제로 느토니는 서류를 보내 제대 허가를 받았다. 면서기 돈 실베스트로가 여섯 달만 더 군대 생활을 하면 동생 루카는 징집에서 면제된다고 장담했지만 소용없었다. 느토니는 아버지가 돌아가신 마당에 여섯 달은커녕 엿새도 더 군대에 있고 싶지 않았다. 루카도 자기처럼 군대 생활을 할 것이며, 혼자서 자신의 불행을 해결해야 할 것이다. 느토니는 아버지의 부음을 들었을 때, 당장 모든 것을 때려치우려 했다. 그 개 같은 상급자들만 없었더라면 정말 그랬을 것이다.

"느토니 형 대신 제가 군대에 가겠어요." 루카가 말했다. "그래야 형이 돌아와서 프로비덴차를 바다에 띄울 수 있고, 형이 있으면 다른 사람은 필요 없을 테니까요."

"이 녀석이야말로 진정한 말라볼리아의 자손이야." 파드론 느토니는 즐거운 표정으로 말했다. "하느님의 자비만큼 너그럽고 바다처럼 넓은 마음을 가진 바스티아나초를 쏙 빼닮았어."

어느 날 저녁 배들도 바다에서 돌아왔을 때, 파드론 느토니가 숨을 헐떡이며 집으로 달려오더니 말했다. "편지가 왔어! 방금 파파파베의 집에 통발을 갖다주러 가고 있었는데, 치리노가 이 편지를 줬어!"

롱가는 기쁨에 겨워 얼굴이 손수건처럼 하얘졌고, 모두들 편지를 보려고 부엌으로 달려갔다.

느토니는 귓가에 베레모를 걸치고 별이 새겨진 제복을 입고 돌아왔다. 롱가는 끊임없이 그의 제복을 쓰다듬었고, 역에서 돌아오는 길 내내 친척들과 친구들 한가운데 둘러싸인 그의 뒤를 따라갔다. 집안과 마당은 순식간에 사람들로 가득찼다. 바스티아나초가 죽었을 때와 같았다. 불과 얼마 전이었는데, 이제는 아무도 그 일을 생각하지 않았다. 어떤 일들은 오직 노인들만이 마치 어제 일처럼 기억하는 법이다. 로카는 여전히 밀라볼리아 사람들의 집 앞에서 벽에 기대앉아 메니코를 기다렸다. 그리고 발소리가 들릴 때마다 길거리 이쪽저쪽으로 고개를 돌렸다.

제6장

느토니는 일요일에 왔고, 이집 저집을 지나가면서 이웃들과 아는 사람들에게 인사를 했다. 모두가 지나가는 그를 바라보았다. 친구들은 수행원처럼 뒤따라다니고, 처녀들은 창가에서 얼굴을 내밀었다. 하지만 투나의 딸 사라만은 보이지 않았다.

"그 여자는 남편과 함께 오니나에 갔어요." 산투차가 말해주었다. "메니코 트린카와 결혼했는데, 자식이 여섯 명이나 있는 홀아비지만 돼지처럼 부자예요. 메니코 트린카의 마누라가 죽고 나서 채 한 달도 되지 않았을 때, 침대의 온기가 사라지기도 전에 결혼했어요. 하느님 맙소사!"

"사별한 남자는 군대 가는 남자와 같아." 추피다가 덧붙였다. 병사의 사랑은 짧은 것. 북소리와 동시에 안녕 하는 것. 게다가 프로비덴차도 잃었다.

추피다 베네라는 느토니가 투다의 딸 사라와 포도밭 담장 옆에서 속삭이는 것을 보았기 때문에 그가 입대할 때 그녀가 배웅하러 왔는지 보려고 역에 갔었다. 그리고 이제는 느토니가 그 소식에 어떤 표정을 보일지 기대했다. 하지만 느토니에게도 시간은 흘러갔다. 눈에서 멀어지면 마음에서도 멀어지는 법이다. 느토니는 이제 귓가에 베레모를 쓴 진짜 남자였다. "메니코는 오쟁이 진 남편으로 죽고 싶은 모양이군!" 그는 스스로 위안하기 위해 그렇게 말했고, 만자카루베의 딸은 그 말이 마음에 들었다. 그녀는 느토니를 '얼간이'라고 불렀는데 지금 보니 멋진 얼간이였고, 그래서 아무 쓸모도 없는 로코 스파투를 버리고 느토니를 택하고 싶을 정도였다. 그녀는 좋아할 만한 사람이 없었기 때문에 그동안 로코 스파투와 가까이 지내고 있었다.

"나는 한 번에 두세 명과 사랑하는 경박한 여자들이 싫어요!" 만자카루베의 딸은 머리에 쓴 수건 끄트머리를 턱 위로 잡아당겨 순진한 척하면서 말했다. "만약 한 남자를 사랑한다면, 나는 그이를 비토리오 에마누엘레나 가리발디와도 바꾸지 않을 거예요. 두고봐요!"

"나는 당신이 좋아하는 사람이 누군지 알고 있어요!" 느토니가 허리에 손을 올리며 말했다.

"전혀 모를 거예요, 느토니. 헛소문이었겠죠. 혹시 우리집 앞을 지나가게 되면 내가 모두 말해주겠어요."

"만자카루베의 딸이 느토니에게 눈독을 들이고 있으니, 안나에게 멋진 섭리가 되겠군." 베네라가 말했다.

느토니는 아주 기분좋은 표정으로 친구들을 한 무리 거느리고 건들

거리면서 지나갔다. 그는 별이 새겨진 제복을 입고 여기저기 돌아다닐 수 있도록 모든 날이 일요일이었으면 좋겠다고 생각했다. 오후는 피추토와 권투를 하며 즐겁게 보냈다. 군대에 다녀오지도 않았고, 하느님도 두려워하지 않는 피추토는 코피를 흘리며 술집 앞 바닥에 뒹굴었다. 하지만 그 누구보다 로코 스파투가 제일 강했고, 그는 느토니를 발밑으로 눌렀다.

"세상에!" 옆에서 구경하던 사람들이 외쳤다. "로코가 투리 추피도만큼이나 힘이 세네! 일을 하려고만 하면 밥은 벌어먹겠어!"

"나는 이것만 있으면 뭐든 할 수 있어!" 피추토는 졌다고 하기 싫어 면도칼을 흔들어 보이면서 말했다.

간단히 말해 느토니는 하루종일 즐거운 시간을 보냈다. 그러다 저녁이 되어 식탁에 둘러앉아 가족들과 잡담을 나눌 때, 엄마는 이것저것 묻고 아이들은 반쯤 잠들었으면서도 눈을 크게 뜨고 그를 바라보고 메나는 베레모와 별이 새겨진 제복을 어떻게 만들었는지 보려고 만져보는데, 할아버지가 치폴라의 어선에서 보수 좋은 일자리를 구했다고 말했다.

"자비심에서 그들을 고용했지." 포르투나토 치폴라는 이발소 앞에 앉아서 아무나 들으라는 듯 말했다. "파드론 느토니가 느릅나무 아래서 어선에 일꾼이 필요하지 않으냐고 물었을 때, 차마 아니라고 말할 수 없었네. 나는 일꾼이 전혀 필요하지 않은데 말이지. 하지만 감옥에 있을 때, 병들었을 때, 어려울 때 친구가 진짜 친구잖나. 파드론 느토니는 너무 늙었어. 그냥 거저 준다고 쳐야지……"

"늙었지만 솜씨 있는 사람이죠." 오리 다리가 말했다. "절대 손해보지 않을 거예요. 그리고 그의 손자는 모두가 욕심내는 젊은이고요."

"투리 추피도가 프로비덴차를 고쳐주면 우리도 다시 배를 가질 수 있어. 그러면 날품팔이를 하지 않아도 돼." 파드론 느토니가 말했다.

다음날 그가 손자를 깨우러 갔을 때는 동이 트기 두 시간 전이었고, 느토니는 좀더 이불 속에 있고 싶었다. 느토니가 하품을 하면서 마당으로 나갔을 때도 아직 세 지팡이자리[59]가 다리를 쳐든 채 오니나 쪽에 높이 떠 있고, 플레이아데스가 그 오른쪽에서 반짝이고 있었다. 하늘에서 별들이 반짝거리는 모습은 마치 불티들이 프라이팬의 검은 바닥에서 튀는 것 같았다. "군대에서 기상나팔 불 때와 똑같군! 이러면 집으로 돌아올 필요가 없었는데!" 느토니는 투덜거렸다.

"조용히 해, 형. 할아버지가 저기서 장비를 정돈하고 계셔. 우리보다 한 시간도 전에 일어나셨다니까." 알레시가 말했다. 알레시는 착한 자기 아버지 바스티아나초와 꼭 닮은 청년이었다. 할아버지는 등불을 들고 마당에서 왔다갔다했고, 밖에서는 바다로 나가는 사람들이 지나가며 이집 저집 문을 두드려 동료를 부르는 소리가 들려왔다. 바닷가로 나오자 느토니도 가슴이 확 트이는 것을 느꼈다. 자갈밭 위에서 천천히 코를 고는 검은 바다의 수면에 별빛이 반사되었고, 여기저기에 다른 배들의 등불이 보였다.

"아하!" 느토니가 기지개를 켜며 외쳤다. "집으로 돌아온다는 것은 멋진 일이야. 여기 이 바다는 나를 알아보는군." 파드론 느토니는 언제나 물고기는 물 밖에 있을 수 없고, 바다는 어부를 기다린다고 말했다.

---

59) 오리온자리를 가리킨다.

배 안에서 사람들은 사라에게 버림받았다며 느토니를 놀렸다. 그러면서 돛을 팽팽히 올리고, 카르멜라[60]를 천천히 곡선으로 몰아 나가면서 뱀의 꼬리처럼 그물을 놓았다. "옛말에 돼지고기와 전쟁에 나간 남자는 금방 상한다는 말이 있지. 그래서 사라가 너를 버리고 떠난 거야."

"여자가 한 남자에게 충실하다면, 터키 사람이 기독교인이 된다 해도 놀랍지 않다." 콜라가 덧붙였다.

"나를 사랑하는 여자들은 수도 없이 많아요. 나폴리에선 강아지들처럼 나를 따라다녔다니까." 느토니는 대답했다.

"나폴리에서는 멋진 제복에 글씨가 박힌 베레모[61]를 쓰고 군화를 신었으니까 그렇지. 나폴리에도 여기처럼 멋진 아가씨들이 많아?" 바라바가 말했다.

"이곳 아가씨들은 멋지다고 해봐야 나폴리 아가씨들의 발꿈치도 못 따라갈걸. 내가 알던 아가씨 하나는 비단옷에다 머리에는 빨간 리본을 매고 수놓은 코르셋을 입고 함장의 견장 같은 황금 견장을 달고 다녔지. 그렇게 멋진 아가씨가 주인집 아이들을 산책시키면서, 다른 일은 아무것도 하지 않았어."

"그런 곳에서 살면 정말 좋겠군!" 바라바가 말했다.

"거기 왼쪽! 노를 멈춰!" 파드론 느토니가 외쳤다.

"이런 유다의 피를 물려받은 놈! 배가 그물 위로 가잖아!" 키를 잡고 있던 콜라가 고함을 질렀다. "잡담이나 하고 있을 거야? 여기 배때기나 긁으러 온 거야, 아니면 일을 하러 온 거야?"

---

60) 치폴라의 어선.
61) 당시 해군의 베레모에는 승선하는 함선의 이름이 박혀 있었다.

"파도 때문에 밀리는 거예요." 느토니가 말했다.

"속도를 늦춰, 빌어먹을 놈아! 네 머릿속 그 멋진 아가씨들 때문에 하루 품삯을 날리겠어!" 바라바가 외쳤다.

"망할!" 느토니가 노를 쳐들며 벌떡 일어났다. "다시 한번 그런 말하면 네 머리통을 부숴버릴 거야!"

"이건 또 무슨 짓이야?" 콜라가 키에서 벌떡 일어났다. "군대에서 그렇게 가르치더냐! 귀에 거슬리는 말은 한마디도 용납하지 말라고?"

"자꾸 이러면 나는 가겠어요!" 느토니가 대답했다.

"갈 테면 가! 치폴라가 네 품삯으로 다른 사람을 고용할 테니까."

"종은 인내해야 하고 주인은 신중해야 한다." 파드론 느토니가 말했다.

느토니는 투덜거리며 계속해서 노를 저었다. 걸어서 갈 수는 없었기 때문이다. 만자카루베는 두 사람을 화해시키기 위해 아침식사를 할 시간이라고 말했다.

그 순간 해가 떠올랐다. 공기가 차가워졌기 때문에 모두들 포도주를 한 모금씩 마셨다. 그런 다음 포도주 병을 다리 사이에 끼우고 빵을 씹었다. 어선은 부표들의 널따란 원 안에서 천천히 파도에 흔들렸다.

"제일 먼저 말하는 놈의 엉덩이를 발로 차겠다!" 콜라가 말했다.

모두들 엉덩이를 차이지 않으려고 빵만 황소처럼 씹으면서 먼바다에서부터 오는 파도를 바라보았다. 거품도 일으키지 않고 밀려오는 파도는 햇살이 비치는 날인데도 짙은 남색을 띠어 검은 하늘 아래 칠판 색깔의 바다를 연상시켰다.

"오늘 저녁 치폴라한테 욕지거리 좀 듣겠군!" 콜라가 일어나며 말했다. "하지만 우리도 별수 없는걸. 거친 바다에서는 물고기가 잡히지 않으니까."

만자카루베는 일단 그에게 발길질을 했다. 콜라가 자신이 만든 규칙을 깨고 먼저 입을 열었기 때문이다. 그러고 나서 대답했다. "이제 여기서 그물을 끌어올릴 때까지 기다리자."

"파도가 먼바다에서 오니까, 우리에게는 오히려 도움이 될 게야." 파드론 느토니가 덧붙였다.

"아야!" 그동안 콜라는 계속 신음 소리를 냈다.

침묵의 규칙이 깨지자 바라바가 느토니에게 물었다. "담배 한 개비만 줄래?"

"없어. 하지만 내 것 절반을 주지." 느토니는 조금 전의 일을 생각하지 않고 대답했다.

사람들은 어선 바닥에 앉아 등을 받침대에 기대고 손을 머리 뒤에 댄 채 노래를 불렀다. 각자 자기 나름대로 천천히 노래를 부르며 잠을 쫓으려 애썼다. 눈부신 태양 아래서는 저절로 눈이 감겼기 때문이다. 바라바는 숭어들이 물 위로 뛰어오를 때마다 손가락을 튕겨 딱딱 소리를 냈다.

"저놈들은 할 일이 없는 모양이지. 뛰어오르며 노네." 느토니가 말했다.

"이 담배 좋다! 나폴리에서 이런 걸 피웠어?" 바라바가 말했다.

"응, 많이 피웠지."

"저것 봐, 부표들이 가라앉기 시작하네."[62] 만자카루베가 말했다.

---

62) 예상과 달리 그물에 고기가 많이 걸렸다는 뜻이다.

"프로비덴차가 네 아버지와 함께 침몰한 곳이 보여?" 바라바가 말했다. "저 앞의 곳이야. 저기 하얀 집들 위로 해가 비치고, 바다가 온통 금빛으로 반짝이는 곳."

"바다는 언제나 거칠고, 뱃사람은 바다에서 죽는 법." 느토니가 대답했다.

바라바가 포도주 병을 그에게 건넸다. 잠시 후 그들은 낮은 소리로 콜라에 대해 불평하기 시작했다. 콜라는 치폴라의 어선 일꾼들에게 개 같은 사람이었다. 마치 치폴라가 눈앞에서 그들이 무엇을 하는지 지켜보고 있는 것처럼 행동했다.

"자기가 없으면 어선을 운영할 수 없다고 생각하게 하려고 그러는 거야. 비열한 놈!" 바라바가 덧붙였다.

"이 거친 바다에서 우리가 물고기를 잡은 건 다 자기 솜씨가 좋아서라고 말할 거야. 저것 봐. 그물이 엄청 내려갔어! 부표가 보이지도 않아."

"이봐들!" 콜라가 외쳤다. "이제 그물을 끌어올릴까? 파도가 몰려오면 끌어올리기 어려워."

"오이! 오오이!" 그들은 이렇게 외치며 밧줄을 끌어올려 뒷사람에게 넘겼다.

"오, 프란체스코 성인이시여!" 콜라는 외쳤다. "이렇게 파도가 밀려오는데도 이 많은 하느님의 은총을 잡았다니 믿어지지 않아!"

수면 위로 올린 그물이 쌓여 햇살에 반짝거리자 어선 바닥이 온통 수은으로 가득한 것 같았다. "치폴라가 좋아하겠군." 바라바가 땀을 흘리고 빨개진 얼굴로 중얼거렸다. "우리에게 품삯으로 주는 3카를리노를 아까워하지 않겠어."

"우리 팔자가 그런 것이야!" 느토니가 덧붙였다. "남 좋은 일 시키려고 등골이 빠지게 일하고, 겨우 몇 푼 저축해놓으면 악마가 와서 먹어버리지."

"무엇을 불평하는 게야? 포르투나토가 너에게 품삯을 주지 않아?" 할아버지가 말했다.

말라볼리아 사람들은 돈을 모으기 위해 온갖 일을 했다. 롱가는 실을 받아와서 옷감을 짜고, 다른 사람들의 빨래를 해주기도 했다. 파드론 느토니와 손자들은 품을 팔며 가능한 한 서로 도왔다. 파드론 느토니는 신경통 때문에 갈고리처럼 휘어진 몸으로 마당에서 그물을 손질하고 통발을 수선하고 선구를 정돈했다. 그 일을 가장 잘 아는 사람이 그였기 때문이다. 루카는 하루에 50첸테시모를 받고 철도교 공사장에서 일했다. 형 느토니는 그 돈을 받아서야 광주리에 자갈을 담아 나르느라 망가지는 셔츠값도 나오지 않겠다고 말했지만, 루카는 셔츠가 아니라 어깨가 망가져도 신경쓰지 않고 일했다. 알레시는 암초들 사이에서 가재와 미끼용 벌레를 잡다 1로톨로[63]당 10솔도[64]에 팔았다. 때로는 오니나, 아니면 물리니 곳까지 갔다가 발에 피를 흘리며 돌아오기도 했다. 하지만 추피도는 프로비덴차를 수리하는 비용으로 토요일마다 상당한 돈을 받아갔다. 40온차를 마련하려고 통발을 수선하고 철교의 자갈을 운반하고 10솔도에 미끼를 팔고 머리 위로 햇살을 받으며

---

63) 이탈리아 남부에서 사용되던 무게 단위로 지역에 따라 대략 800~900그램에 해당한다.

64) 이탈리아의 여러 지역에서 오래전부터 사용되던 화폐 단위. 지역과 시대에 따라 가치가 달랐다.

무릎까지 잠기는 물속에 들어가 빨래를 해서 모은 돈까지 다 받아갔다. 위령의 날은 다가왔고, 크로치피소는 뒷짐을 진 채 바실리스크처럼 그 좁은 길을 왔다갔다할 뿐이었다.

"이건 집달리가 와야 끝날 일이야!" 크로치피소는 돈 실베스트로와 본당 신부 돈 잠마리아에게 말하곤 했다.

"그럴 필요 없어요, 크로치피소." 그가 그런 말을 하며 돌아다닌다는 것을 알고 파드론 느토니가 말했다. "말라볼리아 사람들은 다 성실해서 집달리가 필요 없네."

"그건 상관없어요." 크로치피소는 사람들이 자기 포도나무의 순을 고르는 모습을 감시하며 마당의 지붕 아래서 벽에 등을 기댄 채 대답했다. "나는 돈을 받아내야 한다는 것 외에는 몰라요."

결국 본당 신부의 개입으로 나무 종 크로치피소는 마루차가 매트리스 아래 양말 속에 한푼 두푼 모아놓은 75리라를 이자로 가져가는 대신 크리스마스 때까지 기다리기로 했다.

"이렇게 되는 거로군!" 느토니가 투덜거렸다. "밤낮으로 일해서 겨우 몇 푼 모아놓으면 크로치피소가 다 가져가버려."

파드론 느토니와 마루차는 여름을 기대하며 공중누각을 세우는 것을 위안으로 삼았다. 여름이 오면 소금에 절인 멸치, 열 개에 1그라노[65]를 받을 부채선인장 열매를 팔 수 있을 거라고. 참치나 황새치를 잡아 떼돈을 벌리라는 거창한 계획을 세우기도 했다. 그전까지는 투리가 프로비덴차를 수리해놓을 테니까. 아이들은 턱을 괴고 테라스, 혹은 저녁

---

65) 양시칠리아왕국에서 사용되던 구리 동전으로 0.1카를리노에 해당했다.

식탁에서 나누는 그런 이야기에 귀를 기울였다. 하지만 넓은 곳에 다녀온 후로 다른 사람들보다 세상을 더 잘 알게 된 느토니는 그런 잡담을 듣는 데 싫증이 났다. 차라리 술집 근처에 가서 어슬렁거리는 편이 더 좋았다. 술집에는 아무 일도 하지 않는 사람들이 많았고, 이 세상 누구보다 비참한 산토로조차 지나가는 사람에게 손을 내밀며 성모송을 중얼거리는 가벼운 일만 하고 있었다. 아니면 프로비덴차의 상태를 보고 싶다는 핑계로 추피도에게 가서 그의 딸 바르바라와 환담을 나누고 싶었다. 느토니가 가면 바르바라는 타르 솥 아래에 땔감을 넣으러 나오곤 했다.

"바르바라, 당신은 언제나 바쁘네요. 당신이 집안의 오른팔 같아요. 그래서 아저씨가 당신을 결혼시키지 않으려 하시는군요." 느토니가 말했다.

"나와 어울리지 않는 남자들과 결혼시키지 않으시려는 거예요. 비슷한 사람끼리 어울리는 법이니까요." 바르바라가 대답했다.

"나도 당신과 어울리고 싶어요. 바르바라, 당신만 원한다면!"

"느토니, 무슨 말을 하는 거예요? 엄마가 마당에서 실을 잣고 계세요. 다 들릴 거라고요."

"그저 새파랗고 불이 잘 붙지 않는 저 나뭇가지에게 한 얘기예요. 이리 줘봐요."

"만자카루베의 딸이 창가에 나올 때마다 그녀를 보러 여기 온다는 게 사실이에요?"

"다른 일 때문에 오는 거예요, 바르바라. 프로비덴차가 어떤지 보러 오는 거라고요."

"아주 좋대요. 크리스마스 전까지는 바다에 띄울 수 있을 거라고 아버지가 말씀하셨어요."

크리스마스 구일기도가 시작된 후 말라볼리아 사람들은 투리 추피도의 마당에 다녀오는 것 말고 다른 일은 하지 않았다. 그들만 빼고 마을 전체가 축제를 준비했다. 집집마다 성인의 동상을 둔 벽감을 나뭇가지와 오렌지로 장식하고 촛불을 켜놓으면, 백파이프 연주자들이 돌아다니며 연주를 하고 아이들은 그 뒤를 무리지어 따라다녔다. 오직 말라볼리아 사람들의 집에만 선한 목자의 동상이 어둠 속에 남아 있었고, 그동안 느토니는 여기저기서 수탉 노릇을 했다. 추피다의 딸 바르바라가 그에게 말했다.

"당신이 바다에 나갈 때만이라도 내가 프로비덴차를 위해 타르를 끓였다는 것을 기억하겠죠?"

오리 다리는 모든 처녀들이 느토니를 탐내고 있다고 말했다.

"사람들이 탐내는 것은 내 재산이야!" 크로치피소는 불평했다. "만약 느토니를 결혼시키고, 메나에게 지참금을 주고, 집에 부과되는 세금까지 내고 나면, 어디에서 잠두 빚을 갚을 돈이 나올지 한번 보고 싶군. 그리고 마지막 순간에 튀어나온 그 지참금 저당권으로 무슨 속임수를 쓸지 보고 싶군. 자, 이제 크리스마스가 되었는데 말라볼리아 인간들은 코빼기도 안 보여."

파드론 느토니는 광장으로 또 지붕 아래로 그를 찾아가서 말했다. "내가 돈이 없다면 어떻게 할 테요? 돌멩이를 짠다고 피가 나오진 않아요! 은혜를 베풀고 싶다면 6월까지 기다려주시오. 아니면 프로비덴차와 서양모과나무 집을 가져가시오. 내가 가진 건 그것뿐이오."

"나는 내 돈을 원해요." 나무 종 크로치피소는 등을 벽에 기댄 채 대꾸했다. "당신들은 성실하다고 했고, 프로비덴차나 서양모과나무 집을 걸고 말로만 갚는 일은 없을 거라고 했어요."

그는 몸과 마음이 피곤해졌고 잠도 잃고 식욕도 잃은데다가 이제는 집달리가 와야 해결될 일이라고 말하고 다니면서 열을 식힐 수도 없었다. 그러면 곧바로 파드론 느토니가 돈 잠마리아 신부나 면서기 돈 실베스트로를 보내 자비를 구해달라고 부탁해서 크로치피소가 볼일을 보려고 광장에 나갈 때마다 그들이 바짝 쫓아다닐 테고, 그랬다간 마을 사람들 모두 그의 돈을 악마의 돈이라고 부를 터였기 때문이다. 오리 다리에게 화풀이를 할 수도 없었다. 그는 곧바로 잠두가 처음부터 썩어 있었으며 자신은 중개인 역할만 했을 뿐이라고 대꾸할 터였다. "하지만 이 정도는 해줄 수 있을 거야!" 크로치피소는 갑자기 혼잣말을 했다. 그리고 그 발상이 너무나 마음에 들어서 다시 잠을 이루지 못했다. 그는 날이 새자마자 오리 다리를 만나러 갔고, 오리 다리는 기지개를 켜고 하품을 하며 문밖으로 나왔다. 크로치피소가 말했다. "당신이 내 빚을 산 것처럼 해요. 그러면 말라볼리아 사람들에게 집달리를 보낼 수 있고, 사람들이 당신한텐 고리대금업자라고 말하지 않을 테니까. 그 돈이 악마의 돈이라는 말도 안 할 테고요."

"어젯밤에 그런 멋진 아이디어가 떠올랐소?" 오리 다리가 낄낄거렸다. "그래서 나에게 말해주려고 이 새벽에 깨운 거요?"

"포도나무 순 얘기도 있죠. 만약 원한다면 와서 가져가요."

"그렇다면 집달리를 보낼 수 있겠소. 하지만 비용은 당신이 내요."

오리 다리의 착한 아내 그라치아는 잠옷 차림으로 일부러 나와 남편에게 말했다. "크로치피소가 무슨 얘기를 했어요? 그 불쌍한 말라볼리아 사람들 좀 놔둬요. 그러지 않아도 많은 어려움을 당하고 있으니까!"

"당신은 가서 실이나 자아! 여자들은 머리칼만 길고, 생각은 짧다니까." 오리 다리가 말했다. 그리고 다리를 절룩이며 압생트를 마시러 피추토에게로 갔다.

"그 불쌍한 사람들에게 불행한 크리스마스를 주려고 하는구나." 그라치아가 배에 손을 얹은 채 중얼거렸다.

모든 집 앞에는 나뭇가지와 오렌지로 장식한 벽감이 있었고, 저녁이면 거기에 촛불을 켜두었다. 그러면 사람들이 그 앞에 와서 백파이프를 연주하고 온 사방에 축제를 알리는 성가를 불렀다. 어린아이들이 길에서 호두 놀이를 하다가 알레시가 다리를 벌리고 서서 쳐다보자 그에게 말했다.

"너는 가! 호두도 없으면서."

"이제 너희 집을 빼앗아 갈 거래."

실제로 크리스마스이브에 집달리가 마차를 타고 말라볼리아 사람들의 집에 왔고, 그로 인해 온 마을이 웅성거렸다. 그는 선한 목자의 동상을 둔 서랍장 위에 도장이 찍힌 서류를 올려놓았다.

"말라볼리아네 집에 집달리가 온 거 봤어요? 이제 정말 힘들어지겠군!" 베네라가 말했다.

그녀의 남편은 자기 생각이 옳았다니 믿을 수 없다는 듯이 소리를 질러대기 시작했다.

"오, 천국의 성인들이여. 내가 말했잖아! 느토니가 우리집에 들락거리는 게 마음에 안 든다고!"

"당신은 조용히 해요. 아무것도 모르면서!" 추피다가 힐난했다. "그건 여자들 일이에요. 여자들은 원래 그렇게 결혼하는 거예요. 그렇잖으면 낡은 냄비처럼 평생 우리가 데리고 살아야 하죠."

"결혼은 무슨 결혼이야! 지금 집달리가 온 마당에!"

그러자 추피다는 손으로 남편의 뺨을 한 대 갈겼다.

"집달리가 올 줄 알았다고요? 당신은 언제나 일어난 일에 대해서만 큰소리를 치면서, 손가락 하나도 움직일 줄 모르잖아요! 그리고 집달리가 사람들을 잡아먹진 않아요."

이 말대로 집달리는 사람들을 잡아먹지 않는다. 하지만 말라볼리아 사람들은 갑자기 사고라도 당한 것처럼 마당에 둘러앉아 서로의 얼굴만 바라보았고, 집달리는 집안에 앉지도 못했다.

"빌어먹을!" 느토니는 소리쳤다. "하루가 멀다 하고 옷감 속의 벼룩 신세구나. 이제 집달리를 보내서 우리 목을 조르네."

"이제 어떻게 하지?" 봉가가 물었다.

파드론 느토니도 어떻게 해야 할지 몰랐다. 하지만 결국 도장 찍힌 서류를 손에 들고 큰 손자 둘과 함께 크로치피소를 만나러 갔다. 그리고 투리 추피도가 방금 수리를 마친 프로비덴차를 가져가라고 말했다. 아들 바스티아나초가 죽었을 때처럼 불쌍한 노인의 목소리가 떨렸다. 크로치피소는 말했다. "나는 아무것도 몰라요. 난 아무 상관 없는 일이에요. 그 빚은 오리 다리에게 팔았으니까 이제 그 사람과 해결해요."

오리 다리는 그들이 줄지어 오는 것을 보자 머리를 긁적이며 말했다. "내가 어떻게 했으면 좋겠어요? 나도 사정이 안 좋아서 그 돈이 필요한걸. 프로비덴차는 있어봤자 어떻게 해야 할지도 모르겠고요. 내

직업이 아니니까. 하지만 크로치피소라면 그 배를 파는 걸 도와줄 수 있을 거예요. 곧 돌아오리다."

낮은 담장 위에 걸터앉아 기다리던 불쌍한 그들은 서로의 얼굴을 바라볼 용기도 나지 않았다. 단지 오리 다리가 돌아오기를 기다리며 멀리 길 쪽을 내다볼 뿐이었다. 마침내 오리 다리가 매우 천천히 나타났다. 사실 그는 원하기만 하면 불편한 다리로도 재빨리 걸어올 수 있었다. 오리 다리가 멀리서 외쳤다. "낡은 신발처럼 완전히 망가진 것이라 별다른 도리가 없다고 하네요. 미안하지만 이제 나는 할 수 있는 게 없어요."

어쩔 수 없이 말라볼리아 사람들은 도장 찍힌 서류를 그대로 들고 집으로 돌아왔다.

하지만 뭐든 해야 했다. 왜냐하면 그 서랍장 위의 도장 찍힌 서류가 서랍장과 집, 식구들 모두를 잡아먹을 것 같았기 때문이다.

"면서기 돈 실베스트로의 조언을 들어봐요." 마루차가 제안했다. "저기 암탉 두 마리를 갖다주면 무언가 말해줄 거예요."

돈 실베스트로는 서둘러야 한다면서 그들을 훌륭한 변호사인 쉬피오니 박사에게 보냈다. 암말라티 거리를 사이에 두고 크리스피노의 마구간과 마주한 집에 사는 박사는 젊지만 언변으로는 당할 자가 없어서, 입을 여는 데만 5온차를 요구하는 늙은 변호사들을 한 방에 제압할 정도였다. 그런데도 그는 단지 25리라에 만족했다.

담배를 말고 있던 쉬피오니 박사는 그들을 두세 번 오고가게 한 다음에야 상담을 시작했다. 오고갈 때마다 그들은 나란히 행렬을 지어 다녔으며, 도움이 될까 싶어 아기를 안은 롱가까지 함께 가서 자신의 견해를 말했다. 이렇게 그들은 하루를 완전히 허비했다. 그제야 박사는 서류들을 읽고, 손자들이 감히 숨도 쉬지 못하고 긴 의자에 웅크려 앉아 있는 동안 파드론 느토니로부터 아주 힘들게 이끌어낸 혼란스러운 대답들에서 마침내 무엇인가를 이해할 수 있었다. 그러자 그는 가슴이 터져라 웃기 시작했다. 말라볼리아 사람들은 영문을 모른 채 그와 함께 웃으면서 숨을 돌렸다. 변호사는 말했다. "아무것도 아니네요. 아무것도 할 필요가 없어요." 그리고 파드론 느토니가 집달리가 왔었다고 다시 말하자 이렇게 대답했다. "집달리가 매일 오더라도 그대로 놔두세요. 그렇게 되면 채권자가 비용을 대느라고 먼저 지칠 겁니다. 당신들에게서는 아무것도 가져갈 수 없을 거예요. 왜냐하면 집은 지참금이고, 배에 대해서는 투리 추피도의 이름으로 우리가 인도 요청을 할 것이기 때문입니다. 당신의 며느리는 잠두 구입과 아무런 상관이 없고요."

변호사는 침을 뱉지도 않고 머리를 긁지도 않으면서 25리라어치 이상으로 계속해서 말했다. 파드론 느토니와 손자들도 끼어들어서 머릿속에 부풀어오르는 멋진 변호에 대해 이야기하고 싶어 입안에 침이 고일 정도였다. 자기들에게 그런 정당한 근거가 있다는 데 깜짝 놀라고 어리둥절해져서 길을 가는 내내 변호사의 말을 곰곰이 생각하며 그의 흉내를 냈다. 이번에 함께 가지 않았던 마루차는 그들이 얼굴이 상기되고 눈을 반짝이며 돌아오는 것을 보자, 자신도 커다란 짐을 벗은 듯해서 밝은 얼굴로 변호사의 말을 전해주길 기다렸다. 하지만 모두 입을 꾹 다문 채 서로의 얼굴만 바라볼 뿐이었다.

"그래서?" 궁금해서 죽을 지경이 된 마루차가 결국 먼저 물었다.

"아무것도! 아무것도 걱정할 필요가 없다는구나!" 파드론 느토니가 평온하게 대답했다.

"변호사는요?"

"그래. 바로 그 변호사가 걱정할 거 없다고 했단다."

"도대체 뭐라고 해요?" 마루차가 집요하게 물었다.

"뭐, 그 사람이 말을 참 잘하더구나. 콧수염이 있는 사람 말이야! 그 25리라는 축복받을 거야!"

"그러니까 결국 어떻게 하라는 거예요?"

할아버지는 손자를 바라보았고, 느토니는 할아버지를 바라보았다.

"아무것도. 아무것도 하지 말라고 하더구나." 마침내 파드론 느토니가 말했다.

"아무것도 갚지 않아도 된대요." 느토니가 더욱 대담하게 덧붙였다. "왜냐하면 우리집도 프로비덴차도 빼앗아 갈 수 없으니까요…… 빚진 게 없는 거예요."

"그러면 잠두는?"

"맞아! 그럼 잠두는?" 파드론 느토니가 똑같이 물었다.

"잠두는…… 우리가 잠두를 먹어버린 건 아니잖아요. 주머니에 갖고 있는 것도 아니고요. 크로치피소는 우리에게서 아무것도 가져갈 수 없어요. 변호사가 그랬어요. 크로치피소는 집달리 비용만 지불하게 될 거라고요."

그러자 잠시 침묵이 이어졌다. 마루차는 여전히 이해가 되지 않는 것 같았다.

"그러니까 빚을 갚지 말라고 했다고?"

느토니가 머리만 긁적이자 할아버지가 덧붙였다.

"맞아. 우리에게 잠두를 주었으니까, 갚아야 해."

더 할말이 없었다. 이제 거기에는 변호사가 없었고, 빚은 갚아야 했다. 파드론 느토니는 고개를 저으며 중얼거렸다.

"역시 그건 아니야! 말라볼리아가의 사람들은 절대로 그런 짓을 하지 않아. 크로치피소에게 집과 배, 모든 것을 넘겨야 해. 역시 그건 아니야!"

불쌍한 노인은 혼란스러웠다. 며느리는 앞치마에 얼굴을 묻고 조용히 울었다.

"돈 실베스트로에게 가봐야겠어." 파드론 느토니가 결론을 내렸다.

그리하여 공동의 합의하에 할아버지, 손자들, 며느리, 심지어 아기까지 다시 행렬을 지어 면서기에게 가서는, 크로치피소가 집과 배, 그들 모두를 집어삼킬 거라는 도장 찍힌 서류들을 또 보내지 않도록 하고 빚을 갚으려면 어떻게 해야 할지 물어보았다. 법을 좀 아는 돈 실베스트로는 시뇨라의 아이들에게 선물할 새덫을 만들며 시간을 보내고 있었다. 그는 변호사와는 다르게 말라볼리아 사람들이 계속하여 잡담을 늘어놓도록 놔두고, 그동안 자기는 새덫에 버드나무 가지를 끼워넣었다. 그러다 마침내 그들이 원하는 것을 말해주었다. "마루차 부인이 손을 쓴다면 모든 문제가 해결될 겁니다." 불쌍한 마루차는 자기가 무슨 손을 어떻게 써야 할지 도저히 짐작할 수 없었다. 돈 실베스트로가 말을 이었다. "그러니까 집을 팔고, 지참금 저당권을 포기하는 것이지요. 아무리 당신이 잠두를 구입한 게 아니더라도 말입니다." "잠두는 모두 함께 구입한 거지. 그러니 주님께서 내 남편을 데려가서 우리 모두에게 벌을 주신 거야." 롱가는 중얼거렸다.

불쌍한 그들이 긴 나무의자에 꼼짝하지 않고 앉아서 서로의 얼굴을 바라보는 사이 돈 실베스트로는 속으로 웃었다. 그리고 사람을 보내 크로치피소를 부르자 방금 식사를 마친 크로치피소가 마른 밤을 우물 거리면서 왔는데, 자그마한 눈이 예전보다 더 반짝거렸다. 그는 처음 에는 아무 말도 들으려 하지 않고 자신은 더이상 아무런 상관이 없다 고, 이제 자기 일이 아니라고 말했다. "나는 나지막한 담장 같아서, 모 두가 거기에 기대고 자기 편한 대로 하지요. 왜냐하면 나는 변호사처 럼 말을 잘하지도 않고, 내 주장을 할 줄도 모르니까요. 내 물건을 도 둑맞았어요. 그런데 사람들은 십자가에 못박힌 예수님께 했던 짓을 나 한테 하고 있어요." 그러고는 등을 벽에 기대고 손을 주머니에 집어넣 은 채 계속해서 중얼거리고 투덜거렸다. 그러나 입안에 든 밤 때문에 무슨 말인지 알아들을 수 없었다. 돈 실베스트로는 말라볼리아 사람들 이 빚을 갚으려 하기 때문에 사기꾼이라고 할 수 없으며, 결국 마루차 가 저당권을 포기했다는 것을 그에게 각인시키기 위해 셔츠가 땀에 젖 을 정도로 열변을 토했다. "말라볼리아 사람들은 더이상 싸우기 싫어 서 모든 것을 갚으려고 해요. 하지만 만약 당신이 그들을 궁지로 몰아 붙이면 그쪽에서도 도장 찍힌 서류를 보내기 시작할 것이고, 그러면 일은 그렇게 끝날 겁니다. 그러니 제발 부탁인데, 약간의 자비심을 가 져봐요! 계속 그렇게 노새처럼 서서 버티고 있으면 아무것도 받아내지 못할 거라고 장담해요. 내기할래요?"

그러자 크로치피소는 대답했다. "이렇게까지 한다면, 나는 더이상 할말이 없지요." 그리고 오리 다리와 이야기하겠다고 약속했다. "우정을 위해서라면 그 어떤 희생도 받아들이겠소." 파드론 느토니도 친구를 위해 이런저런 것을 하겠다고 말했다. 크로치피소는 그에게 담뱃갑을 내민 뒤, 아기를 쓰다듬어주고 아기에게 밤을 하나 주었다. "돈 실베스트로는 내 약점을 잘 알고 있어요. 싫다고 할 줄 모른다는 거죠. 오늘 저녁 오리 다리와 이야기를 해보고 부활절까지 기다리라고 말하겠어요. 마루차 부인이 손을 쓴다니까요." 마루차는 자기 손을 어디에 어떻게 써야 할지 몰랐지만 바로 손을 쓰겠다고 대답했다. 크로치피소는 떠나기 전에 돈 실베스트로에게 말했다. "당신이 부탁한 콩을 가져갈 사람을 보내세요."

"좋아요, 좋아요. 친구를 위하는 당신의 마음은 바다처럼 넓군요." 돈 실베스트로는 대답했다.

오리 다리는 사람들 앞에서 지불 기한 연장에 대한 얘기를 들으려고도 하지 않았다. 그는 고함을 지르고 머리칼을 쥐어뜯으며 자기를 망하게 하고, 자기와 아내 그라치아가 겨우내 빵도 없이 굶게 만들려고 한다고 했다. 크로치피소가 말라볼리아 사람들의 빚을 사도록 설득했기 때문에 500리라를 그에게 주었는데, 그 한푼 한푼이 모두 입안에서 나온 귀한 것이라고 했다. 그의 불쌍한 아내 그라치아는 눈이 휘둥그레졌다. 그 많은 돈이 어디에서 나왔는지 몰랐기 때문이다. 그러고는 말라볼리아 사람들에 대해 좋은 말을 했다. 그들은 착하고, 언제나 모든 이웃에게 점잖기로 소문이 자자하다고 했다. 이제 크로치피소도 말라볼리아 사람들의 편을 들었다. "빚을 갚겠다고 했어요. 만약 갚지 못한다면 집을 넘겨준답니다. 마루차 부인도 손을 쓴다고 했고. 요즘 같은 때에 자기 것을 챙기려면 어떻게 해야 하는지 알고 있지요?" 화가

난 오리 다리는 외투를 걸치고 자리를 뜨면서 욕을 퍼붓고 어차피 자신은 집안에서 전혀 중요한 존재가 아니니 크로치피소와 자기 아내가 원하는 대로 하겠다고 말했다.

제7장

　그해 크리스마스는 말라볼리아 사람들에게 불행한 크리스마스였다. 바로 그 무렵 루카도 징집이 걸린 추첨에서 불쌍한 악마처럼 낮은 숫자를 뽑았다.[66] 그래서 군대에 갔지만 이제는 모두 익숙해져서 별로 많이 울지도 않았다. 이번에는 느토니가 동생을 배웅하러 갔는데, 귓가에 걸친 베레모 때문에 마치 그가 군대에 가는 것 같았다. 그는 동생에게 군대도 별거 아니라고, 자기도 갔다 왔다고 말했다. 그날은 비가 내렸고 길은 온통 흙탕물 천지였다.

　"배웅하러 나오실 거 없어요. 역도 먼데." 루카는 엄마에게 되풀이해서 말했다. 그리고 겨드랑이에 보따리를 낀 채 문가에 서서 서양모

---

66) 당시에는 청년들이 제비뽑기를 해서 낮은 번호를 뽑은 사람이 징집되었다.

과나무 위로 비가 내리는 것을 바라보았다. 그러고는 할아버지와 어머니의 손에 입을 맞추고, 메나와 형제들을 껴안았다.

그렇게 롱가는 우산을 쓴 루카가 온 가족의 배웅을 받으며 완전히 물웅덩이가 된 좁은 길의 돌멩이들 위를 뛰어가는 것을 보았다. 할아버지만큼 현명한 그는 출발하기 전에 테라스에서 바지를 걷어올렸다. 이제 군복을 입을 몸이라 더이상 옷을 아끼지 않아도 됐는데도.

'이 녀석은 가서 돈을 부쳐달라는 편지를 보내진 않을 거야.' 파드론 느토니는 생각했다. '만약 하느님께서 이 녀석이 오래 살게 해주신다면 다시 한번 서양모과나무 집을 일으켜세울 텐데.' 하지만 하느님은 그를 오래 살게 해주시지 않았다. 루카 역시 같은 반죽에서 만들어졌기 때문이다. 나중에 그가 죽었다는 소식이 왔을 때, 롱가의 가슴에는 빗속에 아들을 떠나보낸 것과 역까지 배웅하지 못한 것이 커다란 가시로 남았다.

"엄마!" 루카는 뒤돌아보며 말했었다. 마치 고통의 성모마리아처럼 테라스에 말없이 서 있는 엄마를 두고 떠나는 것이 가슴 아팠기 때문이다. "돌아올 때는 엄마한테 먼저 알릴게요. 그러면 역으로 마중나오세요." 마루차는 그 말을 눈을 감는 날까지 잊지 못했다. 바로 그날까지 가슴속에 깊이 박혀 있던 또다른 가시가 있었는데, 바로 프로비덴차를 다시 바다에 띄우던 날 벌였던 잔치에 루카가 참석하지 못했다는 사실이었다. 온 마을 사람들이 잔치에 참석했고, 바르바라 추피다도 빗자루를 들고 나타나서 대팻밥을 쓸었다. "당신을 위해 이렇게 하는 거예요. 당신의 프로비덴차니까요." 그녀는 느토니에게 말했다.

"손에 빗자루를 든 당신은 여왕 같아요. 트레차 전체에 당신처럼 참

한 아가씨는 없어요!"느토니가 대답했다.

"이제 프로비덴차를 찾아가면 이쪽으론 더이상 오지 않겠네요?"

"아니, 또 올 거예요. 화산암 지대로 가려면 여기가 가장 빠른 길이기도 하고."

"만자카루베의 딸을 보러 오는 거겠죠. 그애는 당신이 지나갈 때마다 창가에 서 있잖아요."

"만자카루베의 딸은 로코 스파투에게 넘기죠. 내 마음속에는 다른 이가 있으니까."

"역시 당신 마음속에는 타지의 아름다운 아가씨들이 많겠죠. 안 그래요?"

"여기에도 아름다운 아가씨들이 있어요, 바르바라. 내가 잘 알지요."

"정말이에요?"

"내 영혼을 걸고 맹세해요!"

"그래봐야 신경이나 쓰이나요?"

"당연히 신경쓰이죠! 하지만 아가씨들은 날 거들떠보지도 않아요. 에나멜 구두를 신고 창문 아래로 지나가는 멋쟁이들이 있으니까."

"오니나의 성모마리아께 맹세컨대 나는 에나멜 구두를 쳐다보지도 않아요. 엄마는 에나멜 구두가 우리 지참금이며 모든 것을 잡아먹으려 한다고 말해요. 그래서 때로는 손에 물렛가락을 들고 길에 나가서 나를 귀찮게 하는 돈 실베스트로와 한바탕하죠."

"진심으로 하는 말이에요, 바르바라?"

"그럼요, 정말이에요!"

"그 말을 들으니 정말 기쁘군요!"느토니가 말했다.

"느토니, 월요일에 화산암 지대에 갈래요? 우리 어머니가 시장에 갈 때 말이에요."

"월요일엔 할아버지가 나한테 숨쉴 틈도 안 줄 거예요. 이제 프로비덴차를 바다에 띄우게 됐으니."

배를 띄울 준비가 되었다고 투리 추피도가 말하자마자 파드론 느토니는 손자들은 물론 모든 친구들과 함께 배를 가지러 갔다. 바닷가로 이어지는 바윗길에서 프로비덴차는 군중이 지켜보는 가운데 뱃멀미를 하는 것처럼 비틀거렸다.

"이쪽으로!" 투리 추피도가 그 누구보다 더 크게 외쳤다. 하지만 사람들은 바위 사이에 낀 배를 경사로까지 밀기 위해 땀을 흘리고 소리를 지르느라 바빴다. "내가 하게 놔둬요. 어린애 안듯 안아서 단번에 바다 위에 띄울 테니까."

"투리는 저 굵은 팔뚝으로 그렇게 할 수 있지!" 몇몇 사람들이 말했다. 또 어떤 사람들은 말했다. "이제 말라볼리아 사람들은 다시 고삐를 쥐게 됐군."

"저 귀신같은 추피도는 손안에 마녀라도 잡고 있는 모양이야!" 감탄한 사람들이 소리쳤다. "어떻게 고쳐놓았는지 보라고. 전엔 낡은 신발짝 같았잖은가!"

정말로 이제 프로비덴차는 전혀 다른 모습이었다. 새로 칠한 역청으로 눈부시게 반짝였고, 뱃전을 따라 아름다운 빨간색 띠를 둘렀으며, 고물에는 솜 같은 수염이 달린 프란체스코 성인[67]의 동상이 있었다. 롱가마저도 프로비덴차와 화해할 정도였다. 집달리 때문에 두려워서 화해한 척했지만 사실 배가 남편 없이 혼자 돌아온 이후 처음 있는 일이었다.

"성 프란체스코 만세!" 프로비덴차가 지나가는 것을 보면서 모두들 외쳤다. 특히 로카의 아들이 누구보다 크게 외쳤는데, 이제 파드론 느토니가 자기를 고용하여 품삯을 줄지도 모른다는 희망 때문이었다. 테라스로 나온 메나도 너무 기뻐서 또다시 울었다. 심지어 로카도 일어나서 군중과 함께 말라볼리아 사람들을 뒤따라갔다.

"오, 메나. 오늘은 당신 가족에게 정말로 멋진 날이 되겠군요." 알피오 모스카가 맞은편 창가에서 메나에게 말했다. "내겐 노새를 사는 날이 그렇겠지요."

"그렇게 되면 당나귀를 팔 거예요?"

"아니면 어쩌겠어요. 나는 반니 피추토처럼 부자가 아니에요. 만약 내가 부자라면 절대 팔지 않을 테지만요."

"불쌍한 당나귀!"

"입 하나를 더 감당할 수 있다면 차라리 아내를 얻겠어요. 그러면 개처럼 혼자 지내지 않아도 되니까." 알피오가 웃으면서 말했다.

메나는 무슨 말을 해야 할지 몰라 머뭇거렸다. 잠시 후 알피오가 덧붙였다.

"이제 프로비덴차를 바다에 띄웠으니, 당신은 브라시 치폴라와 결혼하게 될 거예요."

"할아버지께서 그런 얘기 안 하셨어요."

---

67) 아시시의 프란체스코 성인이 아니라 칼라브리아 지방 파올라에서 태어난 프란체스코 성인을 가리킨다. 칼라브리아 지방의 수호성인이자 특히 뱃사람들의 수호성인이다.

"나중에 말씀하실 거예요. 아직 시간이 있으니까. 지금부터 당신이 결혼할 때까지 얼마나 많은 일이 일어날지, 그리고 내가 마차를 끌고 어떤 길들을 가게 될지 누가 알겠어요? 사람들이 말하더군요. 카타니아 너머 피아나에는 철도 공사가 한창이라 모두에게 일자리가 있대요. 산투차가 농장 주인 필리포에게 포도즙을 받기로 계약해서 나는 여기서 더이상 할 일이 없어요."

하지만 치폴라는 말라볼리아 사람들이 다시 고삐를 쥐게 되었는데도, 계속해서 고개를 저으며 그들이 끄는 말은 다리 없는 말과 같다고 선언했다. 새로 칠한 역청 밑에 숨어 있는 상처들을 그는 알고 있었다.

"덧대어 때운 섭리로군!" 약방 주인이 낄낄거렸다. "접시꽃 즙액과 아라비아고무로 입헌군주국처럼 조각조각 이어붙인 것이지. 저게 분명 파드론 느토니의 나머지 재산까지 잡아먹게 될 게야."

"이제 먹는 물에도 세금을 매길 거래요. 역청에도 세금을 부과하고요. 그래서 파드론 느토니가 서둘러 배를 고치고 싶어한 거죠. 투리 추피도에게 50리라나 빚지면서도 말이에요."

"판단력이 있는 사람은 잠두 빚을 오리 다리에게 넘긴 크로치피소뿐인 거네요."

"이제 운명의 수레바퀴가 말라볼리아 사람들에게 유리하게 돌아가지 않는 한 서양모과나무 집은 오리 다리가 가져가겠군. 그리고 프로비덴차는 투리에게 돌아가겠지."

그사이 오리처럼 부리를 허공으로 쳐들고 바다로 미끄러져들어간 프로비덴차는 시원한 바람을 즐기며 양옆에서 철썩이는 푸른 바닷물에 부드럽게 흔들렸고, 새로 칠한 뱃전 위에서는 햇살이 춤을 추었다.

파드론 느토니도 뒷짐을 지고 두 다리를 벌린 채 즐겁게 바라보았다. 뱃사람들이 쨍한 태양 아래서 잘 보려고 할 때처럼 눈살은 약간 찌푸리고 있었다. 겨울날의 멋진 햇살이었고, 들판은 푸르렀으며, 바다는 반짝거렸고, 짙푸른 하늘은 끝없이 펼쳐져 있었다. 그렇게 눈물을 흘리고 눈앞이 역청처럼 컴컴했던 사람들에게도 겨울의 달콤한 아침과 아름다운 햇살은 다시 돌아왔다. 모든 것은 결국 새로워지는 법이다. 프로비덴차처럼 약간의 역청과 칠, 널빤지 네 장만으로 이전처럼 다시 새로운 것이 될 수 있었다. 새로운 것을 보지 못하는 것은 이제는 울지 않는 눈들, 죽음에 갇혀 있는 눈들이었다.

'바스티아나초는 이 잔치를 볼 수 없다니!' 마루차는 씨실을 걸기 위해 베틀의 앞뒤를 오가면서 생각했다. 베틀의 뼈대와 가로대들은 모두 남편이 일요일이나 비가 오는 날 손수 만들어 벽 앞에 설치해준 것이었다. 집안의 모든 것이 아직도 남편을 떠올리게 했다. 방 한구석에는 밀랍을 칠한 남편의 우산이, 침대 아래에는 거의 새것 같은 남편의 신발이 있었다. 날실에 풀을 먹이던 메나도 마음이 어두웠다. 불쌍한 당나귀를 팔러 비코카[68]로 간 알피오 생각 때문이었다. 젊은이들은 기억이 짧고, 오로지 동쪽만 바라보는 법이다. 서쪽을 바라보는 것은 해가 지는 모습을 많이 본 노인들뿐이다.

"프로비덴차를 다시 바다에 띄우고서 네 할아버지는 전처럼 치폴라와 이야기를 나누기 시작하셨어." 마루차가 생각에 잠긴 딸을 보면서 먼저 말을 꺼냈다. "테라스에서 보니까 오늘 아침에도 두 분이 페피 나

68) 카타니아 남서쪽에 있는 마을.

소의 가게 앞에 계시더라."

"포르투나토는 부자이고 아무 할 일이 없으니까 하루종일 광장에 있는 거예요." 메나가 대답했다.

"그래. 그 집 아들 브라시는 하느님의 은총을 많이 받았지. 이제 우리도 배를 되찾아서 남자들이 품을 팔지 않아도 되니 곧 어려움에서 벗어날 거야. 만약 연옥의 혼령들이 도와주어 잠두 빚을 갚게 된다면, 다른 일에 대해서도 생각할 수 있을 거야. 네 할아버지가 주무시지도 않고 열심이시니까 걱정하지 마라. 네가 아버지를 잃었다는 느낌이 들지 않도록 하실 거야. 네게 또다른 아버지 같은 분이니까."

잠시 후 파드론 느토니가 그물을 짊어지고 왔는데, 산더미 같은 그물에 얼굴도 보이지 않았다. "치폴라의 어선에서 다시 가져왔다. 내일 프로비덴차를 띄울 테니까 그물코들을 손봐야 해."

"느토니에게 도우라고 하지 그러셨어요." 마루차가 그물의 한쪽 끝을 당기면서 말했다. 그동안 노인은 마당 한가운데에서 실패처럼 돌면서 끝없이 펼쳐지는 그물을 풀었는데, 그 모습이 마치 꼬리가 긴 뱀 같았다. "저기, 피추토의 가게 앞에 있으라고 했다. 불쌍한 녀석. 이제 일주일 내내 일해야 할 거야! 1월인데도 저것 조금 지고 왔다고 덥구나."

알레시는 낚싯바늘처럼 허리가 구부정하고 얼굴이 빨갛게 상기된 할아버지를 보고 웃었다. 그러자 할아버지가 말했다. "밖의 저 불쌍한 로카 좀 봐라. 아들이 일도 안 하고 광장에서 빈둥대니 밥도 못 얻어먹지." 마루차는 알레시를 시켜 로카에게 콩을 조금 가져다주었다. 노인은 셔츠 소맷자락으로 땀을 닦으면서 말했다. "이제 우리 배를 갖게 되었으니까, 여름까지는 하느님의 도움으로 빚을 다 갚을 수 있을 게야."

그가 할 수 있는 말은 그것뿐이었다. 그리고 서양모과나무 아래 앉아 그물을 바라보았다. 마치 물고기로 가득찬 그물을 보는 것 같았다.

"이제 소금을 장만해야 해. 소문이 사실이라면 세금이 부과되기 전에 말이다. 돈을 벌면 우선 추피도에게 진 빚부터 갚을 게야. 그러면 그가 외상으로 통을 주겠다고 약속했어." 노인은 겨드랑이에 손을 끼운 채 말했다.

"서랍장 안에 메나가 옷감을 짜고 받은 5온차가 있어요." 마루차가 덧붙였다.

"좋아! 이제 더는 크로치피소에게 빚을 지고 싶지 않구나. 잠두 거래 후로는 그런 부탁을 할 수가 없어. 하지만 프로비덴차가 처음 바다에 나갈 땐 30리라 정도 빌려줄 거야."

"놔두세요!" 마루차가 소리쳤다. "크로치피소의 돈은 불행을 가져와요. 어젯밤에도 검은 닭이 우는 소리를 들었다고요."

"가여운 녀석!" 노인이 말했다. 자기 얘기가 아니라는 듯 꼬리를 허공으로 쳐들고 볏을 세운 채 마당에서 어슬렁거리는 검은 닭을 보고 그는 미소를 지었다. "매일 알을 낳잖니."

그러자 메나가 문밖으로 얼굴을 내밀며 말했다. "바구니에 계란이 가득해요. 월요일에 알피오가 카타니아에 가면, 시장에서 팔아달라고 할 수 있을 거예요."

"그래, 그것도 빚을 갚는 데 도움이 되겠구나!" 파드론 느토니가 말했다. "하지만 너희들도 먹고 싶을 땐 몇 개 먹어야 한다."

"아니에요, 우리는 괜찮아요." 마루차가 대답하자 메나가 말을 이었다. "우리가 먹어버리면 알피오가 시장에 내다팔 게 없을 거예요. 이제

씨암탉 품안에 오리알들을 넣어두려고 해요. 새끼 오리는 한 마리에 8
솔도에 팔리니까요."

할아버지는 손녀의 얼굴을 바라보더니 말했다. "애야, 네가 진짜 말
라볼리아의 후손이구나!"

암탉들은 흙마당에서 날개를 퍼덕이며 햇살을 쬐고 있었는데 그중
완전히 넋이 나간 씨암탉 하나가 한쪽 구석에서 깃털을 곤두세운 채
부리를 흔들고 있었다. 녹색 잎사귀가 돋아난 나뭇가지에 닿는 담장에
는 다 짠 옷감을 햇볕에 말려 표백하기 위해 돌멩이를 매달아 널어놓았
다. "이 모든 게 돈이 되지." 파드론 느토니는 되풀이해서 말했다. "그리
고 하느님의 은총이 있는 한 우리가 집에서 쫓겨나는 일은 없을 거야. 내
집은 어머니와 같은 법이지."

"이제 말라볼리아 사람들은 하느님과 프란체스코 성인에게 기도를
해야겠군. 고기를 많이 잡게 해달라고 말이야." 오리 다리가 말했다.

"그래, 요즘같이 고기잡이가 안될 때는 그래야 해!" 치폴라가 말했
다. "이제 바다의 물고기들에게도 콜레라를 퍼뜨린 것 같단 말이야!"

만자카루베는 고개를 끄덕여 동의한다고 했고, 콜라는 다시 소금세
문제로 화제를 돌렸다. 이제 아무도 멸치를 잡으러 가지 않을 테니 멸
치들은 증기선의 수차 바퀴에 더이상 놀라지 않고 편안하게 지낼 수
있을 거라고 말했다.

"그놈들이 만들어낸 게 또 있어!" 뱃밥 수리공 투리가 덧붙였다.
"역청에도 세금을 매기려고 한대요." 역청과 상관이 없는 사람들은 아
무 말도 하지 않았다. 하지만 추피도는 계속해서 소리를 질렀다. 이제
수리소 문을 닫게 됐다느니, 배를 수선할 사람은 마누라 셔츠로 구멍

을 틀어막아야 할 거라느니 했다. 그러자 함성과 욕지거리가 터져나왔다. 그 순간 갑자기 기관차가 얼마 전에 산의 경사면에 만든 터널에서 나오면서 경적을 울렸는데, 마치 몸안에 악마가 들어앉은 것처럼 요란한 소리와 연기를 뿜어댔다. "저거 봐! 산에는 기차, 바다에는 증기선이라니. 이제 트레차에서는 살 수가 없어!" 포르투나토 치폴라가 말했다.

마침내 역청에 세금이 부과되자, 마을은 악마의 집이 된 것 같았다. 추피다 베네라는 입에 거품을 물고 테라스로 올라가 이것은 돈 실베스트로의 또다른 악행이라고 연설하기 시작했다. 돈 실베스트로가 마을을 망치려고 하는 것은, 어떤 여자도 그를 남편으로 맞으려 하지 않기 때문이며, 자기 딸뿐만 아니라 자기라도 그런 사람과 결혼 행진을 하고 싶지는 않을 거라고 했다. 베네라는 자기 딸을 데려갈 남편에 대해 말할 때 마치 자신이 신부라도 된 것 같았다. 그녀는 남편이 수리소를 닫으면 배를 바다에 띄우기 위해 사람들이 어떻게 할 것인지 두고보겠다고, 이제 사람들은 빵 대신 서로를 잡아먹을 거라고도 했다. 그러자 여자들이 손에 물렛가락을 들고 문가에 나타나 그 세금 걷는 작자들을 모두 죽이고 그들이 들고 다니는 고지서와 고지서를 보관하는 창고도 불태우겠다고 소리를 질렀다. 바다에서 돌아온 남자들은 선구를 널어놓으며 아내들이 벌이는 혁명을 창가에서 바라보았다.

"이 모든 것이 느토니가 돌아왔기 때문이야. 그놈은 언제나 내 딸의 치맛자락에 붙어 있거든!" 베네라는 계속해서 소리쳤다. "그래서 돈 실베스트로가 질투하는 거야. 하지만 내가 허락하지 않는데 뭘 기대하는 거지? 내 딸은 내 거야. 내가 원하는 사람에게 줄 수 있어. 칼라 면장이 직접 중매하러 왔을 때도 분명하게 아니라고 말했어. 그건 산토로도 봤어. 돈 실베스트로는 주파 면장을 자기 마음대로 부려먹지. 하지만 나는 면장이든 면서기든, 콧방귀도 뀌지 않아. 그렇게 이 사람 저 사람을 통해도 안 되니까, 가게 문을 닫게 만들려는 수작이야! 어떤 사람인지 알겠지? 왜 포도주세는 올리지 않는 거야? 또, 아무도 먹지 않는 고기는? 그건 농장 주인 필리포가 좋아하지 않을 거야. 산투차에 대한 사랑 때문이지. 심각한 죄를 짓고 있는 두 사람 말이야. 그런데도 산투차는 자기 더러움을 감추려고 '마리아의 딸' 제복을 입고 다니고, 멍청한 산토로는 아무것도 보지 못해. 모두가 자기 이익만 찾지. 자기 돼지들보다 더 살찐 페피 나소처럼! 정말 멋진 관리들이야! 그런데 이런 흉년에도 그런 짓을 하다니, 이번에야말로 그 생선 대가리 같은 인간들에게 한 방 먹입시다!"

투리 추피도는 뱃밥 망치와 쇠꼬챙이를 들고 테라스에서 왔다갔다 하며 살의를 번득였는데, 쇠사슬로도 그의 분노를 억제할 수 없을 정도였다. 분노는 폭풍우 치는 바다의 파도처럼 이집 저집으로 가면서 점차 커졌다. 모자를 쓴 약방 주인 돈 프랑코는 손을 비비며 이제 민중이 고개를 들었다고 말했다. 그리고 배에 권총을 차고 지나가는 돈 미켈레를 보고 코웃음을 쳤다. 남자들도 아내가 전하는 말을 듣고 조금씩 흥분하게 되었으며, 서로를 격려하며 분노를 터뜨렸다. 그들은 광장에 모여서 팔짱을 끼고 입을 벌린 채 약방 주인의 말에 귀를 기울이느라 하루를 허비했다. 약방 주인은 위층에 있는 아내가 듣지 못하도록 낮은 목소리로 연설했다. 멍청이가 아니라면 혁명을 해야 한다고, 소금과 역청의 세금을 무시하고, 새 나라를 세워 백성이 왕이 되어야 한다고 했다. 하지만 몇 사람은 입을 삐죽거리고 등을 돌리면서 말했다. "자기가 왕이 되고 싶은 게지. 약방 주인은 혁명을 한답시고 불쌍한 사람들을 굶어 죽게 만드는 작자야!" 그들은 산투차의 술집으로 발길을 돌렸다. 거기에는 머리를 뜨겁게 해주는 좋은 포도주가 있었고, 열 사람 몫으로 떠드는 로코 스파투와 친기알렌타가 있었다. 세금 타령이 시작되었으니 이제 '털' 세금, 말하자면 짐을 옮기는 가축에도 세금이 생기고 포도주세도 인상될 것이다. "이런 빌어먹을! 이번에는 정말로 망하겠군!"

좋은 포도주는 큰 소리를 지르게 만들었고, 큰 소리를 지르면 목이 말랐다. 다행히 그동안에는 포도주세가 오르지 않았다. 포도주에 취한 사람들은 셔츠 소매를 걷어붙인 채 허공에 대고 주먹을 휘둘렀고, 심지어 날아다니는 파리에게도 시비를 걸었다.

"이것은 산투차를 위한 축제 같군!" 사람들은 말했다. 술 마실 돈이 없는 로카의 아들은 문밖에서 차라리 자기를 죽이라고 소리쳤다. 잠두와 함께 바다에 빠져 죽은 형 메니코 때문에 이제 크로치피소가 절반 품삯에도 그를 고용하지 않았기 때문이다. 반니 피추토는 이발소 문을 닫았다. 아무도 면도를 하러 오지 않았던 것이다. 그는 주머니에 면도칼을 가지고 다니면서 구부정한 어깨와 목에 노를 메고 자기 일을 하러 가는 사람들을 향해 멀리서 욕을 퍼붓고 침을 뱉었다.

"저것들은 조국을 조금도 생각하지 않는 썩어빠진 놈들이야!" 약방 주인 돈 프랑코는 파이프까지 삼킬 듯이 연기를 빨아들이면서 말했다. "나라를 위해 손가락 하나도 까딱하지 않을 인간들이지."

"사람들이 뭐라든 넌 상관 마!" 파드론 느토니가 손자에게 말했다. 느토니는 자신을 썩어빠진 놈이라고 욕하는 사람들의 머리통에 노를 휘두르고 싶어했다. "저들이 잡담한다고 우리한테 빵이 떨어지는 것도 아니고 빚 한푼 덜어지는 것도 아니야."

자기 일에만 몰두하는 사람들 중 하나인 크로치피소는 정부가 세금으로 자신의 피를 뽑아가도 상황이 더 나빠질까 두려운 마음에 속으로 분노를 씹어삼켰다. 더이상 광장에 나가 종탑의 벽에 등을 기대지 않고, 소리 지르는 사람들에 대한 분노를 삭이기 위해 집안에 틀어박혀 어둠 속에서 주기도문과 성모송을 낭송했다. 사람들은 마을을 약탈하고 불을 지르고, 돈푼이나 있는 집은 다 강탈할 기세였다. 마을 사람들은 말했다. "그가 옳았어. 그는 엄청난 돈을 쌓아놓고 살지. 오리 다리한테 잠두 빚 500리라까지 받았으니 말이야!"

전 재산이 태양 아래 드러나 있는데도 베스파는 누가 그것을 훔쳐갈까 두려워하지 않았다. 그러나 숯처럼 검은 손을 허공에 쳐들고 머리칼을 바람에 날리면서, 정부가 육 개월마다 부동산 세금으로 숙부 크로치피소를 산 채로 잡아먹으려 한다, 만약 세금 징수원이 또 오면 자기 손으로 두 눈을 뽑아버리겠다고 소리를 질렀다. 그녀는 이 핑계 저 핑계를 대며 그라치아, 안나, 만자카루베의 딸에게 가서 끊임없이 떠들어대면서 알피오와 아가타 성녀가 어떻게 되어가는지 알아보려고 했다. 그녀는 다른 말라볼리아 사람들과 함께 아가타 성녀를 깨끗하게 쓸어버리고 싶어했다. 그래서 오리 다리가 잠두 빚을 샀다는 말은 사실이 아니며 그는 500리라를 만져본 적도 없고, 말라볼리아 사람들의 목은 여전히 삼촌 크로치피소의 발 아래 있는데 크로치피소는 엄청난 부자이기 때문에 그들을 개미처럼 짓밟아버릴 수도 있다고 말하고 다녔다. 당나귀 마차밖에 없는 알피오의 아름다운 눈에 넘어가 삼촌을 거절한 자신의 잘못에도 불구하고 삼촌은 자신을 애지중지 아껴준다고 떠벌렸다. 비록 그 순간 크로치피소는 사람들이 집안으로 들어와 약탈할까 두려워서 그녀에게 문도 열어주지 않았지만.

치폴라나 농장 주인 필리포처럼 무엇인가 잃을 것이 있는 사람들은 쇠사슬로 문을 걸어잠그고 집안에 틀어박혀 밖으로 코빼기도 내밀지 않았다. 브라시 치폴라는 마당 문가에서 얼간이같이 광장을 바라보고 있다가 아버지에게 호되게 뺨을 맞기도 했다. 큰 파도가 치는 동안 커다란 물고기들은 물속 깊이 숨어 모습을 드러내지 않았고, 이는 생선 대가리 같은 관리들도 마찬가지여서 면장이 코를 허공으로 쳐들고 뽕잎을 찾게 내버려두었다.

"저 사람들이 아버지를 꼭두각시처럼 이용하고 있다는 걸 모르시겠어요?" 면장의 딸 베타가 양손을 허리에 대고 말했다. "이제 아버지가 궁지에 빠졌으니까 늪에서 혼자 허우적거려도 등을 돌리고 모른 체할 거예요. 이게 다 저 사기꾼 돈 실베스트로에게 코를 잡혀 끌려다니다가 생긴 일이에요."

"나는 누구에게도 코를 잡혀 끌려다니지 않아! 면장은 나지, 돈 실베스트로가 아니라고!" '누에'는 벌떡 일어났다.

한편 돈 실베스트로는 실질적인 면장은 베타이고 크로체 칼라는 실수로 면장의 옷을 입고 있을 뿐이라고 말했다. 불쌍한 누에는 두 사람 사이에서 진퇴양난에 빠져 있는 꼴이었다. 그런데 이제 폭풍우가 몰려왔고, 군중이라는 사악한 짐승을 달래기 위해 모두가 그를 떠나려 하니, 더이상 어느 쪽으로 몸을 돌려야 할지 몰랐다.

"지금 그게 뭐 중요해요?" 베타가 소리쳤다. "아버지도 다른 사람들처럼 해요. 만약 사람들이 계속 역청세를 반대하면 돈 실베스트로는 다른 세금을 찾을 거예요."

하지만 돈 실베스트로는 보다 확고했고, 계속해서 뻔뻔스러운 얼굴로 마을을 돌아다녔다. 로코 스파투와 친기알렌타는 그와 마주칠 때마다 실수하지 않으려고 황급히 술집으로 들어갔고, 반니 피추토는 바지 주머니에 있는 면도칼을 만지작거리면서 심한 욕설을 퍼부었다.

그러나 돈 실베스트로는 전혀 신경쓰지 않고 산토로에게 가서 잡담을 나누고, 그의 손에 2첸테시모를 쥐여주었다.

"하느님 찬양받으소서!" 산토로가 외쳤다. "면서기 돈 실베스트로군요. 여기 와서 고함을 지르고 주먹으로 의자를 치는 사람은 많아도 연옥의 혼령을 위해 적선하는 사람은 하나도 없었죠. 그러면서 면장과 면서기를 때려죽이고 싶다고 말했어요. 반니 피추토, 로코 스파투, 친기알렌타가 그렇게 말했어요. 반니 피추토는 들키지 않으려고 신발을 벗고 다니기 시작했지요. 하지만 그래도 나는 알 수 있어요. 언제나 발을 질질 끌고 양떼가 지나갈 때처럼 먼지를 일으키고 다니니까요."

"그게 아버지와 무슨 상관이에요?" 돈 실베스트로가 가자마자 산투차가 말했다. "우리랑은 상관없는 일이에요. 술집은 바다의 항구와 같아요. 가는 사람도 있고 오는 사람도 있고, 모두와 친구가 되어야 하지만 누구에게도 진실하면 안 돼요. 그렇기 때문에 우리는 각자 자기 영혼을 가지고 있는 거고, 각자 자기 일에만 몰두하고 이웃 사람에 대해 성급한 판단을 내리지 말아야 해요. 친기알렌타와 로코 스파투는 우리 집에서 돈을 쓰잖아요. 압생트를 팔아서 우리 단골을 빼앗아 가려고 하는 피추토는 내가 알 바 아니지만요."

돈 실베스트로는 약방 주인에게로 갔다. 약방 주인은 그를 똑바로 쳐다보고 이제는 모든 것을 끝낼 때라고, 모든 것을 뒤집어엎고 새 나라를 세워야 할 때라고 말했다.

"이번 일이 좋지 않게 끝날 것이라는 데 걸겠소?" 돈 실베스트로는 손가락 두 개를 조끼의 작은 주머니에 집어넣어 12타리짜리 새 동전을 꺼냈다. "충분한 세금이란 없지요. 그리고 언젠가는 정말로 끝내야 할 겁니다. 누에의 입지를 바꾸어야 해요. 그는 딸의 치마폭에 싸여 있고, 면장 노릇은 딸이 하고 있으니까요. 또 농장 주인 필리포는 이 문제에 조금도 관심이 없고 거만한 치폴라는 때려죽인다고 해도 면장 일을 하려고 하지 않아요. 그들 모두가 보르보네 왕가의 보수주의자 무리예요. 오늘은 하얗다고 말하고 내일은 까맣다고 말하면서 마지막에 말하는 사람이 옳다고 생각하는 멍청이들이지요. 사람들이 거머리보다 더하게 우리 피를 빨아먹는 정부에 항의하는 것은 잘하는 짓이에요. 하지만 억지로 내든 자진해서 내든 돈은 나와야 해요. 이럴 때에는 당신처럼 자유주의적이고 두뇌가 있는 면장이 필요해요."

그러자 약방 주인은 자기가 무엇을 하고 싶은지, 모든 것을 어떻게 정비할 것인지 말하기 시작했다. 돈 실베스트로는 마치 설교를 듣는 것처럼 말없이 주의깊게 그의 말을 들었다. 평의회를 교체하는 것도 생각해야 했다. 파드론 느토니는 적합하지 않았다. 그는 아들 바스티아나초가 죽은 후로 머리가 이상해졌기 때문이다. 바스티아나초가 살아 있었다면 현명한 사람이었을 텐데! 게다가 잠두 거래에서 자기 며느리까지 빚에 연루되게 하여 그녀를 빈털터리로 만들었다. 만약 면사무소의 일을 그런 식으로 한다면……!

그러나 시뇨라가 창문에서 얼굴을 내밀자 돈 프랑코는 화제를 바꾸어 외쳤다. "날씨가 정말 좋죠?" 그리고 마치 속으로는 무슨 말을 하고 싶은지 알 거라는 듯 돈 실베스트로에게 눈을 깜박였다. '마누라를 두려워하는 사람이 무슨 일을 할 수 있겠어!' 돈 실베스트로는 혼자 속으로 생각했다.

파드론 느토니는 어깨만 으쓱하고 목에 노를 메고 일하러 가는 사람들 중 하나였다. 그는 무슨 일이 있는지 광장으로 달려가고 싶어하는 손자 느토니에게 되풀이해서 말했다.

"너는 네 일에나 신경써. 저 사람들도 모두 자기 이익을 위해 고함지르는 거니까. 우리에게 가장 중요한 일은 빚을 갚는 거야."

알피오 모스카도 자기 일에만 몰두하는 사람이었고, 주먹을 허공에 휘두르며 고함을 지르는 사람들 한가운데로 마차를 타고 조용히 지나갔다. "털 세금을 부과하는 것이 당신에게는 별문제가 아닌가보죠?" 귀가 축 처진 채 숨을 헐떡이는 당나귀와 함께 돌아오는 그를 보고 메나가 물었다. "물론 중요한 문제지요. 하지만 세금을 내려면 쉬지 않고 일해야 해요. 그러지 않으면 털뿐 아니라 당나귀와 마차까지 가져가버릴 거예요."

"사람들이 다 때려죽이고 싶다는 말까지 해요, 세상에! 할아버지는 본인이 돌아올 때까지 문을 잠그고 있으라고 하셨어요. 당신은 내일도 일하러 가나요?"

"크로체 칼라가 석회를 갖다달랬어요."

"아니, 대체 무엇 때문에 거길 가려고 하는 거죠? 그가 면장이라는 걸 몰라요? 당신도 죽이려고 할 거예요."

"그 사람은 자기와 상관없다고 하더군요. 자기는 미장이 일도 해야 해서 내일은 농장 주인 필리포의 포도밭에 담장을 세워야 한대요. 면장은 사람들이 역청세를 반대하면 돈 실베스트로가 다른 세금을 생각해낼 거라고 했어요."

"내가 말했지. 전부 돈 실베스트로의 짓이라고!" 추피다가 외쳤다. 그녀는 그곳에서 손에 물렛가락을 들고 불을 피우고 있었다. "바다에 띄울 거라고는 널빤지 조각 하나도 없어서 역청세로 아무것도 내지 않고, 아무것도 잃을 것이 없는 사람들과 도둑놈들의 짓거리야! 모두 돈 실베스트로의 잘못이라고." 그녀는 온 마을 곳곳을 다니면서 계속 소리쳤다. "그 사기꾼 오리 다리도 문제예요. 그 인간은 배도 없이 이웃들을 뜯어먹고 살면서 이 사람 저 사람을 약탈하지. 한 가지 말해줄까요? 크로치피소의 빚을 샀다는 것은 전혀 사실이 아니에요! 불쌍한 사람들의 껍질을 벗겨먹으려고 그 사람과 '나무 종'이 꾸며낸 말이라고. 오리 다리는 500리라를 본 적도 없어."

돈 실베스트로는 사람들이 자기에 대해 뭐라고 말하는지 들어보기 위해 종종 술집에 담배를 사러 갔다. 그럴 때마다 로코 스파투와 반니 피추토는 욕을 하며 밖으로 나갔다. 그는 포도밭에서 돌아오는 길에 걸음을 멈추고 산토로와 잡담을 나누기도 했고, 이를 통해 오리 다리가 거짓으로 빚을 산 척한 이야기를 알게 되었다. 하지만 그는 우물처럼 깊은 마음을 가진 기독교인이었고, 모든 것을 우물 안에 집어넣었다. 자신이 해야 할 일을 아는 그는 베타가 화난 개보다 더 흉하게 입을 쩍 벌리며 그를 맞이하고, 크로체 칼라 면장이 자기는 그가 두렵지 않다고 말하자 이렇게 대답했다. "이제 내가 당신을 버리고 떠난다는 것에 내기할래요?" 그러고는 더이상 면장의 집에 나타나지 않았다. 어디 한번 자기들끼리 곤경에서 빠져나와보라지 하는 심산이었다. 당해보면 베타도 그의 얼굴에 대고 이렇게 말할 수 없게 될 터였다. 그가 자기 아버지 칼라를 망치려 하고, 그의 충고는 바로 은돈 서른 닢에 그리스도를 팔아먹은 유다의 충고이며, 자신의 목적을 위해 아버지를 끌어내린 뒤 마을에서 수탉 노릇을 하려 한다고 말이다. 그래서 평의회가 열리는 일요일에 돈 실베스트로는 미사가 끝난 후 전에 국가 수비대의 본부였던 면사무소의 사무실에 틀어박혀 전나무 책상 앞에서 평온하게 펜촉을 다듬으며 시간을 보낼 수 있었다. 길거리에서는 추피다와 다른 여인들이 햇살 아래 물렛가락을 휘두르며 그들 모두의 눈알을 뽑아버리겠다고 큰 소리로 외쳤다.

사람들이 농장 주인 필리포의 포도밭 담장으로 달려왔을 때, 누에 면장은 새 외투를 입고, 손을 씻고, 석회 먼지를 떨어낸 뒤였지만 돈 실베스트로를 먼저 불러오기 전에는 움직이려고 하지 않았다. 베타는 아버지를 비난하고 문밖으로 등을 떠밀면서, 수프를 준비한 사람이 그것을 먹어야 하는 법이며 계속 면장으로 남아 있으려면 사람들을 그대로 내버려두라고 말했다. 칼라 면장은 군중이 손에 물렛가락을 들고 면사무소 앞에 모여 있는 것을 보고, 발바닥을 땅에 고정시킨 채 노새보다 더 고집스럽게 버텼다. "돈 실베스트로가 오지 않으면 가지 않겠어. 돈 실베스트로는 대책을 찾아낼 거야." 그는 머리통 밖으로 튀어나올 것처럼 눈을 땡그랗게 뜨고 말했다.

"대책은 제가 찾아드릴게요. 사람들이 역청세에 반대하죠? 그럼 그냥 전처럼 받지 마세요." 베타가 대답했다.

"잘한다! 그럼 돈은 어디서 나오지?"

"어디서 나오느냐고요? 돈을 가진 사람, 예를 들면 크로치피소, 치 폴라, 아니면 페피 나소한테 내라고 하세요."

"잘한다! 그들은 평의회 의원들이야!"

"그렇다면 그들을 내보내고 다른 사람들을 앉히세요. 어차피 마을 사람들이 아버지를 면장으로 남아 있게 해주지 않으면 그들도 할 수 없잖아요. 아버지는 대다수를 만족시켜야 해요."

"저 여자들이 하는 말과 똑같구나! 마치 그 사람들이 나를 받쳐주는 것처럼 말해! 너는 아무것도 몰라. 면장을 시켜주는 것은 평의회 의원 들이고, 그 사람들 외에 다른 사람들이 평의회 의원을 할 순 없어. 누 가 할 수 있겠느냐? 길바닥의 거지들?"

"그럼 평의회 의원들은 두고 면서기를 내보내요. 그 사기꾼 같은 돈 실베스트로 말이에요."

"잘한다! 그러면 누가 면서기를 하지? 누가 할 줄 알지? 너? 아니면 나? 아니면 치폴라? 그 작자는 철학자보다 더 나쁜 말만 내뱉을 줄 알 지!"

베타는 더이상 무슨 말을 해야 할지 몰랐다. 그녀는 돈 실베스트로 에게 온갖 욕을 퍼붓고, 그가 마치 마을의 주인인 양 행세하며 모든 것 을 자기 손안에 넣는다고 비난했다.

"잘한다!" 누에는 덧붙였다. "그래, 그 사람이 없으면, 나는 무슨 말 을 해야 할지 몰라. 너도 한번 내 입장이 되어보라고!"

마침내 돈 실베스트로가 왔다. 그는 벽보다 더 단호한 표정으로 뒷 짐을 진 채 노래를 흥얼거렸다. "용기를 잃지 마세요, 크로체 면장님.

이번 일로 세상이 무너지진 않을 테니까요!" 크로체 면장은 돈 실베스트로가 이끄는 대로 잉크병이 놓인 평의회의 전나무 책상 앞으로 갔다. 하지만 출석한 의원이라고는 기름투성이에다 얼굴은 빨갛게 상기되고 세상 그 누구도 두려워하지 않는 푸줏간 주인 페피 나소와, 오리 다리 티노뿐이었다.

"저놈은 손해볼 것이 없어." 입구에서 추피다가 외쳤다. "거머리보다 더 사악하게 가난한 사람들의 피를 빨아먹으려고 참석한 거지. 자기는 이웃들의 등에 기대어 살고, 사악한 짓으로 이 사람 저 사람을 약탈하면 되니까! 도둑놈! 살인자!"

오리 다리는 자기 직책의 권위를 위해 무관심한 척하려고 했지만 결국 인내심을 잃고 비틀린 다리로 벌떡 일어서서는 면사무소 안내원 치리노에게 소리를 질렀다. "저 지저분한 입 좀 다물게 해요!" 질서 유지 임무를 맡은 치리노는 성당지기를 하지 않을 때에는 빨간색 베레모를 쓰고 있었다.

"아하! 당신은 모두가 입다물고 있길 원하는 모양이군! 그래요, 티노?"

"당신이 한 일을 아무도 모른다고 생각하는 것 같군요. 느토니가 당신 딸 바르바라와 수작할 때 눈감아주는 일 같은 걸."

"눈을 감고 있는 건 당신이야, 이 오쟁이 진 양반아! 당신 아내는 베스파에게 중매쟁이 노릇을 하려고 하지. 베스파는 매일 그 집 앞에 와서 알피오 모스카를 찾고, 당신들은 구경만 하고 있잖아. 정말 멋진 짓거리야! 하지만 내가 분명히 아는데, 알피오는 관심도 없어요. 그 사람 마음속에는 파드론 느토니의 손녀 메나가 있거든. 베스파가 무엇을 약속했는진 모르지만, 당신들은 등잔 기름만 낭비하고 있는 거라고요!"

"당신 박살을 낼 테다!" 오리 다리가 위협적인 말을 던지며 전나무 책상 뒤로 비틀거리는 걸음을 옮겼다.

"오늘은 끝이 더럽겠군!" 크로체 주파 면장이 투덜거렸다.

"이런! 이런! 이게 무슨 짓들입니까? 마치 광장에 있는 것 같군요!" 돈 실베스트로가 고함쳤다. "내가 저들을 모두 밖으로 내쫓아버리겠습니다. 이제 내가 이 일을 바로잡겠어요."

추피다는 돈 실베스트로의 말을 전혀 들으려 하지 않고 그에게 덤벼들었다. 돈 실베스트로는 추피다의 머리채를 잡고 밖으로 나가더니, 사립문 뒤의 한적한 곳으로 끌고 갔다.

"도대체 뭘 원하는 겁니까?" 단둘이 있게 되자 그가 말했다. "역청에 세금을 부과하는 게 당신들에게 뭐가 문제라는 거예요? 당신과 당신 남편이 내겠습니까, 아니면 수리를 맡긴 사람들이 내겠습니까? 내 말 잘 들어요. 면사무소에 시비를 걸고 이 모든 소란을 벌이다니 당신 남편은 정말 멍청이입니다. 도무지 도움이 안 되는 치폴라와 농장 주인 필리포 대신 새 평의원들을 선출해야 하는데, 당신 남편이 들어올 수도 있어요."

"나는 그런 일은 몰라요." 갑자기 온순해진 추피다가 대답했다. "나는 남편 일에 끼어들지 않아요. 단지 화가 나서 손톱을 물어뜯고 있다는 것만 알지요. 만약 그게 확실하다면, 얼른 가서 말해줘야겠네요."

"어서 가서 말해줘요. 내가 분명히 말하지만, 그것은 하느님이 존재한다는 사실만큼이나 확실해요! 우리는 점잖은 사람들이에요. 하늘에 맹세코!"

추피다는 남편을 만나러 뛰어갔다. 마당 한구석에서 삼 타래를 빗질하던 그는 죽은 사람처럼 창백해져서 세상의 모든 황금을 준대도 나가려 하지 않고, 그들이 자신에게 엄청난 일을 저지르게 만들 거라고 소리를 질렀다.

평의회를 개최해 어떤 물고기를 잡아야 할지 정하기 위해서는 포르투나토 치폴라와 농장 주인 필리포가 와야 하는데, 그들은 끝내 나타나지 않았다. 사람들은 점차 싫증을 냈고, 일부 여인들은 면사무소의 낮은 담장에 붙어 물렛가락을 돌리기 시작했다.

마침내 사람이 와서 두 의원은 일이 바빠 올 수 없으니 원한다면 자신들 없이 세금 문제를 결정하라고 했다고 전했다. "내 딸 베타가 말한 대로 굴러가는군!" 크로체 주파 면장이 투덜거렸다.

"그렇다면 당신 딸 베타에게 도와달라고 하세요!" 돈 실베스트로가 외쳤다. 면장은 더이상 숨도 쉬지 못하고 이를 악물고 불평을 씹어삼킬 뿐이었다. 돈 실베스트로가 말했다. "이제 추피도 집안 사람들이 먼저 와서 내게 바르바라를 주겠다고 말할 겁니다. 하지만 나는 그들이 간청하게 만들 거예요."

아무런 결론도 내리지 못하고 평의회는 해산했다. 면서기가 좀더 숙고해볼 시간을 원했고 그사이 정오를 알리는 종소리가 울리자 여인들은 허둥지둥 떠났다. 끝까지 남아 있던 몇 명도 치리노가 문을 닫고 열쇠를 주머니에 넣는 것을 보자 이리저리 자신의 일을 하기 위해 가면서 오리 다리와 추피다가 주고받은 모욕들에 대해 잡담을 나누었다.

그날 저녁 그 이야기들을 전해들은 느토니는 오리 다리에게 자기가 군대에 갔다 왔다는 것을 보여주고 싶었다. 그는 바로 추피도의 집 근처에서 그 악마의 다리로 화산암 지대에서 돌아오던 오리 다리와 맞닥뜨렸고, 그에게 하고 싶었던 말을 하기 시작했다. 오리 다리 당신은 더러운 놈이고, 추피도 가족과 그들이 하는 일은 당신과 아무런 상관이 없으니 신경 끄고 입조심하라고. 오리 다리도 혀를 주머니에 넣고 있지만은 않았다. "아하! 너는 이런 허풍선이 짓을 하려고 그 멀리서 여기까지 왔구나?"

"한마디만 더 하면 당신 머리통을 부숴버릴 거야!" 큰 소리에 사람들이 문가로 나왔고, 군중이 모여들었다. 그리하여 그들은 멋지게 뒤엉켰고, 악마보다 더 교활한 오리 다리는 느토니와 완전히 한덩어리가 되어 땅바닥에 쓰러졌다. 그래야 멀쩡한 다리가 아무 소용이 없었기 때문이다. 그들은 진흙탕 속에서 페피 나소의 개들처럼 서로 때리고 깨물었다. 결국 느토니는 셔츠가 완전히 걸레가 되었기 때문에 추피도의 집 마당으로 들어가야 했고, 사람들은 나사로[69] 처럼 피를 흘리는 오리 다리를 집으로 데려갔다.

"이봐요!" 베네라는 이웃들의 코앞에서 문을 닫아버린 다음 소리쳤다. "우리집에서는 내가 주인이니까 내 마음대로 할 거예요. 내 딸은 내가 원하는 사람에게 줄 거라고요."

딸 바르바라는 완전히 얼굴이 빨개져서, 벼룩처럼 콩콩 뛰는 가슴을 안고 집안으로 숨었다.

"귀가 절반이나 물어뜯겼어!" 투리 추피도가 느토니의 머리 위로 천천히 물을 부으면서 말했다. "오리 다리는 코르시카 개보다 악독하게

---

69) 「요한복음」 11장에 나오는 인물로 죽었다가 예수에 의해 다시 살아났다.

깨물어!"

흐르는 피 때문에 아직도 시야가 흐린 느토니는 성급하게 이야기를 꺼냈다.

"드릴 말씀이 있어요, 베네라 아주머니." 느토니는 모두가 있는 데서 공개적으로 말했다. "저는 아주머니의 딸이 아니면 평생 결혼하지 않겠어요." 방에서 듣고 있던 바르바라가 말했다. "지금은 그런 이야기를 할 때가 아니에요. 하지만 당신 할아버지가 좋다고 하면 난 비토리오 에마누엘레가 와도 당신과 바꾸지 않을 거예요." 추피도는 별말 없이 그에게 얼굴을 닦으라고 손수건을 내밀었다. 그리하여 느토니는 만족스러운 마음으로 집으로 갔다.

하지만 불쌍한 말라볼리아 사람들은 오리 다리와 느토니가 싸운 얘기를 듣고, 집달리가 들이닥쳐 그들을 집에서 쫓아낼까봐 벌벌 떨고 있었다. 벌써 부활절이 코앞으로 다가왔는데, 힘겹게 노력해서 모은 게 겨우 빚의 절반 정도밖에 안 됐기 때문이다.

"이래서 다 큰 처녀들이 있는 곳에 자주 가는 것은 조심해야 해! 지금 모든 사람들이 너희에 대해 숙덕거리고 있어. 바르바라에게 미안할 뿐이다." 롱가가 느토니에게 말했다.

"정말 내가 데리고 살 거예요!" 느토니가 말했다.

"네가 데리고 산다고?" 할아버지가 외쳤다. "그럼 나는 뭐야? 그리고 네 어머니는 조금도 중요하지 않아? 네 아버지가 네 어머니와 결혼할 땐 나에게 먼저 의견을 구했다. 네 할머니도 살아 있을 때였는데, 채소밭의 무화과나무 아래까지 찾아와 말을 했었지. 이제는 그렇게 하지 않는구나. 노인들은 쓸모가 없어졌어. 옛말에 노인들의 말을 들으면

실수하지 않는다는 말도 있는데. 어쨌든 네 누이 메나가 먼저 결혼해야
한다. 그건 알겠지?"

"빌어먹을 내 운명!" 느토니는 발을 구르고 머리칼을 쥐어뜯으며 소
리쳤다. "하루종일 죽어라고 일만 해야 해! 그래도 주머니에 돈 한푼
없어 술집에도 못 가지! 이제 마음에 드는 여자를 찾았는데, 데려올 수
도 없다니! 도대체 내가 왜 군대에서 돌아왔지?"

"애야!" 할아버지는 허리의 통증 때문에 힘겹게 일어서면서 말했다.
"가서 자거라. 그게 좋겠어. 네 어머니 앞에서는 그런 말은 절대로 하
지 마!"

"군대 간 루카가 나보다 낫겠어!" 느토니는 가면서 투덜거렸다.

제8장

불쌍한 루카는 더 낫지도 못하지도 않았다. 그는 집에서 그랬듯이 군대에서도 자신의 의무를 다했고, 거기에 만족했다. 자주 편지를 쓰지도 않았다. 우푯값이 20첸테시모나 되었던 것이다. 아직 자기 사진도 보내지 않았다. 어렸을 때부터 당나귀 귀라고 놀림을 당했기 때문이다. 대신 이따금 편지 안에 5리라 지폐 몇 장을 넣었다. 장교들의 일을 도와주고 번 돈이었다.

할아버지는 항상 '메나를 먼저 결혼시켜야 한다'고 말했다. 아직 구체적으로 말하지는 않았지만, 그는 언제나 그 문제를 생각하고 있었다. 빚을 갚을 돈이 서랍장 안에 모이기 시작했으니, 멸치를 소금에 절이는 계절이 오면 오리 다리에게 진 빚을 청산할 수 있을 테고, 그러면 자유롭게 손녀의 지참금을 마련할 수 있을 거라는 계산이었다. 그래서 파드론 느토니는 바닷가에서 어선을 기다리는 동안, 아니면 지나가는 사람이 없는 성당 앞에서 햇살을 받으며 앉아 있는 동안 포르투나토 치폴라와 함께 낮은 소리로 이야기를 나누곤 했다. 메나가 지참금을 갖고 있는 한 치폴라는 약속을 지키려 했다. 멍청이처럼 아무것도 없는 처녀들의 뒤를 쫓아다니는 아들 브라시는 언제나 그에게 골칫덩어리였기 때문이다.

"사람은 말로 알고, 황소는 뿔로 아는 법." 노인은 되풀이해서 말하곤 했다.

메나는 베를 짜면서도 마음이 울적했다. 처녀들의 코는 민감하다. 이제 할아버지는 공공연히 치폴라와 이야기를 나누고, 집안에서도 종종 치폴라 가족에 대해 이야기했지만 그녀의 눈앞에는 언제나 똑같은 것이 어른거렸으니, 바로 알피오의 모습이었다. 그는 마치 성인들의 그림과 함께 베틀의 나무판에 붙어 있는 것 같았다. 어느 날 저녁 메나는 당나귀 마차를 몰고 돌아오는 알피오를 보기 위해 늦게까지 기다렸다. 날씨가 추워서 두 손을 앞치마 안에 넣고 있었다. 문들은 모두 닫혀 있었고, 그 좁은 길에는 아무도 보이지 않았다. 그렇게 그녀는 문가에서 그에게 인사를 했다.

"다음달 초일에 비코카에 가나요?" 마침내 그에게 물었다.

"아직은 아니에요. 산투차에게 실어다줄 포도주 짐이 아직 백 개 이상 남았어요. 그다음 일은 하느님께서 생각해주시겠지요." 메나는 더 이상 무슨 말을 해야 할지 몰랐다. 그동안 알피오는 마당에서 부지런히 당나귀의 마구를 풀어 벽에 거느라 등불을 들고 이리저리 움직였다. "만약 비코카에 가시면 우리는 언제 다시 보게 될까요?" 메나가 잠겨드는 목소리로 조심스레 말을 꺼냈다.

"아니, 왜요? 당신도 떠나요?"

불쌍한 메나는 잠시 동안 대답 없이 그대로 있었다. 깜깜한 어둠 속이라 그녀의 표정은 보이지 않았다. 이따금 닫힌 문 뒤에서 이웃들이 이야기를 나누고, 아이들이 울고, 저녁 식탁 위의 냄비들이 부딪치는 소리가 들려왔고, 누구도 그들의 대화를 엿듣지 않았다. "이제 오리 다리에게 갚아야 할 돈을 절반 정도 모았어요. 그리고 멸치를 절이면 나머지도 갚을 수 있을 거예요."

그 말에 알피오는 당나귀를 마당 한가운데에 내버려두고 길로 나왔다. "그래서 부활절 후에 당신을 결혼시킨대요?"

메나는 대답하지 않았다.

"내가 말했잖아요! 파드론 느토니와 치폴라가 이야기하는 것을 보았다고요." 알피오가 덧붙였다.

"하느님의 뜻대로 되겠죠." 잠시 후 메나가 말했다. "여기 남아 있을 수만 있다면 결혼을 하느냐 마느냐는 중요하지 않아요."

"정말 멋질 거예요. 치폴라의 아들처럼 부자이고, 그래서 원하는 아내를 얻을 수 있고, 원하는 곳에 있을 수 있다면요!" 알피오가 말했다.

"잘 자요, 알피오." 메나는 사립문에 걸려 있는 등불과, 담장 옆에서 쐐기풀을 뜯는 당나귀를 한참 동안 바라보다가 작별 인사를 했다. 알피오도 인사하고, 마당으로 돌아가 당나귀를 마구간으로 데려갔다.

"뻔뻔스러운 아가타 성녀!" 베스파는 투덜거렸다. 그녀는 뜨개질바늘을 빌린다거나, 아니면 자기 밭뙈기에서 딴 콩 서너 움큼을 갖다준다는 핑계로 온종일 오리 다리의 집에서 시간을 보냈다. "그 뻔뻔스러운 아가타 성녀는 언제나 알피오를 들쑤시고 있어요. 머리 긁을 틈도

주지 않아요! 부끄러운 일이에요!" 오리 다리가 등뒤에서 혀를 내두르며 문을 닫는 동안에도 길에서 그녀는 계속 투덜거렸다. "베스파가 화난 꼴을 보니 마치 지금이 7월 같군!"[70] 오리 다리가 낄낄거렸다.

"저 여자는 왜 저렇게 난리예요?" 아내 그라치아가 물었다.

"저 여자는 결혼하려는 모든 사람에게 시비를 걸거든. 자기도 알피오 모스카에게 눈독을 들이고 있고."

"나는 중매쟁이 노릇을 좋아하지 않는다고 말해줘요. 자기가 알피오 때문에 여기 오는 걸 모르는 줄 아나. 게다가 추피다는 우리가 그런 일에 딱 어울린다는 말을 퍼뜨리고 다닌다고요."

"추피다는 자기 일이나 하는 게 좋을 거야. 할 일이 많을 테니까! 느토니의 그 어이없는 결혼 얘기를 파드론 느토니나 다른 식구들이 일에 몰두하느라 제대로 들어주지도 않고 있어. 창문 좀 닫아봐. 오늘 내가 느토니와 바르바라가 벌이는 희극을 반시간이나 구경했거든. 그애들이 말하는 것을 들으려고 담장 뒤에서 쭈그리고 있었더니 아직도 허리가 아프군. 느토니가 숭어를 잡을 커다란 작살을 가지러 간다는 핑계로 프로비덴차에서 도망쳐나와서는 바르바라에게 물었어. '만약 할아버지가 반대하시면, 우리 어떻게 하지?' 그러니까 바르바라가 대답했어. '그러면 우리 함께 도망쳐요. 일단 일을 저지르고 나면 그분들도 우리 결혼을 생각해보게 되겠죠. 그리고 어쩔 수 없이 허락하게 될 거예요.' 그런데 바르바라, 그애 엄마가 뒤에서 엿듣고 있는 거야. 이 두 눈으로 똑똑히 봤어! 그 마녀 같은 여자가 하는 짓이 끝내주던데! 이제

---

70) 베스파는 '말벌'이라는 뜻으로, 말벌이 여름에 가장 왕성하게 활동하는 데 착안한 농담이다.

온 마을 사람들을 웃겨줘야지. 내가 그 이야기를 했더니, 돈 실베스트로는 바르바라가 제 발로 걸어와 잘 익은 배처럼 자기한테 떨어질 거라고 장담하더군. 아직 문에 빗장을 걸지 마. 로코 스파투가 와서 잠깐 이야기하기로 했으니까."

돈 실베스트로는 바르바라가 제 발로 걸어와 떨어지게 하려고, 로토 번호를 알려주는 점쟁이도 생각지 못할 전략을 마련했다. 그는 이렇게 말했다. "내게서 바르바라를 빼앗아 가려는 놈들을 다 없애버려야 해요. 결혼할 남자가 아무도 없게 되면 나에게 간청하겠죠. 그러면 나는 멋진 거래를 할 겁니다. 사려는 사람이 별로 없는 시장에서 그러는 것처럼."

바르바라를 빼앗으려는 사람들 중에는, 좌골신경통이 있는 투리에게 면도를 해주러 가는 반니 피추토도 있었다. 그리고 돈 미켈레도 있었다. 그는 산투차의 술집에서 아름다운 아가씨들에게 눈짓을 하며 대부분의 시간을 보내고 그러지 않을 땐 아무 목적도 없이 배에 권총을 차고 돌아다녔는데, 그 짓에도 싫증이 나 있었다. 처음에 바르바라는 그에게 은근한 눈길로 대답했지만, 나중에 자기 어머니의 말을 듣고는 태도가 달라졌다. 그들은 모두 놀고먹는 자들이고 밀고자들에 지나지 않으며, 이방인들은 쫓아내야 한다는 말이었다. 그래서 바르바라는 콧수염을 기르고 깃털 달린 베레모[71]를 쓴 그의 코앞에서 창문을 닫아버렸고, 돈 미켈레는 화가 나서 부글거리는 마음으로 눈가에 베레모를 걸친 채 수염을 비틀면서 계속 길거리를 왔다갔다했다. 그러다가 일요

---

71) 세관 직원들의 공식 모자였다.

일이 되자 그는 깃털 달린 베레모를 쓰고는, 어머니와 함께 미사에 가는 바르바라를 보기 위해 반니 피추토의 이발소로 갔다. 돈 실베스트로도 면도를 하려고 이발소로 향했고, 미사를 기다리는 사람들 틈에 섞여 물을 데우는 난로에서 몸을 녹이며 잡담을 나누었다. 그는 말했다. "바르바라가 느토니 말라볼리아에게 반했군. 느토니가 그녀를 얻는다는 데 12타리 걸 사람 있습니까? 그자가 주머니에 손을 찔러넣고 바르바라를 기다리는 거 봤어요?"

그러자 반니 피추토는 얼굴에 비누 거품을 묻힌 돈 미켈레를 놔두고 문가로 나갔다.

"정말 대단한 아가씨야! 숄로 코를 감싸고 걸어가는 것 좀 봐요. 꼭 물렛가락 같아요! 그리고 한번 생각해봐요. 그 얼간이 느토니 말라볼리아가 그녀를 차지한다니!"

"만약 오리 다리가 빚을 모두 받으려고 하면, 느토니는 바르바라를 차지하지 못해요. 오리 다리가 서양모과나무 집을 앗아가면, 말라볼리아 사람들은 다른 일들에 신경써야 할 테니까요."

반니 피추토는 돌아와 다시 돈 미켈레의 코를 잡았다.

"어떻게 생각해요, 돈 미켈레? 당신도 좋아했잖아요. 하여간 저 여자는 설익은 레몬도 먹게 만들 여자예요."

돈 미켈레는 아무 말도 하지 않고 그저 거울 앞에서 머리를 빗고, 콧수염을 매만지고, 모자를 썼다. "저기 저 여자를 얻으려면 깃털 달린 베레모 가지고는 안 될 거요!" 피추토가 낄낄거렸다.

마침내 돈 미켈레가 말했다.

"이런 빌어먹을! 이 깃털 달린 베레모만 아니었다면, 저 말라볼리아 얼간이에게 멋진 구경을 시켜줄 텐데!" 돈 실베스트로는 서둘러 느토니에게 달려가 모든 것을 이야기해주었다. 그리고 세관 관리 돈 미켈레는 절대 화를 참는 사람이 아니니, 분명히 한판 붙으려 할 것이라고 말했다.

"그럼 돈 미켈레의 얼굴에 대고 웃죠." 느토니가 대답했다. "그 사람이 왜 나에게 시비를 거는지 알고 있어요. 하지만 이번에는 내가 봐주죠. 그리고 왕관이나 되는 것처럼 깃털 달린 베레모를 쓰고 추피도의 집 앞을 왔다갔다하면서 신발을 닳게 하지 않는 것이 좋을 거예요. 사람들은 돈 미켈레와 그의 베레모에 신경도 쓰지 않으니까요."

돈 미켈레는 느토니를 만나면 눈을 가늘게 뜨고 똑바로 얼굴을 쳐다보았다. 마치 군대에 갔다 온 대담한 젊은이가 군중 한가운데에서 자기 베레모를 빼앗아 가지 못하게 하려는 것 같았다. 그는 느토니에게 진 것으로 보이지 않기 위해 집요하게 추피도의 집 앞을 배회했다. 깃털 달린 베레모가 있어서 느토니가 그를 빵처럼 먹어버리진 못했기 때문이다.

"서로 잡아먹을 것 같아요!" 반니 피추토는 면도를 하러 오거나, 아니면 담배나 낚싯대, 낚싯바늘, 또는 조그마한 뼈 단추를 사러 오는 사람들 모두에게 말했다. "돈 미켈레와 느토니 말라볼리아는 언젠가 서로를 빵 삼키듯이 잡아먹을 거예요! 그나마 저 축복받을 깃털 달린 베레모가 돈 미켈레의 두 손을 묶어두고 있는 거랍니다. 돈 미켈레는 만약 오리 다리가 저 얼간이 느토니를 눈앞에서 없애주기만 하면 무엇이라도 지불할 거예요." 심지어 하루종일 두 팔을 늘어뜨린 채 여기저기 돌아다니는 로카의 아들도 그들을 만나면, 어떻게 끝날지 보기 위하여 뒤를 쫓아가곤 했다.

오리 다리는 면도를 하러 갔다가 느토니 말라볼리아를 눈앞에서 없애주기만 하면 그에게 무엇이라도 지불하겠다는 돈 미켈레의 말을 듣고 가슴이 인도 수탉처럼 부풀어올랐다. 마을에서 그만큼이나 자기를 중요하게 여긴다고 생각했기 때문이다.

반니 피추토가 다시 그에게 말했다. "돈 미켈레는 당신처럼 말라볼리아가 사람들을 손안에 쥐고 흔들 수 있다면 얼마라도 내놓을 겁니다. 그런데 느토니가 당신에게 주먹질한 이야기를 하는 걸 왜 그냥 두었어요?"

오리 다리는 그저 어깨를 으쓱하며 계속 난로에 손을 쬘 뿐이었다. 돈 실베스트로가 웃음을 터뜨리더니 그를 대신해 대답했다.

"반니 피추토 당신은 오리 다리의 손으로 불속에서 밤을 꺼내려 하는군요. 베네라가 이방인이나 깃털 달린 베레모를 원하지 않는다는 것은 다들 압니다. 그래서 느토니 말라볼리아만 눈앞에서 없애면, 당신 혼자 남아 바르바라 주위를 어슬렁거리게 되겠죠."

반니 피추토는 아무 말도 하지 않았다. 하지만 밤새도록 그 말을 곱씹었다.

'그것도 틀린 말은 아니야! 모든 것은 언제 오리 다리의 목을 움켜잡느냐에 달려 있어.' 그는 속으로 생각했다.

그 언제는 정확히 때맞춰 왔다. 어느 날 저녁 로코 스파투의 행방이 묘연해지자, 얼굴이 창백하고 눈이 뒤집힌 오리 다리는 늦은 시간에 이발소에 두세 번 와서 그에 대해 물었다. 그리고 마치 사냥개들처럼 코를 땅바닥에 대고 분주하게 이쪽저쪽으로 달려가는 세관 수비대와,

배에 권총을 차고 바지를 장화 안에 집어넣은 차림으로 그들과 함께 움직이는 돈 미켈레가 보였다. "당신은 돈 미켈레에게 큰 도움을 줄 수 있어요. 그자의 눈앞에서 느토니 말라볼리아를 없애주는 거죠." 반니 피추토는 담배를 사러 온 오리 다리가 이발소의 어두운 구석으로 가는 동안 말했다. "그러면 큰 도움이 될 테고, 돈 미켈레의 진정한 친구가 될 겁니다!"

"그렇겠지!" 오리 다리는 그날 저녁 숨이 찼기 때문에 한숨을 쉬었을 뿐 아무 말도 덧붙이지 않았다.

밤중에 로톨로 부근과 바닷가에서 총소리가 들려왔다. 메추라기 사냥을 하는 것 같았다. "천만에, 메추라기라니!" 어부들은 침대에서 일어나 귀를 기울이면서 중얼거렸다. "사람 다리가 달린 메추라기들이지. 설탕과 커피, 비단 스카프를 밀수해 오는 자들이야. 돈 미켈레가 어제저녁 배에 권총을 차고 바지를 장화 안에 집어넣고 돌아다녔잖아!"

오리 다리는 피추토의 이발소에서 압생트를 한 잔 마시고 있었다. 동이 트기 전이어서 문 앞에는 아직도 등불이 켜져 있었다. 하지만 냄비를 부순 개와 같은 얼굴을 한 그는 예전처럼 우스갯소리도 하지 않고, 그 지독한 일이 대체 뭐였는지, 혹시 로코 스파투와 친기알렌타를 보았는지 이 사람 저 사람에게 묻다가, 돈 미켈레를 보고는 모자를 벗어 인사했다. 그리고 눈이 충혈되고 먼지투성이 장화를 신은 돈 미켈레에게 억지로 술을 사려고 했다. 하지만 돈 미켈레는 이미 술집에 갔다 오는 길이었고, 술집에서는 산투차가 좋은 포도주를 한 잔 따라주면서 말했었다.

"아니, 도대체 무슨 일을 한 거예요? 이렇게 다쳐가면서. 당신이 죽으면, 다른 사람들도 함께 구덩이 속으로 들어간다는 거 몰라요?"

"그럼 내 의무는 어떻게 하란 말이오? 어젯밤 그놈들을 한꺼번에 소탕했다면, 크게 한 건 올렸을 텐데. 빌어먹을!"

"농장 주인 필리포가 포도주를 밀수입하려 한다고 사람들이 말하면, 내가 과분하게 걸치고 있는 이 축복받은 마리아의 딸 제복을 걸고 맹세하는데, 절대 믿지 마세요! 모두 양심 없는 자들의 거짓말이에요. 이웃 사람을 해치려고 영혼도 팔아먹는 사람들이죠."

"아, 나는 무엇이었는지 알고 있어요! 비단 스카프, 설탕, 커피였어요. 모두 1천 리라가 넘는 물건들이었지, 세상에! 그런데 내 손에서 뱀장어처럼 빠져나갔어! 하지만 그 일당을 다 봤어요. 다음번엔 도망치지 못할 거야!"

오리 다리가 그에게 말했다. "자, 한 잔 마셔요, 돈 미켈레. 잠도 못 잤을 텐데, 속 푸는 데 좋을 겁니다."

기분이 별로 좋지 않은 돈 미켈레는 투덜거리기만 했다.

"자, 마시라고 하니까, 마셔요." 반니 피추토가 덧붙였다. "오리 다리가 계신하겠다면 쓸 돈이 있다는 뜻인 거죠. 이 사람은 돈이 많아요. 교활한 인간! 말라볼리아 집안의 빚을 샀고, 지금 몽둥이로 때려가면서 갚도록 만들고 있으니까요."

돈 미켈레는 잠시 웃었다.

"이런 빌어먹을! 난 느토니 그놈을 로마로 보내서 참회하게 하는 일까진 하고 싶지 않아!" 오리 다리는 주먹으로 탁자를 치며 정말로 화가 난 척했다.

"멋져요! 나라면 분명히 그냥 놔두지 않았을 거예요. 안 그래요, 돈 미켈레?" 반니 피추토가 부추겼다.

돈 미켈레는 퉁명스러운 목소리로 동의했다.

"느토니와 그의 가족을 어떻게 처리할지 생각해보겠어요!" 오리 다리는 위협적으로 말했다.

"온 마을이 날 비웃게 두지 않을 거예요. 안심해도 돼요, 돈 미켈레!"

그러고는 다리를 절룩이며 떠나, 눈에 보이는 것이 없는 사람처럼 욕을 하고 중얼거렸다. "앞잡이들과는 친구가 되어야 한다고 했지!" 오리 다리는 어떻게 그들과 친구가 될 수 있을지 생각하면서 술집을 지났다. 술집에서 산토로가 로코 스파투도 친기알렌타도 나타나지 않았다고 그에게 말했다. 그는 술집을 나와서 안나의 집 앞을 지나갔는데, 잠도 자지 못한 불쌍한 그녀는 창백한 얼굴로 문 앞에 서서 여기저기 두리번거리고 있었다. 그곳에서 베스파도 만났는데, 그녀는 그라치아에게 혹시 이스트가 있는지 물어보러 오는 길이었다.

"조금 전에 알피오를 봤어." 그는 몇 마디 잡담을 나누려고 말을 걸었다. "마차도 없이 아가타 성녀의 채소밭 뒤에 있는 화산암 지대로 산책하러 가는 것 같던데. 이웃을 사랑하면 유익한 법. 자주 볼 수 있고, 멀리 가지 않아도 되니까."

"메나란 애는 벽에나 붙여놓기에 좋은 성녀네요! 집에서는 브라시 치폴라에게 주려고 하는데, 계속 이 사람 저 사람에게 애교를 떨고 있어요! 푸우! 더러운 것!" 베스파가 떠들기 시작했다.

"그냥 내버려둬요! 그냥 내버려두라고요! 그래야 사람들이 대체 어떤 여자인지 알게 되죠. 그런데 브라시 치폴라에게 주려는 것을 알피오 모스카는 모르나?"

"남자들이 어떤지 아시잖아요. 경박한 여자가 눈길을 주면, 좀 즐겨 볼까 하고 그 뒤를 쫓아가지요. 하지만 진지한 관계를 갖고 싶을 땐 바로 내가 생각하는 그런 여자를 찾게 되지요."

"알피오는 당신 같은 여자를 얻어야 하는데."

"나는 지금 결혼할 생각이 없어요. 하지만 분명히 내게 필요한 사람을 찾을 거예요. 더구나 나는 멋진 밭도 있고, 아무도 거기에 발톱을 내밀 수 없어요. 차가운 북풍이 불면 곧 날아가버릴 서양모과나무 집과는 다르다고요. 차가운 북풍이 불면 어떻게 될지 두고보겠어요!"

"그냥 내버려둬요! 내버려두라고요! 언제나 좋은 날씨는 아니니까. 그리고 바람은 나뭇가지들을 허공으로 날려버리죠. 오늘은 당신 삼촌 나무 종과 이야기를 나눠야 해요. 당신도 알고 있는 그 일 때문에 말이죠."

'나무 종'은 영영 끝날 것 같지 않은 바로 그 일에 대해 이야기할 준비가 되어 있었다. 긴 것은 뱀이 되는 법. 파드론 느토니는 언제나 그에게 말했다. 말라볼리아 사람들은 신사이니 반드시 빚을 갚을 거라고. 하지만 나무 종은 어디에서 돈이 나올지 알고 싶었다. 마을에서는 서로의 재산의 1첸테시모까지 훤히 알고 있었고, 말라볼리아가의 신사들이 영혼을 터키 사람들에게 판다 해도 부활절까지 빚의 절반도 모으지 못할 거라는 사실은 불 보듯 뻔했다. 서양모과나무 집을 차압하려 해도 도장 찍힌 서류와 기타 비용이 들었다. 정부가 바로 도둑놈이라고 말하던 돈 잠마리아 신부와 약방 주인의 말이 옳았다. 그는 자기 이름이 크로치피소인 것이 사실인 것처럼 분명하게, 단지 세금을 부과하는 사람들뿐만 아니라 세금을 원하지 않는 사람들, 마을 전체를 혼란스럽게 만들고 신사가 자기 물건을 갖고 자기 집에 편안하게 있지 못하게 하는 사람들에게도 불만이었다. 그리고 사람들이 와서 면장을 하겠느냐고 물었을 때 그는 대답했다. "멋지군! 그러면 내 일은 누가 하죠? 나는 내 일에만 신경을 써요." 파드론 느토니는 손녀 메나를 결혼시키려는 게 분명했다. 그가 치폴라와 함께 돌아다니는 것을 여러 사람이 보았다. 심지어 산토로까지도! 그리고 오리 다리는 베스파의 밭뙈기를 차지하려는 가난뱅이 알피오 모스카를 베스파와 이어주려고 했다. "분명히 그 녀석이 차지하게 될 거예요." 오리 다리는 크로치피소를 설득하려고 귀에 대고 소리쳤다. "그러면 당신은 집안에서 고함을 지르고 소동을 부리겠지요. 당신 조카딸은 잘 익은 배처럼 달아올라서는 언제나 알피오의 뒤만 쫓아다녀요. 베스파가 내 아내와 잡담하겠다고 오는데, 내가 코앞에서 문을 닫을 순 없잖아요. 당신을 존중하기 때문이죠. 어쨌든 당신의 조카딸이고, 당신의 핏줄이니까요."

"정말 대단한 존중이군! 그 존중 때문에 내 밭을 뺏길 거요!"

"당연하죠! 만약 메나가 브라시 치폴라와 결혼하면, 알피오 모스카는 체념하고 마음의 평온을 찾기 위해 베스파와 밭뙈기를 차지할 거예요."

"차라리 악마가 그애를 데려가면 좋겠소!" 오리 다리의 수다에 정신이 멍해진 크로치피소가 마침내 소리쳤다. "그래도 상관없소. 그 빌어먹을 조카딸은 나에게 많은 죄를 짓게 했으니까. 나는 내 재산이 더 중요해요. 그건 내 피로 장만한 것이오. 미사의 잔에 들어 있는 예수그리스도의 피처럼 진실한 피 말이오. 그런데 알피오, 베스파, 말라볼리아 사람들이 모두 와서 그냥 가져가도 되는 장물 취급을 한다니까. 이제

나는 법적 절차를 밟아서 서양모과나무 집을 차지할 거요."

"당신이 대장입니다. 말만 하면, 나도 바로 준비하지요."

"아직은 아니오. 부활절까지 기다립시다. 사람은 말로 알고, 황소는 뿔로 아는 법. 어쨌든 나는 마지막 한푼까지 받아낼 것이고, 더 기다려달라는 누구의 말도 듣지 않을 작정이오."

부활절이 다가왔다. 언덕은 녹색으로 옷을 갈아입었고, 부채선인장은 다시 꽃을 피웠다. 처녀들은 창가에 바질을 심었고, 거기에 하얀 나비들이 날아와 앉았다. 화산암 지대의 초라한 양골담초에도 연한 빛깔의 작은 꽃들이 맺혔다. 아침이면 녹색과 노란색의 지붕 위로 연기가 피어올랐고, 참새들이 저녁까지 시끄럽게 지저귀었다.

서양모과나무 집도 축제 분위기를 띠는 것 같았다. 마당은 깨끗하게 청소되어 있었고, 벽에 걸린 선구들은 잘 정돈되어 있었으며, 배추와 상추가 빼곡한 채소밭은 푸르렀고, 활짝 열린 방들에도 햇살이 가득해 기쁨으로 넘쳐났다. 모든 것이 부활절이 다가오고 있음을 말해주었다. 노인들은 정오 무렵 문가로 나갔고, 처녀들은 빨래터에서 노래를 불렀다. 마차들은 다시 밤에도 다니기 시작했고, 저녁이면 또다시 그 좁은 길에서 사람들이 잡담을 나누는 소리가 들려왔다.

사람들은 말했다. "메나가 신부가 된대. 메나의 어머니는 혼숫감을 장만하느라 정신이 없어."

세월이 흘렀고, 세월은 좋은 것이든 나쁜 것이든 함께 가져가는 법이다. 이제 마루차는 옷감을 자르고 꿰매는 데 완전히 몰두해 있었고, 메나는 이게 누구를 위한 것이냐고 물어보지도 못했다. 그리고 어느 날 저녁 브라시 치폴라와 그의 아버지 포르투나토, 모든 친척들이 서양모과나무 집에 찾아왔다. "치폴라 어른이 오셨구나." 파드론 느토니는 마치 아무것도 모르고 있었다는 듯이 말하며 그들을 집안으로 안내했다. 그동안 부엌에서는 포도주와 볶은 병아리콩을 준비했고, 아이들과 여자들은 축제 옷을 입었다. 새 옷을 입고 머리에 검은 수건을 두른 메나는 정말로 아가타 성녀 같았다. 브라시는 바실리스크처럼 그녀에게서 눈을 떼지 못했고, 긴 의자에 웅크리고 앉아서 다리 사이에 손을 넣은 채, 만족감에 이따금 두 손을 비비곤 했다.

"이제 어른이 된 아들 브라시와 함께 오셨구나." 파드론 느토니는 계속해서 말했다.

"그러게요. 아이들은 빨리 자라서 우리를 무덤 속으로 밀어넣지요." 포르투나토 치폴라가 대답했다.

"이제 포도주 한잔 드세요. 맛이 괜찮아요. 그리고 이 병아리콩은 제 딸이 볶았답니다. 오시는 줄 전혀 몰랐어요. 그래서 준비한 게 변변치 않습니다. 미안합니다." 롱가가 덧붙였다.

"이 근처를 지나던 길이었소. 그러다가 말이 나왔지. '마루차 부인에게 한번 가봅시다' 하고 말이오." 포르투나토 치폴라가 대답했다.

브라시는 메나를 바라보면서 병아리콩을 주머니에 가득 넣었다. 그러자 장난꾸러기 아이들이 접시를 약탈하기 시작했고, 아기를 안고 있던 눈치아타가 마치 성당 안에 있는 것처럼 낮은 소리로 말렸지만 소용없었다. 한편 노인들은 서양모과나무 아래에서 자기들끼리 이야기하기 시작했고, 여자들은 둥글게 모여앉아 메나를 칭찬했다. 집을 거울보다 깨끗하게 유지하는 훌륭한 처녀라고 입을 모았다. 처녀는 가르치는 데 달렸고, 삼베는 실잣기에 달린 법.

"당신 손녀도 다 컸군. 이제 시집가도 되겠소." 포르투나토 치폴라가 말했다.

"주님께서 좋은 남편감을 보내주시면 좋겠는데. 다른 것은 바라지 않소." 파드론 느토니가 대답했다.

"배우자와 주교 자리는 하늘이 정해주는 법이라죠." 롱가가 덧붙였다.

"좋은 말에는 안장이 빠지지 않는 법이네. 메나 같은 아가씨에게 좋은 남편감이 없을 리가 없지." 포르투나토 치폴라가 말했다.

메나는 관례대로 브라시 옆에 앉아 있었다. 하지만 앞치마에서 눈을 들지 못했다. 나중에 돌아가면서 브라시는 메나가 자기에게 병아리콩을 권하지 않았다고 아버지에게 불평했다.

"그러고도 더 먹고 싶었다니!" 꽤 멀리까지 왔을 때, 포르투나토 치폴라가 아들에게 말했다. "네가 쩝쩝대는 소리밖에 안 들리더구나! 보릿자루 앞에 있는 노새 같았어! 봐라, 바지에다 포도주를 흘렸잖아, 브라시! 새 옷을 망쳐놓았어!"

굉장히 만족한 파드론 느토니는 손을 비비며 며느리에게 말했다.

"하느님의 도움으로 우리의 뜻을 이루다니 꿈만 같아! 메나는 더이상 바랄 것이 없을 게야. 이제 다른 작은 일들을 해결하고 나면, 이렇게 말할 테지. '할아버지는 웃음과 눈물은 교대로 오는 법이라고 말하곤 하셨어.'"

토요일 저녁 무렵 눈치아타가 동생들을 위해 콩 한 움큼을 얻으러 왔다가 말했다. "알피오가 내일 떠난대요. 지금 자기 물건을 모두 싣고 있어요."

얼굴이 하얘진 메나는 베 짜는 것을 멈추었다.

알피오의 집에는 등불이 켜져 있었고, 모든 것이 엉망이었다. 그는 잠시 후 서양모과나무 집으로 와서 문을 두드렸다. 손에 들고 있던 채찍으로 매듭을 만들었다 풀었다 반복하는 그의 얼굴 또한 엉망이었다.

"모두에게 인사하러 왔어요. 마루차 부인, 파드론 느토니, 동생들, 그리고 당신 메나에게요. 아치 카테나[72]의 포도주 일이 끝났거든요. 이제 산투차는 농장 주인 필리포에게 포도주를 받아요. 나는 일거리를 찾아 당나귀를 데리고 비코카로 갈 거예요."

메나는 아무 말도 하지 않았다. 그녀의 어머니만 입을 열어 대답했다. "잠시 기다려줄래요? 아버님이 인사를 하고 싶어하실 거예요."

그러자 알피오는 손에 채찍을 든 채 의자의 끄트머리에 앉아서 메나가 있는 쪽을 피해 주위를 둘러보았다.

"그러면 언제 돌아와요?" 롱가가 물었다.

"기약할 수는 없습니다. 당나귀가 가는 대로 가는 거니까요. 일거리가 있는 한 그곳에 머물 겁니다. 하지만 여기에 제가 밥벌이할 일이 있으면, 언제든 돌아오고 싶어요."

"건강 조심해요, 알피오. 비코카에서는 말라리아로 사람들이 파리처럼 죽는다고 하더군요."

알피오는 어깨를 으쓱하며 조심해도 어쩔 수 없는 일이라고 대답했다. "나는 떠나고 싶지 않았어요. 다른 할말은 없어요, 메나?" 그는 촛불을 바라보며 되풀이해서 말했다.

메나는 무언가 말을 꺼내려고 두세 번 입을 열었지만, 말할 용기가

---

72) 아치 트레차 북쪽의 에트나 화산 기슭에 있는 마을.

나지 않았다.

"이제 당신도 곧 결혼할 테니까 여기서 떠나겠네요." 알피오가 덧붙였다. "세상은 가축들의 우리 같아요. 누구는 가고, 또 누구는 오고, 조금씩 모든 사람들이 자리를 바꾸고, 모든 것이 변하죠." 그는 손을 비비며 말했다. 그의 입은 웃고 있었지만 마음은 웃지 않았다.

롱가가 말했다. "처녀들은 하느님께서 정해주신 데로 가게 되지요. 지금은 언제나 즐겁고 별다른 생각이 없지만, 세상 속으로 들어가면 어려움과 불행을 알게 될 거예요."

파드론 느토니와 손자들이 집으로 돌아왔고, 그들과 인사를 나눈 뒤에도 떠나지 못한 알피오는 채찍을 겨드랑이에 낀 채 문가에서 이 사람 저 사람과 악수했다. 마루차와도 손을 잡았고, 마치 멀리 떠나가 앞으로 다시 볼 수 있을지 알 수 없는 사람이 그렇듯 재차 손을 부여잡았다. "혹시 내가 부족한 것이 있었더라도 용서해주세요." 오직 메나만이 그와 손을 잡지 않고, 베틀 옆의 구석에 우두커니 서 있었다. 하지만 처녀들이란 그렇게 해야 하는 법이다.

아름다운 봄밤이었고, 길거리와 마당에는 밝은 달빛이 가득했다. 사람들은 문가로 나오고, 처녀들은 팔짱을 끼고 산책을 하면서 노래를 불렀다. 메나도 눈치아타와 팔짱을 끼고 밖으로 나왔다. 집안에서는 질식할 것 같았기 때문이다.

"이제 저녁에 알피오의 등불을 볼 수 없겠어요. 그리고 집은 닫혀 있겠지요." 눈치아타가 말했다.

알피오는 대부분의 짐을 마차에 실었고, 여물통에 남아 있던 약간의 짚도 자루에 집어넣었다. 그 옆에서는 콩 수프가 익고 있었다.

"날이 새기 전에 떠날 거예요, 알피오?" 눈치아타가 마당의 문가에서 물었다.

"응. 멀리 가야 하거든. 저 불쌍한 당나귀는 낮에 좀 쉬어야 해."

메나는 아무 말도 하지 않고 문설주에 기대어, 짐을 가득 실은 마차와 텅 빈 집, 반쯤 풀어헤쳐진 침대, 화덕에서 끓고 있는 냄비를 마지막으로 바라보았다.

"당신도 있었어요, 메나?" 알피오는 그녀를 보자 외쳤다. 그리고 하던 일을 멈췄다.

메나는 고개를 끄덕여 대답했다. 그러는 사이 눈치아타는 훌륭한 살림꾼답게 냄비에서 넘치는 거품을 걷어내려고 달려갔다.

"당신에게도 작별 인사를 할 수 있어서 참 좋아요!" 알피오가 말했다.

"당신에게 인사를 하러 왔어요. 말라리아가 도는데, 왜 비코카에 가세요?" 눈물에 목이 잠긴 채 메나가 물었다.

알피오는 웃었지만 그녀에게 작별 인사를 하러 갔을 때처럼, 이번에도 마음은 울적했다.

"멋진 질문이군요! 왜 가느냐고요? 그러면 당신은 왜 브라시 치폴라와 결혼하죠? 할 수 있는 것을 하는 법이에요. 만약 내가 원하는 것을 할 수 있었다면, 무엇을 했을 거 같아요?" 메나는 반짝이는 눈으로 그를 쳐다보고 또 쳐다보았다. "나는 여기 남아 있었을 거예요. 여기에서는 이 벽들도 나를 알고, 나도 어디를 짚어야 할지 알아요. 그래서 한밤중 어둠 속에서도 당나귀를 보살피러 갈 수 있죠. 그리고 메나, 당신과 결혼했을 거예요. 얼마 전부터 당신을 마음속에 두고 있었으니까요. 그리고 당신을 데리고 비코카로, 또 내가 가려는 모든 곳으로 갔을

거예요. 하지만 이제 모두 쓸모없는 말이에요. 할 수 있는 것을 해야
하니까요. 당나귀도 내가 이끄는 곳으로 가는 것처럼요."

"그래요. 안녕히 가세요." 메나가 말했다. "나도 이 안에 가시를 품
고 있는 것 같아요…… 이제 언제나 저 닫힌 창문을 보게 되겠죠. 내
마음도 닫힌 느낌일 거예요. 저 창문은 창고의 문처럼 무겁게 닫혀 있
겠지요. 하지만 그게 하느님의 뜻이에요. 안녕히…… 이제 가볼게요."

불쌍한 그녀는 손으로 눈을 가리고 소리 없이 울었다. 그리고 눈치
아타와 함께 집으로 돌아가서는, 달빛 속 서양모과나무 아래에서 눈물
을 쏟아냈다.

제9장

말라볼리아 사람들은 오리 다리가 크로치피소와 작당하고 있다는 사실을 몰랐고, 마을 사람들 역시 마찬가지였다. 부활절에 파드론 느 토니는 서랍장에 있던 100리라를 꺼내서는, 그것을 크로치피소에게 갖다주러 가려고 새 외투를 입었다.

"이게 다 뭡니까?" 크로치피소가 물었다.

"우리가 모은 전부요, 크로치피소. 100리라를 모으려면 얼마나 힘든 지 당신도 알 거요. 하지만 전혀 없는 것보다 조금 있는 것이 더 나은 법이고, 일부라도 갚는 자는 나쁜 채무자가 아닌 법이죠. 이제 곧 여름이니, 그때가 되면 하느님의 도움으로 모두 갚을 수 있을 거요."

"그런데 왜 나한테 와서 계산을 하는 거죠? 잘 알잖아요. 나는 상관 없어요. 이건 오리 다리의 일이에요."

"나한텐 마찬가지요. 당신을 볼 때마다 당신에게 빚을 지고 있는 것 같았거든. 그리고 당신이 오니나의 성모마리아 축제[73] 때까지 기다리라고 하면 오리 다리도 반대하지 않을 거요."

"이걸로는 턱도 없어요!" '나무 종'은 손에 쥐어진 돈을 내던지면서 말했다. "만약 기다려주기를 원한다면 당신이 가서 말해요. 이제 내 일이 아니니까."

한편 오리 다리는 그답게 욕을 하며 베레모를 땅바닥에 내동댕이쳤다. 먹을 빵도 없으니 예수 승천 축일[74]까지도 기다릴 수 없다고 했다.

"내 말 들어봐요, 티노." 파드론 느토니는 마치 하느님 앞에 선 것처럼 두 손을 모아잡고 말했다. "만약 성 요한 축일[75]까지 기다릴 수 없다면, 차라리 나를 칼로 찔러 죽이시오. 이제 내 손녀를 결혼시켜야 하니 말이오."

"세상에, 빌어먹을! 내가 할 수 없는 일을 강요하는군. 나를 이런 혼란에 빠뜨린 시간이여, 저주받아라!" 오리 다리 티노는 이렇게 외치고, 낡은 베레모를 구기면서 가버렸다.

파드론 느토니는 창백한 얼굴로 집으로 돌아와서는 며느리에게 말했다. "겨우 해결했다. 하지만 하느님께 빌듯이 빌어야 했어." 불쌍한 노인은 아직도 떨고 있었다. 하지만 치폴라가 아직 아무것도 모르고 있으며 손녀의 결혼이 물거품이 되지 않았다는 데 만족했다.

예수 승천 축일 저녁에 아이들이 화톳불 주위에서 뛰노는 동안 여인

---

73) 성모마리아의 탄생 축일인 9월 8일에 개최된다.
74) 부활절 후 사십 일째 되는 목요일로, 대체로 5월중이다.
75) 가톨릭교회의 용어로는 '성 요한 세례자 탄생 대축일'로 6월 24일이다.

들은 또다시 말라볼리아 사람들의 집 테라스 앞에 모였다. 추피다 베네라도 사람들이 무슨 말을 하는지 듣고 끼어들려고 얼굴을 내밀었다. 메나를 결혼시키게 되었고 프로비덴차를 다시 바다에 띄운 말라볼리아 사람들에게 마을 사람들은 다시 좋은 얼굴을 보였다. 하지만 그들은 오리 다리가 마음속에 품고 있는 생각을 전혀 짐작하지 못했다. 심지어 그의 아내 그라치아도 마찬가지였다. 그래서 순진무구하게 마루차와 잡담을 나누었다. 느토니는 매일 저녁 바르바라와 이야기를 나누러 갔고, 그녀에게 할아버지가 메나를 먼저 결혼시킬 거라고 고백했다. "그다음에는 나야!" 느토니는 말했다. 그래서 바르바라는 메나에게 가까운 친구가 되자는 뜻으로, 전체가 멋진 빨간색 리본과 카네이션으로 장식된 바질 화분을 선물했다. 모두들 아가타 성녀에게 축하 인사를 건넸고, 그녀의 어머니조차도 머리에서 검은 스카프를 벗었다. 신랑 신부가 있는 곳에서 상복을 입는 것은 액운을 불러오는 행동이었기 때문이다. 루카에게도 메나가 결혼한다는 소식을 전하기 위해 편지를 썼다.

하지만 불쌍하게도 메나는 다른 사람들처럼 즐거워 보이지 않았다. 그녀의 마음은 모든 것이 어둡다고 말하고 모든 것을 어둡게 보여주는 것 같았다. 그래도 들판에는 금빛과 은빛 별들이 가득했고, 아이들은 예수 승천 축일을 위한 화환을 만들었다. 메나도 어머니를 도와 문과 창문에 화환을 걸기 위해 사다리 위로 올라갔다.

집집마다 문에 꽃장식이 달려 있었지만 알피오의 집은 어둡고 황량했다. 문은 언제나 닫혀 있었고, 예수 승천 축일의 꽃도 걸려 있지 않았다.

"저 변덕스러운 아가타 성녀! 온갖 말을 하고 온갖 짓을 하더니, 알피오를 마을에서 내쫓아버렸어!" 베스파는 입에 거품을 물고 돌아다니며 말했다.

아가타 성녀는 새 옷을 입고 성 요한 축일을 기다렸다. 그날 그녀는 머리 타래에서 은빛 칼 머리핀[76]을 빼고, 앞가르마를 탄 뒤 성당에 갈 터였다. 그녀가 지나갈 때마다 마을 사람들 모두 말했다. "정말 행복하겠어!"

하지만 불쌍한 어머니는 마음속으로만 기뻐했다. 딸은 전혀 부족할 것이 없는 집으로 시집을 가지만, 자신은 천을 자르고 바느질을 하느라 여념이 없었기 때문이다. 파드론 느토니는 저녁에 집으로 돌아오면 며느리를 도와 무명 실타래나 천을 잡아주기도 하고, 도시에 갈 때마다 무언가를 가져오곤 했다. 그는 날씨가 좋아지면서 가슴이 다시 펴지는 것을 느꼈고, 많고 적고 간에 아이들도 모두 돈을 벌었으며 프로비덴차도 나름 제 역할을 다했다. 다행히 성 요한 축일까지는 하느님의 도움으로 어려움에서 벗어날 것으로 보였다. 치폴라는 파드론 느토니와 함께 저녁이면 내내 성당의 계단에 앉아 프로비덴차를 칭찬했다. 브라시는 새 옷을 입고 언제나 말라볼리아 집 앞의 좁은 길을 어슬렁거렸다. 얼마 후 오리 다리의 아내 그라치아가 일요일에 신부의 은빛 칼 머리핀을 빼고 가르마를 타주러 간다는 소식이 온 마을에 알려졌다. 브라시 치폴라의 어머니가 돌아가시고 없었기 때문인데, 말라볼리아 사람들은 그녀의 남편 오리 다리에게 감사를 표하기 위해 일부러

---

76) 칼 모양의 커다란 머리핀으로 처녀들은 이 핀을 사용하다가 결혼할 때 뺐다.

그라치아를 초대했던 것이다. 또한 그들은 크로치피소뿐 아니라 모든 이웃과 친구들, 친척들을 아끼지 않고 초대했다.

"나는 안 갈 거요! 너무 화가 나 있는데 괜히 가서 내 영혼을 더럽히고 싶지 않아요. 당신이나 가요. 당신에게는 아무 상관 없는 일이고, 당신 재산도 아니니까. 집달리를 보내기까지 아직 시간이 있소. 변호사가 그렇게 말했소." 크로치피소는 광장의 느릅나무에 등을 기댄 채 오리 다리에게 말했다.

"당신이 대장이니, 시키는 대로 하겠어요. 알피오 모스카가 떠났기 때문에 당신은 급할 게 없다고 생각하겠죠. 하지만 메나가 결혼하자마자 알피오는 돌아와서 당신 조카딸을 데려갈 겁니다."

추피다 베네라는 그라치아에게 신부의 머리를 빗겨주게 했다고 한바탕 소동을 벌였다. 자기는 말라볼리아 집안의 사돈이 될 것이며, 딸 바르바라는 메나에게 바질 화분을 선물함으로써 특별한 친구가 되었으니 그 일은 당연히 자기가 하리라고 생각했기 때문이다. 이런 모욕을 받을 줄 모르고 서둘러 바르바라의 새 옷을 장만했다고 난리를 피웠다. 느토니는 그렇게 사소한 것에 연연하지 말고 그냥 놔두라고 그녀에게 거듭 간청하고 애원했다. 깔끔하게 머리를 빗어놓고도 베네라는 말라볼리아 사람들의 잔치에 가고 싶지도 않았던 척하기 위해 일부러 빵을 반죽하기 시작했다. 그녀는 손에 밀가루를 묻힌 채 이렇게 말했다.

"오리 다리의 아내를 불렀다고? 마음대로 하라지! 그 여편네, 아니면 나, 하나만 선택해야지! 세상에 우리 둘이 함께 있을 수는 없어."

모두들 말라볼리아 사람들이 오리 다리에게 빚진 돈 때문에 그라치아를 불렀다는 것을 잘 알고 있었다. 그리고 다시 사이좋게 지내고 있었다. 산투차의 술집에서 치폴라가 주먹질 사건에 대해 오리 다리와 느토니의 화해를 주선했기 때문이다.

"집을 담보로 돈을 빌리더니 그자의 신발까지 핥는군!" 추피다는 투덜거렸다. "내 남편에게도 프로비덴차 수리비로 50리라 이상 빚지고 있어. 내일 갚으라고 할 테다."

"놔둬요, 엄마! 놔두세요!" 바르바라는 애원했다. 하지만 그녀도 무척이나 불쾌했다. 새 옷을 입을 수 없었기 때문이다. 메나에게 바질을 보내느라 돈을 쓴 것을 후회할 지경이었다. 모녀는 자신들을 데리러 온 느토니를 다시 돌려보냈고, 의기소침해진 그의 새 외투는 어깨가 힘없이 축 늘어졌다. 모녀는 마당에서 빵을 화덕에 넣으며, 말라볼리아 집에서 벌어지는 잔치를 바라보았다. 떠드는 소리와 웃음소리가 그곳까지 들려와 그녀들을 더욱더 화나게 만들었다. 서양모과나무 집은 바스티아나초가 죽었을 때처럼 사람들로 가득했다. 은빛 칼 머리핀을 빼고 앞가르마를 탄 메나는 완전히 다른 모습이어서 이웃의 모든 여인들에게 둘러싸였다. 흥겨운 소란 때문에 대포가 터진다 해도 들리지 않을 듯했다. 오리 다리는 마치 여자들을 간질이듯이 우스갯소리를 늘어놓았다. 변호사가 서류를 준비하고 있었지만, 크로치피소가 말했듯이 집달리를 부르기까지는 아직 시간이 있었기 때문이다. 심지어 치폴라도 몇 마디 우스갯소리를 했는데, 오직 그의 아들 브라시만 웃을 뿐이었다. 모든 사람들이 동시에 이야기를 나누었고, 아이들은 사람들의 다리 사이에서 콩과 밤을 두고 다투었다. 불쌍한 롱가도 즐거운 분위기 속에서 힘든 일을 잊었고, 파드론 느토니는 낮은 담장 위에 앉아 고개를 끄덕이며 혼자 조용히 웃었다.

"지난번처럼 네 바지가 포도주를 마시지 않도록 조심해라. 바지는 목마르지 않아." 치폴라가 아들에게 말했다. 그리고 신부와 파솔라[77] 춤을 추고 싶으며, 자기가 신부보다 더 잘 출 것이라고 덧붙였다.

"그렇다면 나는 여기서 더이상 할 일이 없으니까, 이만 가겠어요!" 우스갯소리를 하고 싶었던 브라시는 이렇게 대꾸했다. 그는 사람들이 자신을 한쪽 구석에 멍청이처럼 놔두고, 메나조차도 신경을 써주지 않자 싫증이 났다.

"이 잔치는 메나를 위한 거예요. 그런데 정작 메나는 다른 사람들처럼 즐겁지 않은 것 같아요." 눈치아타가 말했다.

그때 안나가 아직 포도주가 4분의 1이 넘게 남은 병을 손에서 놓친 척 떨어뜨리며 소리를 질렀다.

"만세! 만세! 깨진 조각들이 있는 곳에 잔치가 있는 법. 그리고 포도주를 쏟는 건 좋은 징조래요."

"또 바지에 포도주가 묻었어!" 브라시가 투덜거렸다. 그는 예전처럼 실수하지 않기 위해 조심하고 있었다.

오리 다리는 다리 사이에 잔을 끼운 채 담장 위에 걸터앉아 있었다. 자기가 집달리를 부를 수 있다고 생각하니 마치 주인이 된 것 같았다. 그가 말했다. "지금 술집에는 로코 스파투조차 없어. 모든 재미가 여기서 벌어지니 마치 여기가 산투차의 술집 같군."

"여기가 훨씬 좋아요!" 로카의 아들이 말했다. 그는 사람들의 뒤꿈

---

77) 시칠리아 민중의 전통춤.

무늬에 붙어서 왔는데, 말라볼리아 사람들이 흔쾌히 들어오게 해서 술을 주었다. "산투차의 술집은 돈 없이 가면 아무것도 주지 않아요."

오리 다리는 우물 근처에 모여 자기들끼리 이야기를 나누는 몇몇 사람들을 바라보았다. 그들은 세상이 무너질 것 같은 심각한 표정을 짓고 있었다. 약방에는 언제나 그렇듯이 할 일 없는 사람들이 모여 손에 신문을 든 채 연설을 하거나, 싸우기라도 하려는 듯 큰 소리로 떠들며 서로의 얼굴 앞에서 손을 휘저었다. 돈 잠마리아는 웃음을 터뜨리며 담배를 한 모금 빨았다. 멀리서 보기에도 그는 무척 즐거워 보였다.

"아, 본당 신부하고 돈 실베스트로는 왜 안 왔어요?" 오리 다리가 물었다.

"오라고 했어요. 그런데 아마 할 일이 있는 모양이오." 파드론 느토니가 대답했다.

"그 사람들 저기 약방에 있는데요. 누가 로토 당첨 번호라도 알려주는 것 같아요. 무슨 일이지?"

그때 한 노파가 고함을 지르며 광장으로 달려나왔고, 나쁜 소식이라도 들은 듯 머리칼을 쥐어뜯었다. 그리고 피추토의 이발소 앞에는 당나귀가 짐에 눌려 쓰러졌을 때처럼 군중이 떼를 지어 있었다. 모두 무슨 일인지 보려고 모여들었고, 여자들은 감히 가까이 다가가지 못하고 입을 벌린 채 멀리서 바라보고만 있었다.

"무슨 일인지 내가 가보지요." 오리 다리가 말하며 천천히 담장에서 내려왔다.

군중 한가운데에는 쓰러진 당나귀 대신 두 명의 해군 병사가 있었다. 그들은 어깨에 배낭을 짊어지고 머리에는 붕대를 감고 있었는데,

제대하여 돌아오는 길에 압생트를 한 잔 마시려고 이발소 앞에 멈췄던 것이다. 그들은 큰 해전이 벌어져서[78] 아치 트레차만큼 거대한 배들이 군인들을 가득 실은 채 침몰한 이야기를 전했다. 그들은 마치 카타니아 바닷가에서 오를란도[79]와 프랑스 기사들이 싸운 것처럼 과장해서 들려주었고, 사람들은 파리처럼 꼼짝도 하지 않은 채 귀를 곤두세우고 들었다.

"롱가 마루차의 아들도 '이탈리아 왕'호에 타고 있었어." 돈 실베스트로가 말했다. 그 역시 이야기를 듣기 위해 가까이 와 있었다.

"빨리 가서 아내에게 전해야지!" 투리 추피도는 벌떡 일어났다. "그래야 마루차 부인에게 가볼 마음이 생기겠지. 이웃과 친구들 사이에서 주둥이를 삐죽거리는 사람은 나도 싫어."

그때까지 불쌍한 롱가는 아무것도 모른 채 친척들과 친구들 사이에서 웃으며 잔치를 벌이고 있었다.

병사 하나는 설교자처럼 두 팔을 휘저으며 이야기를 듣고 싶어하는 사람들에게 끝없이 수다를 늘어놓았다. "맞아요, 시칠리아 병사들도 있었어요. 각지에서 온 병사들이 있었어요. 하지만 포대에서 경보가 울리면 어디에서 왔는지는 상관없이 모두 똑같은 소총 소리만 냈죠. 모두 멋진 젊은이들이에요! 군복 아래 배짱도 두둑하고요. 들어보세요! 이 두 눈으로 똑똑히 봤는데, 그 젊은이들은 자기 의무를 다했어

---

78) 1866년 7월 20일 이탈리아 동부 아드리아 해의 리사 섬 근처에서 벌어진 해전을 가리킨다. 제3차 이탈리아 독립 전쟁의 일환으로, 이탈리아왕국의 해군과 오스트리아 제국의 해군 사이에 벌어진 전투다.
79) 중세 유럽의 기사문학에서 프랑스를 배경으로 한 이야기들에 등장하는 기사로 수많은 에피소드의 주인공이다.

요. 베레모를 쓸 자격이 충분해요!"

병사의 눈이 잠깐 반짝였지만, 그는 아무것도 아니라고, 단지 술을 마셨기 때문이라고 했다. "'이탈리아 왕'호는 철갑으로 완전히 둘러싸인 세상에 둘도 없는 전함이었어요. 말하자면 여자들이 코르셋을 입고 있는데 그 코르셋이 쇠로 되어 있어서, 그 위에다 대포를 아무리 쏘아도 아무렇지 않은 것과 같은 거죠. 그런데 그 배가 순식간에 가라앉았어요. 연기 속에 파묻혀 더이상 보이지 않았죠. 벽돌 공장의 화덕 스무 개에서 나오는 것 같은 연기였어요. 상상이 되나요?"

"카타니아에서도 난리가 났었지! 신문 읽어주는 사람 주위에 군중이 모여들었는데 마치 축제 같았어." 약방 주인이 덧붙였다.

"신문이란 모두 인쇄된 거짓말이야!" 돈 잠마리아 신부가 외쳤다.

"신문에서 정말 불행한 일이라고 했죠. 우리가 큰 전투에서 졌다고." 돈 실베스트로가 말했다.

치폴라도 왜 군중이 모였는지 보러 갔다. "당신도 그걸 믿어요? 신문이 돈을 벌려고 늘어놓는 잡담이에요." 그는 낄낄거리며 말했다.

"하지만 모두들 우리가 졌다고 말해요!"

"무엇을?" 크로치피소가 손을 귀에 갖다 대면서 말했다.

"전투 말이오."

"누가 졌는데?"

"나, 당신. 한마디로 우리 모두 졌어요. 이탈리아가 졌다고요." 약방 주인이 대답했다.

"하지만 나는 아무것도 잃지[80] 않았어!" 어깨를 으쓱거리며 '나무종'이 말했다. "이제 빚 문제는 오리 다리의 일이니, 그가 해결해야 할 거야." 그러고는 잔치를 벌이고 있는 서양모과나무 집을 바라보았다.

"무슨 뜻인지 모르겠소? 아치 트레차가 아치 카스텔로와 영토 싸움을 하는 것과 같아요. 그런데 당신이나 나나 거기서 무슨 이득이 있겠소?" 치폴라가 말했다.

"이득이 있죠! 이득이 있다고요…… 하여간 멍청이들!" 약방 주인은 얼굴이 새빨개져서 소리쳤다.

"아들 둔 어머니들이 괴롭겠군요!" 누군가가 말했다. 어머니가 아닌 크로치피소는 그저 어깨를 으쓱했다.

"어떻게 되는 것인지 내가 간단하게 설명하죠." 다른 병사가 말했다. "그건 뜨겁게 달아오른 술집과 같아요. 연기와 고함소리 사이사이로 접시들과 잔들이 날아다니잖아요. 본 적 있죠? 그것하고 똑같아요! 우선, 소총을 들고 보초를 서는 동안에는, 커다란 침묵 속에서 붕! 붕! 하는 엔진 소리만 뱃속에서부터 올라오는 것처럼 울릴 뿐, 다른 것은 전혀 없어요. 그러다가 첫 대포 소리가 들리고 소동이 시작되면 함께 춤을 추고 싶어져요. 술집에서 먹고 마시고 있는데 음악 소리가 나면, 쇠사슬로도 묶어놓지 못할 정도로 춤을 추고 싶어지잖아요. 그렇게 연기 한가운데에서 사람들이 보이는 사방으로 소총을 내밀게 되지요. 땅에서랑은 전혀 달라요. 우리와 함께 메시나로 돌아오던 어느 보병 소총수가 말하더군요. 소총으로 팡! 팡! 하고 쏘는 소리를 들으면, 머리를 숙이고 땅으로 몸을 던지고 싶어서 다리가 간지러울 지경이라고 말입니다. 하지만 해군은 그러지도 못해요. 보병은 상상도 못할걸요. 밧

---

80) 이탈리아어 동사 perdere는 '지다' '잃다'의 의미를 동시에 갖고 있다.

줄 사다리를 밟고도 똑바로 서서 흔들리지 않고 방아쇠를 잡아야 하는데 전함은 계속 울렁거리죠. 옆에서는 동료들이 썩은 배처럼 푹푹 쓰러지죠."

"오, 세상에! 주먹질하고 싸우는 데라면 나도 가고 싶어!" 로코 스파투가 소리쳤다.

사람들은 모두 눈을 동그랗게 뜬 채 듣고 있었다. 다른 병사는 팔레스트로호가 어떻게 허공으로 날아갔는지 이야기했다. "우리 옆으로 지나가는 배는 마치 땔나무 더미처럼 불탔고, 불꽃이 후미 돛대 높이만큼 치솟았어요. 그런데도 병사들은 모두 포대나 방호벽의 자기 자리를 지키고 있었어요. 우리 함장이 뭐 필요한 게 있느냐고 물었는데, '아니요, 고맙습니다' 하고 대답하더군요. 그러고는 우리 배의 좌현으로 지나가서 더이상 보이지 않았어요."

"그렇게 불에 타 죽는 것은 마음에 들지 않아. 주먹질은 자신 있는데." 로코 스파투가 말했다. 함께 술집으로 돌아가면서 산투차가 말했다. "그 불쌍한 젊은이들을 이리로 불러와요. 먼길을 오느라고 목이 마를 텐데, 좋은 포도주 한 잔이 필요할 거예요. 피추토는 독약 같은 압생트로 사람들을 망치면서, 고해성사를 하러 가지도 않아요. 그렇게 양심을 등뒤에 걸치고 있는 사람들이 있어요. 불쌍한 사람들!"

"내가 보기에는 모두 미친 사람들이오! 만약 국왕이 '나를 위해 죽어라' 하고 말하면, 당신은 그러겠소?" 치폴라는 천천히 코를 풀면서 말했다.

"불쌍한 젊은이들! 그들은 아무 잘못도 없어요!" 돈 실베스트로가 말했다. "어쩔 수 없이 그렇게 하는 것뿐입니다. 왜냐하면 분대장이 병사들 뒤에서 총알을 장전한 소총을 들고, 혹시 도망치려는 이가 있는지 지켜보고 있기 때문이에요. 만약 병사가 도망치려고 하면 솔새를 죽이는 것보다 더 잔인하게 그를 쏘지요."

"아하! 그런 거였군! 하지만 그건 정말로 나쁜 짓이야!"

말라볼리아 집의 마당에서는 사람들이 밝은 달빛 아래서 밤새도록 웃고 마셨다. 늦은 밤, 모두 피곤해져서 볶은 콩을 천천히 씹고, 일부는 벽에 기댄 채 낮은 목소리로 노래를 흥얼거리고 있을 때에야 사람들이 와서 두 병사의 이야기를 전해주었다. 포르투나토 치폴라가 새 옷을 입은 브라시를 데리고 일찌감치 돌아간 뒤였다.

"불쌍한 말라볼리아 사람들! 하느님 그들을 도와주소서! 악마의 눈길을 받고 있어!" 치폴라는 광장에서 '나무 종'을 만나자 이렇게 말했다.

크로치피소는 말없이 머리만 긁적였다. 그는 손을 뗐으니 더는 아무 상관이 없는 오리 다리의 일이었다. 하지만 마음에 걸렸다.

다음날 아침 소문이 퍼지기 시작했다. 트리에스테 쪽 바다에서 이탈리아 함대와, 누구인지 아무도 모르는 적의 함대 사이에 전투가 있었으며, 많은 사람들이 죽었다는 것이다. 누구는 이런 식으로 이야기했고, 또 누구는 저런 식으로 이야기했는데, 여기저기 건너뛴 단편적인 이야기들일 뿐이었다. 이웃 여인들은 앞치마 밑에 손을 넣은 채 마루차에게 와서 루카가 그곳에 있었는지 묻고, 궁금한 눈초리로 그녀를 살피며 떠났다. 불쌍한 마루차는 불행한 일이 있을 때마다 늘 그랬듯이, 줄곧 문가에 서서 길의 이쪽 끝에서 저쪽 끝으로 고개를 돌려보았다. 혹시라도 시아버지와 아들들이 바다에서 평소보다 일찍 돌아오지는 않을지 기다리는 것 같았다. 이웃 여인들은 혹시 루카가 편지를 썼는지, 혹은 루카에게서 편지를 받지 못한 것이 오래되었는지 물었다. 그러나 그녀는 편지는 미처 생각지도 못했고 밤새도록 잠을 이룰 수도 없었다. 그녀의 마음은 계속해서 그곳에, 트리에스테 바다에, 파멸이 일어난 곳에 가 있었고, 눈앞에는 꼼짝도 하지 않는 창백한 표정의 아들이 보였다. 아들은 빛나는 눈을 커다랗게 뜨고 엄마를 바라보면서 군대에 가라고 했을 때처럼 계속해서 '예, 예' 하고 대답했다. 그녀는 말할 수 없이 뜨겁게 타는 듯한 갈증을 느꼈다. 사람들이 와서 이야기해준, 온 마을에 퍼져 있는 모든 이야기들 중에서 그녀의 머릿속에는 특히 어느 해군의 이야기가 강하게 남아 있었다. 실종 열두 시간 만에, 상어에게 잡아먹히려는 순간 구조되었는데, 바닷물 한가운데서 목이 말라 죽을 지경이었다고 했다. 롱가는 바닷물 한가운데서 목이 말라 죽어가는 사람을 생각하자, 마치 그 갈증을 직접 느끼는 듯 벌떡 일어나 주전자의 물을 들이켜지 않을 수 없었다. 그러고는 아들 녀석의 모습이 박혀 있는 두 눈을 어둠 속에서 번쩍 떴다.

그후 며칠이 지났는데도 무슨 일이 일어났는지 말해주는 사람은 아무도 없었다. 편지도 오지 않자, 롱가는 일할 마음도 잃고 집안에 있고 싶지도 않아서 계속 이집 저집 돌아다녔다. 마치 알고 싶은 것을 캐러 다니는 것처럼 보였다. "새끼 잃은 암고양이 본 적 있어?" 이웃 여인들은 말했다. 편지는 계속 오지 않았다. 파드론 느토니도 더이상 바다에 나가지 않고 새끼고양이처럼 언제나 며느리의 치맛자락에 붙어 있었다. 몇몇 사람들이 말했다. "카타니아에 가보세요. 큰 도시니까 뭔가 알 수 있을 거예요."

카타니아에서 불쌍한 노인은 한밤중에 바다에 떠 있을 때보다 더 당황스러웠다. 키를 어디로 돌려야 할지 알 수 없었다. 마침내 누군가가 항구의 해군 장교에게 가보라고, 그는 분명 소식을 알고 있을 거라고 친절하게 말해주었다. 그곳에서도 그들은 한참 동안 이 사람 저 사람에게 묻고 다니다가 마침내 어떤 불길한 책을 펼치게 되었다. 그 책에서 그들이 손가락으로 짚어내려간 것은 전사자 명단이었다. 그러다 어느 이름에 이르렀을 때, 롱가는 더이상 아무 말도 들을 수 없었다. 이명이 그녀의 귓속을 가득 메웠다. 종잇장처럼 하얗게 질린 그녀는 천천히 바닥으로 미끄러져 반쯤 죽은 듯이 쓰러졌다.

"벌써 사십 일이 넘었어요. 이 병사는 리사 섬에 있었는데 몰랐어요?" 사무원은 명단을 덮으면서 말했다.

롱가는 마차에 실려 집으로 돌아갔고, 며칠 동안 몸져누웠다. 그후 그녀는 성당의 제단에서 나오지도 않고 고통의 성모에게 헌신적인 기도를 바쳤다. 붉은 핏빛 무릎과 검은 갈비뼈를 드러낸 채 성모의 무릎 위에 길게 늘어져 있는 그 육신이 그녀에게는 루카의 초상화 같았으며, 성모의 가슴에 꽂힌 은빛 칼들이 자기 가슴에 꽂혀 있는 느낌이었다. 매일 저녁 여인들이 축복을 받으러 성당에 갈 때도, 치리노가 문을 닫기 직전 열쇠를 쩔강거릴 때도 그녀는 어김없이 그곳, 그 자리에 힘없이 무릎을 꿇고 있었고, 그래서 사람들은 그녀를 '고통의 어머니'라고 불렀다.

마을 사람들은 말했다. "저럴 만도 하지. 얼마 후면 루카가 돌아왔을 거야. 그러면 그가 하루에 30솔도는 벌었을 테지. 부서진 배에는 모든 바람이 역풍인 법."

"파드론 느토니 봤어요?" 오리 다리가 덧붙였다. "손자가 불행을 당한 뒤에는 마치 올빼미 같아요. 이제 정말로 서양모과나무 집은 찢어진 신발처럼 사방에서 물이 새고 있어요. 신사는 제 앞가림을 할 줄 알아야 하는데."

추피다는 언제나 주둥이를 삐죽거리며 그 집안은 이제 온 가족이 느토니의 팔에 매달려 있으니 어떤 처녀든 그를 남편으로 맞이하기 전에 한번 더 생각해봐야 할 거라고 투덜거렸다.

"당신은 왜 그 불쌍한 젊은이를 못 괴롭혀서 안달이야?" 남편 투리가 물었다.

"당신은 입다물어요. 아무것도 모르면서. 나는 복잡한 것이 싫어요! 당신은 신경 끄고 가서 일이나 해요." 추피다는 소리지르며 남편을 문밖으로 내보냈고, 그는 두 팔을 늘어뜨린 채 8킬로그램이나 되는 뱃밥망치를 들고 나갔다.

바르바라는 테라스 난간에 앉아 입술을 굳게 다물고 카네이션의 마른잎을 뜯어내면서, 결혼한 사람과 노새는 혼자 있고 싶어한다, 시어머니와 며느리는 사이가 좋지 않은 법이다라는 옛말들을 떠올렸다.

"메나가 시집가면, 할아버지가 위층 방을 우리에게 주실 거야." 느토니가 말했다.

"내가 비둘기도 아니고…… 나는 위층 방에는 익숙하지 않아요!" 바르바라는 한마디로 잘랐다. 투리는, 어쨌든 그녀가 자기 딸인데도, 느토니와 함께 골목을 걸어가는 동안 주위를 살피면서 말했다. "바르바라도 제 엄마처럼 될 거야. 처음부터 꽉 잡아. 그러지 않으면 나처럼 된다고."

하지만 베네라가 먼저 선언했다. "내 딸이 비둘기 집에서 자게 되기

168

전에 그 집이 누구 것인지 알아야 해요. 잠두 빚 문제가 어떻게 끝나는지 지켜봐야 한다고요."

그 일이 어떻게 끝났느냐 하면, 세상에! 이번에는 오리 다리가 빚을 다 받아내려 했다. 성 요한의 축일에 말라볼리아 사람들은 또다시 일부만 갚는 방법을 제안했다. 지금은 다 갚을 돈이 없고, 올리브를 수확하면 다 모을 수 있을 거라고 했다. 오리 다리는 자기도 여윳돈이 아니라 먹고사는 데 필요한 돈을 내준 것이어서, 하느님께 맹세코 빵도 없이, 올리브 수확 때까지 바람만 먹고 살아갈 수 없다고 말했다.

"미안하지만, 파드론 느토니, 도대체 어떻게 하겠단 겁니까? 내 입장도 생각해야죠. 성 요셉도 먼저 자기 수염을 깎고 다른 사람의 수염을 깎아줬어요."

"조금 있으면 일 년이 다 돼요!" 크로치피소는 파드론 느토니가 가고 오리 다리 티노와 단둘이 있게 되자 불평을 늘어놓았다. "그런데 이자는 한푼도 구경하지 못했소. 그 200리라는 원금에도 못 미쳐요. 분명히 올리브 수확 때는 크리스마스까지, 그다음에는 부활절까지 기다려달라고 말할 거요. 그러다 결국 망하겠죠. 피땀 흘려 벌어들인 내 돈은 어쩌라고. 이제 아들 하나는 천국에 있고 다른 하나는 추피다가 데려가려고 하니, 그 누더기 배를 끌고 나갈 수도 없어요. 그런데도 손녀를 결혼시키려고 해요. 그 사람들은 오직 결혼만 생각하고 거기에 미쳐 있소. 내 조카 베스파처럼 말이오. 메나가 결혼하면, 분명 알피오 모스카가 베스파의 밭뙈기를 차지하려고 돌아올 텐데."

그러다 그들은 변호사까지 비난하기 시작했다. 보내라는 집달리는 보내지 않고 끝도 없이 서류만 쓰고 있다는 것이었다.

"파드론 느토니가 변호사에게 천천히 하라고 했을 거예요. 물고기 1로톨로면, 변호사 10로톨로를 살 수 있으니까요." 오리 다리가 덧붙였다.

얼마 전부터 오리 다리는 말라볼리아 사람들과 완전히 사이가 틀어졌다. 추피다가 빨래터의 난간에서 그라치아의 빨랫감을 치우고 자기 빨래를 널어놓는 얄미운 행동을 했기 때문이다. 오리 다리는 이게 다 그 으스대는 얼간이 느토니 말라볼리아를 등에 업고 한 짓이라고, 말라볼리아 사람들은 돼지 돈 잠마리아 신부가 성수를 뿌려준 돼지들이라며 더이상 쳐다보려고도 하지 않았다.

그러자 도장 찍힌 서류들이 비 오듯 쏟아지기 시작했다. 오리 다리는 변호사가 파드론 느토니의 선물에 매수되지 않은 것이 분명하고, 그것은 그 영감이 얼마나 자린고비인지 보여주며, 빚을 갚겠다는 말라볼리아 사람들의 약속을 믿을 수 없는 증거이기도 하다고 말했다. 파드론 느토니는 면서기와 변호사 쉬피오니에게 달려갔다. 하지만 쉬피오니는 그저 웃으며 "바보는 집에나 있어야 한다"고 말했다. 그리고 절대 며느리에게 손을 벌리지 말고, 파이를 만든 사람이 먹는 것까지 책임져야 한다고 했다. 쓰러지는 자는 도움을 청하면 안 되는 법!

돈 실베스트로는 파드론 느토니에게 이렇게 조언했다. "내 말 들어보세요. 차라리 집을 줘버려요. 그러지 않으면 프로비덴차뿐만 아니라 당신 머리에 있는 머리카락까지 날아갈 테니까요. 게다가 변호사에게 왔다갔다하는 것도 시간 낭비예요."

오리 다리도 그에게 말했다. "만약 선선히 집을 내주면, 프로비덴차는 건드리지 않을 겁니다. 그러면 언제든지 밥벌이는 할 수 있을 테고,

체면도 유지할 수 있지요. 집달리가 서류를 갖고 오지도 않을 거예요."

겉으로 보기에 오리 다리 티노는 앙심을 품지 않은 것 같았고, 파드론 느토니에게 친구처럼 친근하게 팔을 두르고 말했다. "형제님, 미안해요. 당신을 집에서 쫓아내다니, 나도 당신 못지않게 가슴이 아파요. 하지만 어쩌겠어요? 나도 불쌍한 놈이고, 그 500리라로 먹고살아야 해요. 성 요셉도 자기 수염을 먼저 깎았다잖아요. 만약 내가 크로치피소처럼 부자였다면, 양심을 걸고, 말도 꺼내지 않았을 거예요!"

불쌍한 노인은 며느리에게 군말 없이 서양모과나무 집에서 떠나야 한다고 말할 용기가 없었다. 그토록 오랫동안 그곳에 살았는데 마치 쫓거나 추방당하는 것처럼, 다시 돌아오겠다고 하면서 떠났다가 다시는 돌아오지 못한 사람들처럼 루카의 침대와 바스티아나초가 외투를 걸어두던 못이 있는 집을 떠나야 한다고 말할 수 없었다. 하지만 결국 그 모든 초라한 살림살이와 함께 떠나야 했다. 살림살이들을 들어내자, 그것들이 있던 자리마다 흔적은 남았지만 더이상 예전 집처럼 보이지 않았다. 그들은 밤이 되어서야 푸줏간 주인에게 빌린 조그마한 셋집으로 세간을 옮겼다. 서양모과나무 집이 이제는 오리 다리의 것이며, 그들은 비워줄 수밖에 없는 처지라는 사실을 마을 사람들이 모르는 것처럼. 그래도 최소한, 그들이 짐을 끌어안고 옮기는 것은 아무도 보지 못했다.

노인은 못을 하나 뽑거나, 집안의 한쪽 구석을 차지하고 있던 작은 탁자들을 옮길 때마다 고개를 가로저었다. 말라볼리아 사람들은 방 한가운데에 쌓아둔 밀짚 매트리스 위에 앉아 잠시 쉬다가, 혹시 잊어버린 것은 없는지 이쪽저쪽 둘러보았다. 하지만 파드론 느토니는 곧바로 일어나서 탁 트인 마당으로 나갔다.

마당에도 짚과 깨진 그릇 조각, 망가진 통발 들이 사방에 흩어져 있었고, 한쪽 구석에는 서양모과나무가, 문가에는 잎이 무성한 포도나무가 있었다. "자, 이제 가자!" 그가 말했다. "얘들아, 이제 가자! 오늘이든, 내일이든 가긴 가야 하니까!" 그러고는 움직이지 않았다.

마루차는 루카와 바스티아나초가 걸어나갔던 문을 바라보았다. 비가 오던 날 루카가 바지를 걷어올린 채 떠나가고, 밀랍을 칠한 우산이 시야에서 사라져간 골목길을 바라보았다. 알피오 모스카의 집 창문도 닫혀 있었다. 마당의 담장에 붙어 있는 포도나무는 지나가는 사람마다 한 번씩 잡아당기곤 하던 것이었다. 각자 그 집에서 바라보아야 할 것이 있었다. 노인은 떠나면서 망가진 문에 몰래 손을 얹었다. 크로치피소가 서너 개의 못과 좋은 나뭇조각이 하나 있으면 고칠 수 있겠다고 말했던 문이었다.

크로치피소는 오리 다리와 함께 집을 살펴보러 왔다. 텅 빈 방에서 두 사람의 큰 목소리가 성당 안에서처럼 울렸다. 그날까지 공기만 먹고 살 수는 없었기에 오리 다리가 크로치피소에게 빚을 다시 팔고 돈을 돌려받은 것이다.

"어쩌겠어요, 파드론 느토니?" 오리 다리는 파드론 느토니의 목에 팔을 두르면서 말했다. "잘 알잖아요. 나도 불쌍한 놈이고, 그 500리라는 나에게 꼭 필요했어요! 만약 당신이 부자였다면, 당신에게 팔았을 거예요." 하지만 파드론 느토니는 오리 다리의 팔을 목에 두른 채 집안을 돌아다니는 것을 견딜 수 없었다. 이제 크로치피소는 목수와 미장이 등 온갖 사람들을 집에 들였고, 그들은 광장에서처럼 방안 이곳저곳을 활개치고 다니면서 말했다. "여기는 벽돌을 좀 깔고, 저기는 새 대들 보를 끼우고, 또 여기 덧창은 고쳐야 해요." 그들은 주인 행세를 하며 회 칠을 다시 해야 완전히 다른 집처럼 보일 거라고 말하기도 했다.

크로치피소는 짚과 그릇 조각들을 발로 쓸다가, 땅바닥에서 바스티 아나초가 쓰던 모자 쪼가리를 주워들고는 거름이나 되라고 채소밭으 로 던졌다. 그동안 서양모과나무는 바람결에 천천히 흔들렸고, 이제 말라버린 데이지 화환들은 예수 승천 축일에 걸어두었던 그대로 아직 도 창문과 문에 매달려 있었다.

베스파도 뜨개질하던 것을 목에 건 채 구경하러 와서는, 이제 자기 삼촌의 소유가 된 집을 구석구석 살펴보았다. "피는 물보다 진한 법. 삼 촌의 재산은 나에게 중요해요. 내 밭이 삼촌에게 중요한 것처럼 말이 에요." 그녀는 귀머거리도 들릴 정도로 큰 소리로 말하며 돌아다녔다. 크로치피소는 베스파가 떠들도록 내버려두었지만 그 말을 듣지는 않 았다. 맞은편 알피오의 집 문에 쇠사슬이 걸려 있는 것이 보였다. "이 제 알피오의 집 문에 쇠사슬이 걸렸으니, 마음을 편안하게 가지셔도 돼요. 이제는 내가 그 사람을 생각하지 않는다고 믿어도 된다고요!" 베 스파는 크로치피소의 귀에 대고 속삭였다.

"내 마음은 벌써 편안해! 신경쓰지 마." 크로치피소가 대답했다.

그후 말라볼리아 사람들은 길거리에 모습을 드러내지 않았다. 미사를 보러 아치 카스텔로까지 갔기 때문에 일요일 성당에서도 그들을 볼 수 없었다. 이제 누구도 그들에게 인사하지 않았다. 심지어 치폴라도 마찬 가지였고, 그는 이런 말까지 했다. "파드론 느토니가 날 속일 줄 몰랐어. 잠두 빚을 며느리에게 갚게 하다니, 이건 이웃을 속이는 거와 같아."

"내 마누라도 그렇게 말했어요! 이제 개들도 말라볼리아 사람들을 싫어한대요." 투리 추피도가 덧붙였다.

하지만 멍청이 브라시는 발을 구르면서 약속대로 메나를 달라고 떼를 썼다. 마치 시장의 장난감 가게 앞에서 떠나지 못하는 아이 같았다.

"내가 네 것을 훔치기라도 한 것 같구나! 가진 것도 없는 여자한테 다 갖다바치려는 멍청아!" 그의 아버지가 소리쳤다.

치폴라는 심지어 브라시의 새 옷도 다시 빼앗았다. 그래서 그는 화산암 지대에서 도마뱀을 잡거나 빨래터의 낮은 담장에 걸터앉아 시간을 보내는 것으로 화풀이를 했고, 아내를 주지도 않고 결혼식 옷까지 빼앗아 갔으니 때려죽인다고 해도 이제 일손을 돕지 않겠다고 맹세했다. 다행히도 메나에게는 원래 입던 헌옷을 입은 모습을 보일 일이 없었다. 이제 불쌍한 말라볼리아 사람들은 네로 거리에 있는, 추피도의 집 근처에 푸줏간 주인이 내준 셋집에서 언제나 문을 닫고 있었기 때문이다. 그리고 브라시도 멀리 그들이 보이면, 담장 뒤나 부채선인장 사이로 달려가 몸을 숨겼다.

자갈밭에서 천을 빨아 말리다 그 모습을 본 안나는 그라치아에게 말했다. "요즘 아가타 성녀는 집안에만 틀어박혀 있는데, 벽에 걸린 안 쓰는 냄비보다 더 불쌍해요. 지참금이 없는 내 딸들하고 똑같아요."

"참 불쌍해! 머리에 가르마까지 탔는데!" 그라치아가 맞장구쳤다.

하지만 정작 메나는 평온했고, 제 손으로 은빛 칼 머리핀을 머리 타래에 다시 찔렀다. 새집에서 해야 할 일이 많았다. 모든 것의 자리를 새로 찾아줘야 했다. 더이상 서양모과나무도, 안나와 눈치아타의 집도 보이지 않았다. 어머니는 옆에서 일을 하며 그녀를 살폈다. "가위 좀

다오. 이 천 좀 잡아줘" 하는 목소리는 매우 부드러워서 쓰다듬는 듯했다. 모든 사람들이 딸에게 등을 돌리고 있으니 걱정스러웠던 것이다. 하지만 메나는 찌르레기처럼 노래를 불렀다. 그녀는 열여덟 살이었고, 그 나이에는 하늘만 파래도 눈웃음이 지어지고 새들이 가슴속에서 지저귀기 마련이었다. 게다가 브라시에게는 원래 마음이 없었다. 베를 짜는 동안 그녀는 어머니의 귀에 그런 말을 속삭였다. 유일하게 그녀의 속마음을 읽은 어머니는 빈궁함 속에서도 그녀에게 좋은 말을 해주었다. "알피오라도 있다면, 최소한 그 사람은 우리에게 등을 돌리지 않았을 거야. 새 포도주가 나올 때가 되면 돌아오겠지."

불쌍한 이웃 여인들은 말라볼리아 사람들에게 등을 돌리지 않았다. 하지만 안나는 언제나 바빴다. 벽에 걸린 냄비보다 더 불쌍한, 집에 남아 있는 딸들을 먹여살리기 위해 온갖 일을 해야 하기 때문이었다. 그리고 오리 다리의 아내는 남편이 불쌍한 말라볼리아 사람들에게 술책을 부린 사실이 부끄러워서 모습을 드러내지 않았다. 마음이 고운 그라치아는 이렇게 말하는 그녀의 남편과는 달랐다. "그 사람들은 신경 쓰지 마. 이제 집도 절도 없는 것들. 당신이 무슨 상관이야?" 이따금 모습을 드러내는 유일한 여자는 눈치아타였다. 그녀는 가장 어린 동생을 안고, 나머지 동생들은 뒤에 데리고 왔다. 하지만 그녀도 자기 일을 우선 신경써야 했다.

세상이 그렇다. 저마다 자기 일이 가장 우선이다. 베네라는 느토니에게 말했다. "다른 사람의 수염을 생각하기 전에 자기 수염을 생각해야 해. 네 할아버지는 네게 아무것도 해주지 않아. 그런데 네가 그들에게 무슨 의무가 있어? 네가 결혼하면, 너만의 가정을 꾸린다는 뜻이고,

네가 벌어들이는 것은 바로 네 가정을 위해 쓰여야 해. 하느님께서는 백 개의 손에 축복을 내리시지만, 모두 한 접시로 받을 수는 없는 법이지."

"멋진 생각이군요." 느토니는 대답했다. "지금 우리 가족이 길바닥에 나앉았는데, 저한테 그들을 버리라고 하다니요! 만약 제가 떠나면 어떻게 할아버지 혼자 프로비덴차를 끌고 나가고, 많은 가족을 먹여살린단 말입니까?"

"그렇다면 당장 네 가족에게나 가봐!" 추피다는 등을 돌리며 외쳤다. 그러고는 할 일이 많은 것처럼 서랍을 뒤지고 부엌으로 가서는 온갖 물건을 뒤집어엎으며 그의 눈을 피했다. "내 딸은 아무나 데려갈 수 없어! 차라리 빈털터리면 눈 딱 감고 주겠어. 넌 젊고 건강하고 일자리도 있으니까. 더구나 그 빌어먹을 징병이 마을 젊은이들을 죄다 쓸어가는 바람에 지금은 남편감이 없으니까. 하지만 우리가 내는 지참금으로 네 집안 식구가 다 먹고살아야 한다면, 그건 또다른 문제지! 나는 내 딸에게 남편을 하나만 주고 싶지, 대여섯 명을 주고 싶지도, 두 가족을 책임지게 하고 싶지도 않아!"

바르바라는 다른 방에서 아무것도 못 들은 척하며 계속 물레만 돌리고 있었다. 하지만 느토니가 문가에 모습을 드러내자 시선을 내리깔아 실패에 고정시킨 채 입을 부루퉁하게 내밀었다. 그러자 불쌍한 느토니의 얼굴은 노란색, 초록색, 온갖 색깔로 바뀌고, 무엇을 해야 할지 몰라 당황한 표정이 떠올랐다. 바르바라가 검고 커다란 눈으로 그를 끈끈이에 걸린 참새처럼 만든 것이다. 그녀는 말했다. "당신은 나를 당신 가족만큼 사랑하지 않는다는 뜻이죠?" 그러고는 어머니가 없는 사이 앞치마에 얼굴을 묻고 울기 시작했다.

"이런 빌어먹을! 차라리 다시 군대에 가는 게 낫겠어!" 느토니는 이렇게 외쳤다. 그리고 머리카락을 쥐어뜯고 주먹으로 제 머리를 때렸다. 하지만 정작 필요한 결단을 내릴 줄 몰랐으니, 정말로 얼간이였다. 추피다가 말했다. "나가요, 나가! 각자 자기 자리로!" 그러자 그녀의 남편이 말했다. "내가 말했지! 혼란스러운 건 딱 질색이라고!" 아내가 대답했다. "당신은 가서 일이나 해요! 아무것도 모르면서!"

느토니는 추피도의 집에 갈 때마다 부루퉁한 주둥이만 맞닥뜨릴 뿐이었고, 베네라는 매번 말라볼리아 사람들이 오리 다리의 아내를 초대해 메나의 머리를 빗겨주게 한 사실을 비난했다. "정말 멋지게 빗질을 해주었죠!" 그것은 빗 몇 푼 때문에 오리 다리의 신발을 핥는 격이었다. 그런데도 결국 집을 빼앗겼고, 그들은 아기 예수처럼 헐벗게 되었다.

"네 어머니 마루차가 콧대를 높이 세우고 다닐 때 무슨 말을 했는지 모르는 것 같군. 바르바라는 자기 아들 느토니에게 어울리지 않는다고 했어. 귀부인처럼 버릇이 없어서 뱃사람의 좋은 아내가 될 수 없다고. 빨래터에서 만자카루베의 딸과 치카가 말해주었다고."

"만자카루베의 딸과 치카는 나쁜 여자들이에요. 내가 만자카루베의 딸과 결혼하지 않았기 때문에 질투심에서 그렇게 말한 거라고요." 느토니가 대답했다.

"차라리 그애와 결혼해! 만자카루베의 딸이 아주 좋아하겠네!"

"어떻게 그런 말씀을. 이제 이 집안에는 발도 들이지 말라는 말씀이시죠?"

느토니는 남자다운 모습을 보여주고 싶었기 때문에 이삼일 동안 모습을 드러내지 않았다. 하지만 이런 사정을 모르는 어린 리아는 계속해서 베네라의 마당에 놀러갔다. 오빠 느토니를 좋아하던 바르바라가 주는 부채선인장 열매나 밤을 받아먹는 데 익숙해졌기 때문이다. 그런데 이제는 아무것도 주지 않았다. 게다가 추피다는 이렇게 말했다. "네 오빠를 찾으러 오는 거야? 네 엄마는 우리가 네 오빠를 훔쳐갈까 두려워하고 있어!"

베스파도 뜨개질거리를 목에 건 채 추피다의 마당에 와서 개보다 못한 남자들의 짜증나는 점에 대해 이야기했다. 한편 바르바라는 어린 리아에게 말했다. "내가 네 언니처럼 훌륭한 여자가 아니라는 것은 나도 알아!" 베네라도 말했다. "네 엄마는 빨래터에서 남의 빨래를 해주면서 다른 사람 일에 참견하는데, 그럴 시간 있으면 네가 입고 있는 그 서너 푼짜리 옷이나 빨아주는 게 좋겠구나!"

어린 리아는 많은 것을 이해하지 못했다. 하지만 그녀의 몇 마디 대꾸조차 추피다를 화나게 만들었고, 결국 추피다는 마루차가 일부러 리아를 보내 자신들의 화를 돋우게 시킨 것이라고 주장했다. 결국 어린 리아는 더이상 그 집에 가지 않았고, 베네라는 그게 더 낫다고 여겼다. 그래야 그 얼간이 보물을 훔쳐갈까 염려하는 그들이 다시는 염탐을 하러 오지 않을 테니까.

결국 베네라와 롱가는 더이상 말도 섞지 않았으며 성당에서 마주쳐도 서로 등을 돌리는 지경에 이르렀다.

"곧 빗자루를 밖에 내놓을 거예요![81] 그렇게 된다는 데 내 이름을 걸겠어요! 추피다는 잘도 그 얼간이를 믿고 그런 계획을 꾸몄군요!"

---

81) 빗자루를 밖에 내놓는 것은 조롱과 비난의 표시였다.

만자카루베의 딸이 낄낄거리면서 말했다.

대개 남자들은 여자들의 그런 싸움에 끼어들지 않는다. 그러잖으면 문제는 더 심각해지고 결국 칼부림으로 끝나게 될 것이다. 그런데 여자들은 빗자루를 밖에 내놓고, 서로에게 등을 돌리고, 분풀이로 욕지거리를 퍼붓고, 서로의 머리칼을 쥐어뜯은 뒤에도 곧바로 다시 화해하고, 전처럼 서로 껴안고 입을 맞추고, 문가에서 잡담을 나누곤 한다. 바르바라의 눈길에 사로잡힌 느토니는 그런 일을 겪고도 몰래 그녀의 방 창문 아래로 가서는 화해를 시도했다. 하지만 베네라의 심정은 그의 머리 위로 콩 삶은 물을 부어버리고 싶은 지경이었고, 바르바라도 이제 말라볼리아 사람들이 집도 절도 없게 되었으니 그저 어깨를 으쓱할 뿐이었다.

종국에는 그의 면전에 대고 이제 더는 귀찮게 하지 말라고 말했다. 그가 언제나 개처럼 그녀의 창문 밖에 있으니, 혹시 그녀를 마음에 둔 누군가가 그곳으로 지나갈 생각을 해도 그러지 못하게 만든다는 것이었다.

"이봐요, 느토니, 바다의 물고기는 먹을 사람에게 가게 되어 있는 법이에요. 우리 이제 현실을 받아들이고 더이상 생각하지 마요."

"바르바라, 당신은 마음을 편하게 먹을 수 있을지 몰라도 나에게 사랑은 마음대로 되지 않는 것이오."

"한번 노력해보세요. 당신도 그럴 수 있을 거예요. 그리고 시도한다고 손해볼 것도 없잖아요. 당신의 행복과 행운을 기원할게요. 하지만 내 나이 벌써 스물둘이니까, 내 일에 신경쓰게 날 좀 놔두세요."

"집을 빼앗기면 당신이 그렇게 말할 줄 알았어요. 이제 모든 사람이 우리에게 등을 돌리니까."

"이봐요, 느토니, 곧 어머니가 오세요. 당신과 함께 있는 것을 보시면 언짢아하실 거예요."

"당연히 그러시겠죠. 이제 우리가 서양모과나무 집을 빼앗겼으니." 불쌍한 느토니는 마음이 무거웠고, 그렇게 그녀를 떠나고 싶지 않았다. 하지만 바르바라는 물동이에 샘물을 채우러 가야 했기 때문에 그에게 작별 인사를 했다. 그리고 아주 멋들어지게 엉덩이를 흔들면서 재빨리 달려갔다. 그녀의 어머니가 추피다라고 불리는 이유는, 시아버지가 트레카스타니의 축제에서 마차 사고를 당해 한쪽 다리가 부러졌기 때문이다. 그러나 바르바라의 두 다리는 멋지고 훌륭했다.

"안녕, 바르바라!" 불쌍한 느토니도 작별 인사를 했다. 그렇게 그는 그동안의 감정에 돌덩이를 얹어 억눌러놓고는, 다시 갤리선의 노예처럼 노를 젓기 시작했다. 월요일부터 토요일까지 계속해서 노를 저었다. 느토니는 아무 목적도 없이 영혼이 망가지도록 일하는 데 신물이 났다. 아무도, 반겨주는 개조차도 없는데 아침부터 저녁까지 뼈빠지게 일해봐야 아무런 쓸모가 없었다. 그래서 그의 생활은 짜증과 피로로 가득했다. 그는 정말 아무것도 하고 싶지 않았다. 군대 생활에 싫증이 났을 때처럼, 아픈 척하며 침대에 누워 있고만 싶었다. 그러나 할아버지는 함선의 의사처럼 그를 유심히 살펴봐주지도 않았다. 그저 "무슨 일이야?" 하고 물을 뿐이었다.

"아무것도 아니에요. 그저 제 신세가 처량해서 그래요."

"처량해서, 어쩌겠다는 거냐? 사람은 태어난 대로 살아야 해." 느토니는 마지못해 당나귀 짐보다 많은 선구들을 어깨 위에 올렸고, 하루종일 입을 열지 않았다. 욕을 할 때와 "물속에 처넣으면 젖는 수밖에" 하고 투덜거릴 때만 예외였다. 돛을 펼치는 동안 동생이 노래를 부르자 이렇게 말했다. "그래그래, 노래해라. 너도 나중에 늙으면 할아버지처럼 짖어대기만 할 테니까."

"지금 그렇게 짖어봐야 얻는 것은 아무것도 없어." 동생이 대답했다.

"맞아. 참 아름다운 인생이야!"

"아름답든 아니든, 우리가 그렇게 만든 것은 아니야." 할아버지가 말했다.

느토니는 저녁마다 부루퉁한 얼굴로 수프를 먹고, 일요일에는 술집 주위에서 어슬렁거렸다. 그곳에 있는 사람들은 웃고 즐기는 것밖에 몰랐고, 다음날이 되면 일주일 내내 했던 일을 다시 반복하러 돌아가야 한다는 생각도 하지 않았다. 술집이 아니면 하루종일 성당 계단에 앉아 손으로 턱을 괸 채 지나가는 사람들을 바라보면서, 아무 할 일이 없는 직업들에 대해 생각했다.

최소한 일요일에는 돈 없이도 누릴 수 있는 것들을 즐겼다. 햇살과, 아무것도 하지 않고 팔짱을 끼고 있는 것 등이었다. 그러다보면 자신의 처지를 생각하며 군대 생활을 할 때 보았던 것들을 그리워하는 일조차 지겨워졌다. 일하는 날에는 그런 것들을 생각하면서 시간을 속일 수 있었는데 그마저도 귀찮아졌다. 그는 햇살을 받으며 도마뱀처럼 늘어져 있는 시간이 좋았다. 그러다가 끌채 위에 앉아 지나가는 마차꾼들을 보면, "정말 멋진 직업이군! 하루종일 마차를 타고 돌아다니니까!" 하고 투덜거렸다. 또 도시에서 돌아오는 어느 불쌍한 여자가 지친 당나귀처럼 구부정히 무거운 짐을 진 채 탄식하는 모습을 보면, 그녀를 위로하기 위해 노인들이 하듯 이렇게 말했다.

　"당신이 하는 일을 내가 하고 싶군요, 내 누이여! 산책을 하는 것과 마찬가지 아니오."

제10장

느토니도 신성한 매일매일, 하루도 빠짐없이 바다로 산책을 나갔다. 어깨에 멘 노 때문에 등골이 빠질 듯한 산책이었다. 하지만 거칠어진 바다가 그들과 프로비덴차와 다른 모든 것을 한입에 삼켜버리려고 할 때면, 그의 가슴은 바다보다 더 넓어졌다.

"역시 말라볼리아 집안의 피로군!" 그의 할아버지는 말했다. 커다란 파도 위로 사랑에 빠진 숭어처럼 튀어오르는 배 위에서 그가 바람에 머리칼을 흩날리며 키를 잡고 있는 모습은 정말로 볼만했다.

프로비덴차는 그렇게나 낡고 여기저기 수선했는데도, 종종 먼바다까지 과감히 나아갔다. 이제 마을에는 빗자루질을 하듯 바다를 모두 쓸어가는 배들이 많았기 때문에, 물고기를 조금이라도 더 잡으려면 그렇게 해야 했던 것이다. 아뇨네[82] 쪽으로 구름이 낮게 드리우고 동쪽

수평선에 검은 점들이 빽빽한 날에도, 납빛 바다에는 언제나 저멀리 프로비덴차의 돛이 콧수건만하게 보였으며, 사람들은 모두 파드론 느토니와 손자들이 촛불을 들고 재난을 찾으러 간다고 말했다.

파드론 느토니는 그게 아니라 밥을 벌러 가는 것이라고 대답했다. 풀잎처럼 푸르고 널따란 바다에서 부표들이 하나둘 물속으로 사라지고, 멀리 떨어진 트레차의 초라한 집들이 하얀 점으로 보일 뿐 주위에 온통 바다만 가득할 때, 그는 흡족한 마음으로 손자들과 잡담을 나누었다. 그러다 저녁이 되면 롱가를 비롯한 남은 가족들은 바닷가에 나와서 바위들 사이로 돛이 나타나기를 기다렸다. 그들에게도 통발 안에서 튀어오르며 뱃바닥을 은빛으로 가득 채운 물고기들이 보일 때쯤, 파드론 느토니는 누가 입을 열기도 전에 말하곤 했다. "100킬로그램." 혹은 "125킬로그램." 그는 1로톨로도 틀리지 않았다. 그들은 저녁 내내 고기잡이 이야기를 했고, 그동안 여자들은 조약돌로 소금을 빻았다. 그러고 나서 물고기가 담긴 통을 하나하나 세어놓으면 그들이 해놓은 것을 확인하러 온 크로치피소가 눈을 감은 채 값을 제안했고, 오리 다리는 흥정을 하느라 고함을 지르고 욕을 했다. 그럴 때면 오리 다리의 고함도 즐겁게 들렸다. 이런 세상에서는 사람들에게 화를 내고 있을 필요가 없었다. 롱가는 오리 다리가 손수건으로 감싸 가져온 돈을 시아버지 앞에서 하나하나 세면서 말했다. "이만큼으로는 집을 사고요! 이만큼은 생활비로 써요!" 메나도 소금을 빻거나 통을 정리하는 것을 도왔다. 그녀는 크로치피소에게 담보로 맡겼던 산호 목걸이를 다

---

82) 아치 트레차 남쪽 카타니아 평원의 해안에 있는 마을.

시 걸었고 남색 옷도 다시 입었다. 이제 여자들은 마을 성당으로 미사를 보러 가기 시작했다. 어떤 젊은이가 그녀에게 눈길을 돌려도 상관없었다. 메나의 지참금을 다시 마련하기 시작했기 때문이다.

할아버지가 이 모든 것을 생각하는 동안, 느토니는 배가 조류에 떠밀려 그물을 친 원에서 벗어나지 않도록 천천히 노를 저으면서 말했다. "내가 원하는 건 딱 하나예요. 우리가 다시 일어서는 모습을 보고 그 더러운 바르바라가 손톱을 깨물며 후회하는 거죠. 내 눈앞에서 매몰차게 문을 닫아버린 것을요."

"훌륭한 키잡이는 폭풍우 칠 때 아는 법." 할아버지는 대답했다. "우리가 다시 예전처럼 되면, 모든 사람이 우리를 좋은 얼굴로 대하고 다시 문을 열어줄 거란다."

"눈치아타와 안나는 우리 눈앞에서 문을 닫아버리지 않았어요." 알레시가 덧붙였다.

"감옥에 있을 때, 병들었을 때, 어려울 때 친구가 진짜 친구지. 주님께서 눈치아타와 안나와 그애들이 먹여살려야 하는 아이들을 돌보실 거다."

"눈치아타가 화산암 지대에 땔나무를 하러 가거나 빨랫감 보따리가 너무 무거울 때 제가 도와줘요." 알레시가 말했다.

"지금은 이거 잡아당기는 거나 좀 도와다오. 프란체스코 성인께서 이번에도 하느님의 은총을 보내셨구나!" 알레시는 두 발로 버티고 그물을 잡아당긴 뒤, 모든 힘을 쏟아낸 것처럼 헐떡였다. 그동안 느토니는 두 팔을 베개 삼아 발판에 누운 채 노래를 부르며 끝없이 펼쳐진 검푸른 하늘을 배경으로 날아가는 하얀 갈매기들을 바라보았다. 프로비덴차는 눈길이 닿지 않을 정도로 먼 곳에서부터 오는 푸른 파도 위에서 흔들거렸다.

"어째서 바다는 때로는 파랗고, 때로는 남빛이고, 때로는 하얗고 또 때로는 화산암 지대처럼 검어요? 다 똑같은 물인데 왜 언제나 똑같은 색깔이 아니에요?" 알레시가 물었다.

"그건 하느님의 뜻이란다. 그 덕분에 뱃사람들이 두려움 없이 바다로 나가야 할 때와 나가지 말아야 할 때를 알 수 있잖니." 할아버지가 대답했다.

"저 갈매기들은 정말 팔자가 좋네요. 언제나 하늘 높이 날아다니니 바다에 폭풍이 쳐도 파도가 두려울 게 없잖아요."

"폭풍이 치면 저 불쌍한 것들은 먹을 게 없단다."

"그러니까 모두를 위해서는 날씨가 좋아야겠군요. 비가 오면 샘터에 갈 수 없는 눈치아타를 보세요."

"좋은 날씨든 나쁜 날씨든, 영원히 계속되지는 않는 법!" 할아버지가 말했다.

하지만 날씨가 나쁠 때, 북서풍에 부표들이 마치 바이올린 연주를 듣듯 하루종일 수면 위에서 춤추거나, 바닷물이 우유처럼 하얀색이 되거나, 수면이 끓어오르는 것처럼 부글거리거나, 빗물이 제대로 된 외투도 없는 그들의 어깨 위로 쏟아지고 수면을 때려 프라이팬에 생선을 굽듯 물이 튈 때에는 느토니도 노래할 마음이 생기지 않았고, 코 위까지 두건을 내려쓴 채 프로비덴차에서 끝없이 물을 퍼내야 했다. 그럴 때 할아버지는 마치 거기에서 속담을 배우려는 듯이 "바다가 하얀색이면 들판에는 시로코" 또는 "잔잔한 바다에 시원한 바람" 하고 되풀이해서 말하곤 했다. 그리고 저녁 무렵 창가에서 고개를 들고 날씨가 어떤지 내다볼 때 그 잘난 속담을 써먹었다. "달빛이 붉으면 바람이 불고, 달빛이 밝으면 하늘이 맑고, 달빛이 흐리면 비가 온다."

"분명 오늘 비가 올 걸 아시면서, 뭐하러 바다에 나가시려는 거예요? 차라리 몇 시간 더 침대에 누워 있는 것이 낫지 않겠어요?" 느토니가 물었다.

"하늘에서 비가 오면, 그물에는 정어리들이 온다!" 할아버지는 대답했다.

느토니는 물속에 다리가 반쯤 잠긴 채 혼신의 힘을 쏟았다.

"오늘 저녁에는 네 엄마가 장작불을 피워놓고 기다리고 있을 게다. 우리가 몸을 말릴 수 있게."

그날 저녁 어둑해질 무렵 하느님의 은총을 가득 실은 프로비덴차가 집으로 돌아가는 길, 돛은 로솔리나의 치마처럼 부풀고, 검은 암초들 뒤에서 하나둘 나타나 깜박거리는 집들의 불빛은 서로를 부르는 것처럼 보일 때, 파드론 느토니가 네로 거리의 좁은 마당 안쪽, 롱가의 부엌에서 타오르는 멋진 장작불을 가리켰다. 담장이 낮아서 암탉들이 웅크리고 앉아 있는 초라한 지붕과 문 반대편에 있는 화덕을 포함한 집 전체가 바다에서 보였다. "네 엄마가 피워놓은 멋진 장작불을 보렴!" 그는 기쁨에 겨워 말했다. 롱가는 준비해놓은 바구니를 가지고 바닷가에서 그들을 기다렸다. 빈 바구니로 돌아가야 할 때는 누구도 선뜻 입을 열지 않았지만, 바구니가 부족해 알레시가 다른 바구니를 가지러 집으로 달려가야 하는 날이면, 할아버지는 두 손을 입에 대고 메나를 불렀다. "메나! 오, 메나야!" 그러면 메나는 그게 무슨 뜻인지 이해하고 리아와 눈치아타, 그리고 그녀의 어린 동생들까지 줄줄이 데리고 나왔다. 이렇게 잔치가 벌어지면 누구도 추위나 비에 신경쓰지 않고 장작불 앞에 서서 프란체스코 성인이 보내준 하느님의 은총과, 그것으로 벌어들일 돈으로 무엇을 할지 밤늦게까지 이야기했다.

하지만 그들은 그렇게 필사적으로 고기잡이를 하다가 고작 물고기 몇 로톨로 때문에 바스티아나초처럼 목숨을 잃을 위험에 처하기도 했다. 어느 날 저녁 그들이 아뇨네 쪽에 있을 때였는데, 하늘은 완전히 캄캄해 에트나 산도 보이지 않을 지경이었고, 바람은 마치 말을 하는 듯 요란하게 휘몰아쳤다.

"정말 기분 나쁜 날씨로군! 오늘은 바람이 변덕스러운 여자의 머리칼보다 더 세차게 불고, 바다는 뭔가 못된 짓을 하려는 오리 다리의 얼굴 같아!" 파드론 느토니는 말했다.

아직 해가 지지 않았는데도 바다는 화산암 지대의 색깔을 띠었고, 이따금 주위가 온통 냄비 속의 물처럼 끓어오르기도 했다.

"이제 갈매기들은 모두 잠자러 간 모양이에요." 알레시가 말했다.

"이 시간에는 분명히 카타니아 등대에 불이 켜질 텐데, 전혀 보이지 않아요." 느토니가 덧붙였다.

"키를 계속 북동쪽으로 잡고 있어라, 알레시. 삼십 분 뒤에는 화덕 속에 들어간 것처럼 아무것도 보이지 않을 거야." 할아버지가 지시를 내렸다.

"이렇게 험악한 날엔 산투차의 술집에나 가는 게 나아요."

"아니면 침대에 누워 잠이나 자든지. 안 그래? 그러려면 너는 돈 실베스트로처럼 면서기를 했어야 해." 할아버지가 대답했다.

불쌍한 노인은 하루종일 몸이 쑤신다고 소리를 지르고 있었다. "날씨가 바뀌고 있어! 뼛속에서부터 느껴진다고!"

갑자기 주위가 온통 캄캄해져서 욕하는 것도 보이지 않을 지경이 되었다. 오직 프로비덴차 옆으로 지나가는 파도만이 마치 눈이 달리고 그 눈에 배를 집어삼키려는 살기를 띤 듯 반짝거렸다. 사방이 울부짖는 바다로 둘러싸인 가운데 누구도 감히 말을 꺼내지 못했다.

"오늘 저녁에는 우리가 잡은 물고기를 모두 악마에게 줘야 할 것 같아요." 갑자기 느토니가 말했다.

"입 닥쳐!" 할아버지가 말했다. 어둠 속에 울리는 그의 목소리 때문에 손자들은 어린아이처럼 작아진 느낌이었다.

바람이 프로비덴차의 돛 안에서 쉭쉭거리고, 밧줄은 기타줄이 된 듯한 소리를 냈다. 갑자기 트레차 위쪽 산의 터널에서 기차가 빠져나올 때처럼 날카로운 소리를 내는 바람과 어디에서 왔는지 알 수 없는 파도가 몰려와, 프로비덴차를 호두 자루처럼 삐걱거리게 하더니 허공으로 내동댕이쳤다.

"돛을 내려! 돛을 내려!" 파드론 느토니가 외쳤다. "밧줄을 잘라! 빨리 잘라!"

느토니는 칼을 입에 문 채 고양이처럼 돛을 움켜잡고, 배의 균형을 잡기 위해 뱃전을 밟고 섰다. 발밑에서 입을 벌리고 달려드는 바다에 날 잡아 잡숴 하고 매달려 있는 꼴이었다.

"꽉 잡아! 꽉 잡아!" 할아버지는 다급하게 외쳤다. 느토니를 휩쓸어가려는 듯한 그 엄청난 파도는 프로비덴차와 그 안의 모든 것들을 허공으로 내동댕이쳤고, 수면으로 떨어지며 배가 뒤뚱 기울자 무릎까지 바닷물이 차올랐다. "밧줄을 잘라! 밧줄을 자르라고!" 할아버지는 거듭 외쳤다.

"빌어먹을! 잘라버리면, 돛이 필요할 때 어떻게 해요?" 느토니가 소리쳤다.

"빌어먹을 소리 그만해! 지금 우리는 하느님 손안에 있어!"

키를 움켜잡고 있던 알레시는 할아버지의 말을 듣자 비명을 지르기 시작했다. "엄마! 엄마!"

"닥쳐! 닥치지 않으면 발로 걷어찰 테다!" 느토니가 잇새에 칼을 문 채 외쳤다.

"너나 성호 긋고 입다물어!" 할아버지가 다시 외쳤다. 느토니는 감히 숨도 쉬지 못했다.

팽팽하던 돛을 끊자 한순간 와르르 떨어졌고, 느토니는 재빨리 돛을 모아 꽉 껴안았다.

"네 아버지처럼 할 줄 아는구나. 역시 너도 말라볼리아가의 사람이야." 할아버지가 말했다.

다시 똑바로 선 배는 한 번 크게 솟아오른 다음 파도를 타며 앞으로 나아갔다.

"키를 넘겨라! 지금은 꽉 잡아야 해!" 파드론 느토니가 말했다. 알레시도 고양이처럼 단단히 움켜잡고 있었지만, 몰려오는 파도에 쳐들린 키가 두 사람의 가슴에 부딪혔다.

"노를 잡아!" 느토니가 외쳤다. "네 노를 잡아, 알레시! 너도 잘할 수 있어. 지금은 키보다 노가 더 중요해!"

젖먹던 힘까지 다하는 그들의 팔 움직임에 배가 삐걱거렸다. 알레시도 발판에 발을 단단히 고정시키고, 할 수 있는 한 온 힘을 기울여 노를 저었다.

"단단히 잡아! 알레시, 단단히 잡아!" 할아버지가 외쳤지만, 바람소리 때문에 배의 한쪽 끝에서 다른 쪽 끝으로는 소리가 거의 전해지지 않았다.

"예, 할아버지! 알았어요!" 알레시는 대답했다.

"무서워?" 느토니가 물었다.

"전혀." 할아버지가 알레시 대신 대답했다. "하지만 이제 하느님께 기도하는 일만 남았구나."

"이런 젠장! 여기서 노를 저어 움직이려면 증기선 같은 무쇠 팔이 필요하겠어요. 바다한테 질 것 같아요." 느토니는 가슴을 헐떡이며 소리쳤다.

할아버지는 말이 없었고, 그들은 모두 폭풍의 소리를 들었다.

"지금쯤 엄마는 바닷가에 나와서 우리가 오는지 보고 있을 거예요." 알레시가 말했다.

"지금은 엄마가 기다리든 말든 잊어라. 생각하지 않는 것이 좋아." 할아버지가 말했다.

"지금 여기가 어디예요?" 잠시 후 피곤함에 지친 느토니가 턱까지 덜덜 떨며 물었다.

"하느님의 손안인가보구나." 할아버지가 대답했다.

"그렇다면 울게 내버려두세요!" 알레시가 외쳤다. 더이상 견딜 수 없었던 것이다. 그리고는 바다와 바람의 포효 속에서 큰 소리로 엄마를 부르며 울부짖기 시작했다. 그런 그를 아무도 나무랄 수 없었다.

"네 울음소리 참 멋있는데, 아무도 못 들을 거야. 차라리 조용히 있는 게 더 나을걸. 뚝 그쳐. 이 상황에서 우는 건 너에게도 우리 모두에게도 좋지 않아." 한참 후에 느토니가 스스로도 알아들을 수 없게 변해 버린 목소리로 말했다.

"돛을 올려!" 파드론 느토니가 명령했다. "키를 북동쪽으로 돌려. 그다음은 하느님의 뜻에 맡긴다."

바람 때문에 작업이 더뎠지만 오 분이 안 돼서 돛이 펼쳐졌고, 프로비덴차는 상처 입은 새처럼 한쪽으로 기울어진 채 파도 꼭대기에서 춤을 추기 시작했다. 말라볼리아 사람들은 모두 한쪽으로 몰려가 뱃전을 단단히 붙잡았다. 이 순간에는 누구도 숨조차 쉴 수 없었다. 바다가 그렇게 고함칠 때 인간은 감히 입을 열 수도 없는 법이다.

파드론 느토니도 이런 말밖에 할 수 없었다. "지금쯤 저기서 우리를 위해 묵주기도를 하고 있겠지."

그러고는 더이상 아무 말도 없었다. 갑자기 역청처럼 새까만 밤이 다가왔고 그들은 바람과 파도에 끌려다녔다.

"방파제 등대다! 저기 보여요?" 느토니가 외쳤다.

"오른쪽으로! 오른쪽으로! 방파제 등대가 아니야. 암초 쪽으로 가고 있어! 돛을 감아! 감아!" 파드론 느토니가 외쳤다.

"감을 수가 없어요! 돛이 젖었어요. 칼을 줘, 알레시! 칼!" 느토니가 폭풍우에 맞서 힘을 쓰느라 이를 악물고 말했다.

"잘라! 빨리 잘라!"

바로 그 순간 무언가 부서지는 소리가 들렸다. 한쪽으로 기울어져 있던 프로비덴차는 용수철처럼 튀어올랐고, 하마터면 모두 바닷속으로 곤두박질칠 뻔했다. 지푸라기처럼 부러진 활대가 돛과 함께 배 위로 떨어졌다. 그러자 "아야!" 하는 비명소리가 들렸는데 마치 누군가 죽기 직전에 내지른 것 같았다.

"누구야? 누구 소리야?" 느토니가 물었다. 그는 활대와 함께 배 위로 떨어져 모든 것을 덮어버린 돛의 밧줄을 칼과 이로 자르려고 애를 썼다. 갑자기 한바탕 불어온 바람이 돛을 휩쓸어 쉭 소리와 함께 날려보냈다. 덕분에 형제는 활대를 완전히 풀어서 바다에 버릴 수 있었다. 배는 다시 균형을 찾아 똑바로 일어섰지만, 파드론 느토니는 다시 일어나지 못했고, 큰 소리로 부르는 느토니에게 대답도 하지 못했다. 바다와 바람이 동시에 소리를 지르는 순간, 아무리 불러도 대답이 돌아오지 않는 것보다 더 두려운 것은 없었다. "할아버지! 할아버지!" 알레시도 소리쳤다. 그래도 아무 대답이 없자, 형제의 머리카락이 살아 있는 것처럼 곤두섰다. 밤은 칠흑 같아 프로비덴차의 이쪽 끝에서 저쪽 끝이 보이지 않을 정도였고, 알레시는 두려움에 질려 더는 울지도 못했다. 할아버지는 머리가 깨진 채 뱃바닥에 길게 누워 있었다. 느토니가 바다을 더듬어 마침내 할아버지를 찾았을 때, 그는 할아버지가 죽은 줄 알았다. 움직이지도, 숨을 쉬지도 않았기 때문이다. 배는 허공으로 솟아올랐다가 아래로 처박히고, 키의 손잡이는 이쪽저쪽으로 돌아갔다.

"아! 파올라의 프란체스코 성인이시여! 아! 축복받은 프란체스코 성인이시여!" 형제는 이제 어떻게 해야 할지 모른 채 소리만 쳤다.

믿음이 깊은 신자들을 도와주려고 폭풍우 속을 돌아다니던 자비로운 프란체스코 성인은 그들의 말을 들어주었다. 프로비덴차가 세관 수비대 망루 아래에 있는 '비둘기들의 암초'에 부딪혀 호두 껍데기처럼 박살나려는 순간 자신의 외투로 보호해준 것이다. 배는 망아지처럼 암초 위로 뛰어올랐고, 코를 아래로 박은 채 좌초했다. "힘내세요! 힘내세요!" 바닷가의 세관 수비대원들이 소리치며, 밧줄을 던져줄 만한 위치를 찾기 위해 등불을 들고 이리저리 뛰어다녔다. "우리가 여기 있어요! 용기를 내요!" 마침내 밧줄 하나가 나뭇잎처럼 떨고 있는 프로비덴차 위로 떨어지며 채찍질보다 더 세게 느토니의 얼굴을 훑쳤다. 하지만 그에게는 달콤하게 쓰다듬는 손길처럼 느껴졌다.

"이쪽으로! 이쪽으로!" 그는 손에서 빠르게 미끄러져나가려는 밧줄을 낚아채며 소리쳤다. 알레시도 온 힘을 기울여 밧줄에 매달렸기 때문에 그들은 키의 가로대에 밧줄을 두세 번 휘감을 수 있었다. 수비대원들은 세 사람을 바닷가로 끌어냈다.

파드론 느토니는 살아 있는 기색이 없었다. 등불을 가까이 가져가자 피로 더러워진 얼굴이 드러났고, 그가 죽었다고 생각하는 사람들 사이에서 손자들은 머리칼을 쥐어뜯었다. 하지만 두어 시간이 지난 뒤 돈 미켈레와 로코 스파투, 반니 피추토, 그리고 소식이 전해졌을 때 술집에 있던 한량들이 모두 달려와 시원한 물로 몸을 적시고 주물러주자 그는 다시 눈을 떴다. 불쌍한 노인은 자신이 트레차까지 한 시간도 걸리지 않는 곳에 있다는 것을 깨닫고는 자신을 집으로 데려다달라고 말했다.

마루차, 메나와 이웃 여인들은 광장에서 울부짖으며 가슴을 치고 있다가, 사다리 위에 길게 누운 채 실려오는 그를 보았다. 그의 얼굴은 죽은 사람처럼 창백했다.

"괜찮아요! 아무것도 아니에요! 아무것도 아니라니까요!" 군중의 선두에 서서 돈 미켈레가 여자들을 안심시키고 약을 구하러 약방 주인에게 달려갔다. 직접 두 손으로 약병을 들고 온 돈 프랑코뿐 아니라 오리 다리, 그라치아, 추피도의 가족, 치폴라를 비롯한 모든 이웃이 네로 거리로 달려왔다. 그런 일이 벌어질 때는 서로 간의 모든 문제는 돌멩이로 눌러두는 법이기 때문이다. 로카도 왔다. 그녀는 아들 메니코를 기다리느라 잠도 자지 않는 사람처럼 마을이 소란스러울 때면 밤이건 낮이건 언제든 곧장 달려왔고, 군중이 모여 있는 곳이라면 어디든 순식간에 나타났다. 마치 사람이라도 죽은 것처럼 말라볼리아 사람들의 집 앞 좁은 길에 너무 많은 사람들이 몰려왔기 때문에, 안나는 모두의 눈앞에서 문을 닫아야 했다.

"나도 들여보내줘요! 마루차 아주머니 댁에 무슨 일이 생긴 건지 알고 싶어요!" 옷도 제대로 걸치지 못하고 달려온 눈치아타가 주먹으로 문을 두드리며 외쳤다.

"우리가 사다리에 신고 왔는데 어떻게 됐는지 알려주지도 않고 집안으로 들여보내주지도 않다니!" 로카의 아들이 소리쳤다.

추피다와 만자카루베의 딸은 서로에게 퍼부었던 모든 악담을 잊고 앞치마 밑으로 손을 찔러넣은 채 문 앞에서 잡담을 나누었다. "그래, 이 일을 하다보면 결국 저렇게 목숨을 잃게 되지." 추피다가 말했다. "뱃사람에게 딸을 시집보내면 언젠가 과부가 되어 다시 집으로 돌아온답니다. 게다가 아이들까지 딸려서 말이에요. 돈 미켈레가 아니었다면 말라볼리아 집안에 남자라곤 씨가 마를 뻔했어. 가장 좋은 건 아무 일도 하지 않으면서 하루 벌이를 하는 사람이지. 돈 미켈레처럼 말이에요. 그 사람은 신부님보다 더 크고 뚱뚱한데다 언제나 멋진 옷을 입고 다니고, 마을 사람들 절반을 등쳐먹고, 모든 사람들이 그자에게 아부를 해요. 국왕까지 잡아먹으려는 약방 주인조차 그 커다란 검은 모자를 벗어 인사를 한답니다."

"아무것도 아니에요. 붕대로 감아주었어요. 하지만 열이 나지 않으면 끝장이에요." 돈 프랑코가 나오면서 말했다.

오리 다리는 그들을 가족처럼 느꼈기 때문에 안으로 들어가보려 했다. 포르투나토 치폴라와 다른 사람들도 팔꿈치로 밀치며 안으로 들어갔다.

"얼굴이 정말로 안됐군!" 치폴라는 고개를 저으며 말했다. "자네는 어떤가, 느토니?"

"저러니까 치폴라가 자기 아들을 아가타 성녀에게 주지 않으려 한 거지. 저 못생긴 영감이 눈치 하나는 빠르다니까!" 문가에 남아 있던 추피다가 말했다.

그러자 베스파가 덧붙였다. "바다에 재산이 있는 사람은 빈손이나 마찬가지인 법이라죠. 햇살이 비치는 땅이 있어야 해요."

"말라볼리아 사람들에게 정말 어두컴컴한 밤이 왔어!" 오리 다리가 외쳤다.

"봤소? 이 집의 불행은 모두 밤에 오는군!" 치폴라가 돈 프랑코, 오리 다리와 함께 집밖으로 나오면서 말했다.

"불쌍해요! 빵 한 조각을 벌려다!" 그라치아가 덧붙였다.

이삼일 동안 파드론 느토니는 저세상 사람 같았다. 약방 주인의 말대로 열이 났지만, 너무 심해서 환자를 잡아먹을 정도였다. 수염이 길게 자라고 머리에는 붕대를 감은 불쌍한 노인은 한쪽 구석에 누워 더이상 신음 소리조차 내지 않았다. 단지 매우 목말라했다. 메나나 롱가가 마실 것을 주면, 누군가가 그것을 빼앗아 가기라도 할 듯 떨리는 두 손으로 물병을 부여잡곤 했다.

아침마다 의사 돈 치초가 와서 그의 상처를 치료하고, 맥박을 재고, 혓바닥을 살펴보았다. 그러고는 고개를 가로저으며 돌아갔다.

돈 치초가 여느 때보다 강하게 고개를 저으면서 돌아간 어느 날 밤 말라볼리아 사람들은 촛불까지 켜두었다. 롱가는 환자의 곁에 성모마리아의 그림을 놓아두고, 침대맡에서 묵주기도를 올렸다. 불쌍한 노인이 더이상 물도 마시려 하지 않고 숨도 쉬려 하지 않자 아무도 잠을 자러 가지 않았다. 리아는 너무나 졸려 하품을 하느라 턱이 빠질 지경이었다. 집안에는 음울한 침묵이 흘렀다. 길거리에 마차가 지나가면 식탁 위의 유리잔이 떨리는 소리까지 들려서, 환자를 지켜보던 가족들이 깜짝 놀랄 정도였다. 다음날도 온종일 그렇게 시간이 흘렀다. 이웃 여자들은 문가에 서서 소곤소곤 잡담을 나누며 혹시 무슨 일이 일어나지는 않는지 문 쪽을 바라보았다. 저녁 무렵이었다. 파드론 느토니는 푹 꺼진 눈으로 식구들을 한 사람씩 바라본 후 의사가 뭐라고 했는지 물었다. 그러자 머리맡에 있던 느토니는 어린애처럼 울었다. 그도 마음 착한 젊은이였던 것이다.

"그렇게 울지 마라. 울지 마. 이제 네가 이 집안의 가장이다. 네가 우리 가족을 모두 책임져야 한다는 것을 기억해라. 내가 했던 것처럼 하면 돼." 할아버지가 말했다.

그 말에 여자들은 손으로 머리를 감싸며 오열하기 시작했다. 어린 리아까지 그랬다. 여자들이란 그런 상황에서 판단력이 사라지기 마련이라, 그렇게 절망하는 모습을 보이면 불쌍한 환자가 자신이 죽기라도 한 줄 알고 당황해한다는 것을 깨닫지 못했다. 그는 힘없는 목소리로 계속해서 말했다. "내 장례식에는 많은 돈을 쓰지 마라. 우리에게 돈이 없다는 것을 주님께서도 아시니까. 네 엄마와 메나가 바치는 묵주기도에 만족하실 거야. 메나, 너는 언제나 네 엄마가 했던 대로 하거라. 네 엄마는 온갖 어려움을 겪고도 언제나 성녀 같았으니까. 그리고 네 동생 리아를 보살펴주어라. 어미닭이 병아리를 품듯이 네 날개로 감싸줘. 서로가 도우면 어려움도 가벼워지는 법이니까. 이제 너는 어른이고, 알레시도 금세 집안을 도울 수 있을 거야."

"그런 말씀 마세요!" 여자들은 흐느끼면서 애원했다. 마치 그의 죽음이 의지로 되는 일이라 말려보려는 듯했다. "제발 그렇게 말하지 마세요!"

파드론 느토니는 슬프게 고개를 젓고 대답했다.

"내가 너희에게 하고 싶은 말은 다 했다. 이제 마음이 놓이는구나. 나는 늙었어. 기름이 떨어지면 등불은 꺼지는 법이지. 피곤하구나. 다른 쪽으로 눕게 돌려다오."

그는 한참 후에 다시 느토니를 부르더니 말했다.

"프로비덴차가 낡았지만 팔아선 안 된다. 프로비덴차가 없으면 품을 팔아야 하는데, 만약 치폴라나 콜라가 '월요일에는 아무도 필요하지 않아' 하고 말하면 얼마나 힘들어지겠느냐. 그리고 느토니, 너에게 다른 할말이 있다. 어느 정도 돈을 모으면, 메나를 먼저 결혼시켜야 한다. 네 아버지가 했던 일을 하는 사람과 결혼시켜라. 네 아버지는 좋은 사람이었지. 또 한 가지 말하고 싶은 건, 리아까지 결혼시킨 뒤에도 돈이 있으면 서양모과나무 집을 다시 사도록 해라. 크로치피소는 이득이 되는 게 있으면 팔 거야. 그건 언제나 말라볼리아 사람들의 집이었고, 거기서 너희 아버지와 착한 루카가 떠났단다."

"예, 할아버지! 예!" 느토니는 울면서 약속했다. 알레시도 벌써 어른이 된 것처럼 진지하게 들었다.

여자들은 환자가 그렇게 계속 이야기하는 것을 헛소리를 하는 것으로 생각하고, 그의 이마에 젖은 수건을 올려놓았다.

"아니야." 파드론 느토니는 말했다. "내 정신은 아직 말짱해. 떠나기 전에 내가 해야 할 말을 모두 하고 싶어."

그사이 어부들이 이집 저집 문 앞에서 서로 부르는 소리가 들려왔고, 마차들도 다시 길거리로 지나다니기 시작했다. "두어 시간 후면 날이 샐 거야." 파드론 느토니가 말했다. "그때 가서 돈 잠마리아 신부님을 모셔오너라."

불쌍한 그들은 메시아를 기다리듯이 아침을 기다리며, 일분일초가 멀다 하고 날이 밝는지 보기 위해 창밖을 살폈다. 마침내 좁은 방 안이 환해졌고, 파드론 느토니가 다시 입을 열었다. "이제 신부님을 모셔와. 고해성사를 하고 싶구나."

돈 잠마리아 신부는 해가 높이 떴을 때에야 왔다. 좁은 네로 거리에 종소리가 울리자 모든 이웃 여자들이 노자성체路資聖體를 보기 위해 말라볼리아 사람들의 집으로 달려왔는데, 모두 집안으로 들일 수밖에 없었다. 주님께서 가시는 곳에는 사람들을 면전에 놓고 문을 닫을 수 없기 때문이다. 불쌍한 말라볼리아 사람들은 집안에 가득찬 사람들을 보며 마음껏 울거나 슬퍼하지도 못했다. 한편 돈 잠마리아 신부는 입속으로 무언가 중얼거렸고, 치리노는 환자의 코밑에다 밀초를 놔두었는데, 환자의 코도 노랗고 뻣뻣한 게 꼭 밀랍 같았다.

"저렇게 수염을 길게 늘어뜨리고 침대에 누워 있으니 족장族長 성 요셉 같아요! 행복한 분이에요!" 산투차가 말했다. 그녀는 포도주 주전자를 비롯한 모든 것을 내버려두고 언제나 주님을 느낄 수 있는 곳으로 갔다.

"마치 까마귀 같군!" 약방 주인이 말했다.

신부가 성유聖油를 들고 아직 거기에 있을 때 돈 치초가 왔다. 의사는 신부를 보고 나귀의 고삐를 돌려 돌아갈 뻔했다. "대체 누가 신부를 부르라 했죠? 누가 노자성체를 부른 겁니까? 그건 때가 되면 우리 의사들이 말해주는 거예요. 노자성체 요청서도 없이 신부가 왔다니 놀랍군. 자, 잘 들어요. 노자성체는 필요 없어요. 분명히 말하지만, 이제 다 나았어요!"

"고통의 성모마리아의 기적이에요! 성모님께서 우리에게 기적을 베푸셨어! 주님께서 벌써 이 집에 너무 여러 번 오셨으니까 그래주신 거죠!" 롱가가 외쳤다.

"아! 성모마리아님! 아! 거룩하신 성모마리아님! 우리에게 은총을 베푸셨군요!" 메나는 두 손을 맞잡고 외쳤다. 그리고 마치 환자가 벌써 프로비덴차를 타러 갈 수도 있다는 듯 모두들 안도의 눈물을 흘렸다.

돈 치초는 투덜거리면서 돌아갔다. "늘 이런 식이지! 살아나면 성모마리아가 은총을 베푼 것이고, 죽으면 내가 죽인 것이고!"

여자들은 시신이 나오는지 보기 위해 문가에서 이제나저제나 하고 기다렸다. 그러면서 "불쌍해!" 하고 중얼거렸다.

"저 노인은 정말 단단해. 땅바닥에 코를 처박을 정도가 아니면 절대 죽지 않는 고양이 같아요.[83] 내가 오늘 말하는 것을 잘 새겨들어요."
추피다가 말했다. "우리가 여기서 이틀 전부터 기다리고 있는데, 도대
체 죽는 거야, 안 죽는 거야? 이러다 저 노인보다 우리가 먼저 죽겠
어." 여자들은 짜증이 났다. "나는 마리아의 딸이니 지켜주실 거예요!
샤타라 아 마타라![84] 허공의 천둥! 유황 포도주!" 베스파는 이렇게 말
하며 걸고 있던 메달에 입까지 맞추었다. 그러자 추피다가 말했다. "당
신은 최소한 나처럼 결혼시킬 아이들은 없지. 만약 내가 죽는다면, 큰
일일 거야." 다른 여자들이 웃었다. 베스파는 결혼시킬 사람이 자기 자
신뿐이었는데도 그러지 못하고 있었기 때문이다.

"그 점에서는 파드론 느토니 때문에 정말로 큰일이죠. 저 집안의 기
둥이시잖아요. 저 얼간이 느토니도 이제 어린애가 아니지만요." 안나
가 말했다. 하지만 모든 여자들은 어깨를 으쓱했다. "할아버지가 죽으
면, 저 집이 무너지는 걸 보게 될 거야!"

그 순간 눈치아타가 머리에 물동이를 인 채 재빨리 걸어왔다. "비켜
요! 비켜! 마루차 아주머니가 물을 기다리고 있어요. 그리고 내 동생들
이 놀러와서 길 한복판에 물건들을 늘어놓을 테니까요."

그때 리아가 문 앞에 나타나 가슴을 활짝 펴고 여자들에게 말했다.
"할아버지는 좀 좋아지셨어요. 의사 돈 치초가 할아버지는 죽지 않는
대요." 놀랍게도 모든 여자들이 마치 리아가 엄연한 어른이 된 것처럼
귀기울여 들었다. 밖으로 나온 알레시는 눈치아타에게 말했다.

---

83) 고양이는 높은 곳에서 떨어져도 다치지 않으므로, 땅바닥에 코를 박는 경우는 정
말로 심각하다는 뜻이다.
84) 시칠리아 사람들이 액운을 쫓거나 놀라움을 표할 때 쓰는 말.

"네가 왔으니 난 빨리 달려가서 프로비덴차의 상태를 보고 올게."

"얘가 어른보다 더 생각이 깊네요!" 안나가 말했다.

"프로비덴차에 밧줄을 던져주었다고 돈 미켈레[85]에게 메달을 수여할 거래요. 그리고 연금도 준대요. 백성의 돈을 이렇게 낭비한다니까!" 약방 주인이 말했다.

오리 다리는 돈 미켈레가 메달과 연금을 받을 자격이 있다고 말하고 돌아다니며 그를 옹호했다. 돈 미켈레는 말라볼리아 사람들의 생명을 구하려고 장화를 신은 채 무릎까지 차오르는 바닷물 속에 뛰어들었는데, 그게 별것 아닌 것 같아요? 더구나 세 사람인데! 그리고 하마터면 그 자신도 목숨을 잃을 뻔했다고요, 하는 식이었다. 오리 다리가 하도 온 사방에 그런 말을 하며 돌아다녀서, 일요일에 새 제복을 입고 나타난 돈 미켈레가 메달을 걸고 있는지 보려고 아가씨들이 그에게 눈길을 돌리기도 했다.

"바르바라 추피다는 이제 그 말라볼리아 얼간이를 머릿속에서 지워버렸으니까, 돈 미켈레에게 등을 돌리지 않을 거야." 오리 다리는 말했다. "그 사람이 지나갈 때 덧창 사이로 코를 내미는 것을 내가 보았다니까."

그 말을 듣고 돈 실베스트로가 반니 피추토에게 말했다.

"느토니를 제거해서 참 좋겠군요! 이제 바르바라가 돈 미켈레에게 눈독을 들이고 있으니 말입니다!"

"눈독을 들였어도 곧 포기할 거예요. 그애 어머니가 밀정密偵도, 건

---

85) 하지만 밧줄을 던져준 것은 세관 수비대원들이었다.

달도, 이방인도 원하지 않으니까."

"두고보면 알겠죠. 바르바라는 이제 스물세 살이에요. 계속 남편을 기다리고 있다가는 곰팡내를 풍길 거라는 사실을 깨닫게 되면, 어떻게 해서든지 그 사람을 차지할 겁니다. 두 사람이 지금도 창문을 사이에 두고 숙덕이고 있을 거라는 데 12타리를 걸겠습니까?" 그러면서 5리라짜리 새 동전을 꺼냈다.

"한푼도 걸고 싶지 않아요! 내게는 전혀 중요한 문제가 아니니까." 피추토는 어깨를 으쓱하면서 말했다.

두 사람의 대화를 듣고 있던 오리 다리와 로코 스파투는 웃음을 터뜨렸다. "그럼 내가 공짜로 해주죠." 돈 실베스트로가 기분이 좋아져서 말했다. 그러고는 다른 사람들과 함께 술집 앞으로 가서 산토로에게 말을 걸었다. "이봐요, 산토로, 12타리 벌고 싶지 않아요?" 그러면서 보지도 못하는 산토로의 눈앞에 새 동전을 들이댔다. "반니 피추토가 12타리 내기를 하고 싶어해요. 밤에 세관 관리 돈 미켈레가 바르바라 추피다의 창가에 간다는 것에요. 당신이 그 12타리를 벌고 싶지 않아요?"

"오, 거룩한 연옥의 혼령들이여!" 눈이 푹 꺼진 산토로는 귀기울여 듣다가 묵주에 입을 맞추면서 외쳤다. 하지만 그는 불안한 표정이었고, 마치 산짐승의 발소리를 들은 사냥개가 두 귀를 쫑긋거리듯 입술을 실룩거렸다.

"친구들이에요. 염려하지 마요." 돈 실베스트로가 낄낄거리며 덧붙였다.

"티노와 로코 스파투로군요." 산토로는 잠시 동안 주의깊게 있더니 말했다.

 그는 지나가는 사람이 누구인지 다 알았다. 신발을 신었든 맨발이든, 발소리를 들으면 알 수 있었다. 그리고 "당신은 티노군요" 아니면 "당신은 친기알렌타군요" 하고 말했다. 게다가 언제나 그곳에서 이 사람, 저 사람과 이야기를 나누었기 때문에 마을에서 일어나는 모든 일을 알고 있었다. 산토로는 그 12타리를 벌기 위해, 저녁식사에 마실 포도주를 사러 오는 아이들을 "알레시" 또는 "눈치아타" 또는 "리아" 하고 불렀다. 그리고 "어디 가니? 어디에서 오는 거야? 오늘 무엇을 했어?" 아니면 "혹시 돈 미켈레 보았니? 그가 네로 거리로 지나갔어?"라고 물었다.

 불쌍한 느토니는 그동안 숨쉴 틈도 없이 이쪽저쪽으로 뛰어다니며 머리칼을 쥐어뜯어야 했다. 하지만 이제 할아버지가 나아졌기 때문에 손을 겨드랑이에 끼운 채 마을을 돌아다니며 프로비덴차를 다시 수리하러 추피도에게 끌고 갈 때만 기다렸다. 그리고 주머니에 한푼도 없었기 때문에 술집에 가서 잡담만 했다. 자신이 어떻게 죽음을 두 눈으로 목격했는지 이 사람 저 사람에게 이야기하고, 침을 뱉어대며 시간을 보냈다. 그러다 누가 포도주라도 한 잔 사주면, 자기가 사랑하던 바르바라를 빼앗아 매일 저녁 그녀를 만나러 가는 돈 미켈레를 욕했다. 산토로가 두 사람을 보았다고 했는데, 사실 그는 눈치아타에게 돈 미켈레가 네로 거리를 지나갔는지 물어보았던 것이다.

 "유다의 피가 흐르는 놈! 이 모욕을 갚아주지 못하면, 내가 느토니 말라볼리아가 아니야! 유다의 피가 흐르는 빌어먹을 놈!"

 사람들은 분노를 씹는 그의 모습을 구경하는 것을 즐겼기 때문에 자꾸 그에게 포도주를 사주었다. 한편 산투차는 술잔을 씻으며 그들의 욕지거리와 저속한 말을 듣지 않으려고 다른 쪽으로 몸을 돌리곤 했다. 하지만 돈 미켈레 이야기가 들려오면, 저도 모르게 두 눈을 반짝이며 귀를 기울였다. 그녀도 호기심을 갖게 되었고 그에 대해 이야기할 때면 온통 귀를 기울였다. 그리고 눈치아타의 동생이나 알레시가 포도주를 사러 올 때면, 사과나 아몬드 열매를 주면서 그가 네로 거리에 갔는지 알아보려고 했다. 돈 미켈레는 그게 사실이 아니라고 맹세하고 또 맹세했지만, 종종 밤에 술집 문이 일찍 닫히면 문 뒤에서 한바탕 소동이 벌어지는 소리가 들려오곤 했다.

"거짓말쟁이! 살인자! 도둑놈! 악마!" 산투차가 고함을 질렀다.

결국 돈 미켈레는 더이상 술집에 나타나지 않았다. 사람을 보내 포도주를 사오게 하거나 피추토의 가게에서 혼자 술을 마시며 마음을 달래는 것에 만족했다.

그런데 농장 주인 필리포는 산투차라는 뼈다귀에서 개 한 마리가 떨어져나간 것에 즐거워하지 않고 오히려 좋은 말로 두 사람을 화해시키려고 노력했으니, 도대체 영문을 알 수 없는 일이었다. 어쨌든 그의 노력은 시간 낭비였다. "이제 그 사람은 멀리 가서 더는 나타나지도 않는 거 몰라요?" 산투차가 소리쳤다. "그게 바로 모든 소문이 사실이라는 증거예요! 싫어요! 더는 그 사람 이야기 듣기도 싫어요. 술집 문을 닫고 뜨개질을 하게 되더라도 말이에요!"

화가 나서 입안이 씁쓸해진 농장 주인 필리포는 세관 수비대로, 또 피추토의 가게로 찾아가서 돈 미켈레에게 산투차와 화해하라고 애원했다. 어쨌든 그들은 친구가 아니었던가. 게다가 이제 사람들은 입방아를 찧어댈 것이다. 그래서 그를 껴안거나 소매를 잡고 끌었다. 하지만 돈 미켈레는 노새처럼 두 발을 땅에 박은 채 싫다고 버텼다. 그 장면을 옆에서 구경한 사람은 하느님께 맹세코 농장 주인 필리포가 진짜 멋졌다고 이야기했다. 피추토는 말했다. "필리포가 도움이 필요한 모양이에요. 그래 보이지 않아요? 산투차는 크로치피소도 잡아먹을 여자예요."

어느 날 산투차는 외투를 입고 고해성사를 하러 갔다. 월요일이었을 뿐 아니라 술집에 사람들이 가득 있었는데도 말이다. 산투차는 일요일마다 고해성사를 하러 가서 고해소 창살에 코를 댄 채 한 시간씩 있곤 했다. 마음을 씻어내 자신의 술잔보다 더 깨끗하게 간직하고 싶었기 때문이다. 하지만 이번에는 달랐다. 오빠 돈 잠마리아 신부를 질투했던 로솔리나는 그를 감시하기 위해 종종 고해성사를 하러 갔는데, 무릎을 꿇고 기다리는 산투차를 발견하고 깜짝 놀랐다. 산투차의 가슴속에 할말이 너무나 많아 보였고, 신부가 다섯 번도 넘게 코를 풀었던 것이다.

그녀는 저녁 식탁에서 돈 잠마리아에게 물었다. "오늘 산투차가 무슨 말을 했기에 그렇게 오래 걸렸어요?"

"아무것도 아니야." 신부는 접시를 향해 손을 뻗으며 대답했다. 하지만 그의 약점을 알고 있던 로솔리나는 수프 그릇의 뚜껑을 덮어둔 채 끝없는 질문으로 그를 괴롭혔다. 결국 불쌍한 신부는 고해성사의 비밀을 보장해야 한다고 말하고는 접시에 코를 처박은 채 이틀 동안 굶은 사람처럼 마카로니만 집어삼켰다. 마치 독약을 먹는 듯했다. 그는 도대체 왜 사람들이 자기를 평온하게 놔두지 않는지 모르겠다고 혼자 중얼거렸다. 식사 후 그는 모자와 외투를 걸치고 추피다를 찾아갔다. "분명히 뭔가 있어! 아무리 고해성사의 비밀을 보장해야 한다지만, 산투차와 추피다 사이에 뭔가 더러운 것이 있어." 로솔리나는 한쪽에서 중얼거리다 신부가 추피다의 집에 얼마나 머무는지 보기 위해 창가로 갔다.

추피다는 산투차가 돈 잠마리아 신부를 통해 전한 말을 듣자 격분하여 벌떡 일어나더니 테라스로 나가 자기는 다른 사람들이 버린 걸 주워먹을 생각은 없다고 외치기 시작했다. 그리고 산투차는 귀담아들으라며, 만약 돈 미켈레가 지나가는 것을 보면 그가 배에 권총을 차고 있더라도 손안의 물렛가락으로 그의 눈을 뽑아버릴 거라고 말했다. 그녀는 권총도, 그 누구도 두렵지 않다, 국왕의 빵을 먹고 밀정 노릇을 하는데다 산투차와 함께 엄청난 죄를 짓고 있는 자에게는 자기 딸을 주지 않겠다, 돈 잠마리아 신부가 고해성사의 비밀은 보장되어야 한다고 했지만 자신은 딸 바르바라의 일일 경우 고해성사의 비밀을 헌신짝처럼 생각하리라, 라고 외쳐댔다. 그 외에도 수많은 욕을 퍼부었기 때문에, 롱가와 안나는 아이들이 듣지 못하도록 문을 닫아야 했다. 남편 투리 추피도도 뒤지지 않고 한마디했다. "만약 나를 건드리면 정말로 가만두지 않을 거야! 돈 미켈레나 필리포 같은 산투차의 무리 따위는 두렵지 않아!"

"닥쳐요! 필리포는 이제 산투차와 아무 사이 아니라는 거 몰라요?" 추피다가 소리쳤다.

하지만 다른 사람들은 그런 이야기를 하도록 산투차를 도와준 걸 보면 농장 주인 필리포가 아직도 그녀와 엮여 있다고 주장했다. 오리 다리가 그 모습을 보았다고 했던 것이다. "멋지군! 이제 필리포도 도움이 필요하구나! 그자가 돈 미켈레에게 가서 도와달라고 빌고 또 비는 것을 못 봤어요?" 피추토는 말했다.

돈 프랑코는 일부러 사람들을 약방으로 불러들여 그 일을 떠벌렸다.

"내가 말했죠. 기억나요? 저 거짓 신자들은 모두 그래요! 치마 속에 악마가 들어 있어요! 정말 대단해요! 둘이 아주 잘 어울리는 한 쌍이네! 이제 돈 미켈레가 메달을 받을 테니 산투차의 마리아의 딸 메달과 함께 걸어놓겠죠." 그는 아내가 위층 창가에 있는지 보려고 문밖으로 고개를 내밀었다. "아아! 분명히 말하지만, 교회와 군대, 왕좌와 제단은 한 쌍이에요!"

돈 프랑코는 군도軍刀나 성수 뿌리개를 두려워하지 않았고 돈 미켈레를 우습게 생각했다. 그래서 시뇨라가 창가를 떠나 약방 안에서 하는 말을 들을 수 없을 때면 한바탕 그에 대한 욕을 퍼부었다. 한편 로솔리나는 돈 잠마리아 신부가 그런 골칫거리에 휘말렸다는 것을 알자 오빠를 비난했다. 군도를 찬 사람과는 친구가 될 필요가 있었기 때문이다.

"천만에, 친구라니! 우리 입에서 빵을 빼앗아 간 놈들과 말이야? 나는 내 일을 한 것뿐이고, 나는 그들이 필요 없어! 오히려 그자들이 우리한테 잘해야지." 돈 잠마리아가 말했다.

"아무리 고해성사의 비밀을 보장해야 한다 해도 최소한 산투차가 보냈다는 말은 했어야죠. 그래야 오빠가 미움을 사지 않잖아요." 로솔리나는 주장했다.

그러면서도 이웃 여자들이 와서 어떻게 그런 일이 드러나게 되었는지 알고 싶어하자, 고해성사의 비밀이라는 게 있다며 자못 비밀스러운 투로 말했다. 한편 오리 다리는 바르바라가 잘 익은 배처럼 저절로 떨어졌으면 한다는 돈 실베스트로의 말이 생각나 이렇게 떠들고 다녔다. "모두 바르바라가 저절로 제 앞에 떨어지기를 바라는 돈 실베스트로가 꾸민 일이야."

하도 떠들고 다녀서 그 말은 소매를 걷고 저장용 토마토를 손질하던 로솔리나의 귀에까지 들어갔고, 그녀는 사람들 앞에서 돈 미켈레를 옹호하려고 노력했다. 돈 미켈레가 정부의 사람이긴 하지만 사적으로는 그를 싫어해선 안 된다고 주장했다. 또 남자란 모두 사냥꾼이니 추피다는 어떻게 해야 딸을 보호할 수 있을지 잘 생각해야 할 것이며, 만약 돈 미켈레에게 다른 여자가 있다면 그것은 그의 양심의 문제이지 우리가 떠들 일이 아니라고 말했다.

"모두 돈 실베스트로가 꾸민 일이에요. 그자는 바르바라를 원하고, 그애가 저절로 떨어진다는 데 12타리까지 걸었으니까요." 베스파가 저장용 토마토를 손질하는 로솔리나를 도와주면서 말했다. 그녀는 돈 잠마리아 신부에게 교활한 크로치피소 삼촌의 노새보다 더 단단한 머릿속에 양심을 넣어달라고 부탁하러 왔던 것이다. "자신이 한쪽 발을 무덤에 넣고 있다는 것을 그 사람은 모를까요? 계속 양심의 가책을 느끼려는 것일까요?"

로솔리나는 돈 실베스트로 이야기를 듣자 갑자기 달라졌다. 토마토처럼 상기된 표정으로 국자를 허공에 휘두르면서, 결혼 적령기의 처녀들을 유혹하는 남자들과 그들을 홀리려고 창가에 서 있는 수다쟁이 여자들을 비난하기 시작했다.

물론 바르바라가 얼마나 꼬리를 치고 다니는지 모두가 알고 있었지만, 제법 판단력이 있을 법한 돈 실베스트로 같은 사람도 그녀에게 넘어갔다는 것은 놀라웠으며, 그가 그런 배신을 할 것이라고 아무도 생각하지 않았다. 그런데 바로 그가 바르바라, 돈 미켈레와 엮여 곤란해질 일을 만들고 있었던 것이다. 가만있으면 행운을 손에 넣을 텐데도 말이다.

"요즘 같은 때에는 사람 속을 알려면 소금을 7살마는 먹어야겠군."

하지만 돈 실베스트로는 돈 미켈레와 팔짱을 낀 모습으로 돌아다녔고, 누구도 그 앞에서 감히 떠도는 이야기에 대해 말할 수 없었다. 이제 로솔리나는 돈 실베스트로가 약방 문가에서 허공을 바라보고 있으면 그의 면전에서 창문을 닫아버렸고, 테라스에서 저장용 토마토를 건조시킬 때는 고개도 돌리지 않았다. 한번은 고해성사를 하러 아치카스텔로까지 갔다. 오빠에게 고백할 수 없는 말이 있었기 때문이다. 그러다가 포도밭에서 돌아오던 돈 실베스트로와 우연히 마주치게 되었다.

"어머나! 이게 누구예요!" 몹시 당황하여 얼굴이 빨개진 그녀는 숨을 돌리느라 중간중간 멈춰가며 말했다. "머릿속에 생각할 것이 많은 모양이죠. 옛날 친구들을 잊을 정도로 말이에요."

"그런 거 없어요, 로솔리나."

"나는 많다고 들었어요. 하지만 정말로 당신 머리가 복잡하다면, 큰일이네요."

"누가 그런 말을 합니까?"

"온 마을에서 그렇게 말해요."

"마음대로 말하게 내버려둬요. 그런데 정말로 알고 싶어요? 나는 내 뜻대로 합니다. 그리고 내 머리가 무겁다면 그건 내 문제예요."

"잘해보세요." 여전히 얼굴이 빨간 로솔리나가 말했다. "그렇게 대답하는 것을 보니 역시나 그 소문이 사실이군요. 전혀 짐작하지 못했어요. 여태까지 나는 당신이 신중한 사람이라고 생각했으니까요. 내가 실수했다면 용서하세요. 흘러간 물은 방아를 돌리지 못하는 법이고, 좋은 날씨든 나쁜 날씨든 영원히 계속되지는 않는 법이죠. 하지만 이런 속담도 있답니다. 옛것을 새것으로 바꾸면 더 나빠지는 법, 아름다운 여자를 찾다가 오쟁이를 지는 법이라는 말요. 마음 편히 바르바라와 즐기세요. 나는 전혀 상관없으니까요. 그리고 이 세상 황금을 다 준다고 해도, 사람들이 당신의 바르바라에 대해 말하듯이 내 이야기를 하는 것은 싫어요."

"안심해요, 로솔리나. 이제 당신 얘기는 더 할 것도 없으니까요."

"나는 적어도 마을 사람들 절반을 등쳐먹는다는 말은 듣지 않아요. 알겠어요, 돈 실베스트로?"

"마음대로 말하게 내버려둬요, 로솔리나. 입이 있는 사람은 먹는 법이고, 먹지 못하면 죽는 법입니다."

"제게는 당신한테 하듯이 말하지도 않아요. 사람들은 당신이 사기꾼이라고 한다고요!" 로솔리나는 마늘잎처럼 파랗게 질린 채 계속해서 말했다. "알겠어요, 돈 실베스트로? 아무한테나 그렇게 말하진 않죠! 그리고 이제 필요하지 않다면, 내가 빌려준 25온차를 돌려줘요. 나는 누구처럼 남의 돈을 훔치지 않아요."

"걱정하지 마요, 로솔리나. 나는 당신이 25온차를 훔쳐서 갖다주었다고 말하지 않았고, 앞으로도 당신의 오빠 돈 잠마리아에게 이르지 않을 겁니다. 당신이 그 돈을 생활비에서 훔쳤는지 아닌지 그런 건 알고 싶지 않아요. 확실한 건, 내가 당신에게 빚을 진 게 아니라는 겁니다. 당신은 그 돈을 투자해달라고 말했어요. 어떤 남자가 당신을 원하면 지참금으로 쓸 수 있게끔요. 그래서 당신을 위해 은행에 저축해두었는데, 다만 내 이름으로 했지요. 혹시 당신 오빠가 알고서 어디서 그 돈이 나왔는지 물어보지 않도록 말이에요. 그런데 그 은행이 망했어요. 그러니 내가 무슨 잘못이 있어요?"

"사기꾼!" 로솔리나는 그의 얼굴에 침을 뱉고 입에 거품을 문 채 말했다. "도둑놈! 나는 망할 은행에 저축하라고 그 돈을 주지 않았어. 당신 돈처럼 잘 간수하라고 주었지!"

"그랬어! 나는 내 것처럼 생각했어!" 돈 실베스트로가 뻔뻔스러운 얼굴로 대답했다. 결국 로솔리나는 분노로 터져버리지 않으려고 그에게서 등을 돌리고는, 어깨에 숄을 걸친 채 더운 날의 해면처럼 땀에 절어 트레차로 돌아왔다. 돈 실베스트로는 그녀가 모퉁이를 돌아갈 때까지 농장 주인 필리포의 채소밭 담장 앞에서 움직이지 않고 낄낄거렸다. 그러고는 어깨를 으쓱하며 혼자 중얼거렸다. "나는 사람들이 하는 말에 조금도 신경쓰지 않아."

사람들이 하는 말에 신경쓰지 않아도 된다는 그의 생각은 옳았다. 모두가 말하기를, 바르바라가 저절로 떨어질 거라고 돈 실베스트로가 생각한다면 정말로 그렇게 될 것이다, 그 정도로 그는 철저한 모사꾼이 아닌가! 라고 했다. 하지만 막상 그를 보면 모자를 벗어 인사했고, 그가 약방에 잡담을 나누러 가면 친구들은 인상을 찌푸리면서도 그에게 고개를 끄덕였다. "당신은 정말 대단한 사람이에요!" 돈 프랑코는 그의 어깨를 두드리며 말했다. "진짜 봉건영주 같아요! 당신은 낡은 사회를 깨끗이 쓸어버려야 한다는 것을 증명하기 위해 지상에 내려온 운명적인 사람이오!" 그리고 느토니는 할아버지의 약을 사러 왔다가 이렇게 말했다. "당신도 민중이에요. 노새처럼 그냥 참고 견디다간 몽둥이 세례만 받죠." 계산대 뒤에서 뜨개질을 하고 있던 시뇨라가 화제를 바꾸려고 그에게 물었다. "할아버지는 지금 어때요?" 느토니는 시뇨라 앞에서 감히 입을 열지 못하고 손에 약병을 든 채 우물거리다가 가버렸다.

파드론 느토니는 많이 좋아졌다. 가족들이 그의 머리에 스카프를 두르고 몸을 외투로 둘러싸서 햇살이 비치는 문가에 앉혀주었는데, 그 모습이 정말로 죽었다가 다시 살아난 사람 같았다. 호기심이 인 사람들이 그를 구경하러 갈 정도였다. 불쌍한 노인은 앵무새처럼 이 사람 저 사람에게 목례하고 미소를 지었다. 마루차가 옆에서 실을 잣고, 메나의 베틀 소리가 방에서 들려오고, 닭들은 길에서 발로 흙을 헤치는 와중에 외투를 입고 문가에 있는 것이 너무나 즐거운 듯했다. 이제 할 일이 없는 파드론 느토니는 닭들을 하나하나 구별하는 법을 터득했다. 그는 닭들이 하는 짓을 바라보거나 이웃 여자들의 수다를 들으며 시간을 보냈다. 그러면서 이렇게 중얼거렸다. "남편을 못살게 구는 베네라 목소리군." 아니면 "빨래터에서 돌아오는 안나로군." 그러고는 길게 드리워진 집 그림자를 바라보았다. 문가에 더이상 햇살이 비치지 않을 때 가족들은 그를 맞은편 담장에 기대앉혔는데 그 모습은 햇살이 비치는 곳을 찾아 드러누운 투리의 개처럼 보였다.

마침내 파드론 느토니가 두 다리로 설 수 있게 되자 가족들은 그를 부축하여 바닷가로 데리고 갔다. 그가 배들이 정박한 자갈밭에 웅크리고 앉아 꾸벅꾸벅 조는 것을 좋아했기 때문이다. 노인은 짠 바다 내음이 위장에 좋다고 말했다. 배를 바라보며 어떻게 하루를 보냈는지 이 사람 저 사람의 이야기를 들었다. 남자들은 각자 자기 일을 하면서 그를 위로하려고 한두 마디씩 던졌다. "이러면 등잔에 아직 기름이 남아 있다는 뜻이죠, 파드론 느토니?"

문을 걸어잠근 밤, 가족이 모두 집안에 있고 롱가가 묵주기도를 하는 동안에는 그들을 가까이서 바라보는 것을 즐겼다. 그는 한 사람 한 사람의 얼굴을, 집안의 벽과 예수그리스도의 작은 상이 있는 서랍장과 등불을 올려놓은 탁자를 바라보았다. 그러고는 언제나 이렇게 말했다. "아직 너희들과 함께 여기 있는 것이 믿어지지 않아."

롱가는 너무나도 놀라서 핏속과 머릿속이 온통 뒤죽박죽되었기 때문인지 불쌍하게 죽은 두 사람, 여태까지 그녀의 가슴속에 두 개의 가시로 남아 있던 두 사람이 더이상 눈앞에 보이지 않는 것 같다고 말했다. 결국 그녀는 돈 잠마리아 신부에게 고해성사를 하러 갔다. 신부는 그녀를 사면해주었다. 불행한 사람들에게는 새 가시가 다른 가시를 빼내는 일이 흔히 일어나기 때문이다. 주님께서는 모든 가시가 한꺼번에 박히지 않도록 하신다. 그러면 가슴이 터져 죽을 것이기 때문이다. 롱가는 남편과 아들이 죽었고 집에서도 쫓겨났지만, 의사와 약방 주인에게 돈을 지불할 수 있고 누구에게도 빚을 지고 있지 않은 현재에 만족했다.

파드론 느토니는 점차 이런 말을 하기 시작했다. "뭔가 할 일을 다오. 아무것도 하지 않고 이렇게 있을 순 없으니까." 조금씩 몸을 움직이게 된 그는 처음엔 그물을 수선하거나 통발을 짰고, 그후엔 지팡이를 짚은 채 프로비덴차를 보러 투리의 수리소로 갔고, 거기서 햇살을 즐겼다. 그러다 마침내 다시 손자들과 함께 배를 타게 되었다.

"고양이들과 똑같다니까! 땅바닥에 코를 처박지 않는 이상 목숨을 부지하니 말이야." 추피다가 말했다.

롱가는 문 앞에다 작은 탁자를 내놓고 오렌지와 호두, 삶은 달걀, 검은 올리브를 팔기 시작했다.

"두고봐요. 이제 차츰 포도주까지 팔게 될 테니까! 나로서는 기뻐요. 하느님을 두려워할 줄 아는 사람들이니까요!" 산투차가 말했다. 한편 치폴라는 네로 거리에서 장사에 뛰어든 말라볼리아 사람들의 집 앞을 지나갈 때면 어깨를 으쓱했다.

장사는 잘되었다. 달걀이 언제나 신선했기 때문이다. 산투차조차 술꾼들이 목말라하지 않을 때면, 다시 술집에 들락거리기 시작한 느토니를 보내 마루차의 올리브를 샀다.[86] 그렇게 말라볼리아 사람들은 한푼 한푼 투리 추피도에게 돈을 갚아 또다시 프로비덴차를 수리했는데, 그랬더니 정말로 배가 헌신짝처럼 보였다. 그들은 약간의 돈을 모으기까지 했다. 작은 통들과 멸치를 절일 소금도 마련해두었을 뿐 아니라 프란체스코 성인께서 도와주신다면 배에 새 돛도 달 생각이었다. 서랍장에 따로 모아둔 돈도 조금 있었다. "우리, 개미처럼 일하자꾸나." 파드론 느토니는 말했다. 그는 매일 돈을 셌고, 서양모과나무 집 앞으로 가서 뒷짐을 진 채 나무를 올려다보았다. 잠긴 문 너머에서 지붕의 참새들이 지저귀었고 창문까지 타고 올라간 포도나무는 천천히 흔들렸다. 노인은 채소밭의 담장 위로 기어올랐다. 양파가 심긴 밭은 하얀 깃털

---

86) 소금에 절인 올리브는 갈증을 일으킨다.

들이 떠 있는 바다 같았다. 그러고 나면 그는 크로치피소에게 달려가 수백 번이나 말했다. "이봐요, 크로치피소. 우리가 집을 살 만한 돈을 모으게 되면 꼭 우리에게 팔아야 해요. 그건 언제나 말라볼리아 사람들의 집이었으니까요. 새에게도 자기 둥지가 가장 아름다운 법이고, 나는 내가 태어난 곳에서 죽고 싶다오. 자기 침대에서 죽는 자는 행복한 법." 크로치피소는 마지못해 알았다고 대답하고 대강 둘러댔다. 그러고는 집값을 올리기 위해 지붕에 새로 기와를 올리고 마당 담벼락에 회칠도 했다.

크로치피소는 파드론 느토니를 안심시켰다. "걱정하지 마요. 걱정하지 마요. 집이 도망가지는 않을 테니까. 잘 지켜보기만 해요. 모든 사람이 자신에게 소중한 것은 잘 지켜보는 것처럼." 그리고 한번은 이렇게 덧붙였다. "이제 손녀 메나를 결혼시키지 않을 거요?"

"하느님이 원하실 때 결혼시킬 거요! 생각 같아서는 당장 내일이라도 결혼시키고 싶지만." 파드론 느토니는 대답했다.

"나라면 알피오 모스카에게 주겠소. 착하고 진지하고 부지런한 젊은이인데, 여기저기서 아내를 찾고 있지요. 트집 잡을 게 없는 젊은이예요. 이제 마을로 돌아올 거라고 하더군요. 당신 손녀에게 적격이라고 생각해요."

"그런데 그는 당신 조카 베스파와 결혼하려고 한다는 말이 있던데요?"

"아니, 당신도! 당신도!" 나무 종 크로치피소가 소리쳤다. "누가 그런 말을 해요? 모두 헛소문이에요! 내 조카의 밭뙈기를 빼앗아 가려고 그러는 거예요! 그걸 원하는 거라고요! 그자에겐 한참 남는 장사 아니

216

겠어요? 내가 당신 집을 다른 사람에게 파는 거랑 같은데, 그럼 뭐라고 하겠어요?"

　언제나 광장에 죽치고 있는 오리 다리는 두어 사람이 이야기하고 있으면 중개료를 벌려고 자기도 대화에 끼어들었다. "이제는 베스파가 브라시 치폴라를 손에 쥐고 있어요. 아가타 성녀의 결혼이 허사가 된 다음부터. 이 두 눈으로 똑똑히 보았다니까요. 두 사람이 함께 개울가 오솔길을 걷는 것을. 나는 물이 새는 통의 회반죽에 쓸 매끄러운 조약돌을 찾으러 갔었고요. 그런데 그 여우가 스카프 끝자락을 입에 물고 내숭을 떨고 있었어요! '여기 이 축복받은 메달을 걸고 말하지만 그건 전혀 사실이 아니에요. 웩! 당신이 늙어빠진 내 삼촌에 대해 말할 때면 기분이 역겨워져요!' 크로치피소, 바로 당신에 대해 말한 거죠. 그러고는 브라시에게 자기 메달을 만져보게 했어요. 메달이 어디에 있는지 당신도 알죠?" 나무 종은 귀머거리 행세를 하며 타르탈리아[87]처럼 머리를 흔들 뿐이었다. 오리 다리는 계속해서 말했다. "그러자 브라시가 말하더군요. '그럼 이제 우리 어떻게 할까요?' 베스파가 대답했어요. '나는 당신 마음을 모르겠어요. 하지만 당신이 나를 좋아하는 것이 사실이라면, 나를 이렇게 놔두어선 안 돼요. 난 한시라도 당신을 못 보면 마음이 오렌지처럼 두 조각으로 갈라지는 것 같으니까요. 당신이 다른 여자와 결혼한다면 여기 이 축복받은 메달을 걸고 맹세하건대, 이 마을에서 전례 없는 큰 사건을 보게 될 거예요. 지금 아름답게 입고 있는 이 모습 그대로 바다에 몸을 던질 테니까요.' 그러자 브라시가 머리를

---

87) 이탈리아의 즉흥 가면극에 나오는 등장인물 중 하나.

럭적이더니 이렇게 말하더군요. '나는 당신을 좋아해요. 하지만 우리 아버지가 뭐라고 할까요?' 베스파가 말했어요. '마을을 떠나요. 부부 사이인 척하고요. 일단 일을 저지르면 당신 아버지도 어쩔 수 없이 허락할 거예요. 다른 자식이 없어서 재산을 누구에게 물려줘야 할지 모를 테니까 말이에요.'"

"아니 이것들이!" 크로치피소는 귀머거리 행세를 하던 것도 잊고 소리쳤다. "그 마녀는 치마 속에 악마를 품고 있군! 가슴에 성모마리아의 메달을 걸 자격이 있다고 생각하나? 포르투나토 치폴라에게 말해줘야겠어! 말해줘야 한다고요! 우리는 신사잖소? 치폴라가 잘 감시하지 않으면 마녀 같은 내 조카가 그 집 아들을 훔쳐갈 겁니다." 그러고는 미치광이처럼 길거리로 달려갔다.

"부탁이에요. 내가 그애들을 엿봤다고 말하지 마요! 독사 같은 당신 조카의 입안에 들어가고 싶지 않아요." 오리 다리가 크로치피소를 뒤쫓아가며 말했다.

크로치피소는 순식간에 마을을 온통 뒤집어놓았다. 돈 미켈레와 수비대원들이 베스파를 잡아다놓아야 한다고 했다. 베스파는 자기 조카이니 그런 명령을 할 권한이 있고, 돈 미켈레는 신사들의 권익을 보호하기 위해 국가의 돈을 받고 있으니 따라야 한다는 것이었다. 사람들은 치폴라가 혀를 길게 빼물고 이리저리 뛰어다니는 모습에 즐거워했고, 멍청이 브라시가 베스파의 함정에 빠진 것을 고소해했다. 안녕! 하는 말도 없이 메나까지 차버린 그는 비토리오 에마누엘레 국왕의 딸도 눈에 차지 않는 것처럼 보였으니까!

하지만 메나는 브라시가 자신을 거절했을 때 검은 스카프를 두르기는커녕 베틀에 앉아 노래를 부르거나 아름다운 여름밤에 멸치 절이는 일을 거들었다. 이번에는 프란체스코 성인이 은총을 보내주셨다. 유례가 없을 정도로 멸치가 풍어였다. 온 마을에 돈이 넘쳤다. 배들은 만선으로 돌아왔고, 뱃사람들은 멀리서 아이를 안고 기다리는 여자들에게 베레모를 흔들어 보이며 노래를 불렀다.

상인들이 도시에서부터 말이나 마차를 타거나 걸어서 무리지어 몰려왔다. 오리 다리는 머리를 긁을 시간도 없었다. 저녁 기도 시간 무렵에는 아예 바닷가에 시장이 섰는데 여기저기서 고함소리가 들리고 온통 야단법석이었다. 말라볼리아 사람들 집의 마당에는 마치 잔치라도 벌이듯 등불이 자정까지 켜져 있었다. 아가씨들은 노래를 불렀고 이웃여자들도 도와주러 왔다. 눈치아타와 안나의 딸들도 왔다. 거기에 오면 벌이가 생겼기 때문이다. 내용물이 꽉 차서 뚜껑을 돌덩이로 눌러놓은 통들이 담장을 따라 네 줄로 늘어서 있었다.

"바르바라가 이 자리에 있으면 좋을 텐데!" 뚜껑을 더 꼭 누르려고 돌덩이 위에 앉은 느토니가 손을 겨드랑이에 낀 채 말했다. "이제 우리가 잘해내고 있다는 것을 사람들도 알 거야. 돈 미켈레나 돈 실베스트로도 부럽지 않다고."

상인들은 손에 돈을 들고 파드론 느토니를 졸졸 쫓아다녔다. 오리다리는 그의 소매를 잡아끌면서 말했다. "지금 두둑이 챙겨둬요." 하지만 파드론 느토니는 받아들이지 않았다. "모든 성인의 축일[88]에 이야기합시다. 그때가 돼야 멸치가 제값을 받을 것이오. 아니, 선불은 받

88) 로마가톨릭교회에서 모든 성인을 기리는 날로 11월 1일이다.

고 싶지 않아요. 내 손을 묶어두려는 속셈이지! 나도 다 알아." 그러고
는 주먹으로 통을 두드리며 손자들에게 말했다. "이게 곧 너희들의 집
과 메나의 지참금이다. 집은 우리를 껴안아주고 입을 맞춰주는 존재란다. 프
란체스코 성인께서 내가 안심하고 눈을 감을 수 있도록 은총을 베풀어
주셨구나."

또한 그들은 겨울 채비로 밀과 콩, 올리브기름을 마련해두었다. 일
요일에만 조금씩 마시는 포도주도 농장 주인 필리포에게 사서 값을 미
리 지불해두었다.

이제 그들은 평온했다. 시아버지와 며느리는 다시 양말 속의 돈과
마당에 늘어선 통을 헤아리기 시작했고, 집을 사는 데 부족한 금액이
얼마인지 계산했다. 마루차는 그 돈 한푼 한푼이 어디서 나왔는지 알
고 있었다. 오렌지와 계란을 판 돈, 알레시가 철교 공사장에서 벌어온
돈, 메나가 베를 짜서 번 돈이었다. 그녀는 말했다. "우리 모두가 함께
모은 거예요." 파드론 느토니가 대답했다. "내가 말했지? 노를 저으려면
다섯 손가락이 서로서로 도와야 하는 법이라고. 이제 조금만 더 모으면 되겠
구나." 그는 며느리와 한쪽 구석에서 이야기를 나누면서 메나를 바라
보았다. 불쌍한 메나의 일을 의논해야 했다. 그녀는 입도 없고 의지도 없
는 사람이었기 때문이다. 그녀는 날이 새기 전에 새들이 둥지에서 지저
귀듯이 혼자 노래를 하면서 일에만 몰두했다. 다만 저녁에 마차 지나
가는 소리가 들려올 때는 세상 어딘가 알 수 없는 곳을 돌아다니는 알
피오 모스카의 마차를 생각하며 노래를 멈추었다.

마을 사람들은 누구 할 것 없이 그물을 짊어지고 다녔고 여자들은
모두 문가에 앉아 벽돌을 빨았다.[89] 집집마다 문 앞에 절인 멸치가 담

긴 통이 늘어서 있었기 때문에 누구든지 거리를 지나가면서 그 냄새를 즐길 수 있었을 뿐만 아니라 마을에 다다르기 1마일 전부터 프란체스코 성인이 보내준 은총의 냄새가 풍겨왔다. 온통 멸치와 절임에 대한 이야기뿐이었다. 심지어 사람들이 나름의 방식으로 세상을 바로잡는 약방에서도 그랬다. 돈 프랑코는 책에서 읽은 대로 멸치를 절이는 새로운 방법을 가르치려 했다. 하지만 사람들이 그의 면전에서 웃자, 고함을 지르기 시작했다. "당신들은 정말 짐승이야! 그런 주제에 진보를 원하고 공화국을 원하다니!" 사람들은 그에게 등을 돌리고 그가 미치광이처럼 혼자 떠들도록 내버려두었다. 세상이 시작된 후 줄곧 멸치는 빻은 벽돌 가루와 소금으로 절이는 것이었다.

"또 똑같은 소리야! 우리 할아버지 때도 그렇게 말했어!" 약방 주인은 사람들의 등뒤에서 계속 소리쳤다. "당신들은 꼬리만 없는 당나귀야! 이런 사람들과 뭘 하겠어? 사람들이 무능한 크로체 칼라 면장에 만족하는 이유가 바로 그거야. 언제나 그자가 면장이었다는 거지! 그럼 결국 공화국을 본 적이 없으니까 공화국을 원하지 않는다고 말하게 되는 거야!" 나중에 똑같은 말을 돈 실베스트로에게도 반복했는데, 둘만의 은밀한 이야기를 나눌 때였다. 돈 실베스트로는 입을 열지 않았지만, 귀기울여 들었다. 그리고 그후에 그가 크로체 면장의 딸 베타와 사이가 좋지 않다는 것이 알려졌다. 베타는 자기가 면장 노릇을 하려 들고, 크로체 칼라는 또 크로체 칼라대로 그녀의 치마폭에 싸여서, 베타가 원하는 대로 오늘은 하얗다고 했다가 내일은 까맣다고 한다는 것

---

89) 벽돌 가루는 멸치가 절여지는 과정에서 나오는 액체를 흡수하여 멸치를 건조한 상태로 유지하는 데 사용되었다.

이었다. "세상에! 면장은 바로 나야!" 크로체 칼라는 딸이 가르쳐준 이 말밖에 할 줄 몰랐고, 대신 베타가 주먹을 옆구리에 댄 채 돈 실베스트로와 언성을 높였다.

"당신이 착한 우리 아버지 코를 꿰어 끌고 다니면서 이익을 곱으로 챙겨먹도록 사람들이 언제까지나 그냥 놔둘 것 같아요? 로솔리나도 당신이 마을 전체를 등쳐먹는다고 소문내고 다녀요! 하지만 나까지 잡아먹지는 못할 거예요. 절대로! 나는 결혼하고 싶은 욕심도 없고 오직 아버지 일에만 신경을 쓰고 있으니까요."

돈 프랑코는 새로운 사람들이 없으면 아무것도 할 수 없다고, 치폴라나 필리포 같은 거물들을 찾아가봤자 헛수고라고 단언했다. 치폴라는 하느님의 은총 덕택에 재산을 모았으므로 민중의 종이 될 필요가 전혀 없고, 농장 주인 필리포는 자기 농장과 포도밭만 생각하며 포도주에 세금을 부과하는 이야기를 할 때만 귀를 기울이기 때문이다.

"이런 구시대적인 인간들! 패거리나 만들 줄 알지. 이제 새 시대에는 새로운 사람들이 필요해요." 돈 프랑코는 허공을 바라보며 결론을 내렸다.

"그럼 석회 공장에 시켜 새로운 사람들을 만들어야겠군." 돈 잠마리아 신부가 말했다.

"모든 일이 제대로 됐다면 지금쯤 아마 황금 속에서 헤엄치고 있을 텐데!" 돈 실베스트로가 탄식하더니 더이상 말을 꺼내지 않았다.

"지금 필요한 게 뭔지 알아요?" 약방 주인이 가게 뒤쪽을 흘깃하며 낮은 소리로 속삭였다. "바로 우리 같은 사람들이에요."

사람들의 귓구멍에 은밀한 말을 속삭인 돈 프랑코는 까치발을 하고 문가로 갔다. 그러고는 뒷짐을 진 채 허공을 바라보며 짧은 다리로 이리저리 왔다갔다했다.

"참 훌륭한 사람들이겠군!" 돈 잠마리아가 중얼거렸다. "석회 공장에 갈 필요도 없이 파비냐나[90]나 다른 지역의 감옥에서 원하는 만큼 찾을 수 있을 거요. 오리 다리 티노나 술꾼 로코 스파투에게 가봐요. 그자들은 당신 세대의 생각을 갖고 있으니까! 누군가가 내 집에서 25온차를 훔쳐갔는데, 아무도 감옥이나 파비냐나에 가지 않았소! 이런 게 새로운 시대이고 새로운 사람인가보지?"

그때 시뇨라가 뜨개질감을 들고 약방으로 들어왔다. 약방 주인은 말하려던 것을 황급히 삼키고는 샘터로 가는 사람들을 바라보는 척하면서 입속으로 중얼거렸다. 나머지 사람들이 숨도 쉬지 못하는 것을 보고 돈 실베스트로는 새로운 사람은 느토니와 브라시 치폴라뿐이라고 큰 소리로 잘라 말했다. 그는 약방 주인의 아내를 겁내지 않았다.

"당신은 나서지 마요. 상관없는 일이니까요." 시뇨라가 남편에게 말했다. "아무 말도 안 했어." 약방 주인 돈 프랑코는 수염을 쓰다듬으며 대답했다.

돈 프랑코의 아내를 방패 삼아 돌을 던질 수 있다는 것을 깨달아 유리한 위치를 차지한 돈 잠마리아 신부는 약방 주인을 약올리며 즐거워했다. "정말 멋지네요, 당신의 그 새로운 사람들! 베스파 때문에 자기 아버지가 귀를 잡아 끌고 가려고 찾으니까 브라시 치폴라가 어쩌고 있는지 알아요? 개구쟁이처럼 여기저기 도망가서 숨어요. 어젯밤에는 성

90) 시칠리아 서쪽 끝 해안에서 약 7킬로미터 떨어져 있는 작은 섬.

당 제의실에서 잤어요. 낮에는 내 누이동생이 닭장 안으로 마카로니 한 접시를 갖다주어야 했지요. 그 멍청이가 꼬박 하루를 굶었기 때문에요. 온통 이투성이였어요! 느토니 말라볼리아도 새로운 사람이죠! 정말 대단한 사람이에요! 할아버지와 다른 가족들은 모두 집안을 일으켜세우려고 땀흘리며 고생하는데, 구실만 있으면 달아나 로코 스파투처럼 술집 앞이나 마을을 어슬렁거려요."

그들의 집회는 여느 때처럼 아무런 결론도 없이 끝났다. 각자 자신의 의견만 고집했기 때문이다. 게다가 이번에는 시뇨라까지 있었기 때문에 돈 프랑코는 속마음을 털어놓을 수 없었다.

돈 실베스트로는 암탉처럼 웃었다. 집회가 끝나자 그도 뒷짐을 진 채 자리를 떴는데, 머릿속이 매우 복잡했다. "돈 실베스트로가 당신보다 더 똑똑하다는 걸 모르겠어요?" 시뇨라는 약방을 닫고 있는 남편에게 말했다. "그자는 확신이 있어야 행동해요. 뭔가 말할 것이 있어도 마음속에 가둬놓고 절대 말하지 않죠. 돈 실베스트로가 로솔리나에게서 25온차를 가로챘다는 것은 마을에서 모두 알아요. 하지만 그 사람 면전에서는 누구도 입을 열지 못하죠. 그런데 당신은 자기 일도 제대로 못하잖아요. 달을 보고 짖어대는 바보 같다니까요! 입만 살아가지고!"

"내가 무슨 말을 했다고 그래?" 약방 주인은 손에 등불을 들고 아내를 따라 계단을 올라가면서 말했다. 아까 한 말을 아내가 들었을까? 돈 프랑코는 감히 그녀 앞에서 자신의 밑도 끝도 없는 어리석은 이야기를 할 수 없었다. 다만 성호를 그으면서 광장을 가로질러 가던 돈 잠마리아 신부가 이렇게 중얼거렸다는 것은 알았다. "이 시간에 마을을 어슬

렁거리는 저 느토니 말라볼리아를 보니 새로운 사람들이란 정말 대단
하군!"

제11장

어느 날 느토니 말라볼리아는 마을을 어슬렁거리다가 두 젊은이를 보았다. 큰돈을 벌겠다며 몇 년 전에 리포스토에서 배를 타고 나갔다가 트리에스테인지 아니면 이집트의 알렉산드리아인지, 어쨌든 먼 곳에서 돌아온 그들은 술집에서 페피 나소나 치폴라보다 더 돈을 아낌없이 썼다. 두 젊은이는 탁자 위에 걸터앉아 아가씨들에게 농담을 던지고, 외투 주머니마다 다른 비단 손수건을 넣고 다녔다. 그런 그들 때문에 마을은 발칵 뒤집혔다.

저녁 무렵 느토니가 집에 돌아왔을 때 여자들은 멸치통에 소금물을 갈아넣거나 이웃 여자들과 바위 위에 앉아 수다를 떨고 있었다. 시간을 때우려고 아이들에게 이야기나 수수께끼를 들려주기도 했는데, 아이들은 반쯤 졸음에 취해서도 눈을 동그랗게 뜨고 들었다. 파드론 느토니도 귀를 기울였다. 멋진 이야기를 들려주는 사람들의 말에 칭찬의 표시로 고개를 끄덕이며 방울방울 떨어지는 소금물을 지켜보고, 또 한편으로는 수수께끼를 풀어내어 어른과 같은 판단력을 보여주는 아이들을 지켜보았다.

"오늘 도착한 이방인들 이야기가 정말 들을 만해요." 느토니가 말했다. "믿을 수 없을 만큼 많은 비단 손수건을 갖고 있고, 주머니에서 돈을 꺼낼 때 보고 확인하지도 않아요. 세상의 절반을 보았다고 하는데, 거기에 비하면 트레차와 아치 카스텔로는 둘을 합쳐도 아무것도 아니래요. 그건 나도 봤죠. 그곳에서는 사람들이 하루종일 멸치나 절이지 않고 편안히 지내요. 여자들은 오나나의 성모마리아의 것보다 아름다운 비단옷을 입고 손가락마다 반지를 끼고 길거리를 돌아다니면서 멋진 해군 병사들을 바라보곤 하죠."

아가씨들은 눈을 동그랗게 떴고, 파드론 느토니도 수수께끼를 푸는 아이들처럼 귀를 기울였다. "내가 커서 결혼한다면, 눈치아타 너와 하고 싶어." 알레시가 천천히 멸치통을 비워 눈치아타에게 건네주면서 말했다.

"아직 먼 이야기야." 눈치아타가 진지하게 대답했다.

"카타니아만큼 큰 도시들이 많아요. 익숙하지 않은 사람은 길을 잃기 십상이죠. 바다나 들판도 보이지 않는데다 두 줄로 늘어선 집들 사이를 걷노라면 숨이 막힐 정도예요."

"치폴라의 할아버지도 그런 곳에 갔었지. 바로 그곳에서 부자가 되셨어. 하지만 다시는 트레차로 돌아오지 않았고, 자식들에게 그저 돈만 보냈지." 파드론 느토니가 덧붙였다.

"저런!" 마루차가 말했다.

"이 수수께끼도 맞히는지 보자. 빛나는 것 두 개, 찌르는 것 두 개, 발굽 네 개, 빗자루 하나인 것은?" 눈치아타가 물었다.

"황소!" 리아가 곧바로 대답했다.

"전부터 알고 있었지? 그러니까 곧바로 맞히지!" 알레시가 말했다.

"나도 치폴라 할아버지처럼 그런 곳에 가서 부자가 되고 싶어요!" 느토니가 덧붙였다.

"그런 생각 하지 마라! 지금 우리는 멸치를 절여야 하니까." 할아버지는 마당에 늘어선 통들을 흡족하게 바라보며 말했다. 하지만 롱가는 그런 아들의 모습에 가슴이 조이는 느낌이었고, 아무 말도 하지 못했다. 떠난다는 말을 들을 때마다, 한번 떠났다가 다시는 돌아오지 못한 자들이 눈앞에 나타났기 때문이다.

파드론 느토니는 아이들을 바라보며 한마디 더 했다. "머리도 아니고 꼬리도 아닌 게 가장 좋은 운명이란다."

멸치통은 벽을 따라 점점 길게 세워졌다. 파드론 느토니는 통 하나를 제자리에 놓고 그 위에 돌덩이를 올려놓을 때마다 말했다. "하나 더! 모든 성인의 축일에는 이것들이 모두 돈이 될 게야."

이 말에 느토니는 웃었다. 그 모습은 꼭 다른 사람의 재산 얘기를 들을 때의 포르투나토 치폴라처럼 보였다. "정말 큰돈이군!" 그는 중얼거리며 다시 두 이방인에 대해 생각하기 시작했다. 그들은 여기저기 돌아다니다 술집의 긴 의자에 벌렁 드러눕는가 하면, 주머니에서는 짤랑거리는 돈 소리가 났다. 롱가는 아들의 머릿속을 읽으려는 듯 그를 바라보았다. 마당에서 들려오는 우스갯소리에도 그녀는 웃지 않았다.

"이 멸치를 먹을 사람은 분명히 왕관을 쓴 왕의 아들일 거예요." 안나가 말을 꺼냈다. "태양처럼 아름다운 왕자는 백마를 타고 일 년하고 한 달, 그리고 하루를 돌아다녔을 거예요. 그러다 젖과 꿀이 흐르는 마법의 샘터에 도착할 테고, 물을 마시려고 말에서 내리면 내 딸 마라의 골무를 발견하겠지요. 마라가 물동이를 채울 때 샘터에 떨어뜨린 골무를 요정들이 그곳으로 가져간 것이지요. 마라의 골무에 물을 담아 마신 왕자는 마라를 사랑하게 되고, 다시 일 년하고 한 달, 그리고 하루를 돌아다니다가 마침내 트레차에 도착할 거예요. 백마는 내 딸 마라가 빨래를 하고 있는 빨래터 앞으로 왕자를 데려갈 테지요. 그리고 왕자는 마라와 결혼하고, 손가락에 반지를 끼워줄 거예요. 그런 다음 백마 뒤에 태우고 자기 왕국으로 돌아갈 거예요."

입을 벌린 채 이야기를 듣던 알레시는 백마를 탄 왕자가 안나의 딸 마라를 뒤에 태우고 가는 모습이 눈앞에 보이는 것 같았다. "그럼 어디로 데려가요?" 리아가 물었다.

"멀리 바다 건너에 있는 자기 나라로 데려가지. 그곳에서 다시는 돌아오지 않을 거야."

"알피오 모스카처럼 말이군요. 만약 다시 돌아오지 못한다면, 나는 왕자와 함께 가고 싶지 않아요." 눈치아타가 말했다.

"당신 딸은 지참금이 없기 때문에 왕자가 결혼하려 하지 않을 거예요. 가진 것 없는 사람들에게 모두가 그러듯 등을 돌릴 거라고요." 느토니가 말했다.

"그래서 내 딸이 지금 이렇게 일하고 있잖아요. 하루종일 빨래터에서 일하고도. 지참금을 마련하려고요. 그렇지, 마라? 왕자가 아니더라도 누군가 오겠지. 세상은 그렇게 돌아가는 법이고, 우리는 불평하지 않아요. 당신은 왜 내 딸을 사랑하지 않고 사프란처럼 얼굴이 노란 바르바라를 사랑했죠? 바르바라가 제 지참금을 마련했기 때문 아닌가요? 그러니 불행이 당신과 당신 가족의 재산을 빼앗아 갔을 때, 바르바라가 당신을 버린 것은 당연한 일이었어요."

"당신은 모든 것을 받아들이는군요? 다른 사람들이 당신을 '행복한 마음'이라고 부르는 이유를 알겠어요." 부루퉁해진 느토니가 대답했다.

"내가 '행복한 마음'이 아니면 뭐가 바뀌기라도 하나요? 아무것도 가진 게 없을 때는 알피오 모스카처럼 떠나는 것이 최고예요."

"내 말이 바로 그거예요!" 느토니가 소리쳤다.

"고향에서 떠나는 건 최악이에요." 마침내 메나가 말을 꺼냈다. "고향에서는 돌멩이들조차 자신을 알아보는데, 그것들을 길에다 남겨두고 떠나는 건 가슴이 무너지는 일이죠. 고향에서 둥지를 짓는 새가 행복한 법이에요."

"훌륭하구나, 아가타 성녀! 판단력 있는 말이란 바로 이런 것이지." 할아버지는 말했다.

"그래요! 하지만 뼈빠지게 일하고 땀을 흘려서 둥지를 지으면 그다음엔 먹을 것이 없을 거예요. 서양모과나무 집을 다시 산 다음에도 우리는 월요일부터 토요일까지 계속 고생을 해야 할 거고요. 영원히 끝나지 않을 거예요!" 느토니가 투덜거렸다.

"더는 일을 하고 싶지 않은 것이냐? 그럼 뭘 하고 싶은데? 변호사?"

"변호사 하고 싶지 않아요!" 느토니는 또 투덜거리며 울적한 기분으로 잠을 자러 가버렸다.

그날 이후 그는 다른 사람들의 삶처럼 걱정거리도 없고 힘들지도 않은 삶만 생각했다. 해가 지면 지루한 잡담을 듣지 않으려고 문가의 벽에 등을 기댄 채 지나가는 사람들을 바라보았다. 그러면서 자신의 불행한 운명을 되씹었다. 적어도 그것이 그에겐 다음날을 위한 휴식이었다. 그리고 다음날이 되면 모스카의 당나귀처럼 똑같은 일을 반복했다. 안장을 가져오는 주인을 보면 마구가 채워지기를 기다리며 어깨에 힘을 주는 당나귀처럼. "당나귀 같은 인생! 바로 우리가 그래! 죽어라 일만 하는 당나귀!" 그는 중얼거렸다. 그는 그런 생활에 지쳤고, 다른 사람들처럼 큰돈을 벌러 떠나고 싶은 게 확실했다. 그것은 불쌍한 어머니에게도 확실히 보여서, 그녀는 느토니의 어깨를 다독이고 부드러운 목소리와 눈물 맺힌 눈으로 그의 마음을 어루만졌다. 그 눈은 마치 그의 마음을 읽고 자신의 마음을 전하려는 듯 그를 뚫어지게 응시했다. 하지만 그는 자신이 떠나는 것이 자신과 가족들에게 더 좋을 거라고, 나중에 돌아오면 모두가 행복해질 거라고 말했다. 불쌍한 마루차는 밤새도록 눈을 붙이지 못하고 눈물로 베개를 적셨다. 마침내 이상한 낌새를 눈치챈 할아버지는 손자를 문밖 성당 옆으로 불러내 무슨 일이냐고 물었다.

"자, 무슨 일이야? 말해봐, 네 할아버지한테 말해봐!"

느토니는 어깨를 으쓱할 뿐이었다. 하지만 노인은 계속해서 고개를 끄덕이고, 침을 뱉고, 머리를 긁으면서 할말을 찾았다.

"얘야, 네 머릿속에 뭔가 있구나! 전에는 없던 게 말이야. 절름발이와 붙어다니는 사람은 새해에는 저는 법."

"저는 불쌍한 놈이에요! 바로 그거예요!"

"대단하구나! 그게 새롭다니! 그걸 몰랐어? 네 아버지도 그랬고, 네 할아버지도 그랬어! 이 세상에서는 덜 원하는 자가 더 부자인 법. 한탄하는 것보다 만족하는 것이 더 낫단다."

"멋진 위로군요!"

이번에 노인은 곧바로 할말을 찾았다. 마음이 입술에 있는 느낌이 었다.

"그런 말은, 적어도 네 엄마 앞에서는 하지 마라."

"엄마는…… 차라리 저를 낳지 않는 게 더 나았을 거예요!"

"그래." 파드론 느토니는 고개를 끄덕였다. "그래, 차라리 낳지 않은 편이 더 나았겠지. 오늘처럼 말하는 너라면 말이야."

잠시 느토니는 할말을 잃었다. 하지만 곧 이렇게 외쳤다. "그래요! 엄마와 할아버지, 모두를 위해서 저는 떠나고 싶어요. 엄마를 부자로 만들어주고 싶어요! 그게 제가 원하는 거예요! 지금 우리는 집과 메나의 지참금 때문에 고생하고 있어요. 리아도 곧 자라겠죠. 그런데 물고기가 잘 잡히지 않으면 언제나 가난 속에서 허우적댈 거예요. 저는 계속 이렇게 살고 싶지 않아요. 나와 우리 가족 모두를 바꾸고 싶어요. 엄마와 할아버지, 메나, 알레시, 모두 부자가 되면 좋겠어요."

파드론 느토니는 눈을 동그랗게 뜨고, 소화라도 시키려는 듯 그 말을 곰곰이 되씹어보았다. "부자! 부자라! 그런데 부자가 돼서 뭘 할 건데?"

느토니는 머리를 긁적이며 무엇을 할지 생각해보았다. "다른 사람들처럼 하겠죠…… 아무것도 하지 않을 거예요. 아무것도 하지 않을 거라고요! 도시에 살면서 아무것도 하지 않을 거예요. 그리고 매일 파스타와 고기를 먹을 거예요."

"그럼 너는 도시로 가서 살아라. 나는 내가 태어난 곳에서 죽고 싶다." 노인은 자신이 태어난 집을, 이제는 자기 것이 아닌 집을 생각하면서 가슴 위로 고개를 떨구었다. "넌 아직 어려서 몰라! 모른다고! 더이상 네 침대에서 잘 수 없을 때, 네 창문으로 들어오는 햇살을 받을수 없을 때면 알게 될 거야! 알게 될 거라고! 늙은이 말을 들어!" 구부정하게 등이 굽은 불쌍한 노인은 질식할 듯 기침하며 슬픈 듯 고개를저었다. "새에게도 자기 둥지가 가장 아름다운 법. 저 참새들이 보이지? 보여? 언제나 저기에다 둥지를 지었고, 계속해서 그럴 거야. 떠나려고 하지 않아."

"저는 참새가 아니에요. 저것들처럼 동물이 아니라고요! 저는 목줄에 묶인 개처럼 살고 싶지 않아요. 알피오의 당나귀나, 쉴새없이 수차바퀴를 돌리는 노새처럼 살고 싶지 않아요. 저는 초라한 방에서 굶어죽고 싶지도 않고 상어에게 잡아먹히고 싶지도 않다고요." 느토니는대답했다.

"너를 여기서 태어나게 해주신 하느님께 감사드려야 해. 그리고 너를 알아보는 돌멩이들에게서 멀리 떠나가 죽지 않도록 해라. 옛것을 새것으로 바꾸면 더 나빠지는 법. 너는 일하는 것을 두려워하고, 가난을 두려워하는구나. 보아라, 나는 이제 너처럼 팔이 튼튼하지도 않고 건강하지도 않지만 아무것도 두렵지 않다! 훌륭한 키잡이는 폭풍우 칠 때 아는법. 너는 밥벌이를 해야 한다는 것을 두려워하고 있어. 바로 그거야!네 증조할아버지께서 돌아가시면서 나에게 프로비덴차와 먹여살려야할 식구 다섯 명을 남겨주셨을 때, 나는 지금의 너보다 더 어렸지만 두려워하지 않았다. 불평하지 않고 내 의무를 다했고, 지금도 하고 있지. 그리고 눈을 뜨고 있는 한 계속 그럴 수 있게 도와달라고 하느님께 기도한단다. 네 아버지와 축복받은 네 동생 루카가 제 의무를 다하러 떠날 때 두려워하지 않았던 것처럼 말이다! 불쌍한 네 어머니도 저 집안에 틀어박혀 제 몫을 다했어. 너는 네 엄마가 얼마나 많은 눈물을 흘렸고, 또 떠나려는 너 때문에 지금 얼마나 많은 눈물을 흘리고 있는지 모를 거다. 네 누이동생이 아침마다 흠뻑 젖은 시트를 발견하지! 그런데도 네 어머니는 입을 꾹 다물고 네 속마음에 대해 말하지 않는다. 불쌍한 개미처럼 일만 했어. 눈물 마를 날이 없는 지금까지 평생 한눈팔지 않았다. 네가 젖을 먹을 때부터, 네가 바지 단추를 채울 줄도 몰랐을 때부터 지금까지. 그때 너는 두 다리로 걸을 생각도, 집시처럼 세상을 떠돌아다닐 생각도 하지 않았으니까."

결국 느토니는 어린애처럼 울기 시작했다. 그도 속마음은 빵처럼 부드러웠던 것이다. 하지만 다음날이 되자 곧 잊어버리고 아침에 마지못해 선구들을 짊어진 채 바다로 가면서 투덜거렸다. "알피오의 당나귀와 똑같군! 날이 밝으면 멍에를 씌우러 오는지 보려고 고개를 길게 빼는 당나귀 말이야." 그물을 던진 다음에 배가 엉뚱한 곳으로 벗어나지 않도록 천천히 노를 젓는 일은 알레시 혼자 하게 내버려두고, 느토니는 겨드랑이에 손을 끼운 채 멀리 바다가 끝나는 곳을 바라보았다. 그곳에는 사람들이 어슬렁거릴 뿐 아무 일도 하지 않는 큰 도시들이 있었다. 혹은 그런 도시에서 돌아온 두 이방인을 생각했다. 그들은 얼마 전에 마을을 떠났는데, 느토니는 그들이 아무 할 일 없이 주머니의 돈을 써대며 이 술집 저 술집 세상을 돌아다닐 거라고 생각했다. 저녁이면 가족들은 배를 정박시키고 선구들을 제자리에 정돈한 다음 느토니의 부루퉁한 주둥이를 보지 않으려고 주머니에 돈 한푼 없이 개처럼 어슬렁거리는 그를 내버려두었다.

"느토니, 무슨 일이니?" 롱가는 눈물이 어려 반짝이는 눈으로 아들의 얼굴을 조심스럽게 바라보았다. 불쌍한 그녀는 아들의 생각을 짐작하고 있었다. "말해봐, 나는 네 엄마잖아!" 느토니는 대답하지 않았다. 어떨 땐 아무것도 아니라고 대답했다. 그러다 마침내 속마음을 털어놓았다. 할아버지를 비롯한 모든 가족이 자신에게 의지하고 있는 것을 더는 견딜 수 없다고 말이다. 그는 다른 사람들처럼 넓은 세상으로 나가 성공하고 싶다고 했다.

어머니는 귀를 기울였다. 두 눈에 눈물이 가득한 그녀는 입을 열 용기가 없었다. 아들이 울면서 발을 구르고 머리를 쥐어뜯으면서 하는 말이 너무나 괴로웠기 때문이다. 불쌍한 롱가는 무슨 말이라도 하거나 아들의 목을 끌어안고 울어서라도 떠나지 않도록 하고 싶었다. 하지만 막상 무언가 말하려 하자 입술이 떨려 아무 말도 나오지 않았다.

그러다 마침내 말했다. "느토니, 떠나고 싶으면 떠나거라. 하지만 그러면 다시는 나를 보지 못할 거야. 이제 나도 피곤하고 나이가 든 것 같아. 그런 고통을 견딜 수 없을 것 같구나."

느토니는 어머니를 안심시키려고 노력했다. 곧 돈을 벌어 돌아올 것이며, 그러면 모두가 행복해질 거라고 했다. 하지만 마루차는 아들의 눈을 뚫어지게 바라보면서 슬프게 고개를 저었다. 그러고는 아니라고, 이제는 자신을 보지 못할 거라고 말했다.

"나도 이제 늙었어!" 롱가가 되풀이해서 말했다. "나도 이제 늙었다고! 내 얼굴을 봐라! 이제는 네 아버지와 동생의 소식을 들었을 때처럼 펑펑 울 기력도 없구나. 빨래터에 갔다가 저녁에 집에 돌아오면 피곤해서 아무것도 할 수 없단다. 예전에는 그렇지 않았는데. 아들아, 내가 전 같지 않아! 예전에 네 아버지와 동생이 있었을 때는 나도 더 젊고 힘이 있었지. 봐라, 심장도 피곤해지는 모양이다. 낡은 옷을 빨래하면 찢어지는 것처럼 심장도 낡아서 찢어지는 것 같구나. 이제는 용기도 없고, 모든 것이 두렵다. 바다에 나가면 파도가 머리 위로 지나가는 것처럼 심장이 가라앉는 느낌이야. 원한다면 가거라. 하지만 먼저 내가 눈을 감게 해다오."

롱가의 얼굴은 완전히 젖어 있었다. 하지만 자신이 울고 있다는 것도 깨닫지 못한 그녀는 떠났다가 다시 돌아오지 못한 아들 루카와 남편이 눈앞에 어른거리는 것 같았다.

그녀가 말했다. "다시는 너를 보지 못할 거야! 이제 집이 비어가는구나. 불쌍한 네 할아버지까지 가버리시면, 불쌍한 고아들을 누구 손에 맡길까? 아! 고통의 성모마리아님!"

그녀는 아들이 곧바로 달아나기라도 할 듯 그를 껴안았다. 아들의 얼굴을 가슴에 품은 채 떨리는 손으로 그의 등과 얼굴을 쓰다듬었다. 그러자 느토니는 더이상 버티지 못하고 어머니에게 입을 맞추며 외쳤다.

"아니에요! 아니에요! 어머니가 원하지 않으면 떠나지 않겠어요. 그렇게 말하지 마세요! 그런 말씀 마세요. 좋아요, 모스카의 당나귀처럼 계속해서 일하겠어요. 더이상 마차를 끌 수 없을 때는 구덩이 속에 내던져질 당나귀처럼요. 이제 만족하세요? 그렇게 울지 마세요! 할아버지가 평생 얼마나 고생했는지 아시잖아요? 지금 저렇게 늙으셨는데도 늪에서 빠져나오려고 아직도 똑같이 고생하고 있어요! 우리 운명이 그래요!"

"너는 걱정 없는 사람들이 있다고 생각하니? 오래되었든 새로 난 것이든, 구멍마다 못이 있는 법이야! 치폴라를 보렴. 평생 땀흘려 모은 재산을 아들 브라시가 베스파의 앞치마에 쏟아붓지 못하게 뒤쫓아다니고 있어! 그리고 농장 주인 필리포는 그렇게 부자인데도 포도 농사를 망칠까봐 하늘만 쳐다보며 지나가는 구름만 보아도 성모송을 바친단다! 크로치피소는 돈을 모으려고 먹을 빵조차 아끼고, 언제나 이 사람 저 사람하고 싸우지! 외지에서 온 두 선원은 걱정이 없을 것 같아? 그들이 집에 돌아갔을 때 자기 어머니를 만날 수 있을지 누가 알겠니? 반대로 우리가 서양모과나무 집을 다시 사고, 겨울 동안 먹을 콩과 곡물을 통에 담아두고, 메나를 결혼시키고 나면 우리에게 뭐가 부족하겠니? 내가 땅속에 묻히고, 불쌍한 네 할아버지도 돌아가시고, 알레시가 밥벌이를 할 수 있게 되면 네가 가고 싶은 곳으로 가거라. 분명히 말하지만, 그때는 너도 떠나려 하지 않을 거야. 고집스럽게 집을 떠나려고 하는 너를 보면서도 우리 모두가 아무 말 없이 하던 일을 계속하며 가슴속에 품고 있던 것을 너도 이해할 테니까 말이야. 아마 그때는 네가 나고 자란 고향을, 네 가족이 묻혀 있는 땅을 떠나고 싶지 않을 거야. 일요일마다 그 위에서 무릎을 꿇어 매끄러워진, 고통의 성모마리아 제단 앞 대리석 밑에 묻힌 네 가족을 말이야."

그날 이후 느토니는 부자가 되고 싶다는 말을 하지 않았고 떠나는 것도 포기했다. 그가 다소 슬픈 표정을 한 채 문턱에 앉아 있을 때마다 어머니의 눈길이 그를 떠나지 않았기 때문이다. 불쌍한 롱가는 너무나도 근심이 많고 피곤하고 기진맥진해서 할 일이 없을 때는 두 손을 맞잡고 앉아 있었는데, 벌써 시아버지처럼 구부정해진 등은 가슴 아픈 광경이었다. 하지만 전혀 예상치 못한 순간에 그녀 자신 또한 떠나야 한다는 것은 몰랐다. 자신도 성당의 매끄러운 대리석 아래서 영원한 휴식을 위한 여행을 떠나야 하고, 때로는 이 사람, 때로는 저 사람이 갈기갈기 찢어놓았던 그녀의 가슴속에 남아 있는, 너무나도 사랑하는 사람들을 모두 두고 떠나야 한다는 사실을 몰랐다.

카타니아에 콜레라가 유행했다.[91] 달아날 수 있는 사람들은 모두 이리저리 가까운 시골이나 산골로 피신했다. 공교롭게도 신의 은총으로 트레차와 오니나에 돈을 써대는 이방인들이 몰려온 때였다. 하지만 멸치 열두 통을 사라는 이야기를 꺼내면 상인들은 입을 삐죽거리며 콜레라에 대한 두려움 때문에 시장에서 돈이 모두 사라졌다고 말했다. "그럼 사람들이 더이상 멸치를 안 먹는단 말이오?" 오리 다리는 그들에게 물었다. 하지만 거래를 성사시키기 위해 파드론 느토니를 비롯해 멸치를 팔아야 하는 사람들에게는 콜레라가 돌면서 멸치나 잡다한 음식으로 위장을 망치지 않으려고 다들 파스타와 고기만 먹는다고, 그래서 어쩔 수 없이 눈을 질끈 감고 가격을 포기해야 한다고 말했다. 말라볼리아 사람들은 미처 그것을 계산하지 못했다! 가재걸음을 치지 않기 위해, 남자들이 바다에 나가 있는 동안 롱가는 여기저기 이방인들이 머무는 집에 계란과 신선한 빵을 가져다주며 약간의 돈을 벌었다. 하지만 좋아 보이는 것은 실상 위험할 수 있으므로 모르는 사람에게서는

---

91) 실제로 1867년 카타니아에 콜레라가 유행했다.

담배 한줌도 받지 않았다. 길을 갈 때에는 수천 가지의 더러운 것이 묻어 있을 위험이 있는 벽에서 멀리 떨어져 길 한가운데로 걸었고, 돌이나 담장 위에 앉지 않도록 주의해야 했다. 어느 날 바구니를 들고 아치 카스텔로에서 돌아오던 롱가는 너무 피곤해서 다리가 납처럼 무겁게 느껴지고 부들부들 떨렸다. 그래서 마을로 들어가기 전에 성당 옆에 있는 야생 무화과나무 그늘 아래 늘어선 매끄러운 서너 개의 돌 위에 앉아 잠시 쉬고 싶은 욕망을 이기지 못했다. 나중에야 떠올린 사실이지만, 몇 분 전에 역시 매우 피곤해 보이는 이방인 하나가 거기 앉아 있다가 기름처럼 보이는 더러운 것을 몇 방울 떨어뜨렸었는데, 당시엔 위험하다는 생각을 하지 못했다. 결국 그녀도 거기에 앉았고, 콜레라에 걸리고 말았다. 집으로 돌아왔을 때 그녀는 혼자 서지도 못했고, 성모마리아께 바친 초처럼 노란 얼굴빛에 눈 밑이 거메져 있었다. 집에 있던 메나는 그녀의 얼굴을 보자마자 울기 시작했고, 리아는 약초와 당아욱 잎사귀를 뜯으러 달려갔다. 메나는 어머니가 누울 자리를 마련하면서 나뭇잎처럼 떨었다. 나무의자에 앉은 롱가는 눈 밑이 검고 얼굴은 노란데다가 피곤해 죽을 지경이면서도 이렇게 말했다. "아무것도 아니야. 놀라지 마라. 침대에 잠시 누워 있으면 곧 나을 거야." 그러고는 딸들을 도와주기 위해 움직이려고 했지만 그때마다 힘이 없어 다시 주저앉고 말았다.

"거룩하신 성모마리아님! 거룩하신 성모마리아님! 남자들은 다 바다에 있어요!" 메나가 떠듬떠듬 외쳤다. 리아는 울음을 터뜨렸다.

손자들과 함께 집으로 돌아오던 파드론 느토니는 반쯤 열려 있는 문과 덧창에서 비치는 불빛을 보고 머리칼을 움켜잡았다. 마루차는 침대에 누워 있었는데, 어둠 속에서 본 그녀의 눈은 벌써 죽음이 빨아먹은 것처럼 텅 비어 보였고 입술은 숯처럼 검었다. 당시에는 해가 진 뒤 의사나 약사가 돌아다니지 않았으며, 이웃 여자들도 콜레라가 무서워 문에 빗장을 걸어두고 문틈마다 성인들의 그림을 붙여두었다. 그래서 불쌍한 마루차는 가족의 도움밖에 받을 수 없었지만, 그녀의 가족은 초라한 침대에 누워 있는 그녀를 보고 미친 사람처럼 집안을 돌아다니고 무엇을 해야 할지 모른 채 머리를 벽에 들이받을 뿐이었다. 더이상 희망이 없다는 것을 깨달은 마루차는 부활절에 사두었던 성유聖油에 적신 값싼 솜뭉치를 그녀의 가슴 위에 올려놓아주기를 원했고, 파드론 느토니가 죽을 뻔했을 때처럼 촛불을 켜달라고 말했다. 침대 옆에 있는 가족들을 모두 보고 싶었기 때문이다. 그녀는 더이상 보이지도 않는 눈을 한 사람 한 사람에게 번갈아가며 맞추었다. 리아는 가슴이 찢어질 듯이 울었고, 안색이 누더기처럼 창백해진 다른 사람들도 도움을 요청하듯 서로의 얼굴만 바라보았다. 그들은 죽어가는 사람 앞에서 울음을 터뜨리지 않기 위해 가슴을 움켜잡았다. 앞은 보이지 않지만 자신에게 남은 시간이 얼마 없음을 감지한 마루차는 가여운 그들을 그렇게 쓸쓸하게 두고 떠나야 한다는 것이 마음 아팠다. 그녀는 쉰 목소리로 한 사람씩 가족의 이름을 부르며 그들에게 보물을 남겨주듯 축복을 기원하기 위해 손을 들어올리려 했지만, 움직일 수 없었다. "느토니!" 롱가는 더이상 들리지 않는 목소리로 반복해서 아들을 불렀다. "느토니! 네가 장남이니까, 부모 없이 남겨진 동생들을 부탁한다!" 아직 살아 있는 롱가가 그렇게 말하는 것을 듣자 모두들 더는 참지 못하고 울음을 터뜨리며 오열했다.

그렇게 그들은 더이상 움직이지 않는 그녀를 지켜보며 침대 곁에서 밤을 지새웠다. 점차 사그라지던 촛불이 결국 꺼지자 죽은 롱가처럼 창백한 새벽이 창문으로 들어왔다. 그녀의 얼굴은 칼날처럼 예리하고 초췌했고 입술은 검었다. 그런데도 메나는 끊임없이 그녀에게 입맞추며 마치 그녀가 들을 수 있기라도 한 듯 말을 걸었다. 느토니는 가슴을 치면서 흐느꼈다. "오, 엄마! 나보다 먼저 가시네요! 내가 먼저 떠나려고 했는데!" 알레시는 엄마의 칼날처럼 예리하고 노란 얼굴과 하얗게 센 머리를, 그의 머리카락이 하얘질 때까지도 눈앞에서 지워버릴 수 없었다.

그날 늦게야 사람들이 와서 황급히 롱가의 시신을 옮겼다. 누구도 고인을 조문하러 갈 생각을 하지 않았다. 모두가 자기 목숨을 생각하느라 바빴다. 돈 잠마리아 신부조차 문가에 멈춰 서서 성 프란체스코 수도회의 수도복을 걷어올려 모아잡고 성수 뿌리개로 성수를 뿌렸다. "참 이기적인 수도사로군!" 약방 주인이 말했다. 신부와 달리 그는 사람들이 의사의 처방전을 가지고 약을 사러 오면 밤중에도 기꺼이 약방 문을 열어줄 사람이었다. 그는 콜레라를 두려워하지 않았기 때문이다. 그래서 콜레라를 길거리나 문 앞에 뿌리고 다니는 사람들이 있다고 믿는 것을 어리석다고 말하기도 했다. "그게 바로 그자가 콜레라를 퍼뜨리고 다닌다는 증거요!" 돈 잠마리아는 그렇게 말했지만 모든 마을 사람들은 약방 주인을 반겼다. 그래도 그는 돈 실베스트로가 그러듯 암탉처럼 웃으며 이렇게 말할 뿐이었다. "나는 공화주의자니까요! 만약 내가 서기이거나, 나라의 심부름꾼 노릇을 하는 사람이라면 이러지 않았을 테지요!" 한편 말라볼리아 사람들은 텅 빈 침대 앞에 외롭게 남아 있었다.

롱가가 떠난 뒤에도 한동안 그들은 문을 열지 못했다. 다행히 집안에 콩과 땔나무, 기름이 비축되어 있었다. 파드론 느토니가 좋은 시절에 개미처럼 모아두었기 때문이다. 그러지 않았다면 아마 모두 굶어 죽었을 것이다. 아무도 그들이 죽었는지 살았는지 보러 오지 않았다. 그러다가 점차 그들은 목에 검은 스카프를 두르고 폭풍우가 지나간 뒤의 달팽이처럼 거리로 나가기 시작했다. 아직 충격에 휩싸여 창백한 얼굴이었다. 이웃 여자들이 멀찍이 물러서서 어쩌다 그런 불행이 일어났는지 물었다. 마루차는 최초 발병자 가운데 하나였기 때문이다. 그리고 돈 미켈레를 비롯하여 국왕의 빵을 먹고 살며 깃털 달린 베레모를 쓰고 다니는 누군가가 지나갈 때면, 사람들은 증오심에 번뜩이는 눈으로 쳐다보고는 집안으로 달려가 숨어버렸다. 마을에는 커다란 적막감이 감돌았고, 길거리에는 닭 한 마리 보이지 않았다. 치리노조차 더이상 나타나지 않았고, 정오와 저녁 기도 시간에 울려야 하는 종에 신경도 쓰지 않았다. 면사무소 심부름꾼으로 매달 12타리를 받는 그도 국왕의 빵을 먹는다 할 수 있었기에, 사람들이 여느 정부의 일꾼에게 하듯이 자신을 대할까봐 두려워했다.

이제 돈 미켈레가 거리의 주인이었다. 피추토와 돈 실베스트로 등이 모두 토끼처럼 동굴 안에 숨어 있었기 때문에, 꼭 닫힌 바르바라의 문 앞을 서성대는 건 오직 돈 미켈레뿐이었다. 유감스럽게도 말라볼리아 사람들만이 그를 보았다. 더이상 잃을 것이 없는 그들은 두 손으로 턱을 괸 채 문가에 꼼짝하지 않고 앉아서 지나가는 사람을 쳐다보았던 것이다. 돈 미켈레는 산책 시간을 낭비하지 않기 위해 아가타 성녀를 바라보곤 했다. 다른 문들은 모두 닫혀 있었기 때문이다. 그리고 자신은 세상 그 누구도 두려워하지 않는다는 것을 얼간이 느토니에게 보여주고 싶었다. 그런데 창백한 얼굴의 메나는 정말 아가타 성녀 같았고, 어린 리아도 검은 스카프를 두르니 제법 아름다운 소녀티가 났다.

불쌍한 메나는 갑자기 이십 년의 세월이 일순간 어깨 위에 내려앉은 것 같았다. 롱가가 그녀에게 했던 것처럼 이제는 자신이 동생 리아를 돌보았다. 암탉처럼 날개 아래에 리아를 품어 보호하고 온 집안을 어깨에 짊어져야 할 것 같았다. 메나는 남자들이 바다에 나가 있는 동안 항상 눈앞에 있는 텅 빈 침대 곁에 어린 여동생과 단둘이 있는 것에 익숙해졌다. 할 일이 없을 때는 두 손을 맞잡고 앉아서 그 텅 빈 침대를 바라보았는데, 그러면 엄마가 정말로 떠났다는 사실이 실감났다. 가끔 길에서 사람들이 "누가 죽었어. 또 누가 죽었어" 하고 말하는 소리가 들렸다. 그러면 "롱가가 죽었어" 하는 말도 다른 사람들에게는 그렇게 들렸을 거라는 생각이 들었다. 엄마는 검은 스카프를 두른 불쌍한 어린 동생과 그녀를 두고 떠났다.

눈치아타와 안나는 이따금 침통한 표정을 짓고 조심스러운 걸음으로 찾아와서는 문가에서 앞치마 밑에 손을 넣은 채 아무런 말도 없이 황량한 길을 바라보았다. 바다에서 돌아오는 남자들은 목에 그물을 멘 채 조심스럽고 빠르게 지나갔고, 마차들은 술집 앞에서 멈추지도 않았다.

알피오의 마차는 어디를 지나고 있을까? 혹시 그 순간, 이 세상에 아무도 없는 불쌍한 젊은이가 어느 울타리 아래서 콜레라로 죽어가고 있는 것은 아닐까? 이따금 오리 다리가 굶주린 얼굴로 주위를 돌아보면서 지나갔다. 여기저기서 볼일이 있는 크로치피소도 가끔 돌아다니며 자기에게 빚진 자들의 맥박을 짚어보았다. 그들이 죽으면 빚을 받아낼 길이 없기 때문이었다. 노자성체마저 수도복을 걷어올린 돈 잠마리아 신부의 손으로 재빨리 치러졌다. 치리노가 더이상 나타나지 않았기 때문에 어느 맨발의 소년이 종을 울렸다. 개 한 마리 지나가지 않고, 돈 프랑코마저 문을 반쯤만 열어놓은 황량한 거리에서 울리는 종소리는 처량하기만 했다.

밤이건 낮이건 여기저기를 돌아다니는 유일한 사람은 바로 로카였다. 그녀는 하얀 머리칼을 헝클어뜨린 채 서양모과나무 집 앞에 앉아 있거나 바닷가에서 배들이 들어오기를 기다렸다. 콜레라마저 불쌍한 그녀를 피해갔다.

이방인들도 겨울이 다가오는 시기의 새들처럼 달아나버렸다. 이제 멸치를 사려는 사람은 없었다. 모두들 이렇게 말했다. "콜레라 다음에는 기근이 올 거야." 파드론 느토니는 집을 사려고 모아둔 돈에 손을 대야만 했고, 돈은 한푼 두푼 줄어들었다. 하지만 그에게는 마루차가 자기 집이 아닌 곳에서 죽었다는 사실만 중요했다. 그리고 그 생각이 그의 마음을 떠나지 않았다. 돈이 줄어드는 것을 보고 느토니도 고개를 저었다.

마침내 콜레라가 사라졌을 때, 그렇게 고생하며 모아둔 돈은 겨우 절반이 남아 있었고, 느토니는 또다시 말했다. 더는 견딜 수 없다고, 그렇게 쌓았다가 또 무너지는 삶을 계속할 수 없다고. 한 방에 모두를 어려움에서 벗어나게 해야 한다고, 빌어먹을 궁핍 속에서 어머니가 죽은 곳에서는 더이상 살고 싶지 않다고.

"네 엄마가 너에게 메나를 부탁한 것을 잊었느냐?" 파드론 느토니가 물었다.

"여기 남아 있다고 해서 제가 메나에게 무슨 도움을 줄 수 있겠어요? 말씀해보세요!"

메나는 마루차가 그랬듯 소심하지만 애정 어린 눈길로 오빠를 바라볼 뿐 감히 말을 꺼내지는 못했다. 그러다 한번은 문설주를 움켜잡고 용기를 내어 입을 열었다.

"오빠가 우리를 남겨두고 떠나지만 않으면, 나에게는 아무 도움도 필요 없어요. 엄마가 없으니까 마치 물 밖의 물고기가 된 느낌이고 아무것도 원하는 게 없어요. 하지만 저 불쌍한 리아가 걱정이에요. 오빠가 떠나버리면, 아버지가 떠난 눈치아타처럼 세상에 아무 연고도 없게 될 테니까요."

"아니야!" 느토니는 말했다. "아니야! 내가 가진 게 없으면 너희를 도와줄 수 없어. 이런 속담이 있지. 도움을 받은 자가 도움을 줄 수 있는 법. 돈을 벌어서 돌아올게. 그러면 우리 모두 행복해질 거야."

리아와 알레시는 깜짝 놀라 동그래진 눈으로 느토니를 바라보았다. 가슴 위로 고개를 떨군 할아버지는 마침내 입을 열었다. "이제 아버지도 없고 어머니도 없으니 네가 하고 싶은 대로 하거라. 살아 있는 동안에는 내가 아이들을 돌보겠다. 그러다 내가 죽으면 주님께서 돌봐주시겠지."

느토니가 어떻게 해서든 떠나려 하자 메나는 그의 물건을 챙기기 시작했다. 아마 어머니도 그렇게 했을 것이다. 타향에서는 오빠를 생각해줄 사람이 아무도 없을 거라는 생각에서였다. 알피오 모스카의 처지가 그렇듯. 오빠의 셔츠를 꿰매고 옷을 깁는 동안 그녀의 머리는 이미 지나간 것들을 향해 아주 멀리 달려갔고, 가슴은 한껏 부풀어올랐다.

"더는 서양모과나무 집 앞으로 지나갈 수가 없어요. 목이 막혀서 숨을 쉴 수가 없어요. 그 집을 떠난 뒤에 일어난 수많은 일들 때문에요!" 메나가 할아버지 옆에 앉아 말했다.

메나는 오빠의 짐을 꾸리면서 다시는 오빠를 볼 수 없을 것처럼 눈물을 쏟았다. 마침내 모든 것이 준비되자 할아버지는 손자를 불러 마지막 설교와, 혼자 살아가기 위해 필요한 마지막 조언을 했다. 이제는 주위에 충고를 해주거나 함께 슬퍼해줄 사람도 없이 스스로의 생각으로 돈을 벌어야 했기 때문이다. 만일의 경우를 위해 약간의 돈과 가죽으로 덧댄 그의 외투도 주었다. 이제 늙은 그에게는 필요 없는 것이었다.

떠날 준비를 하는 느토니의 뒤를 따라 천천히 집안을 돌아다니던 아이들은 이미 그가 이방인이라도 된 듯 감히 말을 걸지 못했다.

"우리 아버지도 그렇게 가셨어." 작별 인사를 하기 위해 문가에 서 있던 눈치아타가 말했다. 하지만 아무도 대답하지 않았다.

이웃 여자들도 하나둘 느토니에게 인사를 하러 와서는 그가 떠나는 것을 보려고 길가에 서서 기다렸다. 느토니는 어깨에 보따리를 걸치고 손에 신발을 든 채 머뭇거렸다. 마지막 순간에 갑자기 가슴과 다리의 힘이 빠진 것 같았다. 다른 가족들처럼 심란한 표정을 한 그는 마을과 집 등 모든 것을 마음속에 새겨두기 위해 여기저기 둘러보았다. 할아버지는 시내까지 그를 바래다주려고 지팡이를 들었고, 메나는 한쪽 구석에서 소리 죽여 울었다. "그만 울어!" 느토니가 말했다. "자, 이제는 그만 울어! 반드시 돌아올 거야! 전에도 군대에서 돌아왔잖아." 그는 메나와 리아에게 입을 맞추고 나서 이웃 여자들에게 인사를 하고는 떠나려고 발길을 돌렸다. 그 순간 메나가 정신이 나간 듯 큰 소리로 흐느 끼면서 두 팔을 벌리고 뒤쫓아 달려가더니 말했다. "이제 엄마가 뭐라 고 하실까? 이제 엄마가 뭐라고 하실까?" 마치 엄마가 이 모습을 보고 무슨 말을 할지 안다는 듯했다. 하지만 메나는 그녀의 마음속에 남아 있던 말을 했을 뿐이었다. 떠나고 싶다는 느토니의 말에, 매일 밤 우는 엄마와 이튿날 완전히 젖어 있는 시트를 보았을 때 그녀의 마음속에 맺힌 말을 했을 뿐이었다.

"안녕, 느토니 형!" 느토니의 모습이 이미 멀어졌을 때 용기를 낸 알 레시가 뒤에서 소리쳤다. 그러자 리아도 옆에서 함께 외쳤다.

"우리 아버지도 그렇게 가셨어." 잠시 침묵이 흐르고, 여전히 문가 에 서 있던 눈치아타가 말했다.

네로 거리의 모퉁이를 돌기 전에 뒤돌아 손을 흔드는 느토니의 눈에 도 눈물이 가득 고였다. 메나는 문을 닫고는 큰 소리로 울고 있는 리아 와 함께 한쪽 구석에 앉았다. "우리집에서 또 한 사람이 떠났어! 만약 우리가 서양모과나무 집에 있었다면 성당처럼 텅 비어 보였을 거야."

사랑하던 사람들이 하나둘 떠나니 메나는 정말로 물 밖의 물고기가 된 기분이었다. 어린 동생을 안고 그곳에 있던 눈치아타가 또다시 말 했다. "우리 아버지도 그렇게 가셨어."

제12장

　이제 알레시밖에 남아 있지 않았기 때문에 배를 띄우려면 파드론 느토니는 품삯을 주고 일꾼을 써야 했다. 자식들이 많은데다 아내까지 병들어 있는 눈치오나, 문가에 와서 어머니가 굶어 죽는다고 훌쩍거리는 로카의 아들을 고용해야 했다. 크로치피소는 로카를 도와주지 않았다. 콜레라에 많은 사람들이 죽어서 빌려준 돈을 날렸기 때문에 망했다는 핑계를 댔다. 그도 콜레라에 걸렸었다. "하지만 죽지 않았어요." 로카의 아들은 이렇게 말하며 슬픈 듯 고개를 저었다. "만약 죽었다면 나와 어머니, 그리고 모든 친척에게 먹을 것이 생겼을 텐데. 베스파와 함께 삼촌을 이틀 동안 간호했는데, 곧 떠날 것 같더니만 결국 죽지 않았어요."

　그러나 많은 경우에 말라볼리아 사람들의 벌이는 눈치오나 로카의 아들에게 품삯을 지불하기에도 충분하지 않았고, 그래서 서양모과나무 집을 사려고 그렇게나 고생하며 모아둔 돈에 손을 대야만 했다. 메나가 매트리스 아래의 양말을 가지러 갈 때마다 그녀와 할아버지는 한숨을 쉬었다. 불쌍한 로카의 아들은 아무런 잘못이 없었다. 그는 품삯을 벌기 위해서라면 네 사람 몫의 일이라도 했을 것이다. 단지 고기가 잡히지 않을 뿐이었다. 돛을 내린 채 말없이 노를 저으면서 돌아올 때면 로카의 아들은 파드론 느토니에게 이렇게 말하곤 했다. "장작 패기나 포도 덩굴 묶는 일이라도 있으면 시켜주세요. 저는 크로치피소 삼촌 집에서 했던 것처럼 자정까지 일할 수 있어요. 하루 품삯을 거저 받고 싶지 않아요."

파드론 느토니는 잠깐 고민한 뒤에 가슴이 답답해져서 앞으로 어떻게 해야 할지 메나와 의논하기로 마음을 먹었다. 메나는 그녀의 어머니처럼 판단력이 뛰어난데다가, 이제 집안일을 상의할 사람이 집에 없었던 것이다. 예전에는 참 많았는데! 최선책은 아무런 소득도 없는 프로비덴차를 팔고, 로카의 아들과 눈치오의 품삯을 아끼는 것이었다. 그러지 않으면 서양모과나무 집을 살 돈을 조금씩 갉아먹어 모두 없어질 판이었다. 프로비덴차는 낡았기 때문에 바다에 띄우려면 계속 돈을 써서 판자를 덧대야 했다. 집을 살 돈을 모았을 때처럼 나중에 느토니가 다시 돌아오고 일이 잘 풀린다면 새 배를 살 수 있을 테고, 그러면 그 배를 프로비덴차라고 부를 생각이었다.

일요일 미사가 끝난 뒤 파드론 느토니는 광장으로 오리 다리를 찾아갔다. 티노는 어깨를 으쓱하고 고개를 저으며 프로비덴차는 장작으로 쓰기에나 알맞다고 말했다. 그러면서 노인을 바닷가로 잡아끌었는데,

새로 칠한 역청 아래로 덧댄 부분들이 눈에 띄었다. 마치 코르셋 아래 주름살을 숨긴 창녀 같았다. 오리 다리는 저는 다리로 배 옆구리를 몇 번 찼다. 상황이 좋지 않았다. 배를 사려는 사람은 없고 모두들 자기 배를 팔려고 하는데, 대개 프로비덴차보다 새것이었다. 그러니 누가 그 배를 살 것인가. 치폴라는 그렇게 낡은 배를 원하지 않았다. 이런 일은 원래 크로치피소가 하던 일이었다. 하지만 그 무렵 크로치피소는 마녀 같은 베스파 때문에 머릿속이 복잡했다. 결혼 적령기에 있는 모든 마을 남자들의 뒤를 쫓아다니는 그녀 때문에 마음이 괴로웠다. 오리 다리는 파드론 느토니가 빵 한 조각 값에라도 프로비덴차를 팔겠다는 마음이라면 거룩한 우정을 고려하여 적당한 순간에 크로치피소에게 말해주겠다고 약속했다. 오리 다리는 자기가 크로치피소를 마음대로 주무를 수 있다고 생각했다.

　그러나 어느 날 오리 다리가 물통이 있는 한쪽 구석으로 크로치피소를 잡아끌면서 말을 꺼내자, 그는 어깨를 으쓱하는 것으로 대답을 대신하며 광대처럼 머리를 흔들고 오리 다리의 손에서 빠져나가려고 애를 썼다. 불쌍한 오리 다리는 억지로 말을 듣게 하려고 그의 외투를 붙잡아 몇 번 흔들었다. 그러고는 그를 꽉 껴안더니 귀에 대고 말했다. "아니, 이런 좋은 기회를 놓친다면 정말 어리석은 일이죠! 빵 한 조각 값이에요! 파드론 느토니는 손자가 떠나서 더이상 끌고 나갈 수가 없으니 파는 거예요. 당신은 눈치오나 로카의 아들에게 맡기기만 하면 돼요. 그 사람들은 굶어 죽을 판이니 거의 공짜로도 일하러 올 겁니다. 당신은 그들이 벌어들이는 것을 빨아먹기만 하면 돼요. 분명히 말하지만, 놓치면 정말 어리석은 겁니다. 배는 새거나 다름없어요. 파드론 느토니가 그동안 잘 관리해왔으니까요. 이것은 잠두 거래처럼 황금 거래예요. 내 말을 들어요!"

하지만 크로치피소는 더이상 들으려 하지 않았다. 콜레라 때문에 얼굴이 노래진 그는 거의 눈물을 흘릴 지경이 되어 외투를 오리 다리의 손에 남겨둔 채 가려고 했다. "나는 관심 없소!" 그는 반복해서 말했다. "나는 관심 없어요! 티노, 당신은 지금 내 속이 어떤지 모르죠? 모두들 거머리처럼 내 피를 빨아먹고, 내 것을 빼앗아 가려고 해요. 이제는 피추토까지 베스파를 쫓아다니고 있어요. 전부 사냥개 같다니까!"

"그럼 당신이 베스파를 데려가요! 그러면 그애와 그애의 밭뙈기는 결국 당신 것이 되잖아요? 절대로 입이 하나 느는 일이 아니에요! 베스파도 손이 야무지니까, 그애 입에 들어가는 빵은 아까울 게 없을 거예요! 월급도 주지 않고 하녀를 들이는 셈이 될 테고, 밭뙈기까지 생기겠죠. 내 말 들어요, 크로치피소. 이것은 잠두 거래처럼 멋진 거래라고요!"

그동안 파드론 느토니는 피추토의 가게 앞에서 크로치피소의 대답을 기다렸다. 연옥의 혼령이라도 된 듯 싸우는 것처럼 보이는 두 사람을 바라보며 그는 크로치피소가 과연 허락할지 헤아려보았다. 조금 뒤 오리 다리는 크로치피소에게서 얻어낸 것을 그에게 전해주러 왔고, 그런 다음 다시 크로치피소와 이야기하러 갔다. 그렇게 그는 비틀린 다리를 끌면서 베틀의 북처럼 광장을 왔다갔다했다. 그러다 마침내 그들을 합의시키는 데 성공했다. "아주 잘됐어요!" 오리 다리는 파드론 느토니에게 말했다. 크로치피소에게는 이렇게 말했다. "빵 한 조각 값이라니!" 그는 선구들도 모두 팔도록 주선했다. 이제 바다에 띄울 널빤지 하나 없는 말라볼리아 사람들은 그것들을 어떻게 처분해야 할지 몰랐던 것이다. 하지만 그들이 통발과 그물, 작살, 낚싯대 같은 것을 가져가자 파드론 느토니는 마치 자기 뱃속에서 내장을 꺼내 가는 것 같은 느낌이 들었다.

"당신과 당신 손자 알레시가 품을 팔 수 있게 내가 주선해볼게요." 오리 다리가 파드론 느토니에게 말했다. "물론 수당이 적어도 만족해야 해요! 젊은이는 힘, 노인은 지혜니까요. 그리고 내가 소개한 대가에 대해서는 당신의 양심에 맡기지요."

"궁핍할 때는 보리빵을 먹는 법. 필요하면 체면도 버리는 법." 파드론 느토니가 말했다.

"좋아요, 좋아요! 말이 통하는군요!" 오리 다리는 이렇게 말하며 약속대로 치폴라를 만나기 위해 약방으로 갔다. 약방에서는 돈 실베스트로가 치폴라와 농장 주인 필리포를 비롯한 거물들을 데리고 면사무소 일을 의논하고 있었다. 면사무소의 일은 결국 그들의 돈으로 굴러갔고, 부자라서 다른 사람들보다 세금을 더 많이 내면서 마을에서 중요한 역할을 전혀 하지 않는 것은 정말 멍청한 짓이었다. "당신은 부자이니 불쌍한 파드론 느토니에게 빵을 조금 줄 수 있겠죠." 오리 다리가 말했다. "손자 알레시와 그 사람을 날품팔이로 고용하는 것은 힘들지 않을 겁니다. 알다시피 파드론 느토니는 어부 일을 누구보다 잘 알고 있고, 끼닛거리도 없기 때문에 품삯을 조금만 줘도 만족할 거예요. 황금 같은 거래예요. 내 말을 들어요. 치폴라."

이렇게 붙잡힌 치폴라는 거절할 수 없었다. 하지만 잠시 품삯을 흥정하느라 밀고 당기고 했다. 상황이 좋지 않았고 모두들 일거리가 없었기 때문에 치폴라에게도 파드론 느토니를 고용하는 것이 정말 자선을 베푸는 것과 같았다.

"좋아, 만약 본인이 직접 나에게 와서 말하면 고용하겠소! 내가 내 아들과 메나를 파혼시켰다고 부루퉁해 있다니 그게 가당키나 해? 응? 내가 정말 엄청난 거래를 하려고 했지! 그런데도 감히 나한테 부루퉁하게 대하다니!"

돈 실베스트로와 농장 주인 필리포, 오리 다리까지 모두 치폴라의 말이 옳다고 서둘러 대답했다. 아들 브라시는 치폴라를 한시도 편안히 놔두지 않았다. 그는 결혼한다는 생각을 일단 머릿속에 갖게 되자 발정난 고양이처럼 모든 여자들을 뒤쫓아다녔다. 불쌍한 아버지에게 이것은 정말 골칫거리였다. 이제는 만자카루베의 딸까지 끼어들었다. 그녀는 브라시 치폴라를 먼저 잡는 사람이 임자라고 생각했기 때문에 자신이 선수를 치려고 했다. 그녀는 어깨가 넓고 아름다운 아가씨였고, 베스파처럼 늙고 말라빠지지는 않았다. 하지만 사람들은 베스파가 밭뙈기를 갖고 있는 반면 만자카루베의 딸은 검은 머리 타래 외에는 가진 것이 없다고 말했다.

만자카루베의 딸은 브라시 치폴라를 잡기 위해 어떻게 해야 할지 알고 있었다. 콜레라 때문에 아버지가 그를 집에서 나가지 못하게 했으므로 그는 더이상 화산암 지대나 들판, 약방, 성당 제의실 등에 숨어 있을 수 없었다. 그녀는 새 신을 신고 그의 앞으로 경쾌하게 지나가거나, 미사에서 돌아오는 사람들의 무리 사이에서 그의 곁을 지나며 팔꿈치를 스쳤다. 혹은 문가에서 손을 배 위에 모으고 머리에 비단 스카프를 두른 채 기다리다가 마음을 훔치듯 홀리는 눈길을 던지고는, 스카프 끝을 턱밑에서 매면서 몸을 돌려 그가 뒤쫓아오는지 확인했다. 길모퉁이에서 그가 나타날 때면 집안으로 달아난 뒤, 창가에 있는 바질 뒤에 숨어서 그 검은 눈으로 그를 훔쳐보기도 했다. 하지만 브라시가 멍청이처럼 걸음을 멈추고 그녀를 바라보면, 얼굴이 완전히 빨개져서는 눈을 내리깔고 고개를 푹 숙인 채 그에게 등을 돌렸고, 마치 빵이라도 먹듯이 앞치마 끝자락을 우물우물 씹었다. 그럼에도 불구하고 브라시가 그녀를 빵처럼 먹으려고 달려들지 않자, 그의 머리칼을 움켜잡고 말했다. "이봐요, 브라시. 왜 나를 편안하게 놔두지 않는 거예요? 내가 당신에게 어울리지 않는다는 거 알아요. 그러니 앞으로는 이곳으로 지나다니지 말아줘요. 당신을 보면 계속 보고 싶어지니까요. 게다가 벌써 나는 마을에서 이야깃거리가 되었어요. 추피다가 당신이 지날 때마다 문가로 나와서 지켜보고는 모두에게 떠벌려요. 여기저기 꼬리치고 다니는 자기 딸 바르바라나 지켜보는 게 나을 텐데 말이에요. 그애는 얼마나 많은 사람들을 끌어들이는지 이 길을 광장처럼 만들었으니까요. 그런데도 돈 미켈레가 창가의 바르바라를 보려고 얼마나 자주 이곳을 지나다니는지는 말하지 않죠."

　브라시는 그녀의 이야기를 듣고 그 거리에서 꿈쩍도 하지 않았는데, 몽둥이로도 쫓아내지 못할 정도였다. 그날부터 그는 두 팔을 늘어뜨리고 주파 면장처럼 허공을 바라보며 입을 벌린 채 언제나 그곳에서 어슬렁거렸다. 만자카루베의 딸도 자기 나름대로 창가를 떠나지 않고 서서 마치 공주처럼 매일 비단 스카프와 유리 목걸이를 바꾸어 치장했다. 추피다는 그녀가 자신이 지닌 모든 것을 창가에 늘어놓고 있다고 말하고 다녔다. 그것들을 진짜 황금이라고 생각한 멍청이 브라시는 완전히 미쳐 있어서 아버지가 두들겨패서 데려가려고 와도 두려워하지 않을 정도였다. "포르투나토 치폴라의 오만함을 처벌하기 위해 하느님이 손쓰신 거지." 사람들은 수군거렸다. "아들에게 말라볼리아 집안의 딸을 주는 게 훨씬 나았을 거야. 메나에게는 약간의 지참금도 있었고, 스카프나 목걸이 따위를 사느라 돈을 낭비하지도 않았잖아." 하지만 메나는 창가에 코빼기도 비치지 않았다. 어머니가 돌아가신 때 어울리지 않는 행동이었기 때문이다. 그녀는 검은 스카프를 두르고 어린 여동생을 보살피며 엄마 노릇을 해야 했다. 집안일을 도와줄 사람도 없었다. 때로는 빨래터와 샘터에 가야 했고, 남자들이 품을 팔러 갈 때는 먹을 것도 갖다주어야 했다. 이제는 온종일 베틀에 앉아서 두문불출하던 아가타 성녀가 아니었다. 베틀에 앉아 있을 시간이 거의 없었다. 돈 미켈레는, 물렛가락을 든 추피다가 테라스에 서서 만약 그가 다시 한번 나타나 바르바라를 보겠다고 어슬렁거린다면 손에 든 것으로 그의 눈을 뽑아버리겠다고 협박했지만, 바로 그날부터 하루에도 열 번씩 네로 거리를 지나다녔다. 추피다와 그녀의 물렛가락을 두려워하지 않는다는 것을 보여주고 싶었던 것이다. 그러면서 그는 말라볼리아 사람들의 집 앞에 도착하면 걸음을 늦추고 안을 들여다보았다. 그곳에서 자라고 있는 아름다운 아가씨들을 보기 위해서였다.

저녁에 남자들이 바다에서 돌아오면 모든 것이 준비되어 있었다. 냄비는 끓고 있고, 식탁에는 식탁보가 펼쳐져 있었다. 이제 식탁은 그들에게 너무 커서 길을 잃을 지경이었다. 그들은 문을 닫고 신성한 평화를 먹었다. 그러고 나서 문가에 앉아 두 팔로 무릎을 감싼 채 하루의 피로를 풀었다. 적어도 이제는 부족한 것이 없었기 때문에 더이상 집

살 돈을 건드리지 않았다. 파드론 느토니의 눈앞에는 언제나 서양모과나무 집이 있었다. 창문은 닫혀 있고, 마당의 담 근처에는 서양모과나무가 있었다. 마루차는 그 집에서 눈을 감지 못했고, 아마 자신도 그럴 것이었다. 하지만 조금씩 돈을 모으고 있으니 손자들은 언젠가 그 집으로 돌아갈 수 있을 것이다. 이제 알레시도 어른티가 나기 시작했고, 그도 말라볼리아 핏줄에서 나온 훌륭한 자식이니까. 나중에 손녀들이 결혼하고 집을 다시 사게 되면 배도 마련할 수 있을 것이다. 그러면 더 이상 바랄 게 없는 상태에서 파드론 느토니는 행복하게 눈을 감을 수 있을 것이다.

눈치아타와 안나도 저녁을 먹고 와서 돌 위에 앉아 불쌍한 그들과 잡담을 나누었다. 그들도 외롭고 버림받았기에 말라볼리아가 사람들을 마치 가족같이 대했다. 눈치아타는 거의 자기 집처럼 느끼는지 병아리를 몰고 다니는 어미닭처럼 어린 동생들까지 데리고 왔다. 알레시는 그녀 곁에 앉아서 이렇게 말하곤 했다. "오늘 빨래는 다 끝냈어?" "월요일에 필리포의 농장에 수확하러 갈 테야? 곧 올리브 딸 때가 되니까, 혹시 빨랫거리가 없어도 하루 품삯은 벌 수 있을 거야. 네 큰동생을 데려가도 될 거야. 동생에게도 하루에 2솔도 정도는 줄 테니까." 눈치아타는 진지하게 자신의 계획을 모두 털어놓고 그에게 충고를 구하기도 했다. 둘은 한쪽으로 가서 벌써 흰머리가 난 노인들처럼 머리를 맞대고 의논했다. "어려움을 너무 많이 겪어서 일찍부터 많은 것을 깨우친 게지. 불운이 현명함을 가져오는 법이니까." 파드론 느토니가 말했다. 알레시는 할아버지처럼 두 팔로 무릎을 껴안고 눈치아타에게 물었다.

"내가 어른이 되면 나를 남편으로 맞을래?"

"아직 먼 얘기야." 눈치아타가 대답했다.

"그래, 먼 얘기지. 하지만 지금부터 생각하는 게 좋아. 그래야 내가 해야 할 일을 알 수 있으니까. 먼저 메나 누나를 결혼시켜야 하고, 리아도 크면 결혼시켜야 해. 리아도 이제 긴 옷과 장미를 수놓은 스카프를 갖고 싶어해. 너도 네 동생들을 돌봐야 하지. 그리고 배를 사야 해. 배는 집을 사는 데 도움이 될 거야. 할아버지는 다시 서양모과나무 집을 사고 싶어하셔. 나도 그러면 좋겠고. 거기서는 한밤중에나 눈을 감고서도 코를 부딪히지 않고 어디든지 다닐 수 있고, 선구들을 놓아둘 커다란 마당도 있고, 단숨에 바다로 나갈 수도 있어. 그리고 누이들이 결혼하고 나면 할아버지가 우리와 함께 사실 텐데, 그럼 햇살이 잘 드는 마당의 큰방을 드릴 거야. 그러면 더이상 바다에 나갈 수 없을 때 마당의 문가에 계실 수 있을 테고, 여름에는 그늘이 있는 서양모과나무 옆에 앉아 계실 수도 있을 테니까. 우리는 채소밭 옆의 방을 쓸 거야. 마음에 들어? 바로 옆에 부엌도 있고. 그러니까 모든 것을 가까이에 두고 쓸 수 있지, 안 그래? 느토니 형이 돌아오면 그 방을 형에게 주고, 우리는 다락방으로 올라갈 거야. 너는 계단만 내려오면 부엌이나 채소밭으로 갈 수 있지."

"부엌에 있는 화덕을 고쳐야 할 거야. 불쌍한 마루차 아줌마가 기력이 없어서 아무것도 할 수 없었을 때 내가 대신 수프를 끓였는데, 그때 돌멩이로 냄비를 받쳐야 했어." 눈치아타가 말했다.

"그래, 나도 알아!" 알레시가 턱을 괸 채 고개를 끄덕이면서 대답했다. 그의 눈은 마치 마법에 걸려, 화덕 앞에 있는 눈치아타와 침대 곁

에서 괴로워하는 엄마를 보는 것 같았다. "너도 서양모과나무 집에서
는 어둠 속에서도 길을 찾을 수 있을 거야. 많이 왔었으니까. 엄마는
언제나 네가 좋은 아이라고 말씀하셨는데."

"지금은 크로치피소가 채소밭에 양파를 심었는데 오렌지만큼 크게
자랐어."

"너도 양파 좋아해?"

"물론 좋아하지. 빵이랑 먹으면 맛있고 또 값도 싸니까. 수프 만들
돈이 없을 때 어린 동생들하고 언제나 양파를 먹어."

"그래서 양파를 많이 파는구나. 크로치피소 아저씨에게 배추나 상추
는 중요하지 않아. 아저씨 집에 채소밭이 또 있으니까. 그래서 양파만
잔뜩 심은 거야. 하지만 우리는 브로콜리와 콜리플라워를 심을 거야.
좋지?"

눈치아타는 문턱에 앉아 두 팔로 무릎을 껴안은 채 먼 곳을 바라보
았다. 그러다 잠시 후 노래를 부르기 시작했고, 알레시는 그녀의 노래
를 귀기울여 들었다. 한참 후 눈치아타가 말했다.

"하지만 아직 먼 얘기야."

"그래. 먼저 메나 누나와 리아를 결혼시켜야 하고, 네 동생들도 돌봐
야 해. 하지만 지금부터 생각하는 게 좋아." 알레시가 말했다.

"눈치아타가 노래를 부른다는 건 다음날 날씨가 좋아서 빨래터에 갈
수 있다는 뜻이야." 문가에 나타난 메나가 말했다. 안나 또한 눈치아
타와 같은 처지였다. 빨래터가 그녀의 일터였고, 손에 일감이 있을
때가 그녀의 잔칫날이었기 때문이다. 게다가 그녀의 아들 로코 스파
투가 여우 같은 만자카루베의 딸 때문에 가슴속에 박힌 울적한 기분을

풀기 위해 일주일 내내 술집에서 잔치를 벌였기 때문에 일감이 더 필요했다.

"모든 불행이 나쁜 것만은 아니라오." 파드론 느토니가 안나에게 말했다. "그 덕분에 당신 아들 로코에게 판단력이 생길 수도 있지요. 마찬가지로 내 손자 느토니도 집에서 멀리 떨어져 있는 게 더 좋을지도 몰라. 세상을 돌아다니는 데 싫증을 느끼고 돌아오면 모든 게 더 좋아 보일 테고, 아무것도 불평하지 않겠지요. 만약 우리가 다시 바다에 배를 띄우고 저 집에 우리 침대를 놓을 수 있게 된다면, 하루 일과를 잘 끝내고 저녁에 피곤한 몸으로 돌아와 문가에 앉아 쉬면서 가장 사랑하는 사람들이 있었던 방에 불이 켜진 것을 보는 일이 얼마나 멋진지 알게 될 거요. 하지만 지금은 그들이 하나둘씩 떠나서 돌아오지 않고, 방에는 불이 꺼져 있어요. 마치 그 사람들이 떠날 때 주머니에 열쇠를 넣고 가버린 것처럼 문이 잠겨 있지."

"느토니는 떠나지 말았어야 해!" 잠시 말을 멈추었던 노인이 덧붙였다. "나도 이제 늙었다고. 내가 죽으면 저 아이들에게는 아무도 없다는 걸 알았어야 해."

"오빠가 떠나 있는 동안에 우리가 서양모과나무 집을 다시 산다면, 돌아와서 믿기 어려워할 거예요. 그리고 우리를 찾으러 이곳으로 오겠죠." 메나가 말했다.

파드론 느토니는 슬픈 듯 고개를 저었다.

"하지만 너무 먼 얘기야!" 마침내 그가 눈치아타처럼 말했다.

안나가 옆에서 한마디했다. "느토니가 부자가 되어 돌아온다면 그애가 집을 살 거예요."

파드론 느토니는 아무 말도 하지 않았다. 하지만 마을 사람들은 느토니가 큰돈을 벌러 떠났으니 부자가 되어 돌아올 거라고 생각했다. 이미 많은 사람들이 그를 부러워했고, 그들도 모든 것을 버리고 떠나려 했다. 사실 그들이 잘못된 생각을 하고 있는 것은 아니었다. 버리고 떠날 것이래야 그저 훌쩍거리기나 하는 어리석은 여자들뿐이었기 때문이다. 그런 여자를 남겨둘 용기가 없는 사람은, 모두가 알고 있는 그런 어머니를 둔 로카의 아들과 영혼을 술집에 두고 다니는 로코 스파투뿐이었다.

어리석은 여자들에게는 다행스럽게도, 갑자기 느토니가 돌아왔다는 것이 알려졌다. 밤중에 카타니아에서 화물선을 타고 돌아온 그는 신발도 없는 부끄러운 꼴이었다. 만약 정말로 부자가 되어 돌아왔더라도 돈을 어디에 두었는지 모를 정도로 거지 같은 누더기 차림이었다. 하지만 그의 할아버지와 남동생은 돈을 가득 들고 돌아온 것과 마찬가지로 열렬히 환영했고, 누이들은 그의 목에 매달려 울고 웃었다. 리아는 느토니가 알아보지 못할 정도로 많이 자라 있었다. 모두들 이렇게 말했다. "이제 다시는 떠나지 않을 거지? 그렇지?"

할아버지도 코를 풀며 중얼거렸다. "이제 편안하게 죽을 수 있겠구나. 저 아이들끼리 길 한복판에 남겨지지 않을 테니까."

하지만 느토니는 여드레 동안 거리로 나갈 용기를 낼 수 없었다. 그를 보는 모든 사람들은 그의 코앞에서 웃어댔다. 오리 다리는 말했다. "느토니가 벌어왔다는 재산 봤어?" 고향을 떠나는 멍청한 모험을 따라하려 했으나 옷과 신발을 준비하고 보따리를 싸는 데 약간 머뭇거렸던 사람들이 배꼽을 잡고 웃었다.

모두 알고 있듯 행운을 잡지 못한 사람들은 멍청이다. 돈 실베스트로와 크로치피소, 치폴라, 농장 주인 필리포는 멍청이가 아니었고, 모두 그들에게 정중히 인사했다. 가진 게 없는 사람들은 행운을 가진 부자들을 입을 벌린 채 바라보고, 그들을 위해 일해야 하는 법이다. 한움큼의 짚을 얻으려면 마차를 차고, 뒷발질을 하고, 다리를 허공으로 뻗은 채 풀밭에 길게 누워 있는 대신 힘들게 일해야 하는 알피오 모스카의 당나귀처럼. 지금 같은 세상은 걷어차버리고 처음부터 다시 시작해야 한다는 약방 주인의 말이 옳았다. 하지만 무성하게 수염을 기르고 처음부터 다시 시작해야 한다고 설교하는 약방 주인 역시 행운을 붙잡아 유리 찬장 안에 간직해두고 있는 사람이었다. 일이라고는 약절구에 약간의 더러운 물을 넣고 절구질을 하는 게 다이고, 약방 문 앞에 서서 이 사람 저 사람과 잡담을 나누면서 편안히 먹고살 수 있었다. 물통의 물로 돈을 벌 수 있다니, 그의 아버지가 얼마나 멋진 일을 가르친 것인가! 하지만 느토니가 할아버지에게 배운 일은 하루종일 팔과 어깨가 부서지도록 일하고, 목숨을 잃을 위험을 무릅쓰고, 굶어 죽고, 알피오 모스카의 당나귀처럼 하루도 햇살 아래 길게 누워 있지 못하는 것이었다. 그것은 영혼을 잡아먹는 도둑놈 같은 직업이었다. 젠장! 이 지경에 이르니 느토니는 차라리 로코 스파투처럼 살고 싶었다. 적어도 그는 아무것도 하지 않았다. 이제 느토니는 바르바라나 투다의 딸 사라를 비롯한 세상의 모든 아가씨들에게도 관심이 없었다. 그들은 개보다 더 힘들게 일해서 자기에게 먹을 것을 주고 비단 스카프를 사줄 남편을 낚고, 자기들은 일요일에 두둑한 배 위에 손을 얹고 문가에 서 있기만 하려 했다. 느토니는 차라리 자신이 일요일과 월요일, 그냥 일주일 내내 두둑한 배 위에 손을 얹고 서 있고 싶었다. 얻는 것도 없이 고생만 하고 싶지 않았기 때문이다.

느토니는 약방 주인처럼 연설을 하고 다녔다. 떠나 있는 동안 그것만은 배웠고, 태어난 지 사십 일이 지난 새끼 고양이들처럼 세상에 눈을 뜬 상태였다. 집 떠난 닭은 배가 불러 돌아오는 법이니까. 그는 판단력으로 배를 채웠고, 광장이나 피추토의 가게, 때로는 산투차의 술집으로 돌아다니면서 자기가 배운 것을 이야기했다. 더이상 산투차의 술집에 몰래 가지 않았다. 이제 그도 어른이 되었으니 할아버지한테 귀를 잡혀 끌려가는 일도 없을 것이다. 그리고 가능한 한 약간의 돈벌이라도 하러 가라고 꾸짖으신다면 나름대로 항변할 수도 있었다.

불쌍한 할아버지는 느토니의 귀를 잡아끄는 대신 좋은 말로 이야기했다. "봐라, 이제 네가 집에 왔으니, 곧 집 살 돈을 마련할 수 있을 게야." 그는 언제나 집, 집, 노래를 불렀다. "크로치피소가 다른 사람에게 팔지 않겠다고 했어. 불쌍한 네 엄마는 제 집을 떠나서 죽었지! 집이 있으면 메나의 지참금을 모으는 데도 도움이 될 거다. 그리고 하느님께서 도와주신다면, 배도 마련할 수 있을 게야. 너에게 하는 말이지만, 내 나이에 날품팔이를 하는 건 너무 힘들어. 전에는 내가 주인이었는데, 이제 다른 사람의 명령을 받아야 하다니. 너도 태어나기는 주인으로 태어났단다. 혹시 집 살 돈으로 배를 먼저 사고 싶으냐? 이제 너도 어른이니까 네 의견을 말해야 한다. 늙은 나보다 판단력이 좋을 테니까 말이야. 너는 어떻게 하고 싶으냐?"

아무것도 하지 않는 것! 느토니가 원하는 것은 이것이었다. 배나 집이 도대체 무슨 소용이란 말인가? 또다시 흉어가 닥치고, 콜레라가 퍼지고, 혹은 다른 재난이 닥쳐 집과 배를 잃게 된다면, 예전과 마찬가지로 개미처럼 일을 해야 했다. 이럴 수가! 그렇다고 집과 배가 있으면 더이상 일을 하지 않아도 되는가? 날마다 파스타와 고기를 먹을 수 있는가? 하지만 그가 다녀온 저쪽 세상에는 매일 마차를 타고 그저 돌아다니기만 하는 사람들이 있었다. 그게 그들의 일이었다. 그들에 비하면 서류 수백 장을 작성하고 약절구에 더러운 물을 넣고 절구질을 하는 돈 프랑코나 면서기 돈 실베스트로는 당나귀처럼 일하는 거나 마찬가지였다. 느토니는 알고 싶었다. 도대체 왜 이 세상에는 날 때부터 행운을 이고 태어나 아무 일도 하지 않으면서 인생을 즐기는 사람과, 아무것도 가진 것 없이 평생 이를 악물고 마차를 끌어야 하는 사람이 따로 있는 것인지.

게다가 할아버지 말처럼 주인으로 태어난 느토니가 품을 팔러 다니는 것은 전혀 어울리지 않았다. 아무것도 없는 데서 갑자기 성공한 사람들, 땀흘려 고생해서 한푼 두푼 돈을 모았다는 걸 온 마을이 다 아는 사람들에게서 명령을 받아야 한다니! 그가 품을 팔러 다니는 이유는 그의 할아버지가 끌고 갔기 때문이며, 싫다고 말할 용기가 아직은 없었기 때문이다. 그런데 감독하는 사람이 이물 위에 개처럼 서서 "어이! 거기 젊은이! 뭐하는 거야?" 하고 고함을 지를 때면, 노로 그의 머리를 후려치고 싶은 생각이 들었다. 그래서 차라리 바닷가에서 두 다리를 쭉 뻗고 바위에 기댄 채 통발을 고치거나 그물코를 수선하는 일이 더 좋았다. 그럴 땐 잠시 손을 겨드랑이에 끼고 있어도 뭐라 하는 사람이 없었기 때문이다.

바닷가에는 로코 스파투도 와서 기지개를 켰고, 반니 피추토도 면도

하러 오는 사람이 없으면 왔고, 오리 다리도 왔다. 이 사람 저 사람과 잡담을 나누면서 거래를 중개하는 것이 오리 다리의 직업이었기 때문이다. 그들은 마을에서 일어나는 일에 대해 이야기했다. 콜레라가 퍼졌을 때, 로솔리나가 고해성사의 비밀을 보장해달라고 하고 그녀의 오빠에게 죄를 고백했다는 이야기였다. 돈 실베스트로가 그녀의 돈 25온차를 가로챘는데도 재판관에게 고발할 수 없었던 까닭은, 바로 로솔리나가 그녀의 오빠인 본당 신부에게서 그 25온차를 훔쳤기 때문이며, 그 돈을 돈 실베스트로에게 맡긴 부끄러운 이유가 알려질까봐 두려웠기 때문이라고 했다.

"그런데, 애초에 그 25온차는 어디서 난 걸까요? 도둑질한 물건은 오래가지 않는 법이라던데요." 피추토가 말했다.

"집안에 있던 돈이래요." 로코 스파투가 말했다. "만약 우리 어머니에게 12타리가 있는데 그걸 내가 가져가면 나도 도둑이 되는 걸까요?"

그들은 도둑 이야기를 하다가 크로치피소 이야기로 넘어갔다. 콜레라로 많은 사람이 죽는 바람에 그는 30온차를 손해보았고 담보물만 잔뜩 떠안게 되었다. 그런데 나무 종 크로치피소는 담보로 남은 그 많은 반지들과 귀걸이들을 어떻게 처분해야 할지 모르기 때문에 베스파와 결혼한다는 것이었다. 돈 실베스트로가 있는 면사무소로 서류를 작성하러 가는 두 사람을 본 이도 있다고 하니, 그것은 분명한 사실이었다. "귀걸이 때문에 결혼하는 것은 아니야." 그 일을 잘 알고 있던 오리 다리가 말했다. "귀걸이, 목걸이는 금이나 은으로 되어 있으니 도시에 가면 팔 수 있어. 그러면 자기가 빌려준 돈을 모두 회수할 수 있지. 베스파와 결혼하는 이유는 그 여자가 스파투와 함께 혼인 공증을 받으려는 걸 크로치피소 앞에서 드러냈기 때문이야. 만자카루베의 딸이 브라시 치폴라를 집안으로 끌어들여서 닭 쫓던 개가 된 스파투랑. 아이고, 미안해, 스파투!"

"괜찮아요, 괜찮아." 로코 스파투가 대답했다. "나는 전혀 신경쓰지 않아요. 몹쓸 여자들을 믿는 사람이 멍청이니까요. 내가 사랑하는 여자는 산투차예요. 내가 원할 때 외상을 주니까요. 산투차와 견주려면 만자카루베의 딸이 두 명은 있어야 할 거예요. 고작 그런 가슴을 갖고 말이에요! 안 그래요, 티노?"

"여주인이 아름다우면 값이 비싼 법!" 피추토가 침을 뱉으며 말했다.

"여자들은 남편이 아니라 자기를 먹여살릴 사람을 찾고 있어요! 모두 똑같아요!" 느토니가 덧붙였다. 오리 다리가 말을 이었다. "그래서 크로치피소가 헐레벌떡 공증인에게 달려간 거야. 그렇게 베스파를 데려갔지."

"땡잡은 거죠! 만자카루베의 딸 말이에요." 느토니가 외쳤다.

"하느님께서 허락하신다면, 브라시 치폴라는 아버지가 죽고 나서도 백 년 동안은 돼지처럼 부자로 살 거예요." 스파투가 말했다.

"브라시의 아버지가 지금은 온갖 난리를 치고 있지만 시간이 지나면 머리를 숙이게 될 거야. 다른 자식이 없으니, 코앞에서 만자카루베의 딸이 자기 재산을 가지고 즐기는 게 싫으면 자기가 결혼하는 수밖에 없지."

"나는 그게 부러워요. 만자카루베의 딸은 가진 것 하나 없잖아요. 그리고, 무엇 때문에 치폴라 혼자만 그렇게 부자로 살죠?" 느토니가 말했다.

이쯤에서 약방 주인이 대화에 끼어들었다. 식사를 마치고 파이프 담배를 피우러 바닷가로 나온 그는 세상이 그렇게 되어서는 안 되며, 모든 것을 허공으로 날려버리고 처음부터 다시 시작해야 한다고 약절구를 찧어대듯 거듭 말했다. 하지만 그곳에 있는 사람들과 이야기하는 것은 정말로 약절구에 물을 찧는 것과 같았다. 조금이라도 이해하는 유일한 사람은 세상을 구경하고 돌아와 새끼 고양이처럼 눈을 뜬 느토니뿐이었다. 군인이었을 때 글 읽는 법을 배운 그는 약방에서 신문을 들여다본 후, 약방 주인과 이야기를 나누곤 했다. 약방 주인은 모두에게 친절했고, "아니 당신은 무엇 때문에 상관없는 일에 끼어들어요?" 하고 늘 그를 비난하는 그의 아내처럼 머릿속이 허영심으로 가득 차 있지 않았다.

"여자들은 떠들게 내버려두고 우리의 일은 몰래 해야 해요." 돈 프랑코는 아내가 방으로 올라가면 곧바로 이렇게 말했다. 그는 신발이 없을 정도로 가난한 자들과도 별 거부감 없이 어울렸다. 단지 의자 발판에 발을 내려놓지만 못하게 했다. 그리고 그들에게 신문에 나온 이야기를 한 자 한 자 손가락으로 짚으면서 설명해준 뒤, 세상은 바로 거기 적혀 있는 대로 되어야 한다고 말했다.

돈 프랑코는 친구들이 그런 이야기를 하고 있을 때 자갈밭에 도착했다. 그는 등을 바위에 기대고 두 다리를 길게 뻗은 채 그물코를 수선하고 있던 느토니에게 눈짓했다. 그런 다음엔 무성한 수염을 허공에 흔들며 고개를 끄덕였다. "이런! 누구는 등이 부서져라 바위에 기댄 채 일하고 누구는 햇살 아래 배를 내밀고는 담배를 피우다니 참 공평한 세상이군! 사람들은 모두 형제가 되어야 하는데 말이오. 이 세상 누구보다 위대한 혁명가였던 예수가 그렇게 말했는데, 요즘에는 신부들이 밀정이나 염탐꾼 노릇을 하고 있어요! 돈 미켈레와 산투차의 일이 밝혀진 게 돈 잠마리아가 고해성사에서 들은 이야기를 발설했기 때문이라는 걸 사람들은 모르고 있었나요?"

"돈 미켈레다운 일이었죠! 산투차가 농장 주인 필리포와 놀아난 뒤 돈 미켈레는 추피다와 그 여자의 물렛가락을 겁내지 않고 언제나 네로 거리를 어슬렁거리고 있어요! 그 사람은 권총을 갖고 있으니까요."

"두 여자가 똑같아요! 일요일마다 고해성사를 하는 걸 보면 그 여자들은 죄를 담아두는 커다란 자루를 갖고 있는 게 분명해요. 산투차가 가슴에 메달을 달고 있는 이유를 알 만하지요! 그 안에 있는 더러운 것을 감추려고 하는 거예요."

"돈 미켈레는 바르바라에게 시간을 허비하고 있어요. 면서기 돈 실베스트로가 그 여자는 익은 배처럼 저절로 자기 발 앞에 떨어질 거라고 말했으니까요."

"맞소! 그런데 돈 미켈레도 바르바라나 길거리의 다른 여자들과 즐기고 있으니 만만치 않죠. 나도 알아요. 그자는 아무것도 하지 않으면서 매일 4타리를 받는다는 것을요." 그러면서 약방 주인은 다른 사람들 모르게 느토니에게 눈을 깜박였다.

그리고 수염을 쓰다듬으면서 재차 말했다. "내가 항상 하는 말이 그것이오! 지금 사회가 그렇다니까! 아무 일도 하지 않고 여자들과 놀아나거나 하는 자들에게 봉급을 주려고 우리더러 세금을 내라니! 바로 그렇다고요. 어떤 사람은 바르바라의 창문 아래서 어슬렁거리며 하루에 4타리를 받고, 돈 잠마리아는 산투차의 고해성사를 받아주고 그 여자의 더러운 이야기를 듣는 대가로 하루에 1리라를 받아먹고, 또 돈 실베스트로는…… 말할 필요도 없죠! 게다가 치리노는 종을 쳐서 우리를 짜증나게 하는 대가로 돈을 받고, 등을 켜야 하는데도 켜지 않고 그 기름값을 제 주머니에 넣어요! 이것 말고도 면사무소에는 다른 더러운 일들이 많죠. 정말이에요! 그리고 모두 갈아치워 새로운 평의회를 구성한다고 말해놓고, 또다시 돈 실베스트로와 그 일당이 판을 치는데 아무도 거기에 대해 일언반구 없지요…… 자기들끼리만 숙덕이는 국회의 도둑놈들과 똑같아요. 그 사람들이 무슨 얘기를 하는지 아무도 모르잖아요? 입에 거품을 문 채 금세라도 서로의 머리칼을 쥐어뜯을 것처럼 하지만, 그것을 믿는 바보들의 코앞에서는 서로 웃고 있죠. 도둑놈들과 뚜쟁이들, 돈 미켈레 같은 밀정들을 위해 세금을 내는 민중에게는 모두 쓸모없는 허풍선이들이에요."

"정말 멋지군요." 느토니가 말했다. "여기저기 산책이나 하러 다니는 걸로 하루에 4타리를 받다니! 나도 세관 수비대가 되고 싶어요."

"맞아요! 맞아!" 맞장구치는 돈 프랑코의 눈이 튀어나올 듯 반짝였다. "이게 바로 이 체제의 결과예요! 결국 모두 망나니가 되는 거요. 느토니, 기분 나쁘게 생각하지 마요. 두고봐요. 생선은 머리부터 썩는 법이에요. 나도 공부를 하지 않았다면 당신과 다름없었을 테고, 빵을 벌어주는 지금의 직업도 못 가졌을 겁니다."

실제로 사람들은 말했다. 그의 아버지가 그에게 약절구를 찧고 더러운 물로 돈을 버는 법을 가르쳐 약방 주인이 되게 한 것은 탁월한 선택이었다고. 그와는 달리 햇볕에 머리가 타고 그물코 때문에 눈이 빠지면서도 겨우 10솔도를 벌기 위해 다리와 등을 게처럼 구부려야 하는 사람들이 있었다. 그렇게 그들은 그물을 던져두고, 잡담도 그만두고, 길바닥에 침을 뱉으면서 술집으로 갔다.

제13장

　파드론 느토니는 밤에 손자가 술에 취해 집으로 돌아오면 다른 사람들이 눈치채지 못하게 잠자리에 들게 하려고 갖은 노력을 다했다. 여태까지 말라볼리아 집안에 그런 경우는 한 번도 없었기 때문이다. 그러고 나면 눈에서 눈물이 나왔다. 바다에 나가려고 밤중에 일어나 알레시를 부를 때도 느토니는 자게 내버려두었다. 어차피 도움이 안 될 것 같아서였다. 처음에 느토니는 부끄러워했고 그들이 돌아올 때면 고개를 숙인 채 바닷가에서 기다렸다. 하지만 차츰 무뎌지게 되어 혼자 이렇게 중얼거리곤 했다. "그렇다면 내일도 쉬는 날이겠구나!"

　불쌍한 할아버지는 그의 마음을 움직이기 위해 온갖 방법을 다 써보았다. 심지어 몰래 그의 옷에서 마귀를 쫓아달라며 돈 잠마리아 신부에게 3타리를 주기도 했다. 노인은 느토니에게 말했다. "봐라! 말라볼

270

리아 집안에 이런 경우는 한 번도 없었어! 네가 로코 스파투처럼 나쁜 길을 간다면, 동생들도 네 뒤를 따르게 될 게야. 썩은 사과 하나가 모든 사과를 썩히는 법이니까. 우리가 고생해서 모아놓은 돈도 연기처럼 사라지겠지. 어부 하나 때문에 배를 잃는 법이라는데, 네가 어떻게 해야 할지 알겠니?"

그러면 느토니는 고개를 숙이고 있거나 입속으로 무언가를 중얼거렸지만 다음날이면 다시 원래대로 돌아갔고, 한번은 이렇게 말하기도 했다. "저더러 어쩌라고요. 적어도 술에 취해 정신이 없을 때는 제 불행을 잊을 수 있어요."

"정말 큰일이구나! 젊고 건강하고 일도 잘하는 네가 도대체 뭐가 부족해? 나는 이제 늙었고, 네 동생은 아직 어리지만, 우리는 이제 구렁텅이에서 벗어났어. 너까지 도와준다면 다시 전처럼 될 수 있어. 죽은 사람은 돌아올 수 없으니 마음이 전처럼 행복하진 않겠지만 말이다. 적어도 이제 큰 걱정거리는 없을 게야. 우리 모두 다섯 손가락처럼 함께 있을 수 있고 집안에 먹을 것도 있을 테니까. 내가 죽고 나면 너희들은 어떻게 되겠니? 봐라, 이제 나는 배를 타고 먼바다로 나갈 때마다 두려움을 느낀단다. 이제 늙었어!"

결국 할아버지가 손자의 마음을 움직이는 데 성공할 때면 느토니는 눈물을 흘렸다. 모든 것을 알고 있는 동생들은 그가 돌아올 때마다 마치 이방인을 대하듯, 혹은 그가 두려운 듯 구석으로 피했다. 할아버지는 묵주를 손에 들고 중얼거렸다. "오, 바스티아나초의 착한 영혼이여! 오, 내 며느리 마루차의 영혼이여! 너희들이 기적을 베풀어다오!" 느토니는 창백한 얼굴에 눈을 빛내면서 돌아오다 메나에게 발견되기도 했다. "이쪽으로 들어와요. 저기 할아버지가 계시니까!" 그녀는 이렇게 말하고 부엌의 작은 문으로 들어오게 한 다음 화덕 옆에서 소리 죽여 울었다. 마침내 느토니는 다짐했다. "이제 때려죽인다고 해도 절대 술집에 가지 않을 거야!" 그는 전처럼 굳은 의지를 갖고 다시 일을 하기 시작했다. 다른 사람들보다 먼저 일어나 바닷가에서 할아버지를 기다리기까지 했다. 날이 새려면 아직 두 시간이나 남아 있었다. 마을의 종탑 위로는 세 왕자리의 별들이 높이 솟아 있고, 밭에서는 귀뚜라미들이 지척에 있는 듯 큰 소리로 울어댔다. 할아버지는 기쁜 마음을 가누지 못하고 손자를 얼마나 사랑하는지 표현하는 말을 끊임없이 했다. 그러고는 혼자 중얼거렸다. "네 어머니와 아버지의 거룩한 영혼이 기적을 베풀어주었구나."

기적은 일주일 내내 지속되었다. 일요일에 느토니는 멀리 보이는 술집에 유혹되지 않고, 그를 부르는 친구들을 보지 않기 위해 광장에도 나가지 않았다. 하지만 하루종일 아무것도 하지 않고, 지루해서 하품만 하느라 턱이 빠질 지경이었다. 그는 이제 어린애가 아니었으니 동생 알레시나 눈치아타처럼 노래를 부르면서 화산암 지대를 돌아다니며 땔나무를 할 수도, 메나처럼 집안을 청소하면서 시간을 보낼 수도 없었다. 그렇다고 나이든 노인도 아니었으니 할아버지처럼 밑 빠진 통이나 망가진 통발을 수선하는 게 즐겁지도 않았다. 그는 닭 한 마리 지나다니지 않는 네로 거리의 문가에 앉아 술집에서 들려오는 목소리와 웃음소리에 귀를 기울였다. 그러고는 무엇을 해야 할지 몰라 낮잠을 자러 갔다. 그리고 월요일에는 다시 부루퉁해졌다. 할아버지가 말했다. "네겐 일요일이 없는 게 낫겠구나. 다음날엔 꼭 미친 것처럼 보이니." 정말로 그에게는 그 편이 훨씬 나았다. 일요일이 없는 것! 모든 날이 월요일이라고 생각하며 마음이 땅바닥에 떨어져 있는 것이 훨씬 나을 터였다. 느토니는 저녁에 바다에서 돌아오면 잠자리에 드는 것조차 싫었기 때문에 그의 불운과 더불어 여기저기 돌아다녔다. 그렇게 결국 다시 술집으로 가게 되었다.

처음에는 비틀거리며 집에 돌아오면 조심조심 안으로 들어갔다. 눈치를 보며 몇 마디 변명을 중얼거리거나 그러잖으면 적어도 입을 꾹 다물었다. 하지만 곧 목소리를 높이기 시작했고, 문가에서 기다리던 메나가 창백한 얼굴에 두 눈이 잔뜩 부어서는 할아버지가 있으니 부엌으로 들어가라고 낮은 소리로 말하면, 언쟁을 벌였다. "상관없어!" 그러고는 이튿날 혼란스럽고 언짢은 기분으로 일어나 아침부터 밤까지 고함을 지르고 욕을 했다.

한번은 볼썽사나운 장면도 벌어졌다. 더이상 어떻게 그의 마음을 움직여야 할지 몰랐던 할아버지는 그를 방 한구석으로 데려가 이웃 사람들이 듣지 못하게 문을 닫고는 어린애처럼 울면서 말했다. "아아, 느토니! 여기서 네 어머니가 죽은 것을 잊어버렸느냐? 왜 이렇게 로코 스파투 같은 짓을 하면서 네 어머니를 괴롭히는 게야? 불쌍한 안나가 주정뱅이 아들 때문에 얼마나 고생하고 힘들어하는지 모르느냐? 자식들에게 먹일 음식이 없어 얼마나 우는지를, 어떤 일에도 웃지 못한다는 것을 모르느냐? 늑대와 어울리면 늑대가 되는 법이고, 절름발이와 붙어다니는 사람은 새해에는 저는 법이야. 콜레라에 걸린 네 어머니가 침대 곁을 지키던 우리 앞에서 네게 메나와 어린 동생들을 부탁했던 그날 밤을 기억하지 못하느냐?" 느토니는 젖을 뗀 송아지처럼 울면서 자기도 죽고 싶다고 말했다. 하지만 곧 다시 술집에 다니기 시작했고, 밤에는 아예 집에 돌아오지 않고 로코 스파투, 친기알렌타와 함께 길거리를 돌아다 녔다. 그러다 피곤해지면 아무 집 문 앞에 등을 기댄 채 울적함을 쫓으 려고 그들과 함께 노래를 불렀다.

결국 파드론 느토니는 부끄러워서 길거리에 모습을 드러낼 수도 없 게 되었다. 느토니는 훈계를 듣지 않으려고 어두운 표정으로 집에 돌 아왔고, 그후로는 지겨운 훈계 때문에 흥을 깨뜨리지 않을 수 있었다. 하지만 실은 이제 낮은 목소리로 스스로를 나무랐다. 모든 것은 그렇 게 태어난 자신의 불행 탓이라고.

그는 이 세상 모든 것에 분명히 깃든 불의에 대해 이야기할 시간적 여유가 있는 약방 주인이나 몇몇 사람들을 찾아가 울분을 토로했다. 누군가가 괴로움을 잊기 위해 산투차의 술집에 가면 주정뱅이라고 부 르지만, 괴로울 일이 없고 집안에서 고급 포도주에 취하는 사람들은 누구도 비난하거나 일하러 가라고 훈계하지 않는다. 그들은 부자인데 다 어차피 할 일도 없기 때문이다. 하지만 모든 사람이 똑같이 하느님 의 자식이니 공평하게 자기 몫을 가져야 한다. "저 젊은이는 재능이 있 어요!" 약방 주인은 돈 실베스트로와 치폴라 등 어느 누구에게든 이렇 게 말했다. "개략적인 관점이지만, 핵심을 알고 있어요. 자기 마음을 잘 표현하지 못하는 건 그애 잘못이 아니에요. 그애를 무지 속에 방치 한 정부의 잘못이죠."

약방 주인은 느토니를 가르치기 위해 〈세콜로〉와 〈카타니아 신문〉[92]

---

92) 〈세콜로〉는 '세기(世紀)'라는 뜻의 급진적이고 극단적인 공화주의 성향의 일간 신 문이었고, 〈카타니아 신문〉은 카타니아에서 발행되는 지방 신문이었다.

을 가져다주곤 했다. 하지만 느토니는 읽으려 하지 않았다. 무엇보다 읽기가 힘들기 때문이었다. 군대에 있을 때 강제로 읽는 법을 배운 적은 있었지만, 이제는 자기가 하고 싶은 것만 할 수 있는데다가 단어들이 글에서 어떻게 서로 연결되는지 약간 잊어버리기도 했던 것이다. 또한 인쇄되어 나오는 이야기들이 주머니에 돈 한푼 넣어주는 것도 아니었다. 그것들이 그에게 중요할 이유가 전혀 없었다. 돈 프랑코는 그게 왜 중요한지 설명해주었다. 그리고 돈 미켈레가 광장을 지나가면 눈을 찡긋거리고 수염으로 그를 가리키며 저자도 로솔리나를 만나러 가는 거라고 속삭였다. 로솔리나가 돈을 좀 갖고 있는데 결혼하는 데 도움이 될까 싶어서 사람들에게 돈을 준다는 말을 들었기 때문이라는 것이었다.

"우선 깃털 장식 베레모를 쓴 자들부터 모두 없애야 해요. 혁명을 해야 해요. 그게 바로 우리가 할 일이오!"

"그럼 혁명을 하는 대가로 나에게 뭘 줄 건데요?"

그러자 돈 프랑코는 어깨를 으쓱하고는 화가 나서 약절구에다 더러운 물이나 찧으러 돌아가려 했다. 저런 자를 상대하느니 약절구에 물을 찧겠다는 말도 덧붙였다. 오리 다리는 느토니가 등을 돌리자마자 돈 프랑코에게 낮은 소리로 속삭였다.

"만약 느토니가 돈 미켈레를 죽이려 한다면 아마 다른 이유에서일 거요. 그자가 자기 누이동생을 빼앗으려 한다는 거지. 하여간 느토니는 돼지보다 나쁜 놈이에요. 지금은 산투차에게 빌붙어 살고 있다니까요." 오리 다리는 돈 미켈레가 가슴에 걸린 듯 부담스러웠다. 그가 로코 스파투와 친기알렌타를 만날 때면 세 사람을 날카로운 눈길로 쳐다보았기 때문이다. 그래서 그는 하루빨리 돈 미켈레를 눈앞에서 없애버리고 싶었다.

말라볼리아 집안의 딸들은 오빠의 잘못 때문에 마을 사람들의 입에 오르내리게 되었다. 말라볼리아 집안의 불행이었다. 이제는 온 마을이 알고 있듯, 돈 미켈레는 손에 물렛가락을 들고 딸을 지키는 추피다의 화를 돋우기 위해 네로 거리를 지나가고 또 지나갔다. 그러면서 헛걸음을 하지 않으려고 리아에게 추파를 던지곤 했다. 어느덧 리아도 아름다운 아가씨로 자랐지만 언니인 메나 외에는 그녀를 보호해줄 사람이 없었다. 메나는 리아 때문에 얼굴이 빨개져서 말했다. "리아, 집안으로 들어가자. 이제 우리는 고아가 되었으니 문가에 있는 것은 좋지 않아."

하지만 느토니보다 더 허영심이 많은 리아는 문가에 서서 장미를 수놓은 스카프를 자랑하는 것을 좋아했다. 그러면 사람들은 한결같이 이렇게 말했다. "리아, 그 스카프를 두르고 있으니 정말 아름다워요!" 특히 돈 미켈레는 그녀를 잡아먹을 듯 쳐다보았다.

문가에서 술에 취해 집에 돌아올 오빠를 기다리던 불쌍한 메나는, 리아를 집안으로 데리고 들어가려던 찰나 너무나 피곤하고 망신스러워 두 팔이 축 늘어졌다. 돈 미켈레를 피하자는 말에 리아가 이렇게 대답했기 때문이다. "나를 잡아먹을까봐 겁나? 천만에! 아무도 우리를 원하지 않아. 우리는 가진 것이 없으니까. 오빠가 어떻게 됐는지 몰라? 이제는 개들도 우리를 원하지 않아!"

"느토니가 용기 있는 자라면 돈 미켈레를 없애버릴 거야." 오리 다리는 돌아다니면서 말했다.

하지만 느토니는 다른 이유 때문에 돈 미켈레를 없애고 싶었다. 산투차는 돈 미켈레와의 관계가 깨진 뒤로 느토니를 좋아하게 되었는데, 군대에서 들인 습관대로 귓가에 베레모를 삐딱하게 얹은 채 어깨를 건들거리며 걸어가는 모습이 마음에 들었기 때문이다. 그래서 그를 위해 손님들이 남긴 음식을 모두 계산대 밑에 모아두고, 여기저기서 남은 술로 그의 잔을 채워주기도 했다. 이런 식으로 느토니를 곁에 두고 푸줏간의 개처럼 살찌웠다. 느토니도 제 몫을 다했다. 물정 모르고 술값을 따지려고 드는 운 나쁜 손님들이나 돈을 내기 전에 꼭 소리를 지르고 욕을 하는 손님들과 싸워주었던 것이다. 하지만 술집의 친구들과는 즐겁고 유쾌하게 떠들었고, 산투차가 고해성사를 하러 갈 때면 가게를 봐주기도 했다. 그래서 그곳에 오는 모든 사람들은 느토니를 자기 가족처럼 좋아했다. 오직 산토로만이 탐탁지 않은 눈으로 그를 바라보았다. 성모송을 바치는 중간에 느토니는 성직자처럼 자기 딸에게 얹혀산다고 욕하기도 했다. 산투차는 자신이 가게의 주인이니 상관없다고 대답했다. 느토니 말라볼리아가 자기에게 의존하며 성직자처럼 살찌고 있지만, 그것이 그녀가 바라던 바이며, 이제 다른 누구도 필요 없다고 덧붙였다.

"그래! 그래!" 산토로는 딸과 단둘이 이야기할 기회가 있을 때마다 투덜거렸다. "네게는 돈 미켈레가 필요해. 농장 주인 필리포가 이쯤에서 끝내야 한다고 열 번도 넘게 말했어. 아니면 더이상 새 포도주를 지하실에 보관할 수 없으니, 밀수로 마을에 들여보내야 한다고 했어."

"필리포는 자기 이익만 생각해요. 하지만 세금을 두 배로 내고 밀수 벌금을 내는 한이 있더라도, 나는 이제 더는 돈 미켈레랑 엮이고 싶지 않아요! 절대로!"

그녀는 자신이 깃털 달린 베레모에 대한 사랑으로 오랫동안 돈 미켈레가 술집에 올 때마다 성직자처럼 대접했는데도 그가 바르바라와 그런 일을 벌인 것을 절대 용서할 수 없었다. 하지만 느토니는, 깃털 달린 베레모는 없었지만 돈 미켈레보다 열 배나 가치가 있었다. 게다가 그에게 주는 것은 모두 진심이었다. 그렇게 느토니는 나름대로 밥벌이를 하며 할아버지가 아무 일도 하지 않는다고 나무라거나 메나가 슬픈 눈으로 바라볼 때면 이렇게 대꾸했다. "내가 집안에 무슨 피해라도 줘요? 집에서 돈을 가져다 쓰지도 않고, 내 밥벌이도 알아서 하잖아요." 할아버지는 말했다. "차라리 네가 굶어 죽고, 우리 모두 오늘 당장 죽는 게 더 낫겠다!" 마침내 모두가 아무 말 없이 앉아 있던 자리에서 그에게 등을 돌렸다. 파드론 느토니는 손자와 말다툼하지 않으려고 아예 입을 열지 않게 되었다. 그리고 느토니는 할아버지의 훈계에 지칠 때면, 푸념하는 식구들을 내버려둔 채 로코 스파투나 반니 피추토를 만나러 갔다. 그들과는 언제나 즐거웠고 새로운 장난거리도 끊이질 않았다.

느토니 일당은 크로치피소가 베스파와 결혼한 날 밤, 그에게 세레나데를 들려주기로 했다. 그들은 다시는 크로치피소에게 한푼도 빌리지 않으리라 작정한 사람들을 모두 그의 집 창문 아래로 데리고 가서는 깨진 냄비와 그릇, 도살장의 워낭, 갈대 피리 같은 것들을 가지고 한밤중까지 온갖 소란과 난리를 피웠다. 다음날 베스파는 어느 때보다 창백한 표정으로 일어나 밉살스러운 산투차에게 화풀이를 했다. 그들이 산투차의 술집에서 그 비열한 소동을 꾸몄다는 것이었다. 다른 여자들은 언제나 마리아의 딸 제복을 입고 온갖 더러운 짓을 하며 죄를 짓는데, 자기는 남편을 얻어 하느님의 은총을 누리는 것을 산투차가 질투한다고 했다.

사람들은 신랑이 된 크로치피소를 광장에서 마주칠 때마다 그의 면전에서 웃었다. 새 옷을 입은 그는 죽은 사람처럼 얼굴이 노랬다. 베스파가 사들인 값비싼 새 옷이 두려움을 일으켰기 때문이다. 베스파는 계속해서 돈을 써댔다. 가만 내버려두면 일주일 안으로 돈자루를 완전히 비워버릴 기세였다. 게다가 그녀가 돈의 주인은 이제 자신이라고 주장했기 때문에 크로치피소의 집에서는 날마다 소란이 끊이지 않았다. 베스파는 그의 얼굴을 손톱으로 할퀴면서 자기가 열쇠를 갖고 있겠다고, 예전보다 형편없는 스카프를 두르고 한 조각 빵에 연연해하면서 살고 싶지 않다고 고함을 질렀다. 자기가 맞이할 멋진 남편과의 결혼 생활이 이럴 줄 알았다면 차라리 밭뙈기와 마리아의 딸 메달을 그대로 간직했을 것이라고도 했다. 사실 마리아의 딸 메달은 간직하고 있을지도 몰랐다. 여태껏! 크로치피소는 완전히 망했다고 소리를 질렀다. 아직도 콜레라가 득실거리는 집조차 이제 자기 것이 아니며, 고생하여 모아놓은 재산을 베스파가 흥청망청 써대어 화병으로 자신을 때 이른 죽음에 이르게 만든다고 외쳤다. 그 또한 모든 것을 미리 알았더라면 아내와 밭뙈기를 악마에게 던져주었을 거라고 했다. 자기는 아내가 필요 없는데도, 베스파가 브라시 치폴라를 붙잡아 그와 달아나면 밭뙈기까지 잃게 될 거라고 믿게끔 만들어 자기 목을 붙잡았다는 것이었다. 빌어먹을 밭뙈기!

그 무렵 멍청한 브라시 치폴라가 만자카루베의 딸에게 넘어가 함께 달아났다는 사실이 알려졌다. 포르투나토 치폴라는 입에 거품을 문 채 화산암 지대와 계곡, 다리 아래를 샅샅이 뒤지며 그들이 눈에 띄기만 하면 흠씬 두들겨팰 것이라고, 아들의 귀를 뽑아버릴 것이라고 맹세하고 또 맹세했다. 소식을 들은 크로치피소는 머리칼을 쥐어뜯으며 만자 카루베의 딸이 일주일만 더 일찍 브라시를 데리고 도망갔더라면 자기 신세를 망치지 않았을 거라고 말했다. "모두 하느님의 뜻이었어! 내가 베스파와 결혼하게 된 것은 내 죄를 벌하기 위한 하느님의 뜻이었던 거야!" 그는 가슴을 두드리면서 한탄했다. 그렇다면 그는 정말로 큰 죄를 지은 것이 분명했다. 베스파가 그의 입안에 든 빵에까지 독약을 넣고, 밤낮없이 그에게 연옥의 고통을 겪게 했기 때문이다. 심지어 자신이 지조 있는 여자라고 내세우기까지 했다. 이 세상 황금을 다 준다 해도 느토니 말라볼리아나 반니 피추토처럼 젊고 아름다운 청년의 얼굴을 쳐다보지도 않겠다고 말했다. 그러나 남자들은 그녀의 치마에 꿀이라도 있는 듯 끊임없이 주위를 맴돌면서 유혹했다. "그게 사실이라면 내가 직접 그런 젊은이들을 불러오고 싶어! 저 여자를 내 앞에서 없애주기만 한다면!" 크로치피소는 투덜거렸다. 그리고 만약 느토니 말라볼리아나 반니 피추토가 베스파를 유혹해서 자신을 웃음거리로 만들어준다면, 그 사례는 톡톡히 지불하겠다고 말했다. 그것이 바로 느토니의 일이기도 했다. "그러면 내 집에 들어앉은 저 마녀를 쫓아낼 수 있을 거야."

하지만 느토니는 원래 하던 일만으로 충분했다. 먹고 마시며 살찐 느토니는 보기만 해도 우스운 꼴이었다. 그는 당당히 머리를 쳐들고 다녔고, 할아버지가 낮은 소리로 몇 마디 해도 웃어넘겼다. 오히려 노인은 마치 자기 잘못인 것처럼 몸을 움츠렸다. 느토니는 만약 집에서 자신을 내쫓으면 산투차의 술집 마구간이든 다른 어디든 가서 자면 그만이라고 말하는가 하면, 이제는 집에서 자기가 먹을 것에는 한푼도 쓰지 않는다고 불평하기도 했다. 파드론 느토니와 알레시, 메나는 고기잡이와 길쌈, 빨래 등으로 벌어들이는 돈을 모두 저축했는데, 멋진 성 베드로의 배[93]를 사기 위해서였다. 그 배로 물고기 1로톨로를 잡기 위해 날마다 팔이 부러질 정도로 일하면 서양모과나무 집을 살 돈을 벌 테고, 그러면 그 집으로 이사하여 즐거운 마음으로 굶어 죽겠지! 그래서 느토니는 단 한푼의 돈도 원하지 않았다. 어쨌든 그는 그저 약간의 휴식을 즐기고 싶은 불쌍한 인간이었다. 아직 젊을 때, 할아버지처럼 밤마다 불평을 늘어놓지 않을 때 즐기고 싶었다. 태양은 모두를 위해 있었고, 올리브나무 그림자는 시원한 그늘을 위해 있었고, 광장은 산책을 위해 있었고, 성당의 계단은 앉아서 잡담을 나누기 위해 있었고, 거리는 지나다니는 사람들을 보고 이런저런 소식을 전해듣기 위해 있었고, 술집은 친구들과 함께 먹고 마시기 위해 있는 것이다. 그러다 턱이 빠져라 하품을 하는 지경이 되면, 모라 게임[94]이나 카드놀이를 했다. 그리고 졸리면, 낮에는 페피 나소의 양들이 풀을 뜯어먹는 풀밭에 누워 낮잠을 자고, 밤에는 산투차의 마구간에서 자면 되었다.

"이런 생활이 부끄럽지 않으냐?" 마침내 할아버지가 느토니를 찾아갔다. 할아버지는 고개를 떨구고 어깨를 구부정하게 숙인 채 그렇게

---

93) 어부였던 베드로는 예수의 말대로 그물을 쳐서 많은 물고기를 잡았다.
94) 두 사람이 한 손의 손가락을 임의대로 펴서 동시에 내놓으면서 숫자를 외치고, 그 숫자가 두 사람이 편 손가락의 합계와 일치하는 사람이 이기는 게임.

말하면서 어린애처럼 울었고, 다른 사람들에게 그 모습을 들키지 않으려고 느토니의 소매를 잡아끌고 산투차의 마구간 뒤로 갔다. "집안이나 동생들은 안중에도 없어? 오, 네 아버지와 어머니가 살아 있다면! 느토니! 느토니!"

"그래서 할아버지랑 동생들은 나보다 잘살고 있어요? 뼈빠지게 일하지만 헛고생이잖아요. 그게 빌어먹을 우리의 운명이에요! 운명! 보세요, 이제 할아버지는 바이올린 활처럼 등이 굽었는데, 이렇게 늙으시도록 언제나 똑같은 생활이었어요! 그래서 지금 갖고 있는 게 뭐예요? 할아버지는 세상을 몰라요. 눈도 못 뜬 새끼 고양이 같아요. 할아버지가 잡은 물고기를 할아버지가 드세요? 월요일부터 토요일까지 대체 누굴 위해 일하시는 거예요? 병원에서도 고개를 저을 정도로 고단하게 일하면서요. 그 돈은 다 아무 일도 하지 않으면서 엄청난 돈을 가진 사람들한테 간다고요!"

"하지만 너도 돈이 없고, 나도 없어! 우리는 돈을 가져본 적이 없지. 그래도 하느님의 뜻대로 입에 풀칠은 했어. 그러니 손을 놀려 돈을 벌어야 해! 그러지 않으면 굶어 죽으니까."

"하느님이 아니라 악마의 뜻이겠죠! 이런 불행을 주는 건 바로 사탄이 하는 짓이니까요! 이제 관절염으로 손이 포도나무 뿌리처럼 비틀렸으니, 더이상 손을 움직일 수 없게 되면 그때는 무엇이 기다리고 있을지 아세요? 바로 다리 아래 계곡이요. 빠져 죽을 곳이죠."

"아니야! 아니야!" 노인이 갑자기 즐거운 표정으로 외쳤다. 그리고 포도나무 뿌리처럼 비틀린 팔로 손자의 목을 껴안았다. "집을 살 돈은 이미 있어. 거기다 너까지 도와준다면……"

"아! 서양모과나무 집! 그게 세상에서 가장 멋진 궁전이라도 되는 줄 아시죠? 다른 집은 구경도 못하셨으면서."

"알아. 세상에서 가장 멋진 궁전은 아니지. 하지만 그렇게 말하면 안 된다. 넌 거기서 태어났으니까. 그런데 네 어머니는 거기서 죽지도 못 했어."

"아버지도 거기서 돌아가시지 못했어요. 우리 운명은 저 바다에서, 상어 입속에서 죽는 거예요. 그렇게 죽기 전에 적어도 내가 누릴 수 있 는 즐거움은 조금이라도 누리고 싶어요. 얻는 것도 없이 일만 죽어라 할 필요는 없잖아요! 집을 다시 산 다음엔 어떻게 될까요? 배를 산 다 음에는요? 그다음에 메나의 지참금은 어떻게 마련하죠? 리아의 지참 금은요? 아! 빌어먹을 운명!"

노인은 고개를 저으면서 쓸쓸히 돌아갔다. 손자의 쓰라린 말이 떨어 지는 바위보다 더 강하게 짓눌렀기 때문에 등은 구부정하게 굽은 채였 다. 이제 더는 용기도 나지 않고, 두 팔은 힘없이 늘어지고, 울고 싶을 뿐이었다. 적어도 바스티아나초와 루카는 느토니와 같은 생각을 한 적 이 전혀 없었으며, 언제나 불평 한마디 없이 할 일을 했다는 것 외에는 어떠한 생각도 들지 않았다. 메나와 리아의 지참금에 대해서는 생각할 필요도 없었다. 절대 이룰 수 없는 목표였기 때문이다.

불쌍한 메나도 그 사실을 잘 알고 있는 듯 낙담한 모습이었다. 이웃 여인들은 아직도 콜레라 환자가 있는 것처럼 말라볼리아 사람들 집 앞 을 멀리 돌아서 갔다. 메나는 장미를 수놓은 스카프를 두른 리아와 함 께 외톨이가 되었다. 이따금 친절한 눈치아타와 안나가 찾아와 잠시 이야기를 나눌 뿐이었다. 모든 사람들이 알고 있듯이, 불쌍한 안나도 술주정뱅이 로코 스파투 때문에 골치를 썩이는 중이었고, 눈치아타도 그녀가 매우 어렸을 때 큰돈을 벌러 떠난 잘난 아버지에게 버림받은 처지였다. 이런 이유로 불쌍한 그들은 서로를 잘 이해했다. 손을 앞치마 밑에 넣은 채 고개를 숙이고 낮은 목소리로 이야기를 나눌 때도 그랬고, 서로의 얼굴을 바라보지도, 대화를 나누지도 않고 각자 자신의 일을 생각할 때도 마찬가지였다. "지금 우리같이 처지가 안 좋아졌을 때는 자립심을 가지고 각자 자신의 일에 몰두할 필요가 있어요." 리아가 다 큰 여인처럼 말했다.

돈 미켈레는 이따금 걸음을 멈추고 리아에게 인사를 하거나 몇 마디 농담을 건네곤 했다. 이제 깃털 달린 베레모에 익숙해진 자매는 더이상 그를 두려워하지 않았다. 심지어 리아는 함께 농담을 하고 웃기까지 했다. 어머니가 돌아가신 지금, 메나는 감히 동생을 나무랄 수도, 동생 혼자 남겨두고 부엌으로 들어갈 수도 없었다. 곤란해하면서도 동생과 함께 남아 피곤한 눈으로 길 여기저기를 두리번거릴 뿐이었다. 이웃 사람들이 공공연히 그들을 외면할수록 그와 상관없이 돈 미켈레가 깃털 달린 베레모를 쓰고 말라볼리아 사람들의 집 앞에 멈춰 서서 몇 마디 이야기를 건넬 때면, 고마운 마음에 가슴이 부풀기도 했다. 돈 미켈레는 리아가 혼자 있는 것을 발견하면 그녀의 눈을 정면으로 응시했다. 그리고 깃털 달린 베레모를 삐뚜름하게 쓴 채 콧수염을 쓰다듬으면서 말했다. "리아, 당신은 정말 아름다워요!"

누구도 그런 말을 한 적이 없었기 때문에 리아는 토마토처럼 얼굴이 빨개졌다.

"아니 어떻게 아직까지 결혼하지 않았죠?" 돈 미켈레는 이렇게 말하기도 했다.

리아는 어깨를 으쓱하며 모르겠다고 대답했다.

"당신은 양모나 비단으로 만든 옷을 입고 기다란 귀걸이를 해야 해요. 진심으로 하는 말인데, 그러면 도시의 어떤 아가씨보다 더 아름다울 거예요."

"그런 옷은 저에게 어울리지 않아요, 돈 미켈레!"

"아니 왜요? 바르바라는 입고 다니잖아요? 그리고 치폴라의 아들 브라시를 차지한 만자카루베의 딸도 그러지 않나요? 또 베스파도 마음만 내키면 다른 여자들처럼 그런 옷을 입지 않을까요?"

"그 여자들은 부자고요!"

"빌어먹을 인생!" 돈 미켈레는 차고 있던 군도를 주먹으로 치면서 소리쳤다. "나는 로토에 당첨되고 싶어요, 리아! 당신에게 해주고 싶은 것을 해줄 수 있게 말이에요!"

때때로 할 일이 없을 때면 돈 미켈레는 베레모에 손을 갖다 대며 "앉아도 될까요?" 하고 덧붙이고 리아 옆의 돌에 앉았다. 메나는 그가 바르바라 때문에 왔다고 생각했기 때문에 아무 말도 하지 않았다. 하지만 돈 미켈레는 리아에게 맹세했다. 자신이 온 것은 바르바라 때문이 아니며, 진심으로 그런 생각은 꿈에도 하지 않는다고, 군도의 명예를 걸고! 사실 그는 다른 생각을 품고 있었던 것이다. 리아는 모르고 있었겠지만!

돈 미켈레는 턱을 문지르고 콧수염을 쓰다듬으면서 바실리스크처럼 그녀를 바라보았다. 얼굴이 수천 가지 색깔로 물든 리아는 그만 일어서서 자리를 뜨려고 했다. 하지만 돈 미켈레가 그녀의 손을 잡더니 이렇게 말했다. "리아, 왜 나에게 이런 모욕을 주나요? 그냥 있어요. 아무도 잡아먹지 않을 테니까요."

둘은 바다에 나간 사람들이 돌아오기를 기다리면서 그렇게 시간을 보냈다. 리아는 문가에 서 있고, 돈 미켈레는 돌 위에 앉아 있었다. 그는 무엇을 해야 할지 몰라 작은 나뭇가지의 껍질을 잡아뜯다가 물었다. "도시[95]에서 살고 싶지 않아요?"

"내가 도시에 가서 뭘 하겠어요?"

"도시는 바로 당신을 위한 곳이에요. 진심으로, 당신이 이 시골뜨기들 사이에 있는 것은 어울리지 않아요! 고귀한 당신은 멋진 집에서 살아야 해요. 멋진 옷을 입고 음악을 들으며 마리나와 빌라[96]로 산책을 다니는 거죠. 머리에는 멋진 비단 스카프를 두르고, 호박琥珀 목걸이를 하고 말입니다. 여기서는 돼지들 한가운데 있는 거나 마찬가지예요. 진심이에요! 내가 빨리 전근을 갔으면 좋겠네요. 윗분들이 내년에는 도시로 옮겨주겠다고 약속했거든요."

리아는 그 농담에 몸을 들썩이며 웃었다. 그녀는 호박 목걸이와 비단 스카프가 어떤 것인지도 몰랐기 때문이다. 하루는 돈 미켈레가 수수께끼 같은 표정을 지으며 스카프 한 장을 꺼내 보였다. 빨간색과 노란색이 들어간 예쁜 스카프는 좋은 종이에 싸여 있었는데, 밀수꾼에게서 압수한 것이었다. 그는 그것을 리아에게 선물하려고 했다.

"아니에요! 아니에요!" 리아는 얼굴이 새빨개졌다. "무슨 일이 있어

---

95) 여기서는 카타니아를 가리킨다.
96) 마리나는 '해변'이라는 뜻으로 여기서는 카타니아의 바닷가 지역을 가리키고, 빌라는 '별장'이라는 뜻이지만 카타니아 한가운데에 있는 공원을 가리킨다.

도 받지 않겠어요!"

그러자 돈 미켈레가 말했다. "전혀 생각지 못한 반응이네요, 리아. 나는 이럴 만한 가치도 없군요?" 그러고는 결국 스카프를 다시 종이에 싸서 주머니에 넣었다.

그날 이후 리아는 돈 미켈레가 나타나는 것을 보면, 혹시 또 스카프를 주려고 할까 두려워서 집안으로 달아나 숨었다. 돈 미켈레는 추피다가 입에 거품을 물고 불평하게 만들 정도로 말라볼리아네 집 앞을 지나가고 또 지나갔다. 한번은 목을 길게 내밀어 집안을 들여다보고는, 아무도 없는 것을 확인하고 마침내 들어가기로 결심했다. 자매는 그를 보고 입이 딱 벌어져서는 어떻게 해야 할지 모르고 말라리아에 걸린 것처럼 벌벌 떨기만 했다. "리아, 당신은 내가 준 비단 스카프를 받지 않았어요." 그는 양귀비꽃처럼 빨개진 리아에게 말했다. "하지만 나는 당신과 당신 가족들을 챙겨주려고 다시 왔어요. 느토니는 요즘 무슨 일을 해요?"

느토니 오빠가 무슨 일을 하느냐고 묻자 메나도 얼굴이 빨개졌다. 느토니는 아무 일도 하지 않고 있었기 때문이다. 돈 미켈레가 계속해서 말했다. "혹시 느토니가 당신 가족에게 해가 되는 일을 하고 있지는 않을까 두렵군요. 나는 친구니까 눈을 감아줄 수 있지만, 다른 관리가 내 자리에 오면 캐내려 할 겁니다. 당신 오빠가 무엇을 하려고 밤에 친기알렌타와 로톨로로 가는지, 또다른 골칫덩어리 로코 스파투와 걷기 힘든 화산암 지대로 산책을 하러 가는지 말입니다. 메나, 지금 내가 하는 말을 잘 듣고 당신 오빠에게 전해줘요. 피추토의 가게에서 사기꾼 오리 다리와 너무 어울리지 말라고 말이에요. 모두들 알고 있듯이 나중에 곤경에 처할 수도 있으니까요. 모두 늙은 여우들이지요. 당신 할아버지는 느토니가 화산암 지대로 산책하러 가지 않도록 말려야 할 겁니다. 화산암 지대는 산책하기 좋은 곳이 아닌데다 로톨로의 바위들은 귀라도 달린 듯 모든 말을 듣고 있으니까요. 오빠에게 전해줘요. 꼭 박쥐를 잡으러 가는 것처럼 어두워지면 조용히 나와 해변을 따라가는 배들은 망원경 없이도 잘 보이지요. 그리고 이런 경고를 해주는 사람은 당신들을 사랑하는 친구뿐이라는 것도 전해줘요. 친기알렌타와 로코 스파투, 반니 피추토는 감시를 받고 있어요. 당신 오빠는 오리 다리를 믿고 있지만, 세관 수비대가 밀수와 관련된 모든 걸 알고 있으며, 밀수꾼들을 잡기 위해 무리 중 누군가를 앞잡이로 만들어 다른 사람들을 밀고하게 한다는 것은 모르고 있어요. 오리 다리에 대해서는 이렇게만 말하면 돼요. 예수그리스도께서 세례자 요한에게 하신 말씀이죠. '표적이 있는 자를 조심하라!' 속담에서도 그렇게 말하고요."

메나는 그가 하는 말을 잘 이해하지 못했으면서도 눈이 땡그래지고 얼굴이 창백해졌다. 하지만 오빠가 깃털 달린 베레모를 쓴 사람들과 어떤 문제가 있다는 것만은 확실히 느꼈다. 그러자 돈 미켈레는 용기를 주기 위해 그녀의 손을 잡고 말했다.

"내가 여기 와서 이 모든 것을 말해줬다는 사실이 알려지면 나는 끝장이에요. 당신들 말라볼리아 사람들을 위해 내 베레모를 걸고 있는 겁니다. 하지만 당신 오빠가 곤경에 처하는 것은 바라지 않아요. 절대로! 밤중에 좋지 않은 곳에서 당신 오빠와 맞닥뜨리고 싶지는 않아요. 1천 리라 값어치의 밀수 행위를 하는 무리를 잡는다 해도요. 진심으로 하는 말이에요!"

돈 미켈레가 그런 말을 해서 귓속에 벼룩을 집어넣는 바람에 불쌍한 자매는 더이상 평온할 수 없었다. 밤에도 자지 못하고 늦게까지 문 뒤에서 추위와 두려움에 떨면서 오빠를 기다렸지만, 느토니는 로코 스파투 무리와 어울려 노래를 부르며 길거리를 돌아다녔다. 불쌍한 자매는 사람 다리가 달린 메추라기 사냥이 있었다는 말을 들은 뒤에는 어디선가 비명과 총소리가 들려오는 것 같았다.

"너는 가서 자. 넌 아직 어리니까 어떤 것은 차라리 모르는 게 나아." 메나가 동생에게 말했다.

할아버지에게는 또다른 고통을 안겨줄까 걱정되어 아무 말도 하지 않았다. 하지만 다소 평온해진 모습의 느토니가 슬픈 표정으로 문가에 앉아 손으로 턱을 괴고 있을 때, 메나는 용기를 내어 물었다. "하루종일 로코 스파투와 친기알렌타하고 뭘 하는 거예요? 화산암 지대와 로톨로 쪽에서 오빠를 보았다는 사람이 있으니까 조심해요. 그리고 오리 다리를 조심해요. 예수그리스도께서 세례자 요한에게 하신 말씀을 알잖아요. '표적이 있는 자를 조심하라!'"

"누가 그런 말을 해?" 표정이 험악해진 느토니가 벌떡 일어나면서 물었다. "말해봐, 누가 그런 말을 했어?"

"돈 미켈레가 그랬어요!" 메나는 눈물을 흘리며 대답했다. "오리 다리를 조심하라고 했어요. 밀수꾼들을 잡으려면 무리 중의 누군가를 앞잡이로 만들어야 한다고 했어요."

"그리고 다른 말은 안 했어?"

"다른 말은 없었어요."

느토니는 정말 아무 일도 아니라고 맹세하고, 할아버지께는 말하지 말라고 당부했다. 그러더니 서둘러 일어나서는 울적함을 털어버리기 위해 술집으로 갔다. 깃털 달린 베레모를 쓴 사람을 만나면 되도록 그들을 안 보기 위해 멀리 돌아서 갔다. 사실 돈 미켈레는 아무것도 몰랐고, 그저 그를 겁주기 위해 닥치는 대로 지껄였을 뿐이었다. 산투차가 자신을 옴 붙은 개를 대하듯 문밖으로 내쫓은 뒤부터 느토니에게 품고 있던 분노 때문이었다. 게다가 느토니는 돈 미켈레를 비롯하여 깃털 달린 베레모를 쓴 사람들을 두려워하지 않았다. 그에게 그들은 그저 가난한 사람들의 피를 빨아먹는 대가로 봉급을 받는 자들이었다. 정말 멋진 일이 아닌가! 돈 미켈레는 어떠한 노력도 하지 않고 그토록 살이 찌고 배부르게 먹고 있지 않는가! 어느 불쌍한 사람이 갖은 고생을 해서 12타리를 벌면 거기에 손대는 일밖에 하지 않았다. 그리고 또다른 횡포도 부렸으니, 외국의 물건을 들여오기 위해서는 마치 도둑질한 것처럼 세금을 지불해야 했는데, 그러면 돈 미켈레가 부하들을 데리고 와서 코를 들이밀었다. 그들은 모든 것에 손을 대고, 원하는 것은 뭐든 가져갈 수 있는 주인들이었다. 그러나 다른 사람들은 목숨을 걸고 자신의 물건을 들여오려고 하면 도둑 취급을 받았고, 돈 미켈레와 부하들은 늑대를 잡듯 권총과 소총으로 그들을 사냥했다. "하지만 도둑들에게서 빼앗는 것은 전혀 죄가 아니야." 돈 잠마리아 신부조차 약방에서 그렇게 말했다. 돈 프랑코 또한 낄낄거리면서, 무성한 수염과 고개를 끄덕여 동의를 표했다. 그는 공화국이 세워지면 그런 더러운 일이 더이상 없을 거라고 했다. "그 악마의 수하들도 없겠지요!" 돈 잠마리아가 덧붙였다. 그는 집에서 사라진 25온차 때문에 아직도 속을 끓이고 있었다.

25온차 때문에 제정신이 아닌 로솔리나는 남은 돈까지 먹히려는 듯 돈 미켈레를 쫓아다녔다. 그가 네로 거리로 오는 것을 보면 테라스에 있는 자신을 보러 오는 줄 알고, 저장용 토마토와 고추가 담긴 병들을 올려놓은 선반 옆에 서서 자신이 얼마나 유능한지 보여주려 했다. 이제 겨우 산투차와 저지르던 치명적인 죄에서 벗어났고 배가 두둑한 돈 미켈레가 판단력이 있고 집안일을 잘하는 여자를 찾을 것이라고 생각할 수밖에 없었기 때문이다. 그리고 그런 여자는 곧 자신이었다. 그래서 그녀의 오빠가 정부와 식충이들을 비난할 때도 그를 옹호했다. "돈 실베스트로 같은 식충이들은 정말 나빠요! 아무 일도 하지 않고 마을을 통째로 먹으려 하니까요. 하지만 제복을 반듯하게 차려입어야 하는 군인들에게는 세금을 대줘야 해요. 군인들이 없으면 우리끼리 늑대처럼 서로 잡아먹을 거예요."

"군인도 총만 가지고 다닐 뿐 아무 일도 하지 않으면서 돈을 받는 식충이들이지!" 약방 주인이 낄낄거렸다. "미사를 할 때마다 3타리를 받는 신부들처럼 말이오. 돈 잠마리아 신부님, 사실대로 말해봐요. 3타리씩 받는 미사에 투자한 자본이 얼마요?"

"그러면 당신은 사람들이 피 같은 돈을 지불하는 그 더러운 물에다 자본을 얼마나 투자하죠?" 신부는 입가에 거품을 물고 대꾸했다.

돈 프랑코는 돈 잠마리아 신부를 약올리려고 돈 실베스트로처럼 웃는 법을 배웠었다. 그는 신부를 무시한 채 계속해서 말했다. 그것이 신부가 입도 열지 못하게 만드는 최고의 방법이었고, 이미 실험도 해보았기 때문이다. "군인들은 반시간에 하루 품삯을 벌고는 하루종일 그저 돌아다니죠. 돈 미켈레도 똑같아요. 이리저리 어슬렁거리며 귀찮게 한다니까요. 그자는 산투차의 술집 의자에서 엉덩이를 뗀 후부터 언제나 그러고 다니죠."

"그래서 내가 그 자식하고 원수를 진 거예요." 느토니가 끼어들었다. "그놈은 마치 개처럼 미쳐가지고, 군도를 내세워 다 제 마음대로 하려 해요. 하지만 천만에! 언젠가 내가 그 군도로 놈의 주둥이를 뭉개버릴 거예요. 내가 콧방귀도 뀌지 않는다는 걸 보여줄 거라고요!"

"멋지군!" 약방 주인이 소리쳤다. "바로 그거야! 민중은 날카로운 이를 드러내야 해요. 하지만 여기서 멀리 떨어진 곳에서 해요. 내 약방에서 곤란한 일이 벌어지지 않게 말이오. 정부는 내가 이런 일에 얽혀 있을 거라곤 꿈에도 생각지 못할 테지만 그래도 재판관이나 관공서의 온갖 어중이떠중이들과 얽히는 것은 싫어요."

느토니 말라볼리아는 하늘을 향해 주먹을 쳐들고, 감옥에 가는 한이 있어도 끝장을 보겠다고 예수그리스도와 성모마리아의 이름으로 맹세했다. 이제 그는 더이상 잃을 것이 없었다. 산투차는 예전과 같은 눈으로 그를 바라보지 않았다. 농장 주인 필리포가 술집으로 포도주를 보내지 않기 시작한 후부터, 그녀의 하는 일 없는 아버지가 성모송을 읊조리는 중간중간 지겹도록 불평을 해댔기 때문이다. 그는 성 안드레아 사도 축일에 파리들이 사라지듯[97] 단골이 줄기 시작했다고 말했다. 단골들은 아이가 엄마 젖에 익숙해지듯 농장 주인 필리포의 포도주에 익숙해졌는데, 이제 그 포도주를 조달할 수 없었기 때문이다. 산토로는 딸에게 되풀이해서 말했다. "저 굶주린 돼지 느토니 말라볼리아랑 뭘

---

97) 11월 30일. 이탈리아 남부, 특히 시칠리아에서는 이 무렵부터 추위가 시작되기 때문에 파리들이 사라지기 시작한다.

어쩌자는 거야? 우리에게 갖다주는 것도 없이 다 먹어치우고 있는 것을 모르느냐? 너는 그놈을 돼지보다 더 살찌우고 있는데, 그놈은 이제 부자가 된 베스파나 만자카루베의 딸과 연애질이나 하러 다니고 있다고." 또 이렇게 말하기도 했다. "그놈이 언제나 네 치마에 붙어서 너에게 농담 한마디 할 틈도 주지 않으니까 단골들이 가버리는 거야." 그리고 이런 말도 했다. "저렇게 누더기를 걸친 더러운 놈이 술집에 있다는 건 말도 안 돼. 술집이 무슨 마구간처럼 보이니까 사람들이 여기서 술 마시는 것을 역겨워하지. 돈 미켈레는 깃털 달린 베레모를 쓰고 멋진 모습으로 문가에 서 있었어. 술값을 내는 사람들은 마음 편히 마시고 싶어해서 그렇게 군도를 찬 사람이 앞에 보이면 만족스러워하지. 모두가 그에게 인사를 하고, 외상이 있는 사람은 벽에다 숯으로 써놓았으니 한푼도 빼놓지 않고 갚아야 했어. 그런데 이제 돈 미켈레가 없으니까 농장 주인 필리포도 오지 않아. 저번에 그가 지나가기에 들어오라고 하니까 이젠 그럴 필요가 없어졌다고 하더구나. 네가 돈 미켈레와 사이가 좋지 않으니, 더이상 포도주를 밀수로 들여올 수 없다고 말이다. 그건 여러모로 우리에게 좋지 않은 일이야. 심지어 사람들은 네가 그놈에게 순전히 공짜로 자선을 베푸는 건 아니라고 숙덕이기 시작했어. 농장 주인 필리포가 더이상 오지 않으니까 말이야. 이러다 결국 어떻게 될지 두고봐! 신부의 귀에도 들어갈 테고, 그러면 마리아의 딸 메달도 가져가겠지."

그래도 산투차는 고집을 부렸다. 자신의 집에서는 언제나 자신이 주인이 되고 싶었기 때문이다. 하지만 곧 그녀도 눈을 뜨기 시작했다. 아버지가 하는 말은 모두 신성한 복음처럼 진실이었다. 그녀는 더이상 느토니를 예전처럼 대하지 않았다. 따로 모아둘 만한, 남은 음식이 있더라도 그에게 주지 않았고, 남은 술에는 더러운 물을 타서 주기도 했다. 결국 부루퉁해진 느토니에게 산투차는 기다렸다는 듯 말했다. 자신은 빈둥거리는 사람을 싫어하며, 자신과 아버지는 스스로 밥벌이를 하고 있으니 그 또한 그래야 한다고. 그러니까 게으름뱅이처럼 어슬렁거리며 소리를 지르거나 팔베개를 하고 자거나 온 사방에 침을 뱉어 바다를 만들어서 어디에 발을 디뎌야 할지 모르게 하지 말고, 장작을 패거나 화덕에 불을 피워서 집안일을 도와야 한다고 했다.

한동안 느토니는 더 귀찮은 일을 피하기 위해 투덜거리면서 장작을 패거나 화덕에 불을 피웠다. 하지만 하루종일 개처럼 일하는 것이 그에게는 견딜 수 없이 힘들었다. 예전에 집에서 했던 일보다 더 힘들었는데 돌아오는 것은 무례한 언사와 욕설뿐이었고, 개보다 못한 대접을 받으면서 핥아먹으라고 주는 더러운 접시에 고마워해야 했다. 어느 날 산투차가 고해성사를 하고 손에 묵주를 들고 돌아오는 사이 그는 결국 한바탕 소란을 벌였다. 산투차의 태도가 바뀐 이유는 돈 미켈레가 다시 돌아와 술집 앞에서 어슬렁거리기 때문이고, 고해성사를 하러 간 그녀를 돈 미켈레가 광장에서 기다리고 있으며, 그의 목소리를 들은 산토로는 인사 한번 하겠다고 뒤에서 소리를 지르고 지팡이로 담장을 더듬어 피추토의 가게까지 그를 찾아갔다고 불평했던 것이다. 그러자 산투차는 길길이 날뛰기 시작했다. 아직 입안에 성체를 물고 있는 동안 죄를 짓게 만들어 영성체를 물거품으로 만들려고 일부러 이러는 거라고 소리쳤다. "마음에 들지 않으면 가요! 당신 때문에 내 영혼을 더럽히고 싶지 않으니까. 나는 당신이 베스파나 만자카루베의 딸처럼 결

294

혼 생활이 불행한 여자들을 쫓아다닌다는 걸 알았을 때도 아무 말 하지 않았어요. 그런 여자들이나 쫓아다니세요. 그 여자들은 이제 집안에 여물통을 두고 그걸 먹으러 오는 돼지를 찾고 있을 테니까요."이에 느토니는 그건 사실이 아니며, 그런 생각은 추호도 없다고 맹세했다. 자기는 더이상 다른 여자 생각을 하지 않으며, 만약 다른 여자와 이야기하는 모습을 보면 자기 얼굴에 침을 뱉어도 좋다고 덧붙였다.

"아니야. 그렇게 해서는 쫓아낼 수 없어."산토로가 되풀이해서 말했다. "그놈이 네가 주는 빵에 얼마나 찰싹 들러붙어 있는지 모르느냐? 냄비를 고치려면 먼저 망가뜨려야 해. 두들겨패서 내쫓아야지. 농장 주인 필리포가 그러더구나. 더는 포도주를 통에 담아둘 수 없는데, 네가 돈 미켈레와 화해하지 않아서 예전처럼 밀수로 들여놓을 수 없으면 다른 사람들에게 팔 거라고 말이야!"그러고는 농장 주인 필리포를 만나러 지팡이로 담장을 더듬어 피추토의 가게로 가려 했다. 그러나 산투차는 돈 미켈레에게 그렇게 당하고 헤어졌으니 절대로 그에게 고개를 숙이지 않을 거라고 거만하게 말했다. "나한테 맡겨. 내가 잘 해결할 테니!"산토로는 딸을 안심시켰다. "현명하게 해결할 거다. 네가 다시는 돈 미켈레의 장화를 핥을 일이 없도록. 나는 네 아비잖니?"

산투차가 불친절하게 대하자 느토니는 술집에서 먹는 음식값을 어떻게 지불할지 생각해야 했다. 감히 집에 얼굴을 내밀 수는 없었기 때문이다. 한편 불쌍한 그의 가족은 입맛도 없는데 꾸역꾸역 수프를 먹을 때마다 느토니를 생각했다. 그들은 느토니가 죽기라도 한 것처럼 식탁보도 펴지 않은 채 무릎에 접시를 올려놓고 집안 여기저기에 흩어져서 먹었다. "이제 나도 늙었으니 이것이 마지막 고통이겠구나!"할아버지는 입버릇처럼 이렇게 탄식했다. 그가 삯일을 하러 등에 그물을 짊어지고 지나가면 그 모습을 본 사람들은 말했다. "파드론 느토니에게는 이번이 마지막 겨울이 되겠군. 얼마 지나지 않아 저 고아들은 모두 길거리에 나앉게 될 거야." 그리고 리아는 돈 미켈레가 지나갈 때 메나가 집안으로 들어가라고 하면 입을 삐죽 내밀고 대답했다.

"그래! 나는 집안에나 틀어박혀 있어야지. 보물이라도 되는 것처럼 말이야! 그런데 우리 같은 보물은 개도 거들떠보지 않으니까 걱정하지 마!"

"아아! 만약 엄마가 살아 계신다면 네가 그렇게 말하지는 못할 거야!" 메나가 낮은 소리로 말했다.

"만약 엄마가 살아 계신다면 나는 고아가 아니겠지. 그리고 스스로 내 일을 걱정해야 할 일도 없을 거야. 느토니 오빠도 거리를 방황하지 않았을 테고. 우리가 오빠의 동생이라는 말을 듣는 게 부끄러워. 아무도 느토니 말라볼리아의 누이동생을 아내로 맞이하려고 하지 않을 테니까."

빈털터리가 된 느토니는 로코 스파투나 친기알렌타와 어울려 화산암 지대, 혹은 로톨로 쪽에서 거리낌없이 모습을 드러냈다. 그들은 굶주린 늑대처럼 심각한 표정으로 뭐라고 수군거리곤 했다. 어느 날 돈 미켈레가 다시 메나에게 와서 말했다. "메나, 당신 오빠가 문제를 일으킬 겁니다."

메나는 어쩔 수 없이 화산암 지대나 로톨로 쪽으로, 또 술집으로 오빠를 찾으러 다녔다. 오빠를 찾은 그녀는 그의 소맷자락을 잡아끌면서 울고 또 울었다. 하지만 느토니는 이렇게 대답했다.

"아니야! 내가 말했잖아! 나를 싫어하는 돈 미켈레가 지어낸 말이야. 언제나 산토로와 함께 나를 모략하려고 해. 피추토의 가게에서 그자들이 하는 말을 직접 들었는데, 그 밀정놈이 이렇게 말했어. '만약내가 당신의 딸에게 돌아간다면 어떨까요?' 그러니까 산토로가 이렇게대답했어. '오, 멋질 거예요! 온 마을 사람들이 질투심에 제 손을 물어뜯겠죠!' 하고 말이야."

"그런데 뭘 어쩌려는 거예요?" 메나는 창백한 얼굴로 재차 물었다.

"오빠, 엄마를 생각해요. 그리고 이제 아무도 돌봐줄 사람이 없는 우리를 생각해요."

"별거 아냐! 돈 미켈레와 산투차가 미사에 갈 때 온 마을 사람들 앞에서 창피를 주고 싶을 뿐이야. 나는 내가 하고 싶은 말을 하고, 사람들은 재밌는 얘기를 듣고. 이제 세상 무엇도 두렵지 않아. 약방 주인도 근처에서 내 연설을 들을 거야."

메나가 한참이나 울며 애원했지만, 느토니는 이제 잃을 것이 없다고 말할 뿐이었다. 그래서 가족들은 그가 더 걱정되었다. 돈 프랑코의 말처럼, 지금 같은 삶에 지친 느토니는 모든 것을 끝내고 싶어했기 때문이다. 술집 사람들이 느토니를 좋지 않은 눈으로 보았기 때문에 그는 주로 광장에서 어슬렁거렸다. 특히 일요일에는 성당의 계단에 앉아서, 세상을 속이고 주님과 성모마리아를 바로 눈앞에서 경멸하러 오는 뻔뻔스러운 자들이 어떤 얼굴을 하고 있는지 지켜보았다.

산투차는 성당 문 앞에서 보초 노릇을 하는 느토니를 보고, 죄의 유혹을 피하기 위해 이른 아침에 나와 아치 카스텔로로 미사를 보러 다녔다. 느토니는 남편감을 잡은 만자카루베의 딸이 더이상 아무 남자에게도 눈길을 주지 않고 숄로 코를 감싼 채 지나가는 것을 보았다. 베스파는 온갖 장신구를 걸치고 묵주를 한 손 가득 든 채 신의 형벌인 남편에게서 벗어나게 해달라고 주님께 기도하러 갔다. 느토니는 그녀들의 뒤에서 낄낄거렸다. "이제 남편을 낚았으니 더는 필요한 게 없지. 저런 여자들을 먹이려고 힘들게 일하는 사람이 있다니!"

베스파라는 짐을 짊어진 후 신앙심마저 잃은 크로치피소는 미사 시간만이라도 그녀에게서 멀리 떨어져 있기 위해 성당에 가지 않았다. 그 정도로 그는 영혼이 황폐해졌다.

"올해가 내게는 마지막이 될 거야!" 그는 탄식하며 파드론 느토니를 비롯하여 그처럼 불행한 사람들을 찾아다녔다. "내 포도밭에는 우박이 떨어졌어요. 나는 분명 아무것도 수확하지 못할 거예요."

파드론 느토니가 말했다. "이봐요, 크로치피소. 서양모과나무 집의 일로 공증인에게 가는 거라면 나는 준비되어 있어요. 돈도 있소." 그는 오로지 집만 생각했고, 그 외에 다른 사람들의 일에는 신경도 쓰지 않았다.

"공증인 이야기는 꺼내지도 마요, 파드론 느토니! 나는 공증인이라는 말만 들어도 베스파에게 끌려갔던 날이 떠올라요. 그날이 너무 저주스럽소!"

하지만 그때, 중개할 일거리가 생기겠다는 냄새를 맡은 오리 다리가 크로치피소에게 말했다. "당신이 죽으면 마녀 같은 베스파가 빵 한 조각 값에 서양모과나무 집을 넘길 수도 있어요. 당신이 살아 있는 동안에 일을 직접 처리하는 것이 좋을 거예요."

그러자 크로치피소가 대답했다. "그래요, 그래. 공증인에게 갑시다.

하지만 내게도 어느 정도 이득이 있어야 해요. 내가 얼마나 손해를 보았는지 알잖아요!" 오리 다리는 그의 말을 들어주는 척하면서 말했다. "만약 당신이 서양모과나무 집을 판 돈을 갖고 있다는 걸 알면, 마녀 같은 당신 아내는 목걸이나 비단 스카프를 사려고 당신 목이라도 조를 거예요." 그리고 이렇게 덧붙였다. "만자카루베의 딸조차 남편을 낚은 뒤에는 목걸이나 비단 스카프를 사지 않는데 말이에요. 소박한 면 옷을 입고 미사에 가는 거 봤죠?"

"만자카루베의 딸에게는 관심 없소. 하지만 그 여자도 산 채로 불태워야 해요. 우리의 영혼을 망치는 세상 모든 여자들과 함께요. 그리고 그 여자가 아무것도 사지 않는다고 어떻게 믿어요? 모두 포르투나토 치폴라를 속이려는 술책이오. 치폴라는 아들을 강탈해간 그 거지 같은 여자가 자기 재산을 써대며 마음껏 즐기게 두느니 차라리 자기가 길가의 아무 여자나 데리고 살겠다고 소리치고 있소. 나는 그자가 원하기만 하면 베스파를 선물하고 싶소! 여자들은 모두 똑같아! 불행하게 그런 여자에게 걸리면 골치예요! 그런데 주님께서는 남자들을 여자들에게 눈멀게 하셨지. 돈 미켈레를 봐요. 매일같이 네로 거리에서 로솔리나에게 추파를 던지고 있잖소. 대체 뭐가 부족해서요? 존경받고, 돈도 많이 벌고, 배도 두둑하잖아요! 그런데도 등불을 들고 골치 아픈 일을 부러 찾아다니는 사람처럼 여자 뒤꽁무니나 쫓아다니고 있어요. 신부의 돈 몇 푼에 희망을 걸고 말이오."

"아니, 돈 미켈레는 로솔리나 때문에 거기 가는 게 아니에요!" 오리 다리는 비밀스럽게 눈을 찡긋거리며 말했다. "로솔리나는 그자에게 죽은 물고기 같은 눈으로 추파를 보내느라, 테라스에 놓아둔 토마토 병들 사이에서 뿌리를 내리고 말 거예요. 하지만 돈 미켈레는 신부의 돈에 관심도 없어요. 그자가 네로 거리에 무엇을 하러 가는지 나는 알죠!"

"그러니까 서양모과나무 집을 파는 대신 무엇을 원해요?" 파드론 느토니가 다시 화제를 돌렸다.

"그 얘기는 공증인 앞에서 합시다. 지금은 신성한 미사를 들어야 하니까." 크로치피소가 이렇게 대답하자 파드론 느토니는 힘없이 돌아갔다.

"돈 미켈레는 다른 생각을 품고 있어요." 오리 다리가 파드론 느토니의 등뒤에서 혀를 길게 내밀고 시선은 손자 느토니를 향한 채 말했다. 느토니는 외투를 걸친 채 담장에 몸을 기대고 서서 미사에 가는 산토로에게 날카로운 눈빛을 쏘아대고 있었다. 산토로는 성모송과 영광송을 중얼거리면서 신자들에게 손을 내밀고 있었다. 그는 성당에서 나오는 사람들과 모두 친분이 있어서 한 사람 한 사람에게 일일이 외쳤다. "주님께서 당신에게 은총을 베푸시기를!" 다른 사람에게는 "건강하세요!" 그리고 돈 미켈레가 옆으로 지나가자 이렇게 말했다. "헛간 뒤 채소밭에서 기다리고 있으니 가봐요. 성모님, 저희를 위하여 빌어주소서! 주님, 저희를 용서하소서!"

돈 미켈레가 산투차의 술집에 다시 들락거리기 시작하자 사람들은 말했다. "개와 고양이가 화해를 했군! 서로 토라져 있었던 데는 뭔가 이유가 있었어." 농장 주인 필리포도 다시 술집으로 돌아왔다. "저 사람도 돌아왔군! 저 사람은 돈 미켈레가 없으면 못 사는가? 산투차보다 돈 미켈레를 더 사랑하는 모양이야. 어떤 사람들은 천국에서도 혼자 있지 못하지."

그러자 옴 붙은 개보다 더 처량하게 술집에서 쫓겨난 느토니 말라볼리아는 분노를 씹었다. 술집에 가서 돈 미켈레의 면전에 대고 포도주를 마시고, 하루종일 테이블에 팔꿈치를 기대고 앉아 그들을 화나게 만들고 싶은데 돈이 한푼도 없었다. 그는 꼬리를 다리 사이에 감추고 주둥이를 땅바닥에 댄 채 돌아다니는 버림받은 개처럼 길거리를 배회하며 중얼거릴 뿐이었다. "빌어먹을! 언젠가는 진짜 끝장을 볼 거야! 반드시!"

언제나 수중에 돈이 있는 로코 스파투와 친기알렌타는 술집 문가에서 느토니의 코앞에 대고 웃으며 그를 약올렸다. 그러고는 그의 팔을 끌고 화산암 지대로 가서 낮은 소리로 귓가에 속삭였다. 느토니는 얼간이처럼 고개를 끄덕이기만 했다. 그러자 그들은 느토니를 비난했다. "차라리 술집 앞에서 굶어 죽어. 눈앞에서 돈 미켈레에게 놀림을 당하면서! 이 돼지만도 못한 놈!"

"빌어먹을! 그렇게 말하지 마!" 느토니는 허공에 대고 주먹을 휘두르며 말했다. "언젠가는 끝장을 볼 거야! 두고보라지!"

그러나 그들은 어깨를 으쓱할 뿐 낄낄거리면서 그를 그곳에 남겨둔 채 떠났다. 결국 머리끝까지 화가 난 느토니는 술집으로 가서 한가운데 섰다. 시체처럼 얼굴은 노래가지고 주먹을 옆구리에 대고, 낡은 외투를 벨벳 옷이라도 되는 양 어깨에 걸친 그는 괴롭힐 만한 사람이 있나 하고 주위를 둘러보았다. 돈 미켈레는 깃털 달린 베레모의 품위를 지키기 위해 못 본 척 떠나려 했다. 느토니는 돈 미켈레가 그런 얼간이 노릇을 하자 타오르는 분노를 느끼고, 그와 산투차의 면전에서 비웃음을 던지기 시작했다. 그러고는 그가 마시던 포도주에 침을 뱉으며 예수그리스도께서 마신 것처럼 그 안에는 독이 들어 있다고 말했다!

"산투차가 물까지 탔으니 그건 세례를 받은 포도주야. 술집에서 그런 수법에 사기를 당하는 건 정말 어리석은 일이지. 그래서 난 다시는 여기 오지 않을 거야!" 약점을 공격당한 산투차는 더이상 참을 수 없었다. 그녀는 느토니가 오고 싶지 않아서 오지 않는 것이 아니라 이제 자기도 자선을 베푸는 데 지쳐서 느토니가 아무리 굶주렸다 해도 빗자루를 들고 문밖으로 쫓아냈기 때문에 더이상 오지 못하는 거라고 말했다. 그러자 느토니는 고함을 지르고 술잔을 깨면서 난동을 부렸다. 그는 깃털 달린 베레모를 쓴 멍청이를 끌어들이기 위해 자신을 내쫓은 거라고, 하지만 자신은 아무도 두려워하지 않기 때문에 코에서 포도주가 나오는 한이 있어도 대결을 벌일 용기가 있다고 소리쳤다. 그러자 얼굴이 노래진 돈 미켈레가 베레모를 삐뚜름하게 쓴 채 더듬거렸다. "맹세코 이번에는 네놈의 불행한 끝을 보겠군!" 그사이 산투차가 두 사람 모두에게 술잔과 술병을 마구 내던지기 시작했다. 결국 그들은 뒤엉켜서 주먹질을 하고 의자 밑을 뒹굴며 서로의 코를 물어뜯으려 했다. 사람들은 그들을 떼어놓으려고 발로 차고 주먹질도 했다. 마침내 페피 나소가 바지에서 빼낸 허리띠를 살가죽이 벗겨지도록 내리쳐서 그들을 떼어놓을 수 있었다.

돈 미켈레는 제복의 먼지를 떨고 떨어진 군도를 다시 찬 후 이를 악물고 투덜거리면서 밖으로 나갔다. 물론, 깃털 달린 베레모의 품위를 지키기 위해서였다. 하지만 코로 피를 쏟고 있던 느토니는 그가 빠져나가는 것을 보자 참을 수 없었다. 그는 술집 문가에서 주먹을 휘두르고 코에서 흐르는 피를 소매로 닦으며 돈 미켈레의 등에 대고 한바탕 욕을 퍼부었다. 그리고 다시 만나면 못다 한 복수를 하겠다고 맹세했다.

제14장

느토니가 못다 한 복수를 하기 위해 돈 미켈레를 만난 것은 정말로
좋지 않은 일이었다. 그들은 억수같이 비가 내리던 어느 밤, 고양이조
차 한 치 앞을 분간할 수 없을 정도로 칠흑같이 어두운 로톨로 쪽의 화
산암 지대에서 마주쳤다. 그곳에서는 작은 배들이 한밤중에 대구를 잡
는 척하면서 소리 없이 움직이고, 느토니가 로코 스파투, 친기알렌타
를 비롯한 타락한 친구들과 파이프를 입에 문 채 어슬렁거리고 있었
다. 총을 들고 바위 사이에 납작 엎드려 있던 세관 수비대원들은 파이
프의 불꽃으로 그들을 하나하나 알아보았다.

돈 미켈레는 네로 거리를 지나가면서 한번 더 말했었다. "메나, 오빠
에게 말해요. 로코 스파투와 친기알렌타와 어울려 밤에 로톨로 쪽으로
가지 말라고요."

하지만 느토니는 들은 척도 하지 않았다. 굶주린 배는 이성의 소리를 듣지 못하는 법이고, 서로 주먹질과 발길질을 하며 술집 의자 밑에서 뒹군 후부터 그는 돈 미켈레를 겁내지 않았기 때문이다. 게다가 다시 만나면 그에게 못다 한 복수를 하겠다고 장담하기까지 했으니, 산투차와 당시 옆에 있던 사람들의 눈에 허풍선이나 허세를 부리는 사람으로 비치고 싶지 않았다. "다시 만날 때 못다 한 복수를 하겠다고 했으니, 로톨로에서 만나면 로톨로에서 끝낼 거야!" 느토니는 친구들에게 되풀이해서 말했다. 그들은 로카의 아들까지 끌어들여서는 밤늦게까지 술집에서 술을 마셔대고 시끄럽게 떠들었다. 술집이란 항구와 같아서 그럴 수 있었다. 산투차는 그들을 쫓아낼 수 없었다. 이제 느토니의 주머니에도 돈이 생겨서 동전 짤랑거리는 소리를 냈기 때문이다. 돈 미켈레가 순찰을 돌기 위해 지나갔다. 하지만 법을 알고 있던 로코 스파투는 침을 뱉으면서 말했다. "문가에 불이 켜져 있는 동안에는 여기 있을 권리가 있어!" 그러고는 벽에다 편안히 몸을 기댔다. 느토니는 하품하는 산투차를 보며 흡족해했다. 그녀는 술잔들 너머에서 마리아의 딸 메달을 건 쿠션 같은 가슴에 머리를 파묻고 꾸벅꾸벅 졸고 있었다. "신선한 풀 더미보다 더 포근하겠군!" 포도주 때문에 수다쟁이가 된 느토니가 말했다. 그동안 술이 목구멍까지 차오른 로코 스파투는 벽에 등을 기댄 채 아무 말도 하지 않았다.

그사이 산토로가 더듬더듬 등불을 거둬들이고는 문을 닫으려 했다. "이제 가세요, 졸려요." 산투차가 말했다.

"나는 전혀 안 졸린데! 내게는 너의 농장 주인 필리포처럼 밤에 잠을 못 자게 하는 사람이 없거든."

"그렇든 말든 상관없어요. 하지만 당신들 때문에 지금 이 시간에 문을 열고 있다가 들켜서 벌금을 내고 싶지는 않아요."

"누가 너한테 벌금을 내라고 하겠어? 그 밀정 돈 미켈레가? 그놈을 데려와봐. 내가 그놈에게 벌금을 물릴 테니까! 느토니 말라볼리아가 여기 있다고 전해, 빌어먹을!"

산투차는 느토니의 어깨를 잡아 문밖으로 밀어냈다. "당신이 직접 가서 말해요! 그리고 골치 아픈 일을 일으키려거든 딴 데 가봐요. 나는 남자다움을 과시하고 싶어하는 당신 때문에 경찰과 얽히고 싶지 않거든요."

비가 억수같이 쏟아지는데 진흙탕 길로 내쫓긴 느토니는 칼을 꺼내들고 산투차와 돈 미켈레를 모두 찔러버리겠다고 소리쳤다. 그들 중에서 유일하게 제정신이었던 친기알렌타가 느토니의 외투를 잡아끌며 말했다. "오늘 저녁엔 그냥 내버려둬! 할 일이 있다는 거 잊었어?"

어둠 속에서 로카의 아들은 울고 싶은 마음을 억누를 수 없었다.

"취했군." 처마 밑으로 들어간 로코 스파투가 말했다. "쟤를 이리 데려오는 게 좋겠어."

느토니는 처마에서 떨어지는 빗방울에 다소 마음이 가라앉았다. 그는 친기알렌타에게 순순히 끌려가면서도 웅덩이 물을 철벅거리고 콧김을 식식 뿜으며, 돈 미켈레를 만나면 약속한 바를 지키겠다고 맹세했다. 그러다 갑자기 정말 돈 미켈레와 코를 맞대게 되었다. 돈 미켈레도 배에 권총을 차고 바지를 장화 안에 집어넣은 채 술집 주변을 어슬렁거리고 있었던 것이다. 느토니는 갑자기 입을 다물었고, 모두 살그머니 피추토의 가게 쪽으로 갔다. 가게 문 앞에 도착하여 돈 미켈레가 충분히 멀어지자, 느토니는 일행들에게 걸음을 멈추고 자신이 하는 말을 들으라고 했다.

"돈 미켈레가 어디로 가는지 봤지? 그런데도 산투차는 졸리다고 하다니! 아직까지 농장 주인 필리포가 마구간에 있으면 어떻게 되려나?"

"돈 미켈레는 그냥 내버려둬. 저자가 술집에 가 있으면 우리 일을 하기가 좋잖아." 친기알렌타가 말했다.

"당신들은 모두 허풍선이야! 돈 미켈레를 겁내다니!"

"자네 너무 취했군! 좀 정신을 차려야 내가 돈 미켈레를 겁내는지 아닌지 보여줄 텐데! 그래도 내가 노새를 팔아버리고 나서 어떻게 밥벌이를 하는지 누가 보러 오는 건 싫어! 빌어먹을!"

그들은 담장에 바짝 붙어서 낮은 목소리로 이야기를 나누기 시작했다. 쏟아지는 빗소리가 그들의 이야기를 덮어주었다. 그때 갑자기 시각을 알리는 종소리가 들려왔고, 네 사람은 모두 입을 다물고 귀를 기울였다.

"피추토에게 가자. 피추토는 늦게까지 문을 열어둘 수 있어. 밖에 등불도 내걸지 않고." 친기알렌타가 제안했다.

"너무 캄캄해서 찾을 수 없을 거예요!" 로카의 아들이 말했다.

"이런 날씨에는 뭘 좀 마셔야 해. 이대로 가면 화산암 지대에서 코가 깨질 거야." 로코 스파투가 말했다.

친기알렌타가 투덜거리기 시작했다. "우리가 놀러가는 줄 알아? 피추토의 가게에서 레몬 물 좀 얻어올게."

"레몬 물은 필요 없어." 느토니가 벌떡 일어났다. "내 일은 내가 알아서 한다는 것을 보여주겠어!"

피추토는 늦은 시간이라 문을 열어주지 않으려 했다. 이미 잠자리에 들었다고 대답했지만 느토니 일당은 계속해서 문을 두드렸다. 그들은 온 마을 사람들을 깨우고, 수비대원들이 달려와 전말을 캐묻게 만들겠다고 위협했다. 결국 피추토는 암호를 대라고 한 후 속옷 차림으로 문을 열어주었다.

"이렇게 문을 두드리다니 당신들 미쳤어? 방금 전에 돈 미켈레가 지나갔다고." 그가 소리쳤다.

"그래, 우리도 봤어. 지금쯤 산투차와 묵주기도를 하고 있을 거야."

"돈 미켈레가 어디서 오는 건지 알아?" 피추토가 느토니의 눈을 똑바로 쳐다보며 묻자 느토니는 어깨만 으쓱했다. 피추토는 그들이 들어오게끔 한쪽으로 비켜서면서 로코 스파투와 친기알렌타에게 눈을 찡긋했다.

"말라볼리아 아가씨들한테 갔었어. 거기서 나오는 걸 봤다고!" 그는 그들의 귀에 속삭였다.

"잘해보라고 해!" 친기알렌타가 대답했다. "그러고 보니 우리 일이 있을 때 느토니에게 부탁해두면 되겠군! 누이동생에게 말해서 돈 미켈레를 밤새도록 붙잡아두게 하라고 말이야."

"나한테 뭘 부탁한다고?" 느토니가 부루퉁한 얼굴로 물었다.

"아무것도 아니야. 오늘밤 일하곤 상관없어."

"오늘밤 일 때문이 아니라면, 왜 산투차의 술집에서 나와 여기 온 거야? 괜히 비에 흠뻑 젖었잖아." 로코 스파투가 말했다.

"친기알렌타와 다른 이야기를 하고 있었어."

피추토가 또 덧붙였다.

"그래, 카타니아에서 사람이 왔어. 오늘밤 물건이 온다고 하더군. 하지만 이런 날씨엔 배에서 물건을 내리기가 힘들 거야."

"훨씬 낫지. 아무도 보지 못할 테니까."

"그렇긴 해. 하지만 수비대원들은 귀가 밝으니까 조심해야 해. 그놈들이 이 앞을 어슬렁거리면서 가게 안을 들여다보는 것 같았어."

그러자 잠시 침묵이 흘렀다. 반니 피추토가 분위기를 바꾸기 위해 일어나 잔 세 개에 압생트를 채웠다.

"난 수비대 따위는 두렵지 않아!" 술잔을 비우고 로코 스파투가 말했다. "만약 그놈들이 내 일에 참견한다면, 큰코다칠 거야. 여기 내 칼이 있거든. 이건 그놈들의 권총처럼 시끄럽지도 않아."

"우리는 최선을 다해 밥벌이를 할 뿐이야. 다른 사람에게 해를 끼치려는 것도 아니고." 친기알렌타가 덧붙였다. "그리고 누구든 원하는 곳에 자기 물건을 내려놓을 수 있는 거 아니야?"

"정작 도둑놈들처럼 다니는 건 그들이야. 배에서 내려놓는 스카프마다 세금을 물리려고. 그런데도 아무도 그들에게 총을 쏘지 않지." 느토니가 말했다. "돈 잠마리아 신부가 뭐라고 했는지 알아? 도둑들에게서 빼앗는 것은 죄가 아니라고 했어. 그런데 깃털 달린 베레모를 쓴 놈들이야말로 도둑놈들이잖아. 우리를 산 채로 잡아먹으니까."

"그놈들을 갈기갈기 찢어버리고 싶어!" 로코 스파투가 고양이처럼 눈을 빛내며 말했다.

그 말에 죽은 사람처럼 얼굴이 노래진 로카의 아들은 술잔을 입에 대지도 않고 내려놓았다.

"너 벌써 취한 거야?" 친기알렌타가 물었다.

"아니에요. 안 마셨어요." 로카의 아들이 대답했다.

"밖으로 나가자. 신선한 공기가 모두에게 좋을 테니까. 피추토 당신은 편히 쉬어."

"잠깐만!" 피추토가 문고리를 잡고 말했다. "압생트값을 받겠다는 건 아니야. 그건 내가 친구로서 공짜로 대접한 거니까. 그런데 부탁이 있어! 일이 잘되면, 이 집이 당신들을 위해 준비돼 있다는 걸 기억해 줘. 알다시피 저 뒤에 물건을 보관해둘 수 있는 방이 하나 있는데, 아무도 들여다보지 않아. 돈 미켈레나 다른 수비대원들과 나는 빵과 치즈 같은 사이니까. 오리 다리는 믿을 수 없어. 지난번에 나를 따돌리고 물건을 돈 실베스트로의 집으로 가져갔거든. 돈 실베스트로는 절대 자기 몫에만 만족하지 않는 인간이야. 면서기 자리를 잃을 수도 있다는 핑계를 대지. 하지만 우리집에 맡겨놓으면 그런 염려는 없어. 내게는 정당한 대가만 주면 돼. 나는 오리 다리의 중개료를 떼먹은 적이 없었을 뿐만 아니라 그자가 여기 올 때마다 술 한 잔을 대접하고 면도도 공짜로 해줘. 그런데 빌어먹을! 또다시 나를 물먹이면 절대 얼간이처럼 있지 않을 거야. 돈 미켈레를 찾아가서 그 못된 짓을 모두 이르겠어."

"안 돼! 안 돼, 반니! 돈 미켈레에게는 안 돼! 그런데 오늘밤 오리 다리 봤어?"

"광장에 없었어. 약방 주인과 공화국 이야기를 하면서 약방에 있었으니까. 일이 있을 때마다 그자는 멀리 피해 있지. 혹시 무슨 일이 나도 자기는 관여하지 않았다고 주장하려고 말이야. 늙은 여우야. 악마처럼 다리를 절지만 수비대원들의 총알은 절대 그자를 맞히지 못할 거야. 아마 내일 아침 모든 일이 끝난 뒤에야 부루퉁한 얼굴로 중개료를 챙기러 나타나겠지. 총알은 다른 사람들이 맞게 하고 말이야."

"계속 비가 오는군! 오늘밤에는 그치지 않을 모양이지?" 로코 스파투가 말했다.

"이런 날씨에는 로톨로에 아무도 없을 거예요. 집으로 돌아가는 게 좋겠어요." 로카의 아들이 말했다.

문가에 서 있던 느토니와 친기알렌타, 로코 스파투는 프라이팬에 생선을 구울 때처럼 시끄럽게 쏟아지는 빗줄기 앞에서, 잠시 동안 말없이 어둠을 응시했다.

"너는 정말 바보 같구나!" 친기알렌타가 로카의 아들에게 용기를 북돋워주려고 말했다.

반니 피추토는 천천히 문을 닫으면서 낮은 목소리로 말했다. "내 말 잘 들어! 혹시 좋지 않은 일이 생기면, 당신들은 오늘밤 나를 보지 않은 거야! 친구니까 술은 줬지만, 내 집에는 절대 오지 않은 거야! 나를 배신하지 마. 나는 이 세상에 혼자니까."

상심한 느토니 일당은 비를 피해 담장을 스치듯 걸었다. "저 친구가 이젠 오리 다리까지 욕하고 있어." 친기알렌타가 입속으로 중얼거렸다. "그러면서 세상에 혼자라고 하는군. 적어도 오리 다리에겐 아내라도 있는데. 나도 아내가 있지! 그런데 나는 총알을 맞을지도 몰라!"

그 순간 그들은 소리 없이 안나의 집 문 앞을 지나갔고, 로코 스파투는 자기에게는 엄마가 있다고 말했다. 그 시간에 그의 엄마는 단잠에 빠져 있었다.

"이런 날씨에는 이불 속에 있을 수 있는 사람이라면 절대 밖에서 돌아다니지 않을 거야." 친기알렌타가 말했다.

느토니는 조용히 하라고 신호를 보내고, 돌아서 가는 골목길로 들어섰다. 그의 집 앞으로 지나가는 것을 피하기 위해서였다. 메나나 할아버지가 그를 기다리다가 그들의 말소리를 들을지도 몰랐다.

"아니, 네 누이동생은 너를 기다리지 않아. 혹시 돈 미켈레라면 모를까!" 술꾼 로코 스파투가 말했다.

그 말에 느토니는 살기를 느끼고 주머니 안을 더듬거리며 칼을 찾았다. 친기알렌타는 중요한 일을 하러 가는데 사소한 일 때문에 입씨름을 하다니 취했느냐고 물었다.

사실 메나는 손에 묵주를 들고 문 뒤에서 오빠를 기다리고 있었다. 리아도 자기가 아는 것을 입 밖에 내지는 않았지만 죽은 사람처럼 창백한 얼굴로 오빠를 기다렸다. 만약 느토니가 골목길로 돌아서 가지 않고 네로 거리로 지나갔다면 모두에게 훨씬 좋았을 터였다. 사실 돈 미켈레가 새벽 한시경에 말라볼리아네 집 문을 두드렸던 것이다.

"이 시간에 누구세요?" 리아가 물었다. 그녀는 돈 미켈레가 억지로 쥐여준 비단 스카프를 슬그머니 목에 두르고 있었다.

"나예요, 돈 미켈레. 급히 할말이 있으니 문 열어봐요!"

"그럴 수 없어요. 모두 자고 있고, 언니는 옆방 문 뒤에서 느토니 오빠를 기다리고 있어요."

"언니가 문 여는 소리를 들어도 괜찮아요. 느토니 때문이고, 급한 일이에요. 나는 당신 오빠가 감옥에 가는 것을 원치 않아요. 어서 문 열어요. 내가 여기 있는 것이 발각되면 나도 위험해요."

"오, 성모마리아님!" 리아는 울먹이기 시작했다. "성모마리아님!"

"오늘밤 당신 오빠가 돌아오면 집에 붙잡아둬요. 하지만 내가 왔었

312

다는 말은 하지 마요. 집에 있는 것이 좋겠다고만 해요. 꼭 그렇게 말해요!"

"오, 성모마리아님! 오, 성모마리아님!" 리아는 두 손을 맞잡고 되풀이해서 외쳤다.

"오빠는 지금 술집에 있어요. 하지만 분명히 이 앞으로 지나갈 거예요. 문 앞에서 기다리고 있다가 직접 얘기하시는 게 좋겠어요."

리아는 손으로 얼굴을 감싼 채 언니가 듣지 못하도록 소리 죽여 울었다. 배에 권총을 차고 장화 안으로 바지를 집어넣은 차림의 돈 미켈레는 그 모습을 바라보았다. "오늘밤 나를 위해 불안해하거나 울어줄 사람은 없어요, 리아. 하지만 나도 당신 오빠처럼 위험해요. 그러니 만약 불행한 일이 일어나면, 내가 당신에게 경고를 하러 왔고, 당신 때문에 내 자리를 잃을 위험도 무릅썼다는 것을 기억해줘요!"

그러자 리아는 얼굴을 들어 눈물이 가득 고인 눈으로 그를 바라보았다. "돈 미켈레, 하느님이 착한 당신에게 자비를 베푸실 거예요!"

"나는 대가를 바라지 않아요, 리아. 그저 당신과 당신의 행복을 위할 뿐이오."

"이제 가세요. 모두 자고 있으니까. 제발 가세요, 돈 미켈레!"

돈 미켈레는 떠났고, 리아는 그 자리에 남아 오빠를 위해 묵주기도를 했다. 그리고 오빠를 집으로 보내달라고 주님께 간청했다.

하지만 주님은 그를 집으로 보내주지 않았다. 느토니와 친기알렌타, 로코 스파투, 로카의 아들 네 사람은 담장에 바짝 붙어서 조용히 골목길을 지나갔다. 그들은 화산암 지대에 이르자 신발을 벗어 손에 든 채, 잠시 동안 조용히 귀를 기울였다.

"아무 소리도 안 들려." 친기알렌타가 말했다.

비는 계속해서 쏟아졌고, 화산암 지대에는 바다가 저 아래서 포효하는 소리밖에 들리지 않았다.

"너무 어둡다고 욕을 하려고 해도 뭐가 보여야 하지, 이런 어둠 속에서 그들이 '비둘기들의 암초'까지 올 수 있을까?" 로코 스파투가 말했다.

"그 사람들은 모두 유능해. 눈을 감고도 바닷가를 손바닥 들여다보듯 하지." 친기알렌타가 대답했다.

"하지만 정말 아무 소리도 들리지 않아!" 느토니가 말했다.

"그래, 아무 소리도 안 들리네! 하지만 분명히 저 아래에 있을 거야." 친기알렌타가 말했다.

"그렇다면 이만 집으로 돌아가는 것이 좋겠어요." 로카의 아들이 말했다.

"너는 먹고 마시고 나니 집에 돌아갈 생각밖에 안 하는구나! 조용히 있지 않으면 바닷속으로 차버릴 거야!" 친기알렌타가 말했다.

"사실 나도 일이 없다면 밤에 여기 있는 건 싫어." 로코 스파투가 투덜거렸다.

"그들이 왔는지 안 왔는지 곧 알게 될 거야." 그들은 올빼미 울음소리를 내기 시작했다.

"돈 미켈레와 수비대원들이 들으면 바로 달려올 거야. 올빼미는 이런 날 밤에 돌아다니지 않으니까." 느토니가 말했다.

"돌아가는 것이 좋겠어요. 아무도 대답하지 않아요." 로카의 아들이 울먹거렸다.

네 사람 모두 보이지 않는 서로의 얼굴을 바라보며 파드론 느토니의 손자 느토니가 한 말을 생각했다.

"어떻게 해요?" 로카의 아들이 다시 말했다.

"길로 내려가자. 거기에도 아무도 없으면 오지 않았다는 뜻이야." 친기알렌타가 대답했다.

느토니가 내려가면서 말했다. "오리 다리는 포도주 한 잔에 우리 모두를 팔아버릴 수도 있는 사람이야."

"눈앞에 술잔이 없으니까 너도 두렵나보구나." 친기알렌타가 말했다.

"갑시다, 빌어먹을! 내가 두려워하지 않는다는 걸 보여주겠어."

목이 부러지지 않게 조심하며 천천히 바위에서 내려오던 로코 스파투가 낮은 목소리로 말했다. "반니 피추토는 지금 침대에 누워 있겠지. 오리 다리가 아무것도 하지 않으면서 중개료를 챙긴다고 불평하면서 말이야."

"그만둬!" 친기알렌타가 말했다. "위험을 무릅쓸 용기가 없으면 집에서 잠이나 자!"

더이상 아무도 입을 열지 않았다. 느토니는 발을 어디에 디뎌야 할지 몰라 손을 뻗어 더듬으면서, 친기알렌타가 그런 식으로 말하지 않을 수도 있었다고 생각했다. 이런 상황에서는 누구나 포근한 잠자리가 있는 자기 집을 떠올리기 마련이다. 느토니의 눈앞에는 문 뒤에서 꾸벅거리는 메나가 그려졌다.

마침내 술꾼 로코 스파투가 말했다. "우리 목숨은 한푼의 값어치도 없어."

"누구냐!" 갑자기 담장 뒤에서 누군가 외치는 소리가 들렸다. "정지! 모두 꼼짝 마!"

"배신이다! 배신이다!" 그들은 소리지르며 화산암 지대로 달아나기 시작했다. 어디에 발을 딛는지 신경조차 쓰지 않았다.

하지만 이미 담장을 뛰어넘은 느토니는 권총을 움켜쥐고 있던 돈 미켈레와 맞닥뜨리게 되었다.

"이런 빌어먹을!" 느토니가 칼을 꺼내면서 외쳤다. "내가 권총 따위를 겁낼 것 같아?"

돈 미켈레의 권총은 허공으로 불을 뿜었지만, 그 자신은 가슴에 칼을 맞고 황소처럼 쓰러졌다. 느토니는 노루보다 재빨리 뛰어 달아나려 했지만, 소총 소리가 우박처럼 쏟아지는 가운데 수비대원들이 달려들어 그를 땅바닥에 쓰러뜨렸다.

"이제 우리 엄마는 어떡하지?" 로카의 아들이 울먹이는 동안 수비대원들이 그를 꽁꽁 묶었다.

"너무 세게 묶지 마. 빌어먹을! 움직일 수도 없잖아!" 느토니가 고함을 쳤다.

"저쪽으로! 저쪽으로 가, 느토니 말라볼리아! 너는 이제 끝났어!" 수비대원들이 총구로 그를 밀면서 말했다.

꽁꽁 묶인 그가 막사로 옮겨지고, 뒤에서 돈 미켈레가 수비대원의 등에 업혀가는 사이, 느토니는 친기알렌타와 로코 스파투를 찾아 두리번거렸다. '도망쳤구나! 이제 그들은 이불 속에서 자고 있는 반니 피추토와 오리 다리처럼 두려울 게 없겠지. 우리 가족들만 잠을 이루지 못할 거야. 총소리를 들었을 테니까.'

실제로 불쌍한 그의 가족은 잠을 이루지 못하고 무엇인가 예감한 듯 비를 맞으며 문가에 서 있었다. 그러나 이웃 사람들은 그저 돌아누우

면서 하품을 한 후 다시 잠이 들었다. "무슨 일이 있었는지는 내일 알
게 되겠지."

얼마 후 새벽이 되자마자 사람들은 아직 등불이 켜져 있는 피추토의
가게 앞에 모여들었다. 그들은 간밤의 소동이 무슨 일이었는지 큰 소
리로 떠들기 시작했다.

"밀수꾼들을 습격하고 밀수품도 압수했대요." 피추토가 이야기했
다. "그런데 돈 미켈레가 칼을 맞았다네요." 사람들은 말라볼리아네
집을 보며 손가락질했다. 마침내 안나까지 밖으로 나왔는데, 머리가
온통 헝클어지고 누더기처럼 창백한 그녀는 할말을 잃은 듯했다. 파드
론 느토니는 어떤 예감에 이끌린 듯 물었다. "느토니는? 느토니는 어
디 있는지 아시오?"

"어젯밤 밀수 현장에서 로카의 아들과 함께 체포되었어요!" 제정신
이 아닌 안나가 대답했다. "돈 미켈레를 죽였대요!"

"아아! 세상에!" 노인이 머리칼을 쥐어뜯으며 소리쳤다. 리아 또한
머리칼을 쥐어뜯었다. 파드론 느토니는 여전히 손으로 머리를 움켜쥔
채 소리칠 뿐이었다. "아! 세상에! 아! 세상에!"

얼마 후 오리 다리가 근심스러운 표정으로 이마를 치면서 나타났다.
"파드론 느토니, 들었어요? 정말 불행한 일이야! 그 소식을 듣고 깜짝
놀랐어요." 불쌍한 그의 아내 그라치아는 말라볼리아 집안에 불행이
쏟아지는 것을 보고 진심으로 울었다. "당신은 뭐하러 왔어?" 오리 다
리가 그녀를 창문 쪽으로 끌고 가면서 나지막이 말했다. "당신은 신경
꺼. 지금 이 집에 들락거리면 밀정들의 관심만 끌게 돼."

같은 이유로 사람들은 말라볼리아네 집 앞에 얼굴도 내밀지 않았다.

눈치아타만이 소식을 듣자마자 큰동생에게 어린애들을 맡기고 집은 이웃 여인에게 부탁한 다음 메나에게 달려가 아직 철없는 여자처럼 함께 울었다. 다른 사람들은 멀리 길가에서 그 광경을 즐기거나, 돈 미켈레를 칼로 찌른 느토니가 쇠창살 뒤에서 어떤 모습을 하고 있는지 보려고 수비대 막사 앞에 파리떼처럼 모여들었다. 아니면 피추토의 가게로 몰려가기도 했는데, 피추토는 압생트를 팔고 면도를 해주면서 어떻게 된 일인지 하나하나 이야기해주었다.

"이런 멍청이들!" 약방 주인이 말했다. "누가 붙잡혔는지 봤죠? 멍청이들!"

"정말 불행한 일이야! 감옥살이를 절대 피할 수 없을 겁니다." 돈 실베스트로가 덧붙였다.

돈 잠마리아 신부는 솔직하게 말했다. "정작 감옥에 가야 할 놈들은 가지 않고!"

"맞습니다! 절대 가지 않죠!" 돈 실베스트로가 부루퉁한 표정으로 맞장구쳤다.

"요즘 같은 때 진짜 도둑놈들은 훤한 대낮에 광장 한복판에서 도둑질을 하지. 문이나 창문을 부수지도 않고 강제로 밀고 들어온다오." 화가 나서 얼굴이 노래진 치폴라가 말했다.

"느토니 말라볼리아가 우리집에서 하려던 짓처럼 말이에요." 추피다가 삼실을 감으면서 끼어들었다.

"그런 말 말라고 했지? 제발!" 그녀의 남편이 말을 막았다.

"조용히 해요, 알지도 못하면서! 내가 조심하지 않았다면 우리 딸 바르바라에게 지금 어떤 불행이 닥쳤을지 봐요!"

그녀의 딸 바르바라는 경찰들이 느토니를 카타니아로 데려가는 것을 보기 위해 창가에 서 있었다.

"거기서는 절대 나오지 못해!" 모두들 말했다. "팔레르모의 교구 본당에 뭐라고 쓰여 있는지 알아요? 마음껏 뛰어보아라, 내가 여기서 너를 기다릴 테니! 나쁜 쇠는 숫돌에 먹힌다. 불쌍한 녀석들!"

"착한 사람은 그런 일에 연루되지 않아요!" 베스파가 소리쳤다. "불행을 찾는 사람이 불행해지는 거예요. 누가 이런 일을 저지르는지 봤죠? 느토니 말라볼리아나 로카의 아들처럼 직업이 없는 어중이떠중이들이에요."

모두가 맞는 말이라며, 그런 아들을 두느니 차라리 머리 위로 집 천장이 무너지는 게 낫다고 입을 모았다. 로카만이 그녀의 아들을 찾으러 수비대 막사 앞에 가서는 어떤 말도 들으려 하지 않고 아들을 내놓으라며 고함을 질렀다. 그러고는 나무 종 크로치피소를 찾아갔다. 크로치피소는 몇 시간이고 테라스의 계단에 앉아 새하얀 머리카락을 휘날리고 있는 그녀에게 말했다. "내 집이 바로 감옥이야! 차라리 내가 네 아들이었으면 좋겠어! 나한테서 무엇을 원하는 거지? 어차피 네 아들은 한푼도 벌어다주지 않았잖아!"

"로카에게는 더 잘된 일인지도 몰라요!" 돈 실베스트로가 말했다. "이제 부양할 사람이 있다는 평계를 댈 수 없으니까 구빈원에서 그 여자를 받아줄 겁니다. 그러면 매일 파스타와 고기를 먹겠지요. 그렇지 않으면 면사무소가 책임을 져야 해요."

그리고 결국 나쁜 쇠는 숫돌에 먹힌다는 결론으로 돌아오자 포르투나토 치폴라가 덧붙였다.

"파드론 느토니에게도 잘된 일이오. 그 골칫덩어리 손자 때문에 돈 드는 일이 허다하지 않았겠소? 그런 아들이 있으면 어떻게 되는지 내가 잘 알죠. 이제는 왕이 그를 보살펴줄 거요.[98]"

그러나 파드론 느토니는 손자가 더이상 돈 드는 일을 만들지 않아서 돈을 절약하기는커녕 변호사와 하급 관리들에게 비용을 대느라 돈을 쏟아붓고 있었다. 서양모과나무 집을 사기 위해 무척이나 고생해서 번 돈이었다. "이제 집도 필요 없고 다 필요 없어!" 경찰이 느토니를 카타니아로 연행하자 할아버지는 느토니만큼이나 얼굴이 창백해져서 말했다. 아무도 보지 않는 밤을 틈타 메나가 울면서 가져다준 옷 보따리를 옆구리에 낀 느토니가 두 손이 묶인 채 끌려갈 때, 온 마을 사람들은 그를 보려고 모여들었고, 할아버지는 수다쟁이 변호사를 찾아갔다. 얼굴이 누렇게 뜨고 제복 단추가 풀린 채 마차에 실려 병원으로 가는 돈 미켈레를 보고 나자 불쌍한 노인은 두려워졌던 것이다. 손자가 풀려나 집으로 돌아오게 하기 위해 변호사의 수다에 트집을 잡지도 않았다. 엄청난 일을 겪었으니 이제 느토니가 얌전히 집으로 돌아와 어렸을 때처럼 언제나 가족들과 함께 있으리라 생각했다.

돈 실베스트로가 친절하게도 노인과 함께 변호사에게 가주었다. 그는 말라볼리아 집안의 경우와 같이 누군가에게 불행이 닥치면, 비록 감옥에 가야 할 악당이라 하더라도 온갖 방법으로 그자를 돕고 법의 손아귀에서 구하기 위해 최선을 다해야 한다고, 그렇게 이웃을 돕는 것이 우리가 기독교인으로서 해야 할 일이라고 말했다. 돈 실베스트로

---

98) 이제 느토니는 감옥에서 국가의 돈으로 먹게 될 것이라는 뜻이다.

덕택에 모든 것을 파악한 변호사는 이야기를 모두 듣고 나서, 만약 자기가 없다면 여지없이 종신형을 살아야 할 대단한 사건이라고 말하면서 손을 비볐다. 파드론 느토니는 감옥 이야기를 듣자 얼간이처럼 힘이 빠졌다. 이에 쉬피오니 박사는 그의 어깨를 두드리며 사오 년의 감옥형으로 줄이지 못한다면 자기는 박사가 아니라고 장담했다.

"변호사가 뭐라고 해요?" 메나는 힘없는 얼굴로 돌아오는 할아버지를 보자마자 묻고는 대답을 듣기도 전에 울기 시작했다. 노인은 얼마 남지 않은 흰 머리칼을 잡아뜯고 미친 사람처럼 집안을 돌아다니면서 말했다. "아! 차라리 다 같이 죽어버릴걸!" 흰 천처럼 창백해진 리아는 말하는 사람을 뚫어지게 보면서 정작 자신은 입도 열지 못했다. 얼마 후 바르바라 추피다, 오리 다리의 아내 그라치아, 약방 주인 돈 프랑코, 그리고 피추토의 가게와 광장에서 이야기를 나눈 모든 사람들에게 증인 소환장이 도착했다. 온 마을이 혼란에 빠졌다. 인지 붙은 서류를 들고 모여든 사람들은 하느님의 이름을 걸고 자신은 아무것도 모른다고 맹세했다. 법적인 문제에 연루되고 싶지 않았기 때문이다. 그러면서 느토니와 파드론 느토니가 그들의 머리채를 잡아 곤란한 일에 끌어들였다고 비난했다. 추피다는 신들린 여자처럼 울부짖었다. "나는 아무것도 몰라. 나는 저녁에 집에만 틀어박혀 있다고. 그런 일을 하러 돌아다니거나, 문가에서 밀정들과 잡담을 나누는 사람이 아니야!"

"정부와는 거리를 두어야 해!" 돈 프랑코가 덧붙였다. "그자들은 내가 공화주의자라는 걸 알고, 나를 아예 지구상에서 쫓아낼 구실을 잡으려고 하는 거야."

추피다와 그라치아 등 침대에서 자느라 아무것도 보지 못하고 총소리만 들었다던 사람들이 무슨 증언을 했는지 궁금해서 사람들은 머리를 쥐어짰다. 돈 실베스트로는 변호사처럼 두 손을 비비며 자기는 그들이 왜 소환됐는지 알고 있으며 그것은 피고에게 유리한 일이라고 말했다. 변호사가 느토니 말라볼리아를 면회하러 갈 때마다 돈 실베스트로도 할 일이 없어서 감옥까지 동행했다. 이제 면사무소 평의회에는 아무도 가지 않았고, 올리브 수확도 이미 끝났기 때문이다. 파드론 느토니도 두세 번 가보려고 했지만, 쇠창살이 쳐진 창문들 앞에 도착해서 총을 든 군인들이 들어가는 사람들을 모두 감시하는 모습을 보자 속이 좋지 않아져서 밖에 남아 기다렸다. 길가에서 밤과 부채선인장 열매를 파는 사람들 사이에 앉은 그는 손자 느토니가 저 쇠창살 너머에서 군인들에게 감시당하고 있다는 사실이 믿기지 않았다. 변호사는 느토니와 이야기를 나누고 나서 장미처럼 발랄한 얼굴로 손을 비비면서 돌아왔다. 그는 파드론 느토니에게 손자는 잘 있으며, 살도 쪘다고 말했다. 불쌍한 노인은 이제 손자가 저 군인들 중 하나인 것처럼 느껴졌다.

"왜 풀어주지 않는 거요?" 노인은 매번 앵무새처럼, 어떤 말도 들으려 하지 않는 어린애처럼 묻고, 혹시 손자의 손을 묶어놓지는 않았는지 걱정했다. "너무 신경쓰지 마세요." 쉬피오니 박사는 대답했다. "이런 일은 시간이 지나가게 놔두는 것이 좋아요. 제가 말했듯이, 부족한 것 없이 지내서 거세된 수탉처럼 살도 쪘어요. 일은 잘되고 있어요. 이제 돈 미켈레가 거의 회복했으니, 그것도 우리에게 유리한 일이죠. 다시 말하지만, 걱정 말고 배로 돌아가세요. 이것은 내 일이니까요."

"느토니가 감옥에 있는데 내가 어떻게 배로 돌아가겠소. 그럴 수 없죠. 우리가 지나갈 때마다 사람들이 쳐다봐요. 게다가 느토니가 감옥에 있으니 나도 제정신이 아니오."

그는 언제나 똑같은 말을 되풀이했다. 그러는 동안 돈은 물 새듯 사라졌고, 그의 가족은 하루종일 문을 닫고 집안에 웅크리고 앉아 시간을 보냈다.

마침내 소환 날짜가 되었다. 소환장을 받은 사람은 헌병에 연행되고 싶지 않으면 제 발로 걸어서 법원으로 가야 했다. 돈 프랑코도 갔다. 그는 법정에 서기 위해 검은색 모자[99]를 쓰지 않았는데, 양옆에 헌병을 낀 채 난폭한 짐승처럼 쇠창살 너머에 있는 느토니 말라볼리아보다 더 안색이 창백했다. 법 문제에 엮인 적이 전혀 없었던 돈 프랑코는 눈 깜짝할 사이에 느토니 말라볼리아 같은 사람을 쇠창살 안에 가두는 경찰과 재판관 무리 앞에 처음으로 나서야 한다는 것이 싫었다.

쇠창살 너머의 느토니가 경찰들 사이에서 어떤 얼굴을 하고 있는지 보기 위해 온 마을 사람들이 모였다. 양초처럼 얼굴이 노래진 느토니는 자신을 잡아먹을 듯한 친구들과 지인들의 시선을 피하려고 감히 코도 풀지 못하고 베레모만 만지작거릴 뿐이었다. 그동안 검은 법복에 하얀 턱받이 차림의 재판장은 느토니가 저지른 악행을 서류에 적혀 있는 대로 하나도 빠짐없이 모두 말했다. 느토니만큼이나 안색이 노란 돈 미켈레는 손수건으로 부채질을 하며 하품을 해대는 재판관들과 마주보고 앉아 있었다. 이 상황에서도 변호사는 마치 자기 일이 아니라는 듯 옆 사람과 낮은 소리로 잡담을 나누었다.

---

99) 검은색 모자는 공화주의의 상징이었다.

"이번에는 분명히 감옥에 가게 될 거예요." 느토니가 저지른 모든 범행을 들은 추피다가 곁에 있는 여자의 귀에 속삭였다.

산투차도 와 있었다. 그날 밤 느토니가 어디에 있었는지, 어디로 갔는지 증언하기 위해서였다.

"산투차에게 무엇을 물어보는지 봐요." 추피다는 낮은 소리로 투덜거렸다. "저 여자가 법정에서 자기 사생활을 모두 털어놓지 않고 무슨 대답을 할 수 있을지 궁금하군요."

"그런데 우리한테서 뭘 알아내려는 걸까요?" 그라치아가 물었다.

"리아와 돈 미켈레가 친밀한 관계이고, 그래서 느토니가 그에게 복수하기 위해 죽이려고 한 게 사실인지 알고 싶은 거래요. 변호사가 그랬어요."

"콜레라나 걸릴 사람 같으니!" 약방 주인이 여자들을 노려보며 위협적으로 말했다. "우리를 죄다 감옥에 보내고 싶어요? 법정에서는 모든 질문에 아니라고, 아무것도 모른다고 해야 해요."

추피다 베네라는 몸을 웅크려 숄을 단단히 여미면서도 계속 투덜거렸다. "하지만 그 둘이 그런 관계인 건 사실이에요. 내 두 눈으로 똑똑히 봤고, 온 마을 사람들이 다 알아요."

그날 아침 말라볼리아 집안에는 비극이 벌어졌다. 느토니에게 내려질 선고를 들으러 온 마을 사람들이 떠나는 것을 보고, 할아버지는 그들과 함께 가고 싶어했다. 리아도 머리가 헝클어지고 두 눈은 초점을 잃고 턱까지 떨리면서도 함께 가고 싶어서 외투를 찾아 온 집안을 뒤졌다. 아무 말 하지 않았지만 얼굴에 당황한 기색이 역력하고 두 손이 떨렸다. 하지만 그녀만큼이나 얼굴이 창백해진 메나가 리아의 손을 잡고 말했다. "안 돼, 너는 가면 안 돼! 너는 안 돼!" 다른 말은 하지 않았다. 할아버지는 손녀들에게 집에 남아서 성모마리아께 기도하라고 덧붙였다. 이윽고 울먹이며 기도하는 소리가 네로 거리 구석구석에 울려퍼졌다. 불쌍한 노인은 카타니아에 도착하자마자 길모퉁이 뒤에 숨어 있다가, 헌병들에게 끌려가는 손자를 보았다. 그는 자꾸 꺾이는 두 다리를 간신히 옮겨 법원 앞 계단에 앉았다. 주위로 각자 볼일을 보러 온 사람들이 올라가고 내려갔다. 그러다 그 모든 사람들이 군인들에 둘러싸인 손자에게 재판관들이 어떤 선고를 내리는지 보러 간다는 생각이 들자, 마치 그를 광장 한가운데에, 폭풍우 치는 바닷속에 홀로 내버려둔 것 같은 느낌이 들었다. 그래서 사람들과 함께 계단을 올라가, 까치발을 하고 위쪽의 쇠창살을 바라보았다. 헌병의 모자와 빛나는 군도가 보였다. 하지만 느토니는 보이지 않았다. 많은 사람들 한가운데에 선 불쌍한 노인은 이제 자기 손자가 저 군인들 중 하나인 것처럼 여겨졌다.

그러는 사이에도 변호사는 끊임없이 말을 했다. 그의 말은 우물의 도르래처럼 흘러갔다. 그는 아니라고, 느토니 말라볼리아가 그 모든 악행을 저질렀다는 주장은 사실이 아니라고 했다. 재판장은 불쌍한 청년을 곤경에 빠뜨리기 위해 느토니의 악행을 찾아 끄집어냈다. 그것이 그의 직업이었다. 그런데 재판장은 무슨 근거로 그런 말을 할까? 혹시 그날 밤 느토니 말라볼리아가 어둠 속에서 무엇을 했는지 직접 보았을까? 곤궁한 집은 그럴 법한 이유가 있는 법이고, 교수대는 운이 없는 자를 위한 것이다. 재판장은 변호사가 하는 말을 이해하려 하지도 않고 책들 위에 팔꿈치를 댄 채 안경 너머로 그를 바라보았다. 쉬피오니 변호사는 어디에서 밀수가 있었는지 알고 싶다고 거듭 말했다. 그리고 대체 언제부터 선량한 시민이 자기가 원하는 시간에, 더군다나 약간의 포도주에 취해 있을 때 술을 깨기 위해 산책할 수 없었느냐고 말했다. 그러자 파드론 느토니는 고개를 끄덕이며 그래요! 맞아요! 하고 맞장구쳤고, 느토니가 술에 취해 있었던 점을 지적한 변호사를 순간 껴안아주고 싶어서 눈물이 고일 정도였다. 갑자기 파드론 느토니는 머리를 쳐들었다. 정말 훌륭해! 저 변호사는 지금 말하는 것만으로도 50리라의 값어치를 해! 변호사는 수비대가 느토니를 의심받을 만한 현장에서 체포하기 위해 손에 칼을 들고 있던 그를 담장 앞으로 몰아 돈 미켈레의 가슴에 칼을 꽂은 것처럼 보이게 했으리라고 주장했다. "느토니 말라볼리아가 그렇게 했다고 누가 말합니까? 그걸 누가 증명할 수 있습니까? 혹시 돈 미켈레가 느토니 말라볼리아를 감옥에 보내려고 스스로 칼로 찌른 것이 아닌지 누가 알겠습니까? 더 알고 싶으십니까? 밀수는 이 사건과 전혀 관련이 없습니다! 돈 미켈레와 느토니 사이에는 여자 문제로 오래된 원한이 있었던 것입니다." 그러자 파드론 느토니는 다시 고개를 끄덕였다. 예수그리스도 앞에서 그 사실을 맹세하라고 했다면 정말 그랬을 것이다. 변호사는, 돈 미켈레와 산투차의 사이는 온 마을 사람들이 알고 있었고, 산투차가 느토니를 좋아한 후부터 돈 미켈레가 질투심에 불타고 있었으니, 느토니가 술을 마신 다음 돈 미켈레를 만났던 밤에 무슨 일이 있었는지는 눈으로 보지 않아도 알 수 있다고 했다. 변호사는 계속해서 말했다. "그리고 추피다 베네라를 비롯한 수많은 증인들에게 확인할 수 있었습니다. 돈 미켈레가 느토니 말라볼리아의 누이동생 리아와 친밀하게 지냈고, 리아를 만나려고 밤마다 네로 거리를 배회한 사실을 말입니다. 칼부림이 일어난 그날 밤에도 돈 미켈레는 그 집 앞에서 목격되었습니다!"

파드론 느토니는 귓속이 웅웅 울리고 더이상 아무 소리도 들리지 않았다. 그리고 그 순간 처음으로 느토니를 보았다. 쇠창살 뒤에 있던 느토니는 벌떡 일어서서 베레모를 움켜쥔 채 넋이 나간 것 같은 눈빛이었고 입으로는 아니라고 말하는 것 같았다. 이웃 사람들은 노인이 정신을 잃은 줄 알고 그를 밖으로 데리고 나갔다. 헌병들은 증인 대기실에 있는 탁자 위에 노인을 눕히고 그의 얼굴에 물을 퍼부었다. 얼마 후 노인이 사람들의 부축을 받으며 비틀거리는 걸음걸이로 계단을 내려가는 동안 그의 귀에 한꺼번에 법정을 나오는 사람들의 말소리가 들려왔다. "징역 오 년을 선고했어요." 그 시각 느토니도 예수그리스도처럼 두 손이 묶인 채 헌병들에게 연행되어 작은 문으로 빠져나왔다.

그라치아는 마을을 향해 달리기 시작했다. 그녀는 혀를 길게 빼문 채 다른 사람들보다 먼저 도착했다. 나쁜 소식은 새처럼 빨리 날아오는 법이다. 그녀는 연옥의 혼령 같은 모습으로 문가에서 기다리고 있는 리아를 보자, 그녀의 손을 붙잡고 정신없이 지껄였다.

"뻔뻔스럽게 대체 무슨 짓을 한 거니? 네가 돈 미켈레와 친밀한 사이였다고 사람들이 재판관에게 증언했어. 그래서 네 할아버지가 쓰러지셨어!"

리아는 아무런 대꾸를 하지 않았다. 마치 그라치아의 말을 듣지 못했거나, 자신과 상관없는 일로 여기는 듯했다. 그저 입을 벌린 채 당황한 듯한 눈으로 그라치아를 바라보았다. 그러다 갑자기 두 다리가 부러진 것처럼 천천히 의자 위로 쓰러졌다. 그리고 한참 동안 그런 상태로 움직이지도 않고 말도 하지 않았다. 그라치아가 그녀의 얼굴에 물을 퍼부으려 할 정도가 되자 리아가 더듬거리기 시작했다. "떠나고 싶어요! 더는 여기에 있고 싶지 않아요!" 그렇게 말하면서 미친 여자처럼 서랍장으로, 의자로 오락가락했다. 언니 메나가 울면서 쫓아다녔지만 헛수고였다. "내가 말했잖아! 내가 말했잖아!" 그리고 다시 한번 쫓아가 리아의 손을 잡았다. 저녁에 사람들이 할아버지를 마차에 싣고 오자, 더이상 사람들을 부끄러워하지 않는 메나가 달려가서 할아버지를 맞이했다. 리아도 마당으로 나갔지만 곧장 골목길로 나가버렸다. 그러고는 정말로 가버렸다. 아무도 다시는 그녀를 보지 못했다.

제15장

사람들은 리아가 돈 미켈레와 함께 살러 갔다고 말했다. 말라볼리아 사람들은 더이상 가진 게 없지만 돈 미켈레는 최소한 리아를 굶기진 않을 거라고 수군거렸다. 파드론 느토니는 완전히 묘지의 까마귀가 되어 일은 하지 않고 배회하기만 했다. 파이프의 노인 같은 얼굴[100]에 허리가 반으로 접힌 구부정한 모습으로 돌아다니면서 밑도 끝도 없이 이렇게 말했다. "쓰러진 나무에는 도끼들이 달려드는 법. 물속에 빠지면 당연히 젖는 법. 야윈 말에는 파리가 꼬이는 법." 그리고 누군가 왜 그렇게 돌아다니기만 하느냐고 물으면 이렇게 대답했다. "배고픈 늑대는 숲에서 나오는 법. 굶주린 개는 몽둥이를 두려워하지 않는 법." 하지만 사람들은 노인이 그

---

100) 당시 판매하던 값싼 도기 파이프에 수염이 무성한 노인의 얼굴이 새겨져 있었다고 한다.

런 상태로 전락한 것도 이상할 게 없다고 생각했다. 그저 충고랍시고 한마디씩 던지고, 파드론 느토니가 종탑 아래에서 등을 벽에 기댄 채 앉아 있으면, 마치 제 것인 양 해안가에 정박해놓은 치폴라의 어선에 앉아 돈을 빌리러 오는 사람들을 기다리는 크로치피소 같은 모습으로 무엇을 기다리느냐고 물었다. 그는 죽음을 기다린다고 대답했다. 그런데 불행한 사람은 명도 긴 법인지 죽음이 자신을 데려가려 하지 않는다고 했다. 말라볼리아 집안에서는 더이상 리아 얘기를 입에 올리지 않았다. 아가타 성녀는 집에 아무도 없을 때면 엄마의 침대로 가서 몰래 울며 마음속의 말을 쏟아냈지만, 리아에 대해서만은 말하지 않았다.

이제 집은 바다처럼 넓어서 그 안에서 길을 잃을 지경이었다. 돈은 느토니와 함께 사라졌고, 알레시는 여전히 돈을 벌기 위해 여기저기 먼 곳으로 떠돌아다녔다. 친절하게도 눈치아타는 메나가 저녁 무렵 할아버지를 데리러 나간 동안 화덕에 불을 지펴주러 왔다. 노인은 어두우면 눈앞의 것을 분간하지 못하는 증상이 닭보다 심했기 때문에 어린애처럼 손을 잡고 데려와야 했다.

돈 실베스트로를 비롯한 마을 사람들은 알레시가 나서서 이제 아무 일도 하지 못하는 파드론 느토니를 구빈원에 보내는 게 나을 거라고 말했다. 하지만 그것은 불쌍한 노인이 유일하게 두려워하는 일이었다. 메나가 노인의 손을 잡고 햇살이 비치는 곳으로 데려가면 그는 그곳에 앉아 하루종일 죽음을 기다렸는데, 그럴 때마다 자신을 구빈원으로 데려간다고 생각할 정도로 바보가 되었다. 그는 이렇게 중얼거렸다. "죽음이 오지 않아!" 어떤 사람은 웃으면서 대체 죽음이 어디까지 왔느냐고 물어보기도 했다.

알레시는 토요일마다 집으로 돌아와서는 할아버지의 정신이 아직도 맑다고 생각하는 듯 노인 앞에서 일주일 동안 번 돈을 세었다. 그러면 노인은 언제나 머리를 끄덕이는 것으로 대답했고 알레시는 돈을 매트리스 아래에 감추었다. 그는 할아버지를 기쁘게 해주려고, 서양모과나무 집을 살 돈을 거의 모았으니 일이 년 안에 들어갈 수 있을 거라고 말했다.

하지만 노인은 완고하게 고개를 내두르며, 이제 집은 필요하지 않다고 대꾸했다. 말라볼리아가 사람들이 여기저기 흩어져 있으니 차라리 애초에 말라볼리아가가 없었으면 좋았을 거라고 말했다.

한번은 아무도 없는 사이 눈치아타를 아몬드나무 아래로 불렀는데, 무언가 중요한 말을 하려는 것 같았다. 하지만 노인은 입술만 달싹일 뿐 아무 말도 하지 않으며 어떻게 말할지 고민하는 듯 여기저기로 시선을 돌리기만 했다. 그러다 마침내 입을 열었다. "사람들이 리아에 대해 말하는 게 사실이냐?"

"아니에요!" 눈치아타가 성호를 그으면서 대답했다. "아니에요! 오니나의 성모마리아를 걸고, 사실이 아니에요!"

그러자 노인은 턱을 가슴에 처박고 의심쩍다는 듯 고개를 젓기 시작했다.

"그렇다면 왜 리아도 도망갔지? 왜 도망간 거냐고?"

그러고는 모자를 잃어버린 척했으나, 사실은 리아를 찾으려고 집안을 뒤졌다. 말없이 침대와 서랍장을 만지거나 베틀에 앉아보기도 했다. 그러다 무겁게 입을 뗐다. "너는 알아? 너는 어디로 갔는지 알아?" 하지만 메나에게는 아무 말도 하지 않았다.

사실 눈치아타도, 마을의 어느 누구도 리아의 행방을 알지 못했다.

어느 날 저녁, 알피오 모스카가 노새가 끄는 마차를 타고 네로 거리에 다시 나타났다. 비코카에서 바로 그 노새 때문에 열병에 걸려 죽을 뻔한[101] 그는 얼굴빛이 노랬고, 배가 자루처럼 팽팽히 부풀어 있었다. 하지만 노새는 통통하고 털에 윤기가 흘렀다.

"내가 비코카로 떠났을 때를 기억하나요?" 알피오가 말했다. "그때까지는 서양모과나무 집에 살고 있었죠? 이제 모든 것이 바뀌었군요. 세상은 둥글고, 누구는 헤엄치고, 누구는 바닥에 가라앉는 법이지요." 말라볼리아 사람들은 그에게 잘 돌아왔다고 포도주 한 잔 대접할 수 없었다. 알피오는 리아가 어디에 있는지 알고 있었다. 그의 눈으로 직접 보았던 것이다. 창가에서 대화를 나누던 시절의 메나를 보는 것 같았다. 그래서 짐 실은 마차가 가슴속에 걸려 있는 것 같은 무거운 마음으로 여기저기 가구들과 벽들을 둘러보았다. 그는 아무것도 올려져 있지 않고, 이제 아무도 저녁식사를 하지 않는 식탁 옆에 말없이 앉았다.

"이제 갈게요." 아무도 말이 없자 그가 말했다. "누구든지 한번 고향을 떠났으면 다시 돌아오지 않는 것이 좋아요. 멀리 떠나 있는 동안 모든 것이 바뀌고, 자신을 바라보는 눈빛도 바뀌고, 그래서 자기 자신도 이방인이 된 것처럼 느껴지기 때문이죠."

메나는 계속해서 말이 없었다. 알레시가 먼저 입을 열어 돈을 어느 정도 모으면 눈치아타와 결혼하고 싶다고 이야기했다. 알피오는 만약 눈치아타도 얼마간의 돈을 갖고 있으면 그렇게 하는 것이 좋겠다고 대

---

101) 알피오가 있던 비코카는 말라리아가 성행하는 곳이었는데, 당나귀를 노새로 바꿀 돈을 마련하기 위해 과로하다가 말라리아에 걸렸던 것이다.

답했다. 마을 사람들 모두가 알고 있듯이 눈치아타는 괜찮은 아가씨였다. 그렇게 가족조차도 곁에 없는 사람들을 잊는 법이고, 이 세상 사람들은 저마다 신께서 자신에게 주신 마차를 끌고 갈 생각만 하는 법이었다. 다른 사람의 손에 넘어간 지금 무엇을 하고 있을지 모를 알피오의 당나귀처럼.

눈치아타도 지참금을 갖고 있었다. 이제 동생들이 조금씩 돈을 벌기 시작한데다가 그녀는 장신구나 속옷에 욕심이 없었기 때문이다. 그런 것들은 부자를 위한 것이며, 성장기에는 속옷을 사지 않는 것이 좋다고 말했다.

실제로 눈치아타는 키가 크고 빗자루처럼 날씬하며 까만 머리에 아름다운 눈을 가진 아가씨로 성장했다. 동생들을 모두 데리고 문가에 앉아 있을 때는, 아버지가 자신들을 놔두고 떠난 날부터 지금까지 치마 끝에 매달린 어린 동생들과 함께 발버둥치며 헤쳐나갔던 모든 역경을 회상하는 것처럼 보였다. 빗자루처럼 연약하고 힘없는 그녀와 동생들이 어떻게 그 역경을 헤쳐나갔는지 봐온 모든 사람들은 그녀에게 인사의 말을 건넸고, 기꺼이 걸음을 멈추고 몇 마디 말을 나누곤 했다.

"돈은 있어요." 눈치아타가 알피오에게 말했다. 오랫동안 알고 지낸 알피오는 거의 가족과 다름없었다. "모든 성인의 축일이 되면 큰동생은 농장 주인 필리포의 농장에 심부름꾼으로 들어가고, 작은동생은 치폴라 아저씨에게서 일자리를 얻을 거예요. 그리고 투리까지 자리를 잡으면, 그때 나는 결혼할 거예요. 하지만 나이가 차야 하고 우리 아버지의 허락도 받아야 해요."

"오, 네 아버지는 너를 잊었을 거야!" 알피오가 말했다.

"만약 지금 아버지가 돌아오신다면, 다시는 떠나지 않을 거예요. 이제 우리도 돈이 있으니까요." 눈치아타는 두 손을 무릎 위에 얹은 채 매우 부드럽고 차분한 목소리로 대답했다.

그 모습을 본 알피오는 눈치아타에게 얼마간의 돈이 있으면 아내로 맞이하는 것이 좋겠다고 알레시에게 재차 말했다.

"우리는 서양모과나무 집을 다시 살 거예요." 알레시가 덧붙였다. "할아버지도 함께 지내실 거고요. 가족 중 누군가가 돌아와도 마찬가지죠. 만약 눈치아타의 아버지가 돌아오시면 그분에게도 방을 드릴 거예요."

리아 이야기는 나오지 않았지만, 세 사람 모두 손을 무릎에 얹은 채 등불을 바라보면서 리아를 생각했다.

마침내 알피오 모스카는 떠나려고 자리에서 일어났다. 그의 노새가 방울을 흔들고 있었기 때문이다. 알피오가 길에서 우연히 보았고, 이제 영영 서양모과나무 집으로 돌아올 것 같지 않은 그녀를 노새도 알고 있는 듯했다.

한편 크로치피소는 얼마 전부터 말라볼리아 사람들의 연락을 기다리고 있었다. 마치 파문을 당한 것처럼 모두들 꺼려해 그의 손에 남아 있는 서양모과나무 집 때문이었다. 그래서 알피오 모스카가 마을에 돌아왔다는 사실을 알고는 그를 찾아가 말라볼리아 사람들과 협상을 마무리할 수 있도록 다리를 놓아달라고 부탁했다. 베스파 때문에 질투했을 때는 몽둥이로 뼈를 부러뜨리고 싶던 알피오였다. 하지만 이제 길에서 그를 만나면 인사를 할 뿐만 아니라, 그 일을 의논하도록 베스파를 그에게 보내려고까지 했다. 혹시 두 사람이 동시에 옛사랑을 기억하고, 그래서 알피오가 그에게 지워진 십자가를 없애줄 수 있을지 누가 알겠는가! 하지만 그 개 같은 베스파는 알피오뿐만 아니라 어느 누구에 대한 이야기도 들으려 하지 않았다. 이제 자기 남편이 있고, 자기가 집안의 주인이니, 설령 머리채를 잡아 끌어낸다 하더라도 크로치피소를 포기하지 않을 것이었다. 아마 비토리오 에마누엘레 국왕과도 바꾸지 않을 터였다. "불행은 모두 내 차지야!" 크로치피소는 탄식했다. 그러고는 알피오에게 가서 울분을 토로하며 마치 고해신부 앞에서처럼 가슴을 두드렸고, 몽둥이로 자기 뼈를 부러뜨려주면 10리라를 지불할 의사도 있다고 말했다.

"아! 알피오! 내가 얼마나 쫄딱 망했는지 알아요? 나는 자지도 먹지도 못하고, 그저 화만 날 뿐이라오. 입속에 들어가는 빵까지 아껴가면서 한푼 두푼 모으느라 평생 고생했는데, 이제 내 재산에서 동전 하나도 마음대로 못 써요. 저 독사 같은 여자가 마음대로 쥐고 흔드는 꼴을 눈앞에서 보고만 있어야 하다니! 사탄도 저 여자는 어쩌지 못하고, 법적으로도 떼어낼 수가 없어요! 나를 너무나도 사랑해서, 내가 죽기 전에는 절대 떼어내지 못할 것이오. 절망한 내가 먼저 눈을 감지 않는다면 말이오!"

"내가 지금 여기서 알피오에게 무슨 이야기를 하고 있느냐면요." 크로치피소는 치폴라가 다가오는 것을 보고 말을 이었다. 치폴라는 그의 집안에 들어온 또다른 독사 만자카루베의 딸 때문에 푸줏간의 개처럼 광장을 어슬렁거리고 있었다. "화가 나서 터져 죽을까봐 집에 있을 수가 없어요! 그 못된 여편네들이 우리를 집에서 쫓아냈다니까! 족제비가 토끼를 쫓아내듯이! 여자들은 우리가 지은 죄에 벌을 주려고 이 세상에 온 것 같아요. 여자들이 없다면 훨씬 좋을 텐데. 이봐요, 치폴라. 누가 우리 말을 믿겠어요? 우리는 천사들의 평화를 누리고 있었는데 말이죠! 이 세상이 어떻게 되었는지 보세요! 어떤 사람들은 등불을 들고 결혼 상대를 찾아다니고, 결혼한 사람은 거기서 벗어날 길을 찾아다녀요."

포르투나토 치폴라는 잠시 턱을 문지르더니 말했다. "결혼은 쥐덫 같은 거요. 안에 있는 생쥐는 나오고 싶어 안달인데 밖에 있는 것들은 어떻게든 들어가려고 안달이지."

"내가 보기에는 미친 사람들 같아요! 돈 실베스트로를 봐요! 그자가 뭐가 부족해요? 그런데 어떻게 하면 바르바라가 제 발로 찾아오게 할 수 있을지 그 생각만 한다는군요. 만약 베네라가 더 나은 사람을 찾지 못하면, 바르바라가 그자를 찾아가게 될 거예요."

치폴라는 계속 턱을 문지를 뿐 아무 말도 하지 않았다.

"이봐요, 알피오." 나무 종 크로치피소가 말을 이었다. "말라볼리아 사람들에게 돈이 있는 동안 집에 대한 협상을 마무리하게 해줘요. 당신이 왔다갔다한 대가는 나중에 신발값으로라도 지불할 테니까."

알피오는 말라볼리아 사람들을 찾아가 말을 전했다. 하지만 파드론 느토니는 고개를 저으며 싫다고 말했다. "이제 집이 있어도 소용없어. 메나의 결혼은 물건너갔고, 말라볼리아 사람들은 아무도 남아 있지 않아! 불행한 사람은 명도 긴 법이라 내가 아직 살아 있긴 하지만, 내가 눈을 감고 나면 알레시도 눈치아타를 아내로 삼아 마을을 떠날 거야."

이제 그도 떠나려 하고 있었다. 노인은 가재가 돌멩이 아래 숨듯 대부분의 시간을 침대에 누워 개보다 더 심하게 짖어댔다. "내가 여기서 뭘 하겠어?" 하고 중얼거리는 노인의 모습은 마치 자신이 식구들의 수프를 훔쳐먹는다고 생각하는 것 같았다. 알레시와 메나가 그렇지 않다고 아무리 말해도 헛일이었다. 그저 그들의 시간과 수프를 축내고 있다고 대답할 뿐이었다. 노인은 종종 매트리스 아래 넣어둔 돈을 세어보라고 했는데, 모아둔 돈이 줄어든 것 같으면 이렇게 중얼거렸다. "내가 없으면 돈 쓸 일이 좀 줄어들 거야. 더는 여기서 할 일이 없으니 이제 떠나야겠구나."

의사 돈 치초가 와서 노인의 맥박을 짚어보더니 이제 그를 병원으로 옮기는 게 낫겠다고 말했다. 집에 있어보았자 자신과 가족들을 괴롭힐 뿐 누구에게도 좋을 게 없다고 했다. 푹 꺼진 눈으로 다른 사람들이 말하는 것을 바라보는 불쌍한 노인은 구빈원으로 보내질까봐 두려워했다. 알레시는 할아버지를 구빈원으로 보내라는 말을 들으려고도 하지 않았고, 빵이 조금이라도 있는 한 모두 함께 나눠먹으면 된다고 말했다. 메나 역시 할아버지를 그런 곳으로 보내길 원치 않았다. 그녀는 날씨가 좋을 때 빨래터에 갈 일이 없으면 할아버지를 양지바른 곳으로 모셔가서는 물렛가락을 든 채 그 곁에 앉아 실을 자으며 어린아이들에게 하듯이 동화를 들려주었다. 할아버지의 마음을 편안하게 해주려고, 하느님의 은총을 약간 받게 되면 무엇을 할 것인가 이야기하기도 했다. 성 세바스티아노 순교자 기념일[102]에 송아지를 살 예정인데, 풀을 먹이고 겨울에만 사료를 구해주면 5월에는 이익을 남겨 팔 수 있을 거라고 말했다. 또 그녀가 기르기 시작한 병아리도 보여주었다. 병아리

---

102) 1월 20일로, 이날은 성 파비아노 교황 순교자 기념일이기도 하다.

들은 햇살을 받으며 그들의 발 주변에서 삐악거렸고, 길 위에 피어오르는 먼지 속에서 날개를 퍼덕였다. 병아리를 판 돈으로는 돼지도 살 생각이었다. 수프 요리에 쓴 물과 부채선인장 열매의 껍질을 버리지 않고 먹이면 연말에는 저금통에 돈을 저금한 것과 같은 효과를 볼 터였다. 노인은 두 손을 지팡이 위에 올린 채 고개를 끄덕이면서 병아리들을 바라보았다. 주의깊게 듣고 있던 불쌍한 노인은 서양모과나무 집을 다시 사면 돼지를 마당에서 기를 수 있을 것이며, 페피 나소에게 팔면 확실히 이득을 얻게 될 거라는 말까지 했다. 서양모과나무 집에는 송아지를 키우던 우리와 사료 창고 등 모든 것이 있었다. 그렇게 노인은 지팡이에 턱을 괸 채 푹 꺼진 눈으로 여기저기 두리번거리면서 조금씩 기억을 되찾았다. 그러더니 나지막한 목소리로 손녀에게 물었다. "돈 치초가 병원에 대해 뭐라고 했어?" 그러자 메나는 어린아이들에게 그러듯 노인을 나무라면서 대답했다. "왜 그런 생각을 하세요?" 그럴 때면 노인은 말없이 메나가 하는 말을 조용히 듣고만 있었다. 하지만 곧 다시 말했다. "나를 병원에 보내지 마. 나는 병원에 익숙지 않아."

결국 노인은 침대에서 일어나지 못했다. 돈 치초는 이제 끝났다고, 이제 의사가 할 수 있는 일은 없는데 이 상태로 침대에서 몇 년이고 일어나지 못할 수도 있기 때문에 알레시와 메나 혹은 눈치아타까지 그를 지켜보느라 시간을 허비해야 할 거라고 말했다. 그러잖으면 문을 열어놓은 사이 돼지들이 노인을 먹어버릴지도 모른다고 덧붙였다.

파드론 느토니는 그들이 무슨 말을 하는지 잘 알고 있었다. 보기에 고통스러운 눈길로 모두의 얼굴을 하나하나 들여다보고 있었기 때문이다. 자리를 뜬 의사가 문가에서 울고 있는 메나와 이야기를 하고 알레시는 안 된다고 하면서 발을 구르는 동안, 노인은 눈치아타에게 침대 가까이로 오라고 신호를 보내더니 천천히 말했다.

"나를 병원으로 보내줬으면 좋겠어. 여기서는 돈만 축낼 뿐이니까. 메나하고 알레시가 집에 없을 때 나를 보내줘. 말라볼리아 집안 아이들은 마음이 착해서 안 된다고 할 게야. 하지만 나는 집안의 돈을 축내고 있어. 의사도 말했잖니. 내가 몇 년이고 이런 채로 있을 수도 있다고. 더이상 이곳에서 할 일도 없어. 병원에서도 몇 년씩이나 살고 싶진 않지만."

눈치아타도 울기 시작했다. 그녀는 안 된다고 말했다. 모든 이웃들은 말라볼리아 사람들이 먹을 빵도 없으면서 오만한 짓을 한다고 비난했다. 그들은 할아버지를 병원에 보내는 것이 부끄러운 일이라고 여겼다. 가족이 여기저기 흩어진데다, 심지어 좋지 않은 곳에도 가 있었기 때문이다.

산투차는 다른 여자들처럼 아가타 성녀의 여동생에게 닥친 위험으로부터 자신을 보호해준 성모마리아에게 감사를 드리려고 가슴에 달고 다니는 메달에 입을 맞췄다. 그녀는 말했다. "저 불쌍한 노인을 병원에 보내야 해요. 죽기도 전에 연옥을 겪게 하지 않으려면요." 적어도 그녀는 자기 아버지에게 전혀 부족한 게 없도록 해주었다. 비록 아버지가 장님인데다 문가에 죽치고 있을 뿐이었지만.

"오히려 도움이 된답니다!" 오리 다리의 말이었다. "그 사람은 황금만큼의 값어치를 해요! 장님에다 늙고 병들었으니, 그야말로 술집 문지기로 딱이죠. 백 살까지 살게 해달라고 성모마리아께 기도해야 할 거요. 게다가 아버지에게 돈을 쓰지도 않잖아?"

산투차는 메달에 입을 맞출 자격이 있었다. 그녀의 사생활에 대해
그 누구도 할말이 없었기 때문이다. 돈 미켈레가 떠난 뒤로는 농장 주
인 필리포도 더이상 나타나지 않았다. 사람들은 그가 돈 미켈레의 도
움 없이는 아무것도 할 수 없다고 말했다. 이따금 친기알렌타의 아내
가 술집 앞에서 난리를 피웠다. 그녀는 주먹을 허리춤에 올리고 산투
차가 자기 남편을 빼앗아 갔다고 고함을 질렀다. 그러다 친기알렌타가
집으로 돌아오면 그녀는 노새를 팔아버린 뒤로 고삐를 어떻게 해야 할
지 몰랐던 남편에게 고삐로 매를 맞곤 했다. 밤마다 이웃 사람들은 비
명소리에 잠을 이룰 수 없었다. "이럴 순 없습니다!" 돈 실베스트로가
말했다. "고삐는 노새에게나 쓰는 거예요. 친기알렌타는 정말 난폭하
군요." 그는 추피다 베네라가 있을 때 그런 말을 했다. 마을 청년들이
대부분 징용된 다음부터 추피다는 돈 실베스트로에게 다소 고분고분
해졌다.

"저마다 자기 집안일 외에는 알 수 없는 법이죠." 추피다가 대답했
다. "만약 사악한 혀들이 말하고 돌아다니는 것처럼 내가 내 남편에게
손을 댄다는 소문 때문에 그런 말을 하는 거라면 이렇게 대답할게요.
당신은 글을 알지만 글 말고는 아무것도 모른다고요. 자기 집에서는
모두가 자기 마음대로 할 수 있어요. 우리집 주인은 내 남편이고요."

"사람들이 뭐라든 내버려둬." 그녀의 남편이 덧붙였다. "내 코를 건
드리면 내가 갈기갈기 찢어버린다는 것을 나중에 알게 될 거야!"

이제 추피다는 집안의 우두머리는 남편이고, 남편이 마음에 들어하
는 사람과 바르바라를 결혼시킬 거라고 말했다. 만약 남편이 딸을 돈
실베스트로에게 주려고 한다면, 그것은 즉 남편이 그에게 약속을 하고

고개를 숙였다는 뜻인데, 만약 그랬다면 남편은 짐승만도 못한 사람이라고 덧붙였다.

"당연하지!" 돈 프랑코가 수염을 허공으로 쳐든 채 말했다. "돈 실베스트로가 국자의 손잡이를 잡고 있으니까 고개를 숙인 거야."

돈 프랑코는 경찰들이 가득한 법원에 다녀온 후로 전보다 더 화가 나 있었다. 이제 헌병들이 끌고 가려 해도 다시는 그곳에 발을 들이지 않겠다고 맹세했다. 그리고 돈 잠마리아 신부가 논쟁하려고 목소리를 높이면 수탉처럼 새빨개진 채 짤막한 다리로 벌떡 일어나서는 그에게 달려들어 약방 구석으로 밀어붙였다. "나를 위험에 빠뜨리려고 일부러 그러는 거지!" 그는 입에 거품을 물고 신부의 얼굴에 침을 뱉었다. 또한 광장에서 논쟁을 벌이는 사람들이 있으면, 자신을 증인으로 부르지 못하도록 급히 약방 문을 닫았다. 돈 잠마리아 신부는 의기양양했다. 어깨에 걸친 신부복 덕분에 사자 같은 용기를 낼 수 있었던 그 홀쭉한 멍청이는 매일 돈을 받으면서 정부를 비난했다. 그러면서 사람들이 혁명을 일으켰기 때문에 그런 정부가 들어선 것은 당연하고, 이제는 이방인들이 와서 마을 사람들의 돈과 여자를 강탈해간다고 말했다. 그가 누구를 두고 하는 말인지는 분명했다. 신부는 분노 때문에 황달이 들 지경이었고, 로솔리나는 분노 때문에 야위어갔다. 돈 미켈레가 가버리고 나서 그가 행한 더러운 짓들이 밝혀진 뒤로 더욱더 그랬다. 그녀는 이쪽저쪽으로 미사를 보러 다니고 고해신부를 찾아다녔다. 심지어 오니나와 아치 카스텔로까지 가는 것도 서슴지 않았다. 신께 헌신하느라고 저장용 토마토와 올리브기름에 절인 참치는 거들떠보지도 않았다.

돈 프랑코는 약방의 양쪽 출입문을 활짝 열어젖히고는 발뒤꿈치를 들고 서서, 돈 실베스트로가 그랬듯이 암탉처럼 웃는 것으로 화풀이를 했다. 그렇게 한다고 해서 감옥에 갈 위험은 없었기 때문이다. 그는 신부들이 있는 한 세상이 변할 수 없다고 말하고, 난도질하듯 손을 휘두르면서 그들을 깨끗이 쓸어버리고 싶다고 덧붙였다.

"그런 자들을 모두 불태워 죽이고 싶어!" 돈 잠마리아 신부가 되받아쳤다. 그런 자가 누구인지는 분명했다.

약방 주인은 더이상 연설을 하지 않았다. 돈 실베스트로가 다가오면 그는 곤경에 빠지지 않으려고 절구에 약을 찧으러 갔다. 정부와 관련되어 있고 국왕의 빵을 먹는 자들은 모두 조심해야 할 대상이었다. 그래서 돈 잠마리아 신부나 의사 돈 치초에게만 속마음을 털어놓았다. 돈 치초는 당나귀를 약방에 둔 채 파드론 느토니의 맥박을 짚으러 갔는데, 약값을 낼 수 없는 그 불쌍한 사람들에게는 쓸모없다고 하면서 처방전도 써주지 않았다.

"그런데 왜 저 노인을 병원에 보내지 않는 거야?" 사람들은 다시 수군거리기 시작했다. "왜 집에 데리고 있으면서 빈대에 뜯어먹히게 만드는 거지?"

결국 의사는 괜스레 여러 번 왔다갔다하며 소금장수의 여행을 했다.[103] 그는 환자의 침대 옆에 오리 다리의 아내 그라치아나 안나, 눈치아타가 있을 때면 언제나 빈대들이 노인을 뜯어먹고 있다고 말했다. 힘없고 창백한 얼굴이 된 파드론 느토니는 숨도 제대로 쉬지 못했다. 그 모습에 이웃 여자들은 자기들끼리 속닥거리고, 눈치아타조차도 두

---

103) 시칠리아에서 소금은 값싼 것이었기 때문에, 무거운 소금 짐을 실은 채 길고 힘든 길을 가는 것은 이득이 별로 없는 일을 의미한다.

팔을 힘없이 떨어뜨렸다. 그러던 어느 날 마침내 노인은 알레시가 없는 틈을 타 눈치아타에게 말했다. "모스카를 불러줘. 모스카라면 나를 마차에 태워 병원으로 데려다줄 거야."

그렇게 파드론 느토니는 알피오 모스카가 매트리스와 베개들을 깔아놓은 마차를 타고 병원으로 갔다. 알피오가 노인을 부축하여 밖으로 옮기는 동안 불쌍한 노인은 아무 말 하지 않으면서도 사방을 두리번거렸다. 알레시가 리포스토에 일하러 간 그날, 노인은 핑계를 대서 메나도 밖으로 내보냈다. 그러지 않으면 그를 떠나게 두지 않았을 것이다. 네로 거리를 지나갈 때, 서양모과나무 집 앞을 지나갈 때, 광장을 가로질러 갈 때, 파드론 느토니는 계속 여기저기 바라보면서 모든 것을 마음속에 새겨두려고 했다. 알피오는 길가를 따라 노새를 몰고, 동생 투리에게 송아지와 칠면조, 병아리 들을 맡겨놓은 눈치아타는 옆구리에 옷 보따리를 낀 채 반대쪽 길가를 따라 걸었다. 마차가 지나가는 것을 본 사람들은 모두 문가로 나와 그들을 바라보았다. 돈 실베스트로는 잘하는 일이라면서 저런 사람을 위해 면사무소에서 병원에 보조금을 주는 거라고 했다. 돈 실베스트로가 그곳에 있지 않았다면, 돈 프랑코도 머릿속에 이미 준비해놓은 멋진 연설을 늘어놓았을 것이다. "적어도 저 불쌍한 노인은 편안한 곳으로 가는군." 크로치피소가 말했다.

"필요하면 체면도 버리는 법." 치폴라가 말했다. 산투차는 불쌍한 노인을 위해 성모송을 바쳤다. 마차가 덜컹거리며 돌맹이들 위를 천천히 지나는 동안, 안나와 오리 다리의 아내 그라치아만이 앞치마로 눈물을 훔쳤다. 오리 다리 티노가 아내를 힐난했다. "아니 당신은 왜 훌쩍이는 거야? 내가 죽기라도 했어? 저 노인이 당신한테 뭐라고?"

알피오 모스카는 노새를 끌면서 눈치아타에게 어디서 뭘 하는 리아를 보았는지 이야기했다. 리아는 아가타 성녀를 쏙 빼닮은 모습이었다. 그는 아직도 자기 눈으로 그녀를 직접 보았다는 것이 믿기지 않아, 먼지 나는 길을 가면서 권태로움을 쫓기 위해 그 이야기를 하는 동안에도 목소리가 잠겼다. "아, 눈치아타! 이렇게 될 줄 그땐 아무도 몰랐겠지. 우리가 문가에서 함께 이야기를 나누던 때는 말이야. 달빛이 비치고, 이웃 사람들은 문 앞에서 이야기를 나누고, 하루종일 아가타 성녀의 베틀 소리가 들리고, 닭들은 사립문 여는 소리만 듣고도 메나를 알아보았고, 롱가 아주머니는 마당에서 메나를 불렀지. 모든 것이 한 집에서 일어나는 것처럼 우리집에서도 들렸어! 불쌍한 롱가 아주머니! 봐, 나에게는 노새가 있고, 이제 모든 것을 원하는 대로 할 수 있어. 하늘에서 천사가 내려와 말해준다 해도 믿을 수 없을 정도야. 그런데도 여전히 그 당시의 저녁을 떠올려. 당나귀를 보살피면서 모두의 목소리에 귀를 기울이고, 서양모과나무 집의 불빛을 바라보았지. 지금은 문이 닫혀 있고, 내가 돌아왔을 때는 그때 두고 떠난 것들을 더이상 볼 수 없었어. 메나도 예전의 메나가 아니야. 한번 고향을 떠난 사람은 다시 돌아오지 않는 게 좋아. 나는 지금 오랫동안 나와 함께 일했던 불쌍한 당나귀마저 그리워. 날씨가 좋든 비가 오든, 언제나 커다란 귀를 축 늘어뜨리고 고개를 숙인 채 걸었지. 지금 어디를 향해 가고 있는지, 무슨 짐을 싣고 있는지, 어느 길로 가고 있는지 아무도 몰라. 이제 귀가 더 아래로 처졌을 거야! 짐승도 늙으면 자신을 받아들일 땅의 내음을 맡을 줄 아니까. 불쌍한 것!"

매트리스 위에 누운 파드론 느토니는 아무것도 듣지 못했다. 그의 몸 위에 덮어준 갈대 때문에 마치 시신을 운반하는 것 같았다. "할아버지는 아무것도 듣지 못하는 게 더 나아." 알피오가 계속해서 말했다. "느토니의 불행은 이미 들었고, 언젠가는 리아가 어떻게 되었는지도 알게 될 테니까."

"둘만 있을 때는 자주 물으셨어요. 리아가 지금 어디에 있는지." 눈치 아타가 대답했다.

"제 오빠를 뒤따라갔어. 불쌍한 우리 인간들은 양과 같아. 언제나 눈을 감고 남들이 가는 곳으로 따라가지. 절대 말하지 마. 내가 어디에서 리아를 보았는지 마을 사람 누구에게도 말하지 마. 그건 아가타 성녀에게 비수를 꽂는 거나 마찬가지야. 리아도 분명히 나를 알아보았을 거야. 내가 문 앞을 지나가는 동안 얼굴이 창백해졌다가 새빨개졌으니까. 나는 빨리 지나가려고 노새를 채찍질했는데, 불쌍한 리아는 차라리 노새가 자기 배 위로 지나가기를 바랐을 거야. 지금 할아버지를 싣고 가듯 자신을 마차에 실어 가도록 말이야. 이제 말라볼리아는 완전히 무너졌어. 너와 알레시가 다시 일으켜세워야 해."

"우리에게 필요한 돈은 이미 마련되었어요. 성 요한의 축일에 송아지도 팔 거예요."

"장하구나! 그렇게 돈을 저축해두면, 하루아침에 날아갈 위험은 없지. 가령 송아지가 갑자기 죽을 때처럼 말이야. 신이시여, 저희를 도와주소서! 벌써 카타니아 어귀에 도착했어. 병원까지 가고 싶지 않으면 너는 여기서 기다려도 돼."

"아니에요, 나도 가고 싶어요. 적어도 할아버지가 어디에 계신지는 알아야 하고, 할아버지도 마지막 순간까지 나를 보실 수 있고요."

파드론 느토니는 마지막 순간까지 눈치아타를 볼 수 있었다. 그는 눈치아타가 알피오 모스카와 함께 마치 성당처럼 길고 큰 방을 걸어나가는 동안 눈길로 그들을 배웅했다. 그런 다음 반대쪽으로 돌아누웠고, 더는 움직이지 않았다. 알피오와 눈치아타는 다시 마차에 올라 매트리스와 갈대 이불을 둘둘 말아 정리한 후 먼지 자욱한 길을 따라 말없이 돌아왔다.

알레시는 할아버지의 빈 침대와, 둘둘 만 매트리스를 다시 가져오는 두 사람의 모습을 보더니 주먹으로 자기 머리를 치고 머리칼을 쥐어뜯었다. 그는 메나가 할아버지를 보내버리기라도 했다는 듯 그녀에게 화풀이를 했다. 알피오가 그를 막았다. "대체 왜 이러는 거야? 이제 말라볼리아 집안은 무너졌어. 너희들이 다시 일으켜세워야만 해."

알피오는 오가는 길에 눈치아타와 했던 돈과 송아지 이야기를 다시 했다. 하지만 알레시와 메나는 조금도 귀를 기울이지 않았다. 이제 정말로 집안에 외롭게 남겨진 그들은 손으로 머리를 감싼 채 두 눈은 눈물로 반짝이며 문가에 앉아 있을 뿐이었다. 알피오는 그들을 위로하기 위해 예전에 서양모과나무 집이 어땠는지 상기시켜주었다. 달빛을 받으며 문가에서 이야기를 나누고, 하루종일 아가타 성녀의 베틀 소리가 들려오고, 암탉이 울고, 언제나 분주한 롱가의 목소리가 들려오던 시절을 떠올리게 했다. 이제 모든 것이 바뀌었다. 누구든 한번 고향을 떠났으면, 다시 돌아오지 않는 것이 좋다. 길거리조차 예전과는 달라지니까. 길거리가 달라진 것은 남자들이 만자카루베의 딸을 보려고 지나가지 않고, 돈 실베스트로 또한 바르바라가 제 발로 걸어와 저절로 떨어지기를 기다리느라 그 길로는 다니지 않기 때문이었다. 크로치피소는 집안에 틀어박혀 재산을 감시하거나 베스파와 싸웠다. 심지어 약방에서도 논쟁하는 소리가 들리지 않았다. 돈 프랑코는 바로 눈앞에서 법을 마주한 이후 약방에 틀어박혀 신문만 읽고, 하루종일 약절구를 찧으며 분풀이를 하는 것으로 시간을 보냈다. 평온함을 잃은 치폴라도 더이상 성당 앞의 계단에 죽치고 앉아 있지 않았다.

그러던 어느 날 포르투나토 치폴라가 결혼한다는 소식이 퍼졌다. 만자카루베의 딸이 그의 재산을 흥청망청 쓰지 못하게 하기 위해서였다. 그것이 그가 오랫동안 죽치고 앉아 있던 성당 계단을 떠난 이유였고, 그의 아내는 바르바라 추피다였다. "나한테 결혼이란 쥐덫과 같다고 하더니!" 크로치피소가 투덜거렸다. "이러니 누굴 믿을 수 있겠어?"

질투심 많은 아가씨들은 바르바라가 할아버지와 결혼한다고 수군덕거렸다. 하지만 페피 나소, 오리 다리, 돈 프랑코 같은 사람들은 이렇게 중얼거렸다. "결국 베네라가 돈 실베스트로에게 승리한 거야. 돈 실베스트로에게는 큰 타격이지. 이제 마을에서 떠나야 할 테니까. 이방인들은 내쫓아야 해! 역사적으로도 이방인들은 이곳에 뿌리를 내리지 못했다고. 돈 실베스트로는 치폴라에게 감히 상대도 되지 않아."

"도대체 어쩔 생각이었대요?" 베네라가 손을 허리춤에 올리고 소리쳤다. "돈 한푼 없으면서 내 딸을 데려가려고? 이번에는 내가 우두머리야! 남편도 설득했어요! 훌륭한 개는 여물통의 밥을 먹는 법이고, 우리는 이방인을 들이고 싶지 않아요. 외부 사람들이 와서 돈 실베스트로처럼 우리가 먹는 것까지 종이에 쓰거나,[104] 약절구에 당아욱꽃이나

---

104) 기록해서 세금을 부과했다는 뜻이다.

찧으면서 마을 사람들의 피로 살을 찌우지 않았을 때는 이 마을이 훨씬 나았어요. 그때는 모두가 서로 잘 알았고, 무엇을 하는지, 아버지와 할아버지가 무엇을 했는지, 무엇을 먹는지도 알았죠. 누군가 지나가는 것을 보면 어디 가는지 알았고, 여기서 태어난 사람들이 밭의 임자였고, 이 사람 저 사람이 물고기를 잡아대지도 않았어요. 그때는 사람들이 여기저기 흩어지지도 않았고, 병원에 가서 죽지도 않았죠."

모두들 결혼을 하니, 알피오 모스카도 메나를 아내로 맞이하고 싶었다. 말라볼리아 집안이 무너지고 나서는 아무도 메나를 원하지 않았으니 노새도 갖고 있는 알피오는 메나에게 좋은 배필이라고 할 수 있었다. 그래서 일요일에 집 앞 담벼락에 등을 기댄 채 메나 옆에 앉은 그는 용기를 내기 위해 할말을 마음속으로 되새겨보았다. 손으로는 울타리의 잡초를 잘게 찢으며 시간을 흘려보냈다. 메나도 지나가는 사람들만 바라보았고, 그들은 그렇게 일요일을 보내고 있었다. "메나, 아직도 나를 좋아한다면, 이제 나를 선택해줘요." 마침내 알피오가 입을 열었다.

불쌍한 메나는 가족들이 브라시 치폴라와 결혼시키려 했을 때 자신이 알피오 모스카를 좋아했음을 그가 알고 있었다는 말을 듣고도 전혀 부끄러워하지 않았다. 그 시절이 너무나도 멀게 느껴졌고, 그녀 자신도 예전과 달라진 것 같았다. "이제 나는 나이가 많아요, 알피오. 나는 결혼하지 않을 거예요." 메나가 대답했다.

"당신이 나이가 많다면, 나도 마찬가지예요. 내가 당신보다 몇 살 더 많으니까요. 우리가 창가에서 이야기를 나누던 때가 바로 어제같이 내 가슴속에 생생히 남아 있어요. 그런데 벌써 팔 년이 지났네요. 당신 동생 알레시가 결혼하고 나면, 당신은 길바닥에 혼자 남게 돼요."

메나는 어깨를 으쓱했다. 그녀는 안나처럼 하느님의 뜻을 따르는 데 익숙했기 때문이다. 그것을 보고 알피오가 다시 말했다.

"그렇다면 메나, 나를 좋아하지 않는다는 뜻이군요. 내가 당신과 결혼하고 싶다고 말한 것을 용서해줘요. 알아요, 당신은 나보다 좋은 집안에서 주인으로 태어났어요. 하지만 지금은 아무것도 없고, 당신 동생 알레시가 결혼하고 나면 길바닥에 혼자 남게 될 거예요. 나는 노새도 있고 마차도 있어요. 절대 당신을 굶기진 않을 거예요. 그래도 내가 마음대로 지껄인 것을 용서해줘요!"

"아니에요, 용서하고 말고 할 일이 아니에요, 알피오. 우리에게 프로비덴차와 서양모과나무 집이 있었을 때라도, 내 가족이 허락했다면 나는 좋다고 했을 거예요. 당신이 당나귀를 데리고 비코카로 떠났을 때 내가 가슴속에 지니고 있던 마음을 하느님은 알고 계세요. 아직도 마구간의 그 등불이 보이는 것 같아요. 당신은 마당에서 물건들을 모두 마차에 싣고 있었죠. 기억나요?"

"그래요, 기억해요! 그렇다면 왜 좋다고 하지 않는 거죠? 이제 당신은 아무것도 없잖아요. 나는 당나귀 대신 노새를 갖고 있고, 당신 가족도 안 된다고 하지 않을 거예요."

"이제 나는 결혼할 수 없어요." 고개를 숙인 메나가 다시 말했다. 그녀도 울타리의 잡초를 잘게 찢고 있었다. "내 나이 스물여섯이에요. 이미 결혼할 시기가 지났어요."

"아니, 당신이 좋다고 하지 않는 것은 그런 이유 때문이 아니에요." 메나처럼 알피오도 고개를 숙이고 말했다. "이유를 말하고 싶지 않은 거겠죠!" 그렇게 두 사람은 서로의 얼굴도 보지 않은 채 말없이 잡초만

잘게 찢었다. 잠시 후 알피오는 일어서서 자리를 떴다. 어깨를 축 늘어뜨리고 고개를 푹 숙이고 있었다. 메나는 그가 보이지 않을 때까지 눈길로 그의 뒤를 좇다가 맞은편 담장을 바라보며 한숨을 쉬었다.

알피오 모스카의 말대로 알레시는 눈치아타를 아내로 맞이했고, 서양모과나무 집을 다시 샀다.

"나는 결혼하면 안 돼." 메나는 되풀이해서 말했다. "아직 혼기를 놓치지 않았으니 너는 결혼하렴." 그리하여 그녀는 낡은 냄비처럼 서양모과나무 집의 다락방으로 올라갔고, 눈치아타의 아기들에게 엄마 노릇을 해줄 수 있기를 기다리면서 마음을 다스렸다. 그들은 닭장에 암탉을 기르고, 송아지를 사고, 창고에는 땔나무와 사료를 넣어두고, 벽에 그물과 온갖 어구들을 걸어두었다. 모든 것이 파드론 느토니가 말한 대로였다. 눈치아타는 어떻게 그 수많은 빨래를 했는지 알 수 없을 정도로 가녀린 팔뚝으로 채소밭에 브로콜리와 콜리플라워를 심었고, 발그스레하고 통통한 아기들을 낳았다. 메나는 마치 자기가 낳은 아기처럼 안고 다니면서 엄마 노릇을 했다.

알피오 모스카는 메나가 지나가는 것을 보면서 고개를 저었고, 어깨를 축 늘어뜨린 채 몸을 돌렸다.

"그런 영광을 나에게 주고 싶진 않았군요!" 마침내 그는 축 처진 어깨보다 답답한 가슴이 더 무거워진 듯 더이상 참지 못하고 그녀에게 말했다. "내가 부족해서 받아줄 수 없었던 거예요!"

"아니에요, 알피오!" 메나는 터져나오는 눈물을 느끼며 대답했다. "내가 팔에 안고 있는 이 아기의 순수한 영혼을 걸고 맹세해요! 그런 이유 때문이 아니에요. 하지만 나는 결혼하면 안 돼요."

"왜 당신은 결혼하면 안 된다는 거죠, 메나?"

"안 돼요! 안 돼요!" 메나는 거의 울 지경이 되어 거듭 말했다. "내가 그 이유를 말하게 하지 마요, 알피오! 그러지 마요! 만약 지금 내가 결혼하면, 사람들은 다시 내 동생 리아 이야기를 할 거예요. 그 일을 아는 사람은 누구도 말라볼리아가의 여자와 결혼하려 하지 않을 테니까요. 당신이 가장 먼저 후회할 거예요. 그냥 놔둬요. 나는 결혼하면 안 돼요. 그러니 당신도 포기해요."

"그렇군요, 메나!" 알피오가 대답했다. "그 생각은 전혀 못했어요. 빌어먹을 운명! 그 많은 불행을 낳다니!"

알피오는 그렇게 물러났고, 메나도 마음을 털어버린 듯 조카들을 팔에 안고 돌아다녔다. 그녀는 그 집에서 함께 태어난 피붙이가 돌아올 때를 대비해 다락방을 깨끗이 치워두었다. "꼭 그애들이 여행 갔다 돌아올 사람인 듯 구는군!" 오리 다리가 말했다.

결국 파드론 느토니는 먼 여행을 떠났다. 트리에스테나 이집트의 알렉산드리아보다 더 먼 길이어서 다시는 돌아올 수 없는 여행이었다. 가족들이 서양모과나무 그늘 아래서 무릎 위에 접시를 올린 채 식사를 하고 쉬면서 일주일 동안 번 돈을 계산하거나 미래의 계획을 세울 때, 대화 속에 그가 등장하면 갑자기 목소리가 낮아졌다. 모두의 눈앞에 그 불쌍한 노인이 보이는 것 같았기 때문이다. 그들이 마지막으로 노인을 만나러 갔을 때 보았던 모습 그대로였다. 그들은 침대들이 죽 늘어선 커다란 병실 안을 한참 헤매야 했다. 할아버지는 거의 아무것도 볼 수 없었지만 문 쪽으로 눈을 돌린 채 연옥의 혼령처럼 그들을 기다리고 있었고, 가족들이 온 것을 확인하기 위해 손을 뻗어 더듬었다. 비록 아무 말도 하지 않았지만 할말이 많다는 것이 표정에 역력히 드러났고, 말하지 않아도 얼굴에 여실히 드러나는 고통이 느껴져 가족들은 가슴이 찢어질 지경이었다. 그들이 서양모과나무 집을 다시 샀으니 트레차로 모셔가고 싶다고 이야기했을 때, 눈물에 반짝이는 눈으로 '그래그래' 하고 대답하는 노인의 입가에는 희미한 미소가 떠 있었다. 다시는 웃지 못하거나 마지막으로 웃는 사람의 것이었던 그 웃음은 그들의 가슴에 칼처럼 꽂혔다. 그러나 말라볼리아 사람들이 월요일에 알피오의 마차를 타고 다시 모셔가려고 왔을 때는 노인을 찾을 수 없었다.

말라볼리아 사람들은 그 모든 것들을 떠올리면서 숟가락을 접시에 떨어뜨렸다. 여태까지 일어난 일들을 생각하고 또 생각하니, 서양모과나무의 그림자가 드리운 것처럼 모든 것이 어두워 보였다. 안나는 실을 잣기 위해 가끔 이웃의 다른 여자들과 함께 서양모과나무 집에 왔는데, 이제 그녀의 머리칼은 하얗게 세었고 입가에서는 웃음이 떠났다. 어깨 위에 가족을 짊어지고 있는데다, 매일같이 길거리나 술집으로 로코를 찾으러 가서 길 잃은 송아지 같은 그를 집으로 데려와야 했기 때문이다. 말라볼리아 집안에도 길 잃은 사람이 두 명 있었다. 그들은 오랜 세월이 지난 후에도 마을로 돌아오지 않았기 때문에, 알레시는 뜨거운 햇살에 먼지가 자욱한 길거리 어디에 그들이 있을지 생각해보곤 했다.

어느 늦은 밤 문밖 마당에서 개가 짖기 시작했고, 알레시가 나가서 문을 열었는데, 처음에는 보따리를 옆구리에 끼고 돌아온 느토니를 알아보지 못했다. 먼지를 뒤집어쓴데다 수염이 긴 그의 모습은 너무나 달라져 있었다. 집안으로 들어와 한쪽 구석에 앉았는데도, 감히 반가 위하지 못할 정도였다. 느토니는 예전의 그가 아니었고 마치 처음 본다는 듯 주위의 벽을 둘러보았다. 개마저 그를 전혀 알아보지 못하고 짖어댔다. 가족들이 배고프고 목말라 보이는 그의 무릎 위에 접시를 올려주자 그는 일주일 동안 하느님의 은총을 구경도 못한 사람처럼 접시 안에 코를 박고 말없이 수프를 먹었다. 그 모습이 얼마나 가슴 아픈지 가족들은 배도 고프지 않았다. 허기를 면하고 약간의 휴식을 취한 느토니는 다시 떠나려고 보따리를 들고 자리에서 일어섰다.

너무 달라진 형의 모습에 알레시는 감히 말을 걸지도 못하고 있었다. 하지만 느토니가 다시 보따리를 드는 것을 보니 가슴 밖으로 심장이 터져나올 것 같았다. 메나는 당황해하면서 물었다. "떠나는 거야?"

"그래." 느토니가 대답했다.

"어디로 가려고?" 알레시가 물었다.

"모르겠어. 일단 너희들을 보려고 왔어. 하지만 여기서 먹은 수프가 마치 독약처럼 느껴졌어. 나는 여기 있을 수 없어. 모두가 나를 알고 있으니까. 그래서 밤늦게 온 거야. 그리고 이제 아무도 나를 모르는 먼 곳으로 가서 밥벌이할 일을 찾을 거야."

가슴이 너무 조여서 숨도 쉬지 못할 지경인 가족들은 그렇게 말하는 느토니를 이해할 수 있었다. 느토니는 문가에 서서 계속 사방을 둘러보았다. 그는 차마 단호하게 떠날 수 없었다. "어디선가 자리잡으면 알려줄게." 마침내 그가 말했다. 그리고 어두운 마당으로 나가 서양모과나무 아래에 섰을 때 이렇게 물었다.

"할아버지는?"

알레시는 대답하지 않았다. 느토니도 입을 다물었다. 그리고 잠시 후 입을 열었다.

"리아는 어디 갔어? 보이지 않던데."

기다려도 아무 대답이 없자 그는 춥기라도 한 듯 떨리는 목소리로 물었다.

"리아도 죽었어?"

또다시 알레시가 침묵했다. 한 손에 보따리를 든 채 서양모과나무 아래에 서 있던 느토니는 주저앉을 뻔했다. 다리가 떨려왔기 때문이다. 그러나 곧 벌떡 일어나더니 더듬거리며 말했다.

"안녕, 잘 있어! 내가 떠나야 하는 이유를 알겠지?"

떠나기 전에 그는 집을 한 번 둘러보고 싶었다. 모든 것이 전처럼 제자리에 있는지 보고 싶었던 것이다. 하지만 예전에는 그렇게 고향을 떠나고, 돈 미켈레를 칼로 찌르고, 온갖 말썽을 일으킬 용기가 있었는데, 이제는 누가 등을 떠밀지 않으면 한 방에서 다른 방으로 넘어가볼 용기도 없었다. 느토니의 눈에서 그런 욕망을 읽은 알레시는 눈치아타가 산 송아지를 보여준다는 핑계로 그를 마구간에 들여보냈다. 살이 오른 송아지는 윤이 났으며, 한쪽에는 암탉이 병아리들과 함께 있었다. 그다음에는 새 화덕을 들여놓은 부엌으로, 마치 자신이 낳은 듯 메나가 눈치아타의 아이들을 데리고 자는 옆방으로 데려갔다. 느토니는 모든 것을 둘러보고는 고개를 끄덕이며 말했다. "할아버지도 여기에 송아지를 기르려고 하셨지. 여긴 닭들이 있었고. 그리고 여기서 여자애들이 잤어. 메나와 그 아이가 함께⋯⋯" 그는 더이상의 말은 덧붙이지 않고, 반짝이는 눈으로 말없이 주위를 둘러보았다. 그 순간 만자카루베의 딸이 길거리에서 브라시 치폴라를 나무라면서 지나갔다. 느토니가 말했다. "저 여자도 남편을 찾았구나. 이제 저들도 싸움이 끝나면 자기들 집으로 돌아가서 잠을 자겠지."

모두들 말이 없었다. 이따금 문을 닫는 소리만 들릴 뿐 온 마을이 커다란 정적 속에 잠겨 있었다. 알레시가 용기를 내서 입을 열었다.

"형만 괜찮다면, 형도 이 집으로 돌아와. 저쪽에 형의 잠자리도 마련해놓았어."

"아니야, 난 떠나야 해. 저쪽엔 원래 어머니의 침대가 있었지. 내가 떠나려고 했을 때 어머니의 눈물로 온통 젖었던 침대가. 저녁때면 우리가 나누었던 멋진 이야기들을 너도 기억하지? 한쪽에선 멸치를 절이고, 눈치아타가 수수께끼를 풀어주던 때를. 그땐 엄마도, 리아도, 모두가 함께였지. 달빛이 환한 밤이면 온 마을이 정답게 이야기를 나누어 꼭 식구가 많은 한 가족 같았는데. 그때 나는 아무것도 몰랐고, 그저 여길 떠나고 싶었어. 이제야 모든 것을 깨달았는데 떠나야 하는구나."

그는 고개를 푹 떨구고 뚫어져라 땅바닥을 바라보면서 말했다. 알레시는 그런 형의 목을 두 팔로 껴안았다.

"안녕." 느토니가 다시 작별 인사를 했다. "내가 떠나는 게 옳아! 더는 여기 머무를 수 없어. 안녕. 모두들 나를 용서해다오."

느토니는 옆구리에 보따리를 끼고 떠났다. 그렇게 그는 멀어졌고, 문들이 모두 닫힌 어둡고 황량한 광장 한가운데에 이르자 걸음을 멈추고는 서양모과나무 집에서 문 닫는 소리가 들리는지 귀를 기울였다. 그의 뒤에서 개가 짖었고, 그렇게 짖는 것으로 느토니가 마을 한가운데 혼자 있다는 것을 말해주었다. 저 아래 바다만이 암초들 사이에서 웅얼대며 늘 하던 이야기를 들려줄 뿐이었다. 바다에게도 고향이 없었고, 태양이 뜨고 지는 곳 어디에서든 바다에 귀를 기울이는 모든 사람들의 것이었기 때문이다. 아니, 아치 트레차의 바다는 저만의 웅얼대는 방식이 있었고 암초들 사이에서 부서지는 소리로 다른 바다와 구분할 수 있어서, 마치 친구의 목소리 같았다.

느토니는 길 한가운데서 걸음을 멈추고 완전히 어둠 속에 잠긴 마을을 바라보았다. 이제 모든 것을 알게 되었기에 떠날 용기가 없어진 것 같았다. 그는 농장 주인 필리포의 포도밭 담장 위에 걸터앉았다.

그렇게 오랫동안 있으면서 그는 많은 것을 생각하고, 어두운 마을을 바라보고, 저 아래에서 웅얼거리는 바닷소리를 들었다. 그에게 익숙한 다른 소리들이 들려오기 시작할 때까지 그렇게 있었다. 문 뒤에서 서로를 부르는 소리, 덧문들이 열리는 소리, 어두운 거리에서 울리는 발소리가 들려왔다. 광장 끝에 맞닿은 바닷가에서 빛들이 반짝이기 시작했다. 그는 고개를 들고 예전에 자주 그랬듯이 반짝이는 세 왕자리와 새벽을 알리는 플레이아데스를 올려다보았다. 그러나 곧 다시 고개를 떨군 채 자신이 지나온 과거를 생각했다. 조금씩 바다가 밝아지기 시작하고 세 왕자리가 희미해지자, 느토니가 모두 잘 아는 집들이 문이 닫힌 채 어두운 거리에 하나둘 윤곽을 드러냈다. 오직 피추토의 가게 앞에만 작은 등불이 걸려 있었는데, 주머니에 손을 찔러넣은 로코 스파투가 나타나 기침을 하고 침을 뱉었다. '조금 있으면 산토로가 문을 열겠지.' 느토니는 생각했다. '그리고 문가에 웅크리고 앉아 하루를 시작할 거야.' 그는 다시 바다를 바라보았다. 보랏빛이 된 바다 위에 하루를 시작한 배들이 점점이 흩어져 있었다. 그는 보따리를 들고 말했다.

"이제 떠날 시간이다. 조금 있으면 사람들이 지나가기 시작할 테니까. 누구보다 먼저 하루를 시작하는 사람은 로코 스파투로군."

냉철한 관찰과 따스한 인간애

베르가와 진실주의

조반니 베르가는 이탈리아 진실주의 문학을 대표하는 작가이며『말라볼리아가의 사람들』은 진실주의를 대표하는 작품으로 꼽힌다. 베르가와 루이지 카푸아나에 의해 정립된 진실주의는 프랑스 자연주의의 영향을 많이 받았지만, 지나친 실증주의적 관점이나 자연과학적 태도를 거부하면서 인간의 삶을 있는 그대로 재현하는 것을 주요 목표로 삼았다. 그러기 위해서는 자연주의 문학에서처럼 인간의 현실에 대한 냉철하고 진지한 관찰이 선행되어야 하겠지만, 보다 중요한 것은 그 현실을 작품 안에서 어떻게 형상화할 것인가에 달려 있었다.

현실의 객관적 재현을 위해 진실주의 작가들은 다양한 방법을 시도 했고, 거기에서 탄생한 것이 소위 '몰개성沒個性'의 원리였다. 작가의 개성, 바꾸어 말해 작가의 개인적이고 주관적인 관점이나 가치판단이 작품 속에 개입되는 것을 최대한 억제해야 한다는 것이다. 그리하여 작품 창작의 주체인 작가의 모습은 정작 작품 속에서는 찾아볼 수 없는 것이 되어야 했다. 같은 맥락에서 카푸아나는 '보이지 않는 손'에 대해 언급했다. 작가는 필수적으로 작품 창작의 전 과정을 구상하고 조직해야 하지만, 작품을 읽는 독자의 입장에서는 그러한 작가의 존재 자체를 의식하지 못하도록 만들어야 한다는 주장이다. 플로베르가 지적했듯이, 작가는 마치 세상의 조물주처럼 온 사방에 존재하면서도 어디에서도 절대 보이지 않는 존재가 되어야 한다는 것이다.

이렇게 작가의 개성을 최소한으로 줄이려고 노력한 것은, 작품에서 재현되는 삶의 모습을 독자가 직접 보고 체험하고 느끼게 하기 위한 전략이었다. 물론 일부 비평가들이 지적했듯이, 작가의 개성을 완전히 배제하는 것이 가능한 일인가에 대해서는 논란의 여지가 있으며, 따라서 그것은 문학 창작의 원리로 기능할 수 없다는 비판도 있었다. 간단히 말해 실현될 수 없는 것을 목표로 삼았다는 뜻이다. 하지만 현실의 재현 과정에서 작가가 최대한의 객관성과 냉철한 관점을 유지하는 데 도움을 주었다는 것은 분명하다.

『말라볼리아가의 사람들』은 그런 진실주의 문학론을 단적으로 보여주는 작품이다. 이 소설은 시칠리아 섬 동부 해안의 자그마한 어촌 아치 트레차를 배경으로 가난한 말라볼리아 집안의 불행과 몰락을 그리고 있다. 그러면서 좁은 사회에서 일어나는 갖가지 사건들을 파노라마처럼 펼쳐 보이고, 주민들 사이에서 빚어지는 다채로운 애증 관계, 대립과 갈등, 따스한 애정이 교차하는 삶의 현장으로 안내한다.

많은 비평가들은 이 작품을 가리켜 '합창적合唱的 소설'이라고 부른다. 주인공들뿐만 아니라 다른 모든 등장인물의 다양한 목소리가 함께 어우러지면서 작품을 이끌어간다는 것이다. 따라서 작가가 독자에게 사건을 이야기해주는 것이 아니라, 등장인물들 스스로의 말과 행동을 통해 사건이 이야기되고 정서적 반응들이 드러난다. 또한 등장인물들 외에도 아치 트레차의 집과 거리, 사물, 주변 풍경, 바다, 나무, 돌멩이들이 다양한 악기로 구성된 오케스트라처럼 각자 나름의 목소리로 작품의 세계를 펼쳐 보이며, 말라볼리아 집안의 여러 인물이 겪는 불행과 소박한 어촌의 삶을 생생하게 이야기해준다. 이것은 바로 작가라는 매개를 거치지 않고 독자가 직접 작품의 세계를 체험하고 느끼게 하려는 서사 전략의 일환이다.

하지만 베르가는 단지 냉철하고 객관적인 관찰자에 머무르지 않는다. 초라한 어촌의 현실을 냉철하게 관찰하고 묘사하지만, 그 저변에 서려 있는 것은 주인공을 비롯한 등장인물들에 대한 따뜻한 애정이다. 바로 이런 점에서 진실주의는 프랑스의 자연주의와 구별된다. 인간의 삶에 대한 애정 어린 시선으로 강렬한 파토스를 느끼게 해주기 때문이다.

패배자들

『말라볼리아가의 사람들』은 베르가의 문학 세계에서 보다 방대한 구상의 일환으로 탄생한 작품이었다. 1878년부터 베르가는 '패배자들'

이라는 이름의 총서를 구상했는데, 그것은 스무 권으로 이루어진 에밀 졸라의 '루공마카르' 총서를 모델로 한 것이었다. 총서의 원래 제목은 '밀물과 썰물'이었으나 나중에 '패배자들'로 바꾸었으며, 『말라볼리아가의 사람들』 서문에서 자세히 밝히고 있듯이 모두 다섯 편의 소설로 이루어질 예정이었다. 하지만 1881년 『말라볼리아가의 사람들』이 출판되고 1889년 『마스트로 돈 제수알도』가 출판된 다음 『레이라 공작부인』을 집필하기 시작했으나 미완성으로 남겨두었다. 그리고 『쉬피오니 의원』과 『호사스러운 사람』은 아예 시작도 하지 않았다.

처음의 야심적인 계획과는 달리 총서를 완성하지 못한 이유는 무엇보다도 앞의 두 작품이 별로 성공을 거두지 못했기 때문이다. 또한 처음에 구상했던 의도와 목적이 두 편의 완성된 소설에서 대부분 이루어졌다고 판단했을 수도 있다. 게다가 다음 단계의 작품으로 진행할수록 전체적인 플롯과 사건이 더욱 복잡하고 방대해진 데 따른 어려움도 또다른 요인으로 작용했을 가능성이 있다.

어쨌든 우리의 관심을 끄는 것은 '패배자들'이라는 총서의 제목인데, 이는 각 작품의 주인공이 걸어가는 삶의 노정들이 결과적으로는 모두 '패배'로 끝난다는 것을 의미한다. 베르가의 관념에 의하면, 모든 인간의 삶은 바로 지금보다 더 나은 상태에 도달하고 싶은 욕망에 이끌려간다. 말하자면 재산이나 권력, 명예를 얻기 위한 모든 노력이 그런 욕망의 소산인데, 인간은 어떤 상태에 있든지 그 욕망에 이끌려가는 삶을 추구하지 않을 수 없다는 것이다.

19세기 후반의 유럽 사회는 급격한 변화의 소용돌이에 휩싸여 있었다. 과학의 발전을 토대로 급속하게 산업화와 도시화가 이루어지면서 사회계층 사이의 갈등과 신분 이동이 걷잡을 수 없게 확산되었고, 그 안에서 살아가는 개개인의 삶 또한 변화의 흐름에 휩쓸리지 않을 수 없었다. 그리고 그것은 '진보'라는 이름하에 보다 나은 상태로 나아간다는 환상과 연결되어 있었다. 하지만 그 '거대한 진보의 물살'을 이끌어가는 인간의 욕망과 열정은 그 안에 휩쓸린 개개인의 삶을 오히려 불행과 고통으로 얼룩지게 만들 수도 있었다.

베르가는 그것을 패배의 관념으로 인식했다. '패배자들' 총서에서 그가 구상한 각 작품의 주인공을 순서대로 살펴보면, 가난한 어부, 부자, 귀족, 정치가, 그리고 권력과 부를 모두 갖춘 인물이다. 그리고 그들은 각각 물질적 욕구의 충족, 부에 대한 탐욕, 귀족의 허영, 정치적 야망, 마지막으로 그 모든 욕망과 야망을 동시에 추구하는 것으로 구상되었다. 다시 말해 그들은 사회적 신분 상승의 전형적인 과정을 보여주는 인물상이었다. 그렇기 때문에 각 인물이 추구하는 욕망은 계층이 높아질수록 더욱 커지고 확장되며, 욕망의 메커니즘은 더욱 정교하고 복잡한 양상을 띨 수밖에 없었다.

그런데 어떤 단계에 있든 모든 인간은 궁극적으로 운명 앞에서 패배자가 될 수밖에 없다는 것이 베르가의 관념이었다. 말라볼리아 집안의 불행은 말할 것도 없지만 돈 제수알도나 레이라 공작부인, 쉬피오니 의원은 욕망의 대상을 얻는 데 성공하는 것처럼 보인다. 그러나 그들도 겉보기에는 승리자처럼 보일지 모르지만 결국에는 한갓 패배자에 불과하다. 예를 들어 돈 제수알도는 놀라운 집착으로 큰 부자가 되고 딸을 몰락한 귀족 레이라 공작과 결혼시키는 데 성공하지만 결국에는 늙고 병든 모습으로 하인들의 경멸과 무관심 속에서 외롭게 죽는데,

그런 모습은 쓸쓸한 패배자와 다를 바 없다.

숙명 또는 운명 앞에서 모든 인간의 삶이 패배하는 것으로 끝난다는 관념은 다분히 염세적이고 허무주의적인 인생관을 반영한다. 하지만 베르가는 패배자들의 모습에서 인간의 삶에 내재된 의미와 가치를 보여주려고 했다. 인간은 숙명적으로 패배자가 될 수밖에 없을지 모르나, 그러한 삶을 의연하게 받아들이고 당당하게 대처함으로써 오히려 패배를 넘어서서 주체적 삶의 주인이 될 수 있을 것이다.

도시와 시골

『말라볼리아가의 사람들』은 운명의 힘 앞에서 초라하게 몰락하는 사람들을 통해 삶의 근본적 의미에 대해 질문을 던지고 있다. 그리고 그것은 단지 주인공들에만 해당되는 것은 아니다. 말라볼리아 집안의 비극에 초점을 맞추고 있지만, 동시에 마을 전체의 생활상을 총체적으로 보여주기 때문이다. 작품 전반에 걸쳐 아치 트레차의 여러 주민들이 각자의 고유한 목소리와 함께 등장하는데, 그들은 단순한 배경 역할에 머무르지 않고 나름대로 삶의 주인공으로서 나타난다.

19세기 후반 아치 트레차는 이탈리아에서 가장 낙후된 지역 중 하나였다. 지금도 그곳 주민은 모두 오천여 명에 불과하다. 그러니까 산업화나 경제 발전과는 거리가 먼 곳이었으며, 가까운 도시 카타니아와 비교해보아도 한갓 작고 초라한 어촌에 불과했다. 그런데도 베르가의 작품에서는 다채로운 삶들이 어우러지고 인간 본연의 여러 갈등과 애중의 드라마들이 펼쳐지는 곳으로 보인다. 그곳이 베르가의 작품에서 주요 무대로 등장하게 된 것은 그의 문학적 노정과 개인적 삶이 밀접하게 상호 접목되어 있었기 때문이다.

베르가는 이탈리아의 소외된 지방 시칠리아에서 태어났으나 작가로서 본격적인 활동을 펼친 곳은 피렌체와 밀라노였다. 그는 1865년에 처음으로 피렌체를 방문했고 1869년 아예 그곳에 정착했으며, 1872년에는 밀라노로 이주했다. 당시 피렌체는 1861년에 새롭게 탄생한 이탈리아왕국의 수도로서 문화와 예술의 중심지 역할을 하고 있었으며, 밀라노는 경제와 출판업의 중심지였다. 시칠리아, 특히 아치 트레차처럼 작고 초라한 어촌과 비교해보면 그런 대도시의 삶은 별천지 같았을 것이다.

베르가는 그런 극단적인 대비 속에서 인간의 원초적인 삶이 갖는 근본적인 의미를 이끌어냈다. 피렌체와 밀라노의 삶은 베르가의 문학에서 방향 설정에 결정적인 계기를 제공했는데, 바로 고향 시칠리아에서 새로운 작품 창작의 가능성을 찾았던 것이다. 산업화와 경제 발전을 상징하는 화려하고 풍족한 대도시의 삶과 대비되는 시칠리아의 가난하고 초라한 삶이 보다 인간적이고 원초적인 생명력을 갖고 있었기 때문이다. 무엇보다도 물질적 풍요를 토대로 하는 도시의 부르주아 사회는 원초적 인간의 본연적인 삶에서 멀어져 있었으며, 오히려 부패하고 타락한 삶을 의미했다.

그렇기 때문에 베르가의 진실주의 작품은 거의 모두 시칠리아를 배경으로 소박한 사람들의 삶을 이야기하고 있다. 그리고 그런 창작 태도는 그의 개인적인 삶에서도 분명하게 드러난다. 1893년에 베르가는 밀라노를 떠나 고향 카타니아로 돌아와 정착했고 거기에서 말년을 보냈다. 그렇게 이십 년이 넘게 번잡한 도시에서 생활하다가 다시 고향 시칠리아로 돌아온 것은 자신의 문학적 노정을 그대로 반영하는 듯하다. 초기 작품들은 도시의 부르주아 삶을 상징하듯 낭만주의적 열정들로 넘쳤지만, 후기의 진실주의 작품들은 보다 자연 상태에 가까운 원초적이고 순수한 삶의 모습들을 절제되고 생동감 넘치는 필치로 묘사하고 있다.

소박한 진실

그렇게 베르가는 초라하지만 소박한 시칠리아 사람들에게서 인간존재의 본원적 의미를 찾았다. 발전과 진보의 물살이 모든 것을 휩쓸어갈 때도 아치 트레차는 원초적인 삶의 무대였고, 삶의 진정성은 바로 그곳 주민들에게 있었다. 그리고 그들의 삶을 효과적으로 재현하기 위해 베르가는 진실주의 문학의 방법론들을 모색하고 실험적으로 적용해보았다. 기본적으로 시칠리아 민중들의 구어체 표현을 토대로 하면서 주로 등장인물들의 직접적인 목소리를 통해 사건이 전개되는 방식이었다.

그들의 목소리는 서로에 대한 호칭, 어법, 용어 등을 통해 자신들의 세계를 드러내는데, 그중 가장 인상적인 것은 격언 또는 속담이다. 작품 전반에 걸쳐 격언들이 많이 인용되는데, 그것은 직접적인 체험을 통해 형성되고 검증된 것으로 그들의 삶을 생생하게 보여주는 역할을 한다. 간결하고 압축적인 격언은 경험을 토대로 삶과 세상을 인식하고 이해하며 함축성 있게 표현하는 방식이었다. 그것은 삶의 모든 것을 자신들의 주체적 시선으로 바라본다는 것을 의미한다. 그들의 격언에서 자주 사용되는 이미지는 '바다' '바람' '나무' '손가락' 등 삶의 현장에서 자주 접하는 친숙한 것들이다.

그러나 다른 한편으로 그것은 외부 세계와 단절되고 고립된 관점을 보여주기도 한다. 작품의 여러 곳에서 발견되는 희극성은 대부분 거기에서 비롯되는 것이다. 낙후된 어촌 사람들은 급격하게 변화하는 세상을 제대로 이해하지 못하고, 그로 인한 무지와 순수함이 우스꽝스러운 장면을 연출하기도 한다. 예를 들어 증기선의 수차 바퀴 때문에 바다의 물고기가 모두 달아나버렸다는 주장이나, 길가에 늘어선 전신주 때문에 비가 오지 않는다는 생각은 웃음을 자아낸다. 이탈리아와 오스트리아 해군 사이에 벌어진 해전에 참전한 병사들이 전투 장면을 묘사할 때에도 그렇다.

하지만 그렇게 초라하고 순수한 곳에서도 삶은 운명의 수레바퀴처럼 돌아가고 있었다. 거기에도 삶을 위한 투쟁과 갈등, 속임수, 불평등이 있었고, 그로 인해 온갖 다양한 일들이 빚어질 수밖에 없었다. 특히 경제적 불평등이 가장 중요한 요인으로, 돈을 벌려는 욕망이 모든 행동의 근본적 동인이 되었다. 말라볼리아 집안의 비극을 단적으로 보여준 느토니의 행동이 전형적인 예다. 그가 직시한 불행의 원인은 뼈가 부서지게 일해도 절대 가난에서 벗어날 수 없다는 것이었다. 그는 이해할 수 없었다. "도대체 왜 이 세상에는 날 때부터 행운을 이고 태어나 아무 일도 하지 않으면서 인생을 즐기는 사람과, 아무것도 가진 것

없이 평생 이를 악물고 마차를 끌어야 하는 사람이 따로 있는 것인지"
알고 싶었다. 단지 운명의 탓으로만 돌리기 어려운 그런 현실 앞에서
그의 젊은 혈기는 근본적인 변화를 요구했다. 그리고 어떻게 해서든지
가난에서 벗어나려는 시도는 결국 밀수와 칼부림, 투옥으로 끝나게 되
었다.

운명에 대한 느토니의 반응은 할아버지 파드론 느토니와 대조를 이
룬다. 할아버지는 이어지는 불행 속에서도 주어진 운명을 받아들이고
그 안에서 가능한 해결책을 찾으려고 노력한다. 두 사람 모두 원하는
바를 얻지 못하고 삶의 패배자가 된다는 점에서는 동일하지만 운명에
대한 태도는 사뭇 다르다. 이렇듯 아치 트레차의 주민들은 각자 원초
적이고 소박하지만 나름대로 특징이 있는 삶을 보여준다. 그리하여 그
곳은 작고 초라한 어촌에 불과하지만 온 세상의 축소판인 동시에 세상
의 본질적인 모순을 되짚어보게 만드는 공간이다.

『말라볼리아가의 사람들』은 비록 후기 낭만주의의 분위기에 젖어
있던 당시 비평계나 독자들의 호평을 받지는 못했지만, 독창적인 주제
나 기법에서 이탈리아 문학의 커다란 전환점이 되었다. 오늘날에는 삶
과 현실에 대한 본질적인 성찰을 통해 인간 본연의 가치와 의미를 모
색함으로써 독자들의 공감을 유발한다.

이 소설은 1948년 루키노 비스콘티 감독에 의해 〈흔들리는 대지〉라
는 제목으로 영화화되었고, 이는 이탈리아 네오리얼리즘 영화를 대표
하는 작품 가운데 하나가 되었다.

번역은 피에로 나르디가 편집한 판본(Milano, Mondadori, 1969)을

저본으로 삼아 시작했다. 이 판본은 자세한 해설이 붙어 있지만 작품의 여러 부분을 임의적으로 편집했기 때문에, 콘체타 그레코 란차가 편집한 판본(Roma, Newton Compton, 1984)으로 누락된 부분을 보완했다. 그리고 유디트 랜드리의 영어 번역본(Cambridge, Dedalus, 1985)도 참조했다.

본문의 문단은 판본마다 상이하게 나뉘어 있었는데, 피에로 나르디의 판본을 토대로 하되 너무 장황하거나 어색한 부분은 임의적으로 바꾸었다.

그리고 이 작품에는 다양한 인물들이 등장하는데, 본문에 충실하게 번역할 경우 혼동을 초래할 위험이 있었다. 우선 그 숫자가 상당히 많은데다 이름, 성, 별명, 직업, 관계 등 문맥에 따라 서로 다르게 부르고 있으며, 시칠리아 특유의 호칭들이 이름 앞에 붙어 있기 때문이다. 따라서 가능한 한 혼란의 여지를 줄이기 위해 다음과 같은 기준에 따라 옮겼다.

1. 이름 앞에 붙이는 시칠리아 특유의 호칭들인 padron, compare, comare, zio, zia, mastro, cugina 등은 하나의 통일적인 용어로 옮길 수 없고, 맥락에 따라 혼란의 여지가 있기 때문에 생략했다. 다만 1) 주인공 파드론 느토니는 손자 느토니와 구별하기 위해 예외로 했고, 2) 신부나 사회적 신분이 높은 사람에게 사용하는 '돈'의 경우는 우리나라에도 어느 정도 알려져 있기에 그대로 두었다.

2. 별명의 경우 일부 가능한 것들은 우리말로 옮겼으나, 옮기기 어색한 것은 그대로 두고 역주에서 그 의미를 간단하게 설명했다. 여성 등

장인물의 경우 별명 앞에 으레 붙이는 정관사 'la'도 생략했다.

　이런 번역은 작품의 고유함을 훼손하는 것처럼 보일 수 있겠으나, 불가피한 상황에서는 어느 정도 허용될 것이라고 믿는다. 번역에서는 원문에 대한 충실함 외에 이해 가능성과 가독성도 중요하기 때문이다. 그리고 독자의 이해를 돕기 위해 일부 역주를 달았는데 소설 읽기의 즐거움에 방해가 되지 않기를 바랄 뿐이다.

김운찬

1840년   9월 2일 시칠리아 섬 동쪽의 해안 도시 카타니아에서 태어났다.

아버지 조반니 바티스타 베르가는 카타니아 남서쪽 내륙의 소읍 비치니의 귀족 가문 출신이었고, 어머니 카테리나 디 마우로는 카타니아의 부르주아 집안 출신이었음. 당시 그들이 거주하던 산탄나 거리 8번지는 현재 베르가 기념관으로 사용되고 있음.

1845년   콜레라가 퍼지면서 베르가 일가는 비치니로 피신.

1851년   초등교육을 마친 뒤 당시 카타니아 양갓집 자제들을 가르치던 돈 안토니오 아바테의 지도하에 이탈리아 고전을 공부하고, 사제 마리오 토리시의 가르침을 받음. 이 시기에 마리오 라피사르디와 알게 되었는데, 그는 나중에 전국적인 명성을 얻은 시인이 된다.

1857년   첫 소설 『사랑과 조국*Amore e patria*』을 썼으나 마리오 토리시 선생의 충고에 따라 출간하지 않음.

1858년   카타니아 대학교의 법학부에 등록했으나 법률 공부에 흥미를 느끼지 못한 베르가는 결국 졸업하지 못하고 1861년에 학업을 중단함.

1860년   주세페 가리발디가 시칠리아에 상륙하면서 국민 수비대에 들어가 사 년 동안 복무함.

몇몇 친구들과 함께 애국적 주간지 『이탈리아인들의 로마*Roma degli Italiani*』를 간행함. 이 잡지는 약 삼 개월 동안 간

행되었다.

1862년	카타니아의 갈라톨라 출판사에서 역사소설 『산속의 카르보나리 당원들*I carbonari della montagna*』을 자비로 출판.
1862~ 1863년	피렌체에서 출간된 잡지 『새로운 유럽*La Nuova Europa*』에 소설 『석호에서*Sulle lagune*』를 부록으로 연재.
	1월 5일 아버지 사망.
1864년	피렌체가 이탈리아왕국의 수도가 되면서 정치, 문화의 중심지가 됨.
1865년	처음으로 피렌체를 방문. 이후 자주 피렌체를 찾음.
1866년	7월 20일 리사 섬 근처에서 이탈리아왕국과 오스트리아제국 사이에 해전 발발. 오스트리아가 베네치아에서 물러나고, 베네치아는 이탈리아에 병합됨.
	토리노의 네그로 출판사에서 소설 『죄 지은 여인*Una peccatrice*』 출간.
1869년	피렌체에 정착하여 생활하면서 진실주의 문학의 이론가이자 소설가인 루이지 카푸아나를 만났고, 그 외에도 다른 여러 문인들과 교류.
	당시 열여덟 살이던 지셀다 포야네시를 만남. 나중에 그녀는 카타니아에서 교사 생활을 하면서 베르가의 동료 시인 마리오 라피사르디와 결혼하지만, 1880년부터 몇 년 동안 베르가와 열정적인 관계를 맺음.
	피렌체에 체류하는 동안 소설 『어느 수녀의 이야기*Storia di una capinera*』와 희곡 『시든 장미*Rose caduche*』를 집필(희곡은 그의 사후인 1928년에야 출판).
1870년	『어느 수녀의 이야기』가 밀라노의 패션 잡지에 연재되고, 이 듬해에 단행본으로 출간됨.
1872년	피렌체를 떠나 당시 출판업의 중심지였던 밀라노에 정착. 이

후 이십 년간 거주. 밀라노에서 문인들의 살롱에 출입하면서 19세기 후반 이탈리아 문학과 예술에 커다란 영향을 끼친 스카필리아투라 운동의 주요 인물이었던 아리고 보이토, 에밀리오 프라가 등과 교류.

1873년   밀라노의 트레베스 출판사에서 소설 『에바*Eva*』 출간. 베르가의 많은 작품이 이 출판사에서 출간됨.

1874년   사흘 동안에 쓴 단편 「네다*Nedda*」가 6월 15일 『이탈리아 과학, 문학, 예술 잡지*Rivista italiana di scienze, lettere ed arti*』에 발표되어 큰 성공을 거두었고, 이 작품은 브리골라 출판사에서 단행본으로 출간됨.

이 시기에 독특한 등장인물 파드론 느토니에 대해 구상하기 시작했는데, 그것이 나중에 걸작 『말라볼리아가의 사람들』로 발전하는 밑거름이 됨.

1875년   브리골라 출판사에서 『당당한 호랑이*Tigre reale*』 출간.

1878년   『말라볼리아가의 사람들』을 집필하기 시작하면서 총 다섯 편의 소설로 이루어질 '패배자들*I vinti*' 총서를 구상.

1879년   어머니 사망. 밀라노에서 여러 잡지에 단편들을 발표.

1880년   여러 잡지에 발표했던 단편들을 한데 묶은 『시골의 삶*Vita dei campi*』 출간. 지셀다 포야네시와 다시 만나 몇 년 동안 열정적인 관계를 맺음.

1881년   2월 트레베스 출판사에서 『말라볼리아가의 사람들』 출간. 이 작품에 대한 비평계의 반응은 별로 좋지 않았음.

1883년   단편집 『시골 이야기들*Novelle rusticane*』 출간. 여러 잡지에 단편들을 발표하면서 『시골의 삶』에 실렸던 단편 「카발레리아 루스티카나*Cavalleria rusticana*」를 연극으로 각색할 계획을 세움. 베르가와 지셀다 포야네시의 관계가 발각되어 지셀다는 집에서 쫓겨남.

1884년	1월 14일 토리노의 카리냐노 극장에서 공연된 〈카발레리아 루스티카나〉가 큰 성공을 거둠. 유명한 여배우 엘레오노라 두세가 여주인공 산투차 역을 맡음. 파리에서 에밀 졸라와 만남.
1885년	단편소설을 각색한 연극 〈입구에서In portineria〉가 밀라노에서 5월 16일 공연되었으나 호평을 받지 못함. 연극의 실패로 몇 년 동안 경제적 어려움에 직면함.
1889년	몇 달 동안 로마에 체류한 뒤 카타니아로 돌아와서 총서의 두번째 소설 『마스트로 돈 제수알도Mastro-don Gesualdo』를 마무리한 후 트레베스 출판사에서 출간. 소르데볼로의 백작부인 디나 카스텔라치와 애정 관계를 맺게 되었고, 두 사람의 관계는 오랫동안 지속됨.
1890년	음악가 피에트로 마스카니가 단막 오페라로 각색하여 공연한 〈카발레리아 루스티카나〉가 엄청난 성공을 거둠.
1891년	마스카니와 손초뇨 출판사를 상대로 「카발레리아 루스티카나」에 대한 저작권 소송을 제기.
1893년	저작권 소송에서 승소하여 상당한 금액의 배상금을 받음. 이후 경제적 어려움에서 벗어난 베르가는 완전히 카타니아에 정착함.
1896년	단편소설 「암늑대La Lupa」를 각색한 연극이 토리노의 제르비노 극장에서 공연되어 큰 성공을 거둠. 총서의 세번째 소설 『레이라 공작부인La duchessa di Leyra』을 집필하기 시작했지만 완성하지 못함.
1901년	밀라노의 만초니 극장에서 「늑대 사냥La caccia al lupo」과 「여우 사냥La caccia alla volpe」을 각색한 연극이 상연됨.
1907년	문학 활동보다 카타니아 근교에 마련한 농장을 돌보는 데 몰두. 「카발레리아 루스티카나」를 비롯한 몇몇 작품을 영화 시

나리오로 각색.

1920년   이탈리아왕국의 상원의원으로 임명됨.

1922년   1월 27일 카타니아에서 뇌혈전증으로 사망함.

문학동네 세계문학전집 발간에 부쳐

세계문학은 국민문학 혹은 지역문학을 떠나 존재하는 문학이 아니지만 그것들의 총합도 아니다. 세계문학이라는 용어에는 그 나름의 언어와 전통을 갖고 있는 국민문학이나 지역문학의 존재를 인정하면서 그것을 넘어서는 문학의 보편적 질서에 대한 관념이 새겨져 있다. 그 용어를 처음 고안한 19세기 유럽인들은 유럽문학을 중심으로 그 질서를 구축했지만 풍부한 국민문학의 전통을 가지고 있는 현대의 문학 강국들은 나름의 방식으로 세계문학을 이해하면서 정전(正典)의 목록을 작성하고 또 수정한다.

한국에서도 세계문학 관념은 우리 사회와 문화의 변화 속에서 거듭 수정돼왔다. 어느 시기에는 제국 일본의 교양주의를 반영한 세계문학 관념이, 어느 시기에는 제3세계 민족주의에 동조한 세계문학 관념이 출현했고, 그러한 관념을 실천한 전집물이 출판됐다. 21세기 한국에 새로운 세계문학전집이 필요하다는 것은 명백하다. 우리의 지성과 감성의 기준에 부합하는 세계문학을 다시 구상할 때가 되었다.

문학동네 세계문학전집은 범세계적으로 통용되는 고전에 대한 상식을 존중하면서도 지난 반세기 동안 해외 주요 언어권에서 창작과 연구의 진전에 따라 일어난 정전의 변동을 고려하여 편성되었다. 그래서 불멸의 명작은 물론 동시대 세계의 중요한 정치·문화적 실천에 영감을 준 새로운 작품들을 두루 포함시켰다.

창립 이후 지금까지 한국문학 및 번역문학 출판에서 가장 전문적이고 생산적인 그룹을 대표해온 문학동네가 그간 축적한 문학 출판 경험을 바탕으로 새로운 세계문학전집을 펴낸다. 인류가 무지와 몽매의 어둠 속을 방황하면서도 끝내 길을 잃지 않은 것은 세계문학사의 하늘에 떠 있는 빛나는 별들이 길잡이가 되어주었기 때문이다. 우리가 자부심과 사명감 속에서 그리게 될 이 새로운 별자리가 독자들의 관심과 애정에 힘입어 우리 모두의 뿌듯한 자산이 되기를 소망한다.

문학동네 세계문학전집 편집위원
민은경, 박유하, 변현태, 송병선, 이재룡, 홍길표, 남진우, 황종연

세계문학전집 112

말라볼리아가의 사람들

1판 1쇄 2013년 12월 26일
1판 3쇄 2025년 7월 10일

지은이 조반니 베르가 | 옮긴이 김운찬

책임편집 김선희 | 편집 문서연 박주희 오동규 | 독자모니터 이미화 이희연
디자인 김현우 이주영 | 저작권 박지영 형소진 오서영 조경은
마케팅 정민호 서지화 한민아 이민경 왕지경 정유진 정경주 김수인 김혜원 김예진 나현후 이서진
브랜딩 함유지 박민재 이송이 김희숙 박다솔 조다현 김하연 이준희
제작 강신은 김동욱 이순호 | 제작처 영신사

펴낸곳 (주)문학동네 | 펴낸이 김소영
출판등록 1993년 10월 22일 제2003-000045호
주소 10881 경기도 파주시 회동길 210
전자우편 editor@munhak.com
대표전화 031) 955-8888 | 팩스 031) 955-8855
문학동네카페 http://cafe.naver.com/mhdn
인스타그램 @munhakdongne | 트위터 @munhakdongne
북클럽문학동네 http://bookclubmunhak.com

ISBN 978-89-546-2319-3 04880
      978-89-546-0901-2 (세트)

잘못된 책은 구입하신 서점에서 교환해드립니다.
기타 교환 문의 031)955-2661, 3580

www.munhak.com

● 문학동네 세계문학전집은 계속 출간됩니다